国家社科基金一般项目
"五四"以来南方民族文学话语建构及其对民族文化建设的贡献
（项目编号：12BZW129）

|吴道毅| 著|

# 现代南方民族文学话语研究

中国社会科学出版社

#### 图书在版编目（CIP）数据

现代南方民族文学话语研究 / 吴道毅著 . —北京：中国社会科学出版社，2019.7
ISBN 978-7-5203-4781-5

Ⅰ.①现… Ⅱ.①吴… Ⅲ.①少数民族文学—文学研究—中国—当代 Ⅳ.①I207.9

中国版本图书馆 CIP 数据核字（2019）第 155874 号

| | |
|---|---|
| 出 版 人 | 赵剑英 |
| 责任编辑 | 郭 鹏 |
| 责任校对 | 刘 俊 郭 鹏 |
| 责任印制 | 李寡寡 |

| | |
|---|---|
| 出　　版 | 中国社会科学出版社 |
| 社　　址 | 北京鼓楼西大街甲 158 号 |
| 邮　　编 | 100720 |
| 网　　址 | http://www.csspw.cn |
| 发 行 部 | 010-84083685 |
| 门 市 部 | 010-84029450 |
| 经　　销 | 新华书店及其他书店 |

印刷装订　北京市十月印刷有限公司
版　　次　2019 年 7 月第 1 版
印　　次　2019 年 7 月第 1 次印刷

| | |
|---|---|
| 开　　本 | 710×1000　1/16 |
| 印　　张 | 20.25 |
| 插　　页 | 2 |
| 字　　数 | 289 千字 |
| 定　　价 | 98.00 元 |

凡购买中国社会科学出版社图书，如有质量问题请与本社营销中心联系调换
电话：010-84083683
**版权所有　侵权必究**

# 序

於可训

吴道毅教授是民族文学研究专家，出版过多部研究专著，颇具影响。因为自身属南方少数民族，身份认同感强，对南方少数民族生活有切身体验。又因为在南方一所民族大学任教，对南方民族文学研究，倾注心力甚多，所得亦较丰厚。这本《现代南方民族文学话语研究》，是他的一项国家社科基金项目成果，也是当代民族文学研究的新收获。我为他所取得的新成果感到高兴，也乐意对他的这部新著谈一点读后的感受。

把话语理论引入文学研究，并非吴道毅教授首创，但引入民族文学研究，似乎是一个创举。吴道毅教授是一个治学态度严谨的人，引入话语理论，显然不是为了赶时髦，而是因为它确实能扩大视野，拓宽思路，深化对作家作品和创作问题的理解，能解决别种单一的研究角度，如与话语研究有关的主题研究、文化研究、叙事研究、语言研究难以说清的一些问题。

"话语"作为一个概念，有不同的所指，从前专指人的言语，后来被用于叙事学和社会学研究，结构主义的叙事学把叙事看作话语，福柯的话语理论则把话语和知识、权力联系在一起，以话语为知识的载体，以权力为知识的生产者（反之亦是）。这样，文学作为一种话语形式，就与知识和由知识所构成的文化联系起来了，又因此而深入到社会结构内部或其中心，与影响和支配知识生产的权力发生关系。这当然是一个极简略的说法，作为一个完整的理论体系，福柯的话语理论要复杂得多。好在吴道毅教授不是为了实验和证明福柯的话语理论，而是借用话语理论的基本观念和方法，通过对南方民族文学各种话语形态的研究，去深入把握南方民族文学内部各种权力关系，也借此透视这种权力关系背后隐含的各种权力冲突。前一种权力在吴道毅教授的研究中，属于知识的权力，后一种权力属于生产这种知识的"意识形态"的权力，其中当然也包括政治权力和其他各种形式的权力。相对于以往的主题研究只着眼于文本要表达的思想，文化研究只关注文本的文化含义，叙事研究只热衷文本的表达方式，包括语言研究只探讨文本的形式问题等等，话语研究就是一种多项综合的、纵深的文学研究，它对研究对象的覆盖面和理论穿透性，都是其他单项研究难以达到的。

现代南方民族文学属于现代中国文学的一个组成部分，现代南方民族文学话语自然也属于现代中国文学的话语范畴，这样，研究现代南方民族文学话语，就不可避免地要碰到如下一些问题：现代南方民族文学话语与整个现代中国文学话语的关系，现代南方民族文学话语自身的独特性及其表现形态，以及它在不同时期的发展演变和创作呈现；等等。对此，吴道毅教授在书中都作了系统的梳理和深入的探讨，根据不同时期南方民族文学的创作情况，他从五四以来的南方民族文学中，提炼归纳出启蒙、救亡、阶级、民族、传统、建设、先锋、女性、生态等话语形态，基本上概括了现代南方民族文学在不同时期受各种"意识形态"权力支配的知识生产状态。这些话语形态，有的与整体的现代中国文学话语同质同构，有的则可能有性质和构成上的差异。又因为不同时期的社会历史情况而有不同的组合。当然，这只是一种归纳组合方式，还可以从其他角度进行归纳和组合。而且，这些话语形态也不是一个平面上的，除了时间和历史，还有层级的区分，以及中心与边缘的差别。一般说来，在现代南方民族文学中，如果对吴道毅教授所提炼归纳的诸种话语形态稍作修正和补充，则启蒙与救亡、阶级与革命、现代与传统，应该是贯穿时间和历史，居于统摄和中心位置的几种话语形态。广义的启蒙与救亡，即由思想文化启蒙到革命的政治启蒙，由民族解放到民族振兴，是近现代中国，也是近现代中国文学，包括现代南方民族文学的主流话语，居于统摄和支配、影响其他各种话语的地位。阶级与革命，则是一定时期的历史运动和社会意识所催生的话语，是为达成启蒙与救亡的目的而生的一种话语形态，在一定时期，也居于中心位置。现代与传统则是近现代中国社会、中国文化，也是近现代中国文学，包括现代南方民族文学，从传统到现代新生蜕变过程所催生的一种话语，它渗透于其他各种话语之中，又贯穿时间和历史，是一种弥散性的话语形态。在这些处于统摄和支配、影响地位的诸种话语之外，其他如吴道毅教授所说的建设、先锋、女性、生态等等话语形态，都由此派生而来，或由某个时期某种社会群体的公共意识凝聚而成。唯民族话语，是一种特别的话语形态，它既与整体的现代中国文学话语相连，受整体的现代中国文学话语影响，又有其地域和族群的特殊性。同时还因为时代的关系，或显或隐，多有变化，如此等等。要把南方民族文学的这些话语关系梳理清楚，殊为困难，遑论进一步揭示这些文学话语背后隐含的各种权力关系。常见的话语研究，往往喜欢把研究对象切割成思想的碎片，以之作为话语理论的填充料，结果所得，无非是对话语理论的循环证明。吴道毅教授的研究弃虚就实，不搞这种循环论证，而是采用传统的实证方法，在对不同时期南方民族文学创作的话语元素进行细致分解的基础上，进行性质的归类，而后依类定名。这就避免了他的文学话语研究偏离文学文本，成为社会学的附庸，或福柯的话语理论的证明。他的这部研究现代南方民族文学话语的著作，也因此而有较强的"文学性"。

是为序。

2018 年 11 月 15 日写于珞珈山临街楼

# 目 录

导 论 ······················································· (1)
  一 本课题国内外研究现状述评及研究意义 ················· (1)
    (一)本课题内涵描述 ····································· (1)
    (二)本课题研究目的 ····································· (3)
    (三)国内外研究现状述评 ································· (3)
    (四)本课题的研究意义 ··································· (5)
  二 话语、文学的话语属性与现代中国文学的话语变迁 ········ (5)
    (一)话语的含义与话语之间的关系 ························· (5)
    (二)文学的话语属性 ····································· (8)
    (三)现代中国文学话语的变迁 ···························· (10)
  三 现代南方民族文学的话语建构及其嬗变 ················· (12)
    (一)启蒙、民族、传统、阶级与救亡话语的多重变奏 ········ (12)
    (二)阶级话语作为主流话语主导下的民族文学话语
        建构 ············································· (17)
    (三)主流、民族、先锋、女性与生态话语的多声部
        合唱 ············································· (22)

第一章 20世纪20—40年代南方民族文学话语建构 ·········· (29)
  一 形成背景与表现特点 ································· (29)
    (一)形成背景 ·········································· (30)

（二）表现特点 …………………………………………（33）
　二　启蒙话语的面世——以苗族作家沈从文为例 …………（35）
　　（一）封建禁欲主义禁锢人性，蒙昧主义造成思想愚昧 ……（36）
　　（二）现实充满黑暗，历史带着顽固的惰性 ………………（40）
　　（三）"国民性"需要改造，知识分子的精神病态需要
　　　　 疗救 ……………………………………………………（43）
　三　民族话语的出现——以苗族作家沈从文为例 …………（47）
　　（一）湘西少数民族是苦难深重的民族 ……………………（48）
　　（二）湘西少数民族有着独特而灿烂的民族文化 …………（53）
　　（三）湘西少数民族将迎来新的发展前景 …………………（57）
　四　传统话语的复兴——以苗族作家沈从文为例 …………（60）
　　（一）朴素自然的人性是美好的人性 ………………………（60）
　　（二）顺应"大化"是面对死亡的正确选择 …………………（65）
　　（三）"无为而治"的社会是理想的社会 ……………………（72）
　五　阶级话语的生产 …………………………………………（75）
　　（一）剥削制度必然形成阶级压迫 …………………………（79）
　　（二）阶级压迫必然引发阶级反抗，中国革命应运而生 …（86）
　六　救亡话语的变奏 …………………………………………（95）
　　（一）国家的存亡联结着南方少数民族的存亡 ……………（95）
　　（二）抗战才能救国，投降只有死路 ………………………（99）
　　（三）忠义思想是广泛的民族集体无意识 …………………（104）
　　（四）八路军是抗战的中坚力量 ……………………………（108）

## 第二章　20世纪50—70年代南方民族文学话语建构 ………（113）
　一　形成背景与表现特点 ……………………………………（113）
　　（一）形成背景 ………………………………………………（114）
　　（二）表现特点 ………………………………………………（118）
　二　阶级话语的繁荣 …………………………………………（119）
　　（一）南方少数民族的奴隶社会制度是黑暗与腐朽的
　　　　 社会制度 …………………………………………………（120）

（二）南方少数民族土司制度与领主制度是黑暗与腐朽的
　　　　制度 …………………………………………………… (123)
　　（三）封建反动政权是压迫南方少数民族的罪魁祸首 …… (125)
　　（四）南方少数民族势必自发反抗旧社会反动统治者的
　　　　压迫 …………………………………………………… (130)
　　（五）中国共产党领导的中国革命带来了南方少数民族
　　　　人民翻身解放 ………………………………………… (133)
　三　民族话语的潜隐 ……………………………………………… (136)
　　（一）旧中国的南方少数民族经历了深重的社会苦难 …… (137)
　　（二）南方少数民族创造了各自的独特民族文化 ………… (139)
　　（三）南方少数民族有着各自独特的民族风俗 …………… (144)
　四　建设话语的兴起 ……………………………………………… (149)
　　（一）启动现代化建设成为南方少数民族地区的时代
　　　　主旋律 ………………………………………………… (149)
　　（二）新生活的激荡带来了南方少数民族风俗的新变 …… (153)
　　（三）祖国面貌在现代化建设中日新月异 ………………… (157)
　五　现代话语的萌发——以回族作家白先勇为例 ……………… (159)
　　（一）离散、苦难与衰败 …………………………………… (160)
　　（二）荒诞、虚无与抗争 …………………………………… (164)
　　（三）罪责、忏悔与救赎 …………………………………… (168)

**第三章　新时期南方民族文学话语建构** ………………………… (172)
　一　形成背景与表现特点 ………………………………………… (172)
　　（一）形成背景 ……………………………………………… (172)
　　（二）表现特点 ……………………………………………… (179)
　二　阶级话语的延续 ……………………………………………… (181)
　　（一）旧中国反动统治阶级的黑暗统治导致其历史
　　　　合法性丧失 …………………………………………… (181)
　　（二）革命道路是民族解放的根本出路 …………………… (184)

## 三　新启蒙话语的兴盛 ……………………………………（188）
（一）走出政治蒙昧主义，寻求历史理性 …………………（188）
（二）走出文化蒙昧主义，寻求科学的人生观与价值观 ……（189）
（三）破除封建观念，树立现代意识 ………………………（194）

## 四　民族话语的重构 ………………………………………（196）
（一）南方少数民族饱经历史忧患 …………………………（197）
（二）南方少数民族有着独特而灿烂的民族文化 …………（201）

## 五　先锋话语的崛起 ………………………………………（212）
（一）人生充满了苦难与荒诞 ………………………………（213）
（二）历史就是对权力的争夺史 ……………………………（217）
（三）人性充满复杂性与阴暗面 ……………………………（222）
（四）超越生存困境，追求人生的终极意义 ………………（228）

## 六　女性话语的浮现 ………………………………………（230）
（一）南方少数民族女性曾经生活在社会苦难之中 ………（231）
（二）男权制社会是南方少数民族女性生存苦难的
　　　罪魁祸首 ……………………………………………（236）
（三）社会变革为南方少数民族女性解放创造了条件 ……（241）

## 七　生态话语的生长 ………………………………………（247）
（一）拯救地球，守护生存家园 ……………………………（248）
（二）走出人类中心主义，走出现代性困境 ………………（254）
（三）敬畏生命，守望民族文化 ……………………………（259）

# 第四章　现代南方民族文学对民族文化建设的贡献 ………（264）
（一）本民族文化阐释与民族认同 …………………………（264）
（二）主流意识形态文化建构与国家认同 …………………（273）
（三）人类文化建构与走出虚无主义 ………………………（280）

# 参考文献 ……………………………………………………（288）
一　著作类 ……………………………………………………（288）

二 期刊类 …………………………………………（299）
三 作品类 …………………………………………（302）

后 记 ………………………………………………（310）

# 导　　论

## 一　本课题国内外研究现状述评及研究意义

### （一）本课题内涵描述

本课题旨在探讨"五四"以来南方民族文学亦即现代南方民族作家文学的话语建构及其对民族文化建设的贡献。本课题首先需要对南方民族文学作一个必要的界定，而这一界定实际上侧重于对"南方"亦即"中国南方"进行解释。什么是"中国南方"，在不同的维度上存在不同的含义，既有地理维度上的含义，又有行政维度上的含义。本课题采用的"中国南方"应是地理意义上的"中国南方"。从地理意义上讲，"中国南方"有着以下含义：一是指长江流域及其以南的广大地区。如《现代汉语词典》在解释"南方"词义时说：南方，指"南部地区，在我国指长江流域及其以南的地区"。而北方，则指"北部地区，在我国一般指黄河流域及其以北的地区"。二是秦岭—淮河以南的地区。如《中国大百科全书·中国地理》把中国划分为"东部季风区、西北干旱区半干旱区、青藏高寒区三大自然地理区"，在解释"东部季风区"时指出："本区的秦岭—淮河一线，是南北地域分异的重要地理界线。"① 所谓南方、北方正是以这一分界线为标

---

① 中国大百科全书总编辑委员会《中国地理》编辑委员会编：《中国大百科全书·中国地理》，中国大百科全书出版社1993年版，第4—5页。

志的，即秦岭—淮河以北指北方，秦岭—淮河以南指南方。百度百科也解释说："自然地理概念中的南方，指中国东部季风区的南部，主要是秦岭—淮河一线以南……包括江苏大部、安徽大部、浙江、上海、湖北、湖南、江西、福建、云南大部、贵州、四川东部、重庆、陕西南部、广西、广东、香港、澳门、海南、台湾、甘肃最南端、河南最南端。"需要指出的是，与"中国南方"相关的概念还有"西南"和"东南"。"东南"，《现代汉语词典》的解释是："指我国东南沿海地区，包括上海、江苏、浙江、福建、台湾等省市。""西南"，《现代汉语词典》的解释是："指我国西南地区，包括四川、云南、贵州、西藏等省区。"① 百度百科的相应解释是："西南地区全称为中华人民共和国西南地区，西南地区，中国地理分区之一，东临中南地区，北依西北地区。狭义包括四川省、贵州省、云南省、西藏自治区、重庆直辖市等五个省（区、市）……"百度百科根据设立重庆直辖市的新情况，对西南地区包括的省市进行了必要的修改与补充。本课题对中国南方的界定，以上述解释为基础，加以必要的综合，认为中国南方既包括长江流域及其以南的地区，具体包括云南、贵州、重庆、广东、广西、海南、香港、澳门、台湾、福建、江西、江苏、上海、湖南、湖北、安徽等省市，又包括西南地区的四川、西藏等省或自治区。这一地区，气候上属于热带、亚热带地区，分布较多山地、丘陵与高原。这一地区，也是我国少数民族分布最多的地区，主要有壮、布依、傣、侗、仫佬、水、毛南、黎、彝、傈僳、纳西、哈尼、拉祜、基诺、白羌、普米、阿昌、苗、瑶、土家、佤、德昂、布朗、京、独龙族、怒族、景颇、畲、仡佬、高山、藏、回等30多个民族，其中又以西南地区特别是云南省分布的少数民族数量为最多。本课题所指的南方民族文学，就是这一地区这些少数民族的作家文学。相比较而言，我国南方民族文学与由满族、蒙古族、朝鲜

---

① 中国社会科学院语言研究所词典编辑室编：《现代汉语词典》（修订本），商务印书馆1996年版，第912、53、299、1342页。

族、鄂温克族、鄂伦春族、达斡尔族、维吾尔族、哈萨克族、东乡族等组成的北方民族文学有着较为显著的区别，像其中的物质文化、宗教文化等都有着很大的不同。

**（二）本课题研究目的**

本课题研究目的在于对现代南方民族文学的话语建构及其对民族文化的贡献进行研讨，具体表现为立足于较为系统性的文本细读，以话语探究为枢纽，积极挖掘与参照相关文学史背景资料，从政治学、民族学、文化学、生存哲学、女权主义、生态学等视角，全方位梳理现代南方民族文学的话语建构及其嬗变，与对民族文化建设的贡献。需要解决的问题主要包括：第一，从话语属性上看，现代南方民族文学建构的话语体系主要包含哪些类型？第二，从时间上看，现代南方民族文学的话语建构自"五四"运动以来发生了哪些重要的阶段性变化，这些阶段性变化的背景是什么？第三，现代南方民族文学近百年来对南方各民族的民族文化建设做出哪些重要贡献？

**（三）国内外研究现状述评**

目前，国内外学术界关于本课题的研究成果，大致包括以下方面：

第一，南方民族民间文学研究。自20世纪80年代以来，以中国社会科学院一批研究员为代表的学者对南方民族神话、史诗、歌谣等民族文学进行了卓有成效的开创性研究。如刘亚虎、邓敏文、罗汉田《中国南方民族文学关系史》、刘亚虎《神话与诗的"演述"——南方民族叙事艺术》《天籁之音——侗族大歌》《南方史诗论》《中华民族文学关系史》（南方卷）《原始叙事性艺术的结晶——原始性史诗研究》等专著揭示了南方各民族文学之间的关系及其发展演变规律，说明中国文学的历史是中国各民族文学相互交流、相互借鉴、相互影响、相互推动和不断发展变化的历史，对南方民族神话、史诗、歌谣等进行了开创性的学理阐释。

第二，南方区域性民族文学或族别文学及族别作家群探析。李鸿然《中国当代少数民族文学史论》、李子贤《多元文化与民族文学》、李瑛《台湾少数民族文学论》等专著，白郎《对20世纪纳西族作家文学的几点思考》、安尚育《贵族民族文学创作与地域文化生态》、周翔《当代台湾原住民作家的身份认同》等论文，或从当代文学史角度将南方各族文学进行族别或区域分析，或从总体上对中国西南少数民族文学进行超学科、跨文化的比较研究，或对台湾、贵州当代少数民族文学进行宏观扫描。李力主编《彝族文学史》、彭继宽等主编《土家族文学史》、包晓玲《乡土流脉与文化选择——沈从文与湘西少数民族作家群研究》等著作、彭荆风《充满活力的哈尼作家群》、晨宏《云南少数民族作家文学群体现象漫议》、黄玲《别具特色的云南少数民族女作家群》、何小平、吴兴旺《论当代湘西作家群文化阐释视阈的现代性选择》等论文，则选择从族别文学与作家群角度研究现当代各族南方民族作家，显出新的宏观的学术眼光。

第三，沈从文等南方重要民族作家评述。凌宇《从边城走向世界》、美国学者金介甫《沈从文传》、美国华人作家聂华苓《沈从文评传》、新加坡学者王润华与国内学者刘洪涛各自的《沈从文小说新论》、黄玲《李乔评传》、吴正锋《孙健忠评传》、关纪新主编《20世纪中华各民族文学关系研究》等专著，苏雪林《沈从文论》、刘西渭《〈边城〉与〈八骏图〉》、凌宇《沈从文创作的思想价值论》、李丛中《李乔创作论》、刘洪涛《〈边城〉：牧歌与中国形象》、吴正锋《孙健忠：土家族文人文学的奠基者》等论文，从20世纪30年代以来即对沈从文、李乔、孙健忠、吉狄马加等重要南方民族作家进行了较为全面与准确的解读，甚至在比较文学与世界文学视野下探讨了他们的文学史地位。

总的来看，从20世纪20年代到21世纪初期，学术界对近百年南方民族作家文学的研究一直没有停止，并积累了丰富而厚重的学术成果，从而为本课题的研究提供了十分重要的理论基础与学术借鉴。但横向上对南方民族文学话语建构的整体观照、纵向上对近百年南方民族文学话语建构发展轨迹的梳理，则处于被严重忽略的状态。对于近百年南方民族文学对民族文化建设的贡献，也缺乏系统与整体的分析。形成这种局面，除了民族文学研究人才相对缺乏之外，主要在于学术研究必然有一个自然生长发育过程，需要有一些新的视点或学术框架来激活原有学术板块。本课题的开展正是为了弥补目前学术界对南方民族文学研究的局限，以填补在现代南方民族文学话语建构研究方面的空白。

**（四）本课题的研究意义**

本课题的研究意义主要表现在以下两个方面：第一，从少数民族文学史角度加强对现代南方民族文学的研究，从主题话语建构上探讨现代南方民族文学近百年来的历史演进轨迹，把握区域性少数民族文学史发展规律，从文学作品中发掘南方少数民族文化的丰富多样性，同时深入了解南方民族作家的创作特点与创作成就，从而有效克服目前学术界对南方民族文学研究严重缺席的落后状态。第二，立足于新时代背景下民族团结与共同进步的现实需要，通过文学作品关注南方少数民族近百年来的生存命运，了解南方少数民族对于民族认同与国家认同的社会期待与心理需求，把握南方少数民族的时代走向，促进中华多民族国家的繁荣昌盛与伟大复兴。

## 二 话语、文学的话语属性与现代中国文学的话语变迁

**（一）话语的含义与话语之间的关系**

本课题研究现代南方民族文学的话语建构，而"话语"一词是本课题需要弄清的一个关键或核心词汇。根据笔者理解，"话语"的含义大致有以下几种：

一是指人说的话或言语，是人类表达与交流的工具或方式。根据《现代汉语词典》的解释："话语"就是"言语，说的话。"①比如，"天真的话语"。再如，"他话语不多，可句句中听"。对"话语"来说，"话"或"言语"无疑都是它的字面意义。而这种字面意义实际上也是语言学上的意义。现代语言学家索绪尔把语言分为语言与言语，并把语言看作是人类约定俗成的产物。正如他指出：语言"既是言语机能的社会产物，又是社会集团为了使个人有可能行使这机能所采用的一整套必不可少的规约"，而言语"同时跨着物理、生理和心理几个领域，它还属于个人的领域和社会的领域"②。这样的话，"话语"实际上就是人类文化交流中遵守相互规约的语言。有学者因此这样总结说："话语是人们之间进行思想交流的方式，又是一个社会沟通与互动的过程。"③

二是结构主义叙事学的一个概念，偏重于指叙事的结构单位。比如托多诺夫把叙事分为两大层次，一是故事，二是话语。这里的话语，大致指整个故事相当于一个陈述句，或者是含有主语、谓语与宾语完整结构的句式。按照巴尔特的解释，托多诺夫的"话语""包括叙事作品的时、体、式"④。根据托多诺夫的理解，所有叙事都是"话语"。因此，他写的一篇论文本身就叫《叙事作为话语》。⑤

三是福柯权力哲学意义的一个概念，指与权力不可分割的知识体系。谈到话语，必然无法回避福柯的话语理论。福柯的话语理论则是在话语与知识、权力之间的关系中展开的。正如福柯指出："我们应

---

① 中国社会科学院语言研究所词典编辑室编：《现代汉语词典》（修订本），商务印书馆1996年版，第547页。

② ［瑞士］费尔迪南·德·索绪尔：《普通语言学教程》，高名凯译，商务印书馆1980年版，第30页。

③ 王小宁：《从革命话语到建设话语的转变——中国政治话语的语义分析》，《北京化工大学学报》（社会科学版）2002年第1期，第40页。

④ ［法］罗朗·巴尔特：《叙事作品结构分析导论》，张裕禾译，伍蠡甫、胡经之主编：《西方文艺理论名著选编》（下），北京大学出版社1987年版，第479页。

⑤ 参见［法］兹韦坦·托多诺夫《叙事作为话语》，朱毅译，徐和瑾校，伍蠡甫、胡经之主编：《西方文艺理论名著选编》（下），北京大学出版社1987年版，第506—516页。

该承认,权力制造知识(而且,不仅仅是因为知识为权力服务,权力才鼓励知识,也不仅仅是因为知识有用,权力才使用知识);权力和知识是直接相互连带的;不相应地建构一种知识领域就不可能有权力关系,不同时预设和建构权力关系就不会有任何知识。"① 福柯用权力来解释人类生活的本质,认为人类生活实际上就是一张权力之网,无论是家庭关系还是社会关系等等都是权力的辐射与体现。而权力并非仅仅等同于暴力或武力,而恰恰与知识形成了相互依存、同生共荣的关系,知识的目的在于谋求权力,权力利用知识为其提供合法性证明,而浸透着权力关系或权力本质的知识,正是话语。或者说,话语体现出知识的权力本质。所谓真理,不过是一种权力话语而已。如有学者所说:"对于福柯来说,当权力以真理的面目出现时,其运行更加强有力。"② 福柯的话语内涵有些近似于葛兰西提出的"文化霸权"的含义,可以把话语理解为区别于武力或暴力的柔性的权力。正因为如此,博伊恩在《福柯与德里达》中指出:"福柯在他的全部著作中将一遍又一遍地告诉我们,人文科学的实质,即权力与知识的关系,就是在客观和超然的面纱背后,认识论的发展出于政治目的,总是将本身即是出自先时政治语境中的问题中立化。"③ 话语表面上以知识或人文科学的面目出现,但其本质是权力,或者说是权力关系的体现。

在现实生活中,话语存在着多种类型,或者说按照不同的尺度来区分便可以发现不同的话语。比如,有意识形态话语与非意识形态话语;有官方话语与民间话语;有主流话语与边缘话语;有主导话语与非主导话语;有男性话语与女性话语;有民族话语与阶级话语;有传

---

① [法]米歇尔·福柯:《规训与惩罚》,刘北成等译,生活·读书·新知三联书店1999年版,第29页。

② [加]阿德里娜·S.尚邦、阿兰·欧文主编:《话语、权力和主体性——福柯与社会工作的对话》,[美]劳拉·爱泼斯坦、郭伟和等译,中国人民大学出版社2016年版,第170页。

③ 转引自王先霈、王又平主编《文学批评术语词典》,上海文艺出版社1999年版,第653页。

统话语与现代话语；有国家话语与团体话语，等等。根据巴赫金的对话理论不难看出，话语存在着多种类型，不同话语之间的关系应该是对话关系或并存关系，尽管话语在社会生活中有强弱之分，但它们之间没有高低之分。巴赫金在分析陀思妥耶夫斯基小说的对话属性时指出："陀思妥耶夫斯基……深刻地理解了人类思想的对话本质、思想观念的对话本质。陀思妥耶夫斯基发现了，看到了，也表现出来了思想生存的真正领域。思想不是生活在孤立的个人意识之中，它如果仅仅停留在这里，就会退化以至死亡。思想只有同他人别的思想发生重要的对话关系之后，才能开始自己的生活，亦即才能形成、发展、寻找和更新自己的语言表现形式，衍生新的思想。人的想法要成为真正的思想，即成为思想观点，必须是在同他人另一个思想的积极交往之中……恰是在不同声音、不同意识互相交往的连接点上，思想才得以产生并开始生活……同言论一样，思想也希望能被人听到，被人理解，得到其他声音从其他立场做出的回答。同言论一样，思想就其本质来说是对话性的……"[①] 巴赫金这里所说的思想的对话本质，恰恰彰显了话语或言论的多元属性与它们之间的对话属性。话语之间的对话关系，正是思想或人类生活的本质。相反，一元独白才意味着思想的枯萎或荒芜。

## （二）文学的话语属性

根据福柯的解释，所谓话语，不过是以知识面目展现于世人面前的权力化身，亦即围绕权力而张开的知识体系。从这个意义上讲，人类的文化，尤其是历史、哲学、文学及其他人文社会科学不过是旨在谋求权力效应的话语建构。实际上，就文学而言，它不仅是人类生活中的特殊话语形式，而且是比哲学、史学等更有效的话语形式。

---

[①] ［俄］巴赫金：《诗学与访谈》，白春仁、晓河译，河北教育出版社1998年版，第114—115页。

◆ 导　　论 ◆

许多著名文艺理论家都敏锐地发现文学作为叙事在人类话语建构中的巨大作用，或者说发现人类话语建构在很大程度上恰恰是依靠文学亦即叙事才得以完成的。他们特别发现，正是因为文学叙事的审美特性、娱乐性及受众的广泛性等等决定了它在人类话语建构中不可替代的特殊地位。比如，罗朗·巴尔特认为："有了人类历史本身，就有了叙事。任何地方都不存在没有叙事的民族，从来不曾存在过。一切阶级、一切人类集团，皆有自己的叙事作品，而且这些叙事作品常常为具有不同的以至对立的文化教养的人共同欣赏。"① 在这里，巴尔特至少看到了叙事在人类历史中的普遍性、永恒性与不可或缺性。在他看来，叙事有口头叙事也有书面叙事，神话、传说、寓言、童话、小说、史诗、悲剧、正剧、喜剧、哑剧、绘画、电影、连环画等等，都是叙事的形式或载体。美国著名西方马克思主义理论家杰姆逊则指出："文化从来就不是哲学性的，文化其实是讲故事。观念的东西能取得的效果是很弱的，而文化中的叙事却具有很重要的作用和影响。"② 杰姆逊的论述表明，文学抑或叙事在文化建构中起到了极其重要或抽象的哲理言说无以替代的作用，文化——从很大程度上说，正是以文学形式展开的一种话语建构。后殖民主义批评理论家赛义德在阐释文化帝国主义本质时更是一针见血地挑明，文化帝国主义不过是以叙事形式呈现的帝国主义话语。正如他在《文化与帝国主义》一书的导言中指出："本书读者很快会发现，叙事对我的立论至关重要。我的基本观点是，探险家们和小说家们在描绘陌生国度时，都离不了讲故事。殖民地人民宣称自身的身份和历史存在时，借助的也是故事。帝国主义发动战事，自然主要是为了争夺土地，但是一旦关系到谁拥有某片土地，谁有权在上面居住和干活，谁建设了它，谁赢得了它，谁筹划它的未来——这些问题无不在叙事中反映出来，在叙事

---

① ［法］罗朗·巴尔特：《叙事作品结构分析导论》，张裕禾译，伍蠡甫、胡经之主编：《西方文艺理论名著选编》（下），北京大学出版社1987年版，第474页。
② ［美］杰姆逊：《后现代主义与文化理论》，唐小兵译，北京大学出版社1997年版，第66页。

中展开争论，甚至曾一度在叙事中见分晓。正如有位批评家暗示的那样，民族问题本身就是个叙事问题。叙事产生权力，叙事还可以杜绝其他叙事的形成和出现。"① 在这里，赛义德重申了杰姆逊关于文化就是文学或叙事的观点，并揭示了文学或叙事"产生权力"的本质，帝国主义的殖民扩张也正是以叙事为依靠的。他还补充指出："叙事在帝国事业中发挥了重大作用，所以毫不奇怪，法国，尤其是英国，有着一脉相承的小说传统，无与伦比。"②

根据福柯的权力哲学理论推论与文艺理论家们的论述与现实举证，不难得出结论：文学无法逃避话语的属性，甚至就是一种话语。正如有学者指出："文学是一种话语，只要是话语它就是知识—权力的产物。"③ 文学作为话语，是体现权力关系的知识体系，表现为不同民族、政治群体、阶层所秉持的世界观、人生观、政治理念、伦理取向与信仰追求，等等。

本课题对于"话语"一词的使用，不排除其字面意义，但主要是在福柯权力哲学的意义上使用的。

## （三）现代中国文学话语的变迁

"五四"运动开辟了中国历史的新纪元。它标志着中国传统社会向现代社会的转型，也标志着传统文化向现代文化的转型。"五四"运动高举思想解放与启蒙的大旗，倡导民主、自由、平等与科学，强调人的觉醒与人格的独立（即鲁迅所说的"立人"），张扬人道主义精神，从而揭开了新文化建设的新篇章。

话语的多元属性决定了现代中国话语的复杂多样性。在"五四"运动以来的近百年历史演进中，各种话语纷纷登场，形成多种文化碰

---

① ［美］爱德华·W. 赛义德：《文化与帝国主义·导言》，《赛义德自选集》，谢少波、韩刚等译，中国社会科学出版社1999年版，第164页。
② 同上书，第176页。
③ 李遇春：《权力·主体·话语——20世纪40—70年代中国文学研究》，华中师范大学出版社2007年版，第41页。

## 导　论

撞、对话的局面。而随着时代主题的变化，中国的话语也轮番亮相，此起彼伏，你方唱罢我登场。如"五四"时期的启蒙话语、阶级话语、抗战时期的救亡话语、中华人民共和国成立之后以阶级话语为主导的主流意识形态话语、改革开放开始之后的建设话语与生态话语等等，大致勾勒了现代中国话语的变迁史，也显示出中国话语的阶段性变化。一般说来，在"五四"运动之后的20世纪20—40年代，启蒙话语与救亡话语先后主导着中国文化的语义场，而救亡话语最终压倒了启蒙话语。启蒙话语本身有着救亡的目的，因为启蒙的目的乃是民族的独立与国家的富强。救亡话语压倒启蒙话语之后，则几乎消解了国人的启蒙精神。正如李泽厚指出："在如此严峻、艰苦、长期的政治、军事斗争中，在所谓你死我活的阶级、民族大搏斗中，它要求的当然不是自由民主等启蒙宣传，也不会鼓励或提倡个人自由人格尊严之类的思想，相反，它突出的是一切服从于反帝的革命斗争，是钢铁的纪律、统一的意志和集体的力量。任何个人的权利、个性的自由、个体的独立尊严等等，相形之下，都变得渺小而不切实际。"[①] 在中华人民共和国成立之后的前30年，亦即20世纪50—70年代，以阶级话语为主导的主流意识形态话语成为强大的国家话语，制约着其他话语的活动方式。在改革开放之后的40年内，以现代化建设为主题的建设话语成为主导性时代话语，左右着其他话语的活动空间。

　　文学话语既是文学作品主题的浓缩或凝结，又是社会思潮或各种话语的回响。随着现代中国话语的变迁，作为中国话语之回声的中国文学话语也自然发生变化。就现代中国文学话语的变迁而言，它与现代中国话语的变迁构成了一种历史的同构关系。换言之，在近百年内，无论是中国话语还是中国文学话语，它们立足于对中国现实问题的应对与解答。现代中国文学的话语的发展路径与演进轨迹，大致沿着中国话语的路径与轨迹前行，也先后经历了启蒙话语、民族话语、传统话语、阶级话语、救亡话语、建设话语、现代话语、新启蒙话

---

① 李泽厚：《中国思想史论》（下），安徽文艺出版社1999年版，第850页。

语、女性话语、生态话语等发展阶段,而民族话语的建构贯穿了"五四"运动至今的全部历史之中。作为中国现当代文学的分支,现代南方民族文学话语建构同样经历了这样的话语嬗变。

## 三 现代南方民族文学的话语建构及其嬗变

"五四"以来南方民族文学亦即现代南方民族作家文学迄今经历了近百年的历史。近百年中,南方民族文学与中国现当代文学及中国少数民族现当代文学一样,由现代走向当代,再由新时期进入21世纪,在战火中诞生,在历史忧患中成长,在民族复兴时代走向繁荣昌盛,沐浴了世纪风雨的洗礼,总体上保持了稳健的发展态势。就话语建构而言,现代南方民族文学一方面在同主流文学与外来文学的对话与交流中,体现了民族文学话语形态的丰富性与多样性,保持了民族话语建构的延续性,另一方面经历了不同时期的阶段性变化,不同话语类型在不同时期形成了此消彼长的关系,反映了不同时代语境对民族文学构成的文化规约。如果说,在20世纪20—40年代,南方民族文学确立了它的基本话语模式的话,那么,在20世纪50—70年代与70年代末期至今的新时期,南方民族文学的话语建构则先后经历了两次大的嬗变。

### (一) 启蒙、民族、传统、阶级与救亡话语的多重变奏

对现代南方民族文学来说,20世纪20—40年代是它的话语确立及成长期。这一时期,南方各民族一方面由古代社会进入到现代社会,或接受了现代化浪潮的洗礼,另一方面在军阀混战、强敌入侵中饱受了时代忧患。在时代的召唤下,南方民族作家文学如同一株新苗一样萌芽于中国现代文坛,并渐渐确立了它的创作范式与主题范型。在这一时期的南方民族文学中,苗族作家沈从文不仅扮演了开创者的角色,而且做出了最为杰出的贡献。就这一时期南方民族文学的话语建构而言,主要表现为启蒙、民族、传统、阶级与救亡话语的多重变

奏，体现出时代、民族与地域生活的多重回响，也凸显了中外文化、不同民族文化之间的激烈碰撞。

从很大程度上说，启蒙话语的构建标志着现代南方民族文学的重要历史功绩。按照哲学家康德的说法，所谓启蒙就是走出蒙昧的思想状态，或将人的思想从神学的束缚中解放出来。对中国而言，20世纪是民族觉醒的伟大时代。在一定意义上，"五四"运动正是一场伟大的思想解放运动。在文学领域，以鲁迅、陈独秀等人为代表的文化先觉者发起文学启蒙运动，拉开了"五四"新文学的序幕，创造了"五四"新文学的实绩。对苗族作家沈从文来说，他的文学创作也是沿着"五四"新文学的启蒙路径而展开的，或者说是步鲁迅等人的后尘的。正是沈从文，率先确立了现代南方民族文学的启蒙话语。一方面，沈从文的《月下小景》《阿黑小史》《旅店》《夫妇》与《爱欲》以及《八骏图》等小说，大量地描写男女性爱，或暗示人的潜意识与性心理，与其说是透视人性，张扬人的原欲与本能，不如说是声讨与挞伐封建禁欲主义对人性的禁锢与毒害，是他在接受《十日谈》等西方人本主义思想之后，对人的情爱本质的重新定位——就这一点看，他的启蒙与鲁迅的启蒙虽有所差异，但目的都在于人的解放。另一方面，沈从文的《柏子》《萧萧》《贵生》《巧秀与冬生》《新与旧》等小说，以及《沅水上游几个县份》《凤凰》等散文，展示湘西民众"生存是无目的的，无所谓的……活时，活下去；死了，完事"①的蒙昧生存状态与思想状态，以及封建礼教对生命的残害与停滞不前的社会历程，也是他启蒙意识的深刻表现，是他运用现代理性意识的眼光审视湘西边地人生的结果，可谓对鲁迅启蒙文学精神的一脉相承。

这一时期，民族话语与启蒙话语在南方民族文学话语构建中同时或交替生长，并浇铸了南方民族文学的基本主题范型。"独特的民族心理特征、民族气质、少数民族人民的愿望和理想的表达，是少数民

---

① 沈从文：《沈从文全集》（第11卷），北岳文艺出版社2002年版，第390页。

族文学民族特征的核心。"① 对南方民族文学来说，民族话语主要是南方民族作家独特民族身份意识外化的结果，一方面表现为他们对本民族的生存命运的关注与思考，另一方面表现为他们对本民族独特的生存方式、思维方式、宗教、伦理意识与价值观念的理解与把握。这方面最为突出的代表依然是沈从文。如果说，此时北方民族文学的旗手老舍，由于社会、政治原因在创作中有意回避自己的满族身份、有意回避对满族生活的书写的话，那么，南方民族文学的旗手沈从文则表现了作为苗族作家的强烈民族意识，在作品中寄寓了对苗族历史生存命运的深切关注，展开了对苗族文化及湘西少数民族文化的着力开掘。沈从文晚年曾说："苗人所受的苦实在太深了。……所以我在作品里替他们说话。"② 他的小说《我的教育》《槐花镇》《阿丽思中国游记》，与散文《清乡所见》《怀化镇》《凤凰》《苗民问题》等作品，所贯穿的正是这一思想。这些作品不仅真实地记录了本民族即苗族政治、军事上饱受近现代统治者、军阀压迫、杀戮的深重历史苦难与现实处境，控诉了汉族腐朽的封建文化对苗族民众思想、情感的严重伤害，发出了民族赤子的哀号与同情，而且提出了苗汉平等、客苗通婚等合理主张，设想了未来苗族政治解放与社会发展的蓝图。与此同时，他的《龙朱》《凤子》《神巫之爱》《豹子·媚金·和那羊》与代表作《边城》《三三》《长河》等一大批作品，则生动地诠释了包括苗族在内的湘西少数民族充满牧歌情调的民族文化，既表现了对民族文化的强烈认同感，也为偏斜的现代文明与堕落的都市社会造了一面镜子。20世纪30年代中期，白族著名作家马子华推出的中篇小说《他的子民们》与散文集《滇南散记》，纳西族作家李寒谷发表的短篇小说《三月街》，以对彝族等云南边地少数民族生活的描绘与对土司制度罪恶的揭露等，丰富与拓展了南方民族文学的民族话语建

---

① 吴重阳：《中国当代少数民族文学概观》，中央民族学院出版社1986年版，第15页。
② 凌宇：《从边城走向世界——沈从文评传》（修订本），岳麓书社2006年版，第503页。

构。纳西族女作家赵银棠1948年出版的散文集《玉龙旧话》通过对纳西族民间文学的收集、整理，较早地展示了纳西族独特的历史文化。

随着中、西方文化的碰撞，中国传统文化与现代文化的对话也在这一时期拉开了序幕。一方面，以陈独秀、鲁迅、胡适为代表的许多中国现代知识分子坚持中国社会、文化的现代转型主要依靠西方文化的输入，改造国民性，破除传统文化对人的思想束缚，让国人树立民主、科学、平等、自由、独立等新观念。另一方面，以吴宓、梅光迪等"学衡派"为代表的中国现代知识分子则强调复兴传统文化，特别是让儒家文化在现代发扬光大，所谓"昌明国粹，融化新知"。在这一时期的南方民族文学中，以复兴传统文化精神为目的的传统话语也在"五四"启蒙以后悄然生长，而这方面最突出的代表又是沈从文。沈从文作品对传统话语的构建，主要是通过传承道家文化而得以实现的。沈从文特别推崇古代道家提倡的"道法自然"的哲学理念，并极力将这种哲学理念生动地贯穿到自己的一系列作品中。从他的《边城》《三三》《会明》等表现人性美的作品中，不难看出他对素朴自然的人生理想及伦理意识的追求，从他的《夜》《知识》等作品中，则不难看出他顺应自然、纵浪大化的生死观念或死亡哲学，而从他的《边城》《凤子》与《七个野人与最后一个迎春节》等作品中，可以明显地发现他"无为而治"的政治观念。他作品中表现出来的这些观念与思想，正是对古代道家思想的一脉相承，在文学或南方民族文学中促成了传统话语的现代复兴。文学或南方民族文学中传统话语的现代复兴表明，传统文化尽管受到了现代文化与西方文化的强大历史冲击，但却并没有从现代历史舞台中自动退场，而是力图重现生机、焕发青春，展现自己的独特价值。

在这一时期的南方民族文学话语建构中，伴随革命浪潮的推涌，阶级话语作为继启蒙与民族话语之后新的话语悄然生长，并昭示出某种程度的创作转换。"五四"启蒙文学之后，从20年代末期到40年代，伴随着中国无产阶级革命运动的兴起，"革命文学"与左翼文学、解放区文学先后登上历史舞台,倡导阶级革命是这些文学潮流的核心诉求。在时代的召唤下,彝族作家李乔、李纳,白族作家马子华,纳西族作家李寒谷,壮族作家陆地、华山,侗族诗人苗延秀,土家族作家萧离,土家族诗人司马军城(牟伦扬)等许多南方民族作家,或离开边地到达上海与北京,或不远千里北上延安,投入到革命以及民族救亡的浪潮之中。在革命斗争中,他们依旧拿起手中的笔为革命文学或无产阶级文学添砖加瓦。从他们的作品中可以看出,揭露旧时代阶级压迫与社会黑暗,倡导阶级革命与阶级解放,或者进行一种阶级意识的启蒙,建构革命新政权的历史合法性,成为文学的新任务。李乔曾说:"在饥寒的煎熬中,我无意地看到了创造社、太阳社提倡的普罗文学,好像找到了我所仰慕、渴望、迷恋的爱人,便全身心地投在她的怀抱里。"① 他的20世纪30年代初期反映矿山生活的小说与散文,如《未完的争斗》《我的走厂》《箇旧厂》《锡是如何炼成的》等,便是他创作普罗文学的尝试。这些作品写黑心矿主对矿丁的血腥剥夺与严酷迫害,揭露了剥削制度的罪恶,发出了阶级反抗的呼声。李寒谷的20世纪30年代中期发表的《凤凰岭》《雪山村》《诉讼》《狮子山》与《寸五娘》等短篇小说,披露了边地少数民族深重的历史苦难,控诉了旧时代官府的腐败、匪患的猖獗、兵灾的肆虐,同时描绘了受压迫民众反抗黑暗的英勇斗争。华山写于解放战争时期的《解放四平街》《踏破辽河千里雪》《英雄的十月》《总溃退》《我们还要回来的》等报告文学,通过国、共两党军事斗争的直接描写,在对国民党政权历史合法性的解构中完成了对革命新政权历史进步性的确认。阶级话语在南方民族文学中的建构是历史发展的必然结果,它开启了中华人民共和国成立之后、新时期来临之前民族文学的主题范式。

在这一时期,在抗日战争爆发后的特殊历史阶段,救亡话语成为

---

① 李乔:《不要违反艺术规律》,杨帆主编:《我的经验——少数民族作家谈创作》,青海人民出版社1982年版,第8页。

南方民族文学话语表达的特殊类型，并丰富了南方民族文学的话语体系。抗日战争的爆发使救亡成为整个中华民族的时代主题，"救亡的局势、国家的利益、人民的饥饿痛苦，压倒了一切，压倒了知识者或知识群对自由、平等、民主、民权和各种美妙理想的追求和需要，压倒了对个体尊严、个人权利的注视和尊重"。[①] 文学的启蒙因此让位于救亡。同全国文学与北方民族文学一样，宣传救亡，激发全民抗战的热情与斗志，歌颂中华各族儿女团结一心、众志成城的爱国精神，表现中华民族不惧强敌、誓死保家卫国的高尚品质，成为抗日战争时期南方民族文学的首要使命。李乔的散文《禹王山的争夺战》《活捉铁乌龟》与《假和平》，或描绘我军与日本侵略者交战的激烈场面，或赞美普通百姓的爱国热情，表现了中华民族英勇不屈的民族魂。华山的报告文学作品《向白晋线挺进》《太行山的英雄们》《窑洞阵地战》与《碉堡线上》，讴歌了中华儿女不怕牺牲、英勇抗日与保家卫国的感人事迹，特别是通过血的惨痛教训唤起全民的民族意识，告诫国民"敌人总是敌人，不打死不成"的严酷生存哲理。他的儿童小说《鸡毛信》以及后来由此改编的同名电影，则通过讲述小英雄海娃英勇机智抗日的故事，歌颂了中华民族无论老幼不畏强敌、同仇敌忾的斗争精神，几乎家喻户晓。土家族作家萧离的散文《当敌人来时——乌镇战役中含血带泪的穿插》，控诉了日本侵略者惨无人道的暴行，表现了中国人民的顽强斗争。

### （二）阶级话语作为主流话语主导下的民族文学话语建构

20世纪50—70年代，南方民族文学进入了新的发展时期与转型期。这一时期，中国共产党领导的新民主主义革命取得胜利，新的民族国家宣告成立，南方各民族实现了政治、经济、文化的翻身解放，和平建设成为时代的主题。时代的巨变带来了南方民族文学话语建构的显著变化。这种显著变化主要表现为阶级话语或革命话语上升为国

---

① 李泽厚：《中国思想史论》（下），安徽文艺出版社1999年版，第850页。

家意识形态话语或主流话语,并主导着其他话语的产生。前一时期的启蒙话语随着时代语境的变迁退出了历史舞台,南方民族文学的主将沈从文政治上被打入"反动作家"的行列,而失去了创作的权利,不得不转而从事古代文化研究。作为民族文学基本属性的民族话语虽然没有消失,但却以"隐形文本"结构的形式保留在主流话语的"显形文本"结构之下。前一时期的救亡话语到了和平建设年代则为生产建设等新的时代话语所替代。

  在这一时期南方民族文学的话语建构中,最为突出的现象便是阶级话语由过去的知识分子话语及话语分支上升为国家意识形态话语及主导话语,在作品中成为"显形文本"结构。与北方民族作家一样,以本民族翻身解放历史为叙事客体,来演绎革命斗争理念,歌颂中国共产党领导各族人民进行的伟大民主革命斗争,表现民族翻身解放的政治豪情,积极参与国家新型意识形态建构,对这一时期南方民族作家来说成为一种历史的需要,也成了他们自觉遵循的使命与发自心底的强烈呼声。这方面最值得注意的有两类作品:第一类是少数民族叙事诗。土家族诗人汪承栋的《黑痣英雄》、壮族诗人韦其麟的《百鸟衣》、侗族诗人苗延秀的《大苗山交响曲》、仫佬族诗人包玉堂的《虹》、纳西族诗人牛相奎和木丽春的《玉龙第三国》、彝族诗人吴琪拉达的《阿支岭扎》等,无论是写南方少数民族古代反抗封建帝王、黑暗官府的起义、暴动,还是写南方少数民族在中国共产党领导下的现实政治斗争,也都旨在说明阶级斗争是民族解放的根本出路。正如汪承栋介绍《黑痣英雄》创作时所说,作品的"中心思想"便是"……描写农奴从自发反抗到自觉斗争,从不信任党到有条件的依靠党以及最后完全投靠党的曲折过程,歌颂中国共产党的伟大英明,只有党的领导才是各族人民自由解放的胜利保证"[①]。第二类是长篇小说。李乔书写现实斗争的长篇小说三部曲《欢笑的金沙江》(包括

---

[①] 汪承栋:《从〈黑痣英雄〉谈起》,杨帆主编:《我的经验——少数民族作家谈创作》,青海人民出版社1982年版,第217页。

《醒了的土地》《早来的春天》与《呼啸的山风》),可谓这一时期南方民族文学最为重要的作品。小说一方面描写中国人民解放军部队深入彝族地区,主要依靠和平的方式争取彝族上层人士,进行农奴制改革,推动彝族地区的社会、政治解放,歌颂了彝、汉之间的民族团结,也展示了党的民族政策的正确与深入人心。另一方面,国民党和中国共产党两党的政治斗争、中国人民解放军依靠军事手段消灭逃窜至彝族地区的国民党残余势力、彝族奴隶主与奴隶之间的阶级斗争,自始至终被设置为小说的思想与叙事主线。壮族作家陆地的长篇小说《美丽的南方》,是这一时期南方民族文学的另一重要作品。小说描写壮族地区的土改运动,但包裹在所有制改革叙事中间的,仍然贯穿着一条阶级斗争的鲜明主线,这便是革命政权与国民党残余势力的激烈政治斗争。此外,彝族作家普飞的短篇小说《门》、壮族作家黄勇刹的彩调剧《刘三姐》等等,大都承载了阶级斗争的政治主题。

这一时期,民族话语在南方民族文学中仍然占有相当的位置,彰显出南方民族文学的民族特色,但主要以"隐形文本"结构的形式得以存留。当代文学史家陈思和指出:"当代文学[主要是指(20世纪)五六十年代的文学]作品,往往由两个文本结构所构成——显形文本结构与隐形文本结构。显形文本结构通常由国家意志下的时代共鸣所决定,而隐形文本结构则受到民间文化形态的制约,决定着作品的艺术立场和趣味。"[①] 对于这一时期的南方民族文学,未尝不能作如是观。一方面,阶级话语作为南方民族文学的"显形文本"结构,主导着作品的话语建构,对民族文化与民间文化起着整合的作用,体现出主流意识形态文化的在场。另一方面,在阶级话语作为主流话语的覆盖之下,民族话语作为民间文化形态保留在"隐形文本"结构之中。民族文学对自身特性的追求,民族文化在民族作家脑海中形成的集体无意识结构,显示了民族话语建构在民族文学创作中的盎然生机。总之,阶级话语与民族话语在这一时期国家文化建设中的矛盾统

---

① 陈思和:《中国当代文学史教程》,复旦大学出版社1999年版,第13页。

一关系,直接投射到了南方民族文学的创作之中。李乔的《欢笑的金沙江》可谓这方面的代表之作。如果说,阶级叙事与阶级话语是这部作品的"显形文本"结构,那么,小说关于彝族历史文化与彝族生活的叙事便是这部作品的"隐形文本"结构。从小说中,读者不仅能够看到金沙江畔、凉山地区彝族生活区域的浓郁地域特色,而且能够看到作家对于彝族生活风情浓墨重彩的书写与对于彝族人民族性格的有力刻画。比如,作品描绘的金沙江、凉山独特风光,彝族人刀耕火种的生产方式,围着火塘饮食的生活习俗,彝族部落之间(如磨石拉萨与沙马木札两大家族)世代相承的"打冤家",彝族奴隶主思想、政治、肉体上对奴隶的控制,彝族奴隶的生活赤贫,巫师毕摩打卦以及彝族人万物有灵观念,彝族部落通过"钻牛皮"的方式表达相互和好的风俗习惯,作品刻画的丁政委、挖七、俄西等各具个性的彝族人物形象,无疑从民族学、人类学、文化学以及社会学等方面,揭示了彝族独特的历史发展进程与彝族独特的文化心理品质,展示了阶级话语无以涵盖、更为深广的彝族历史、文化内涵。除此之外,孙健忠的短篇小说《五台山传奇》对土家人历史苦难与民族心理的描绘、侗族作家滕树嵩的短篇小说《侗家人》对侗族人独特民族性格的展示,等等,都体现了民族话语作为"隐形文本"结构的存在,与作品中"显形文本"结构——阶级话语或革命斗争话语一起构成了矛盾复合体。

在这一时期南方民族文学中,还出现了一种新的时代话语,这里姑且称之为建设话语。和平建设时代的到来,南方各民族生产斗争的深入,为这一类型的话语建构提供了现实的依据。这类作品以描写南方各民族生产建设、改造自然、劳动竞赛等现实生活为基础,讴歌日新月异的生活新貌,展现民族生活的新风尚或习俗的变迁,描绘少数民族新旧生活习俗与文化心理之间的冲突,表现南方各民族建设新生活的热情与信心,时代感强,生活气息浓郁,具有浓厚的抒情气氛,给读者一种独特的阅读感受。白族作家杨苏的短篇小说名作《没有织完的筒裙》通过描写景颇族女青年娜梦与其母麻比之间的文化、心理

## 导 论

冲突，展现新一代少数民族对于新生活的追求与理想。对娜梦来说，无论是种玉麦（苞谷），还是入团与学气象员，都比织一条筒裙或嫁一个男人更加重要，旧的生活习俗势必要被新的生活风尚所取代。侗族作家袁仁琮的短篇小说《打姑爷》，描绘侗族女青年拉朗与男青年戛拉既不靠别人说媒结为夫妻，也不靠"玩山坐月"（唱歌恋爱）双双牵手，而是依靠在劳动与技术革新、互敬互学中彼此赢得了对方的爱。古老的侗族习俗"打姑爷"在新时代获得了全新的内涵。另一侗族作家刘荣敏的短篇小说《忙大嫂盘龙灯》也属于与《打姑爷》同一主题类型的作品。傣族诗人们的叙事长诗，如康朗英的《流沙河之歌》、康朗甩的《傣家人之歌》、岩峰的《波勇爷爷游天湖——勐邦水库落成大典散记》，热情地表现傣族人民在新时代兴修水库、治理河山的伟大实践与改天换地的精神风貌，曾传颂一时。白族作家那家伦的短篇小说《篝火边的歌声》及散文《家》《白衣赤心》《鬼愁寨》与《洱海渔歌》，则作为"防治血吸虫病这一斗争生活的真实记录"[①]而引人注目，及时地反映了白族人民与重大疾病灾害进行的严峻斗争。

就这一时期中国大陆的南方民族文学来说，现代话语总体上是销声匿迹的。所谓现代话语，其思想上与西方存在主义思想等现代思想相通，就是从生存哲学的角度观照与思考人类的命运，追问人生的意义，揭示人类的生存困境并探索超越人生困境的可能。海德格尔的《存在与时间》、萨特的《存在与虚无》《存在主义是一种人道主义》、加缪的《西绪福斯神话》以及萨特的《禁闭》、加缪的《局外人》等许多文学作品，可谓现代主义思潮或现代话语的典型代表。在作为主流话语的阶级话语占统治地位的中国大陆，现代话语因其具有非无产阶级属性而在这一时期被挤出了历史舞台。同样，在这一时期的大陆南方民族文学中，现代话语无法获得起码的生长和生存空间，因此处

---

① 吴重阳、陶立璠：《中国少数民族现代作家传略》，青海人民出版社1980年版，第204页。

于一种缺席状态。但不可忽略的是，在台湾、香港与澳门等地区，缘于不同的政治、社会与文化条件，现代话语却在这一时期的南方民族文学中获得萌发，并表现出较为深刻的思想水平与浓厚的现代主义色彩。正如美国汉学家李欧梵所说："如果说中国大陆的社会政治环境并未促进现代主义文学的发展，那么从1949年以来的台湾形势就恰好是相反的。"① 就1949年以后的台湾现代派文学来说，回族作家白先勇正是其中最为突出的代表。白先勇小说现代话语的一个重要方面，是离散与幻灭。如果说，按照白先勇的说法，国民党败退台湾是20世纪中期中国最大的一次流亡潮的话，那么，对这批流亡潮中的人来说，离散与幻灭构成了他们的生活轨迹与精神徽章。一方面，国民党政权军事、政治上的失败，造成了国民党军政人员及其家属大规模逃往台湾乃至漂泊海外，别离了他们在大陆的生存家园，形成了他们逃亡、溃败、离散、漂泊、背井离乡、流离失所或放逐的生活状态，另一方面，这种生活状态割断了这些人员原有的文化根系，纷纷失去精神的支撑与生活信念的维系，精神上走向了幻灭，从此一蹶不振。白先勇小说之所以被称为"民国史"，实际上是因为它集中地描写了国民党政权逃亡或败退台湾过程中的流亡史，展示了国民党军政人员及其家属流亡途中的离散生活图景与他们精神上的幻灭状态。在白先勇的系列短篇小说《台北人》《纽约客》与长篇小说《孽子》中，无论是国民党高级将领还是国民党下层士兵，无论是国民党军政人员的家属还是随国民党政权迁台的知识分子等人员，无不处在一种离散的生活状态，并在这种离散的生活轨迹中进一步滑入生活的低潮，走向衰落、破败乃至死亡。

**（三）主流、民族、先锋、女性与生态话语的多声部合唱**

拨乱反正、国家政治生活的正常化、改革开放与外来文化的普遍传入，以及由此而来的经济、文化快速发展，与中国作为"文明型"

---

① 李欧梵：《现代性的追求》，生活·读书·新知三联书店2000年版，第127页。

## 导 论

国家在全世界的崛起，勾画了新时期中国历史的崭新篇章。新时期来临之后，南方民族文学赢来了真正的春天，进入到全面、健康发展的良性轨道，其话语建构也进入到多元并存、健康发展与新的活跃期。一方面，它以新的姿态积极参与主流话语的建构，为改革开放与经济社会发展振臂高呼；另一方面，它寻求着民族文学发展的多种出路，以民族性及人类性为标尺尝试新的探索，在回归民族文学本体创作的同时展开先锋写作、女性写作等等，形成了主流话语与民族话语、先锋话语、女性话语和生态话语的多声部合唱。

歌颂改革开放政策，肯定南方各民族的改革创新精神，描绘南方民族地区改革开放的新面貌，高举反腐倡廉的大旗，批判拜金主义思想，并在新启蒙语境下批判政治蒙昧主义与文化蒙昧主义，重新树立科学与理性的精神，以此积极参与改革开放主流话语的生产，是新时期南方民族文学话语建构的首要内容。随着国家政治主题的重大转变，新时期的南方民族作家果断地结束了阶级斗争工具论的写作模式，转而以现代性为诉求，以改革开放与推动民族经济繁荣和社会发展为标杆，与时代同构，书写中华民族走向复兴的时代大潮，因此成就了南方民族文学中的改革文学。这方面作品数量众多，影响深远，以短篇小说与长篇小说的成就最为突出。在短篇小说方面，有白族作家张长的《空谷兰》、苗族作家石定的《公路从门前走过》、土家族作家蔡测海的《远去的伐木声》——它们曾荣获全国优秀短篇小说奖，也有壮族作家黄钲的《老蓬》、壮族作家潘荣才的《上梁大吉》、瑶族作家莫义明的《八角姻缘》、侗族作家谭覃的《娘伴》、土家族作家李传锋的《烟姐儿》、黎族作家龙敏的《卖芒果》、布依族作家罗国凡的《"节日"回到布依寨》、纳西族作家戈阿干的《天女湖畔》。在长篇小说方面，最引人注目的是孙健忠的《醉乡》与苗族作家向本贵的《苍山如海》，以及瑶族作家蓝怀昌的长篇小说《波努河》与《北海狂潮》，还有那家伦的《黄金与人欲》、苗族作家肖仁福的《官运》、苗族作家王月圣的《太阳从西边出来》等。这些作品称得上一曲曲南方民族地区的时代颂歌，真实地记录了南方民族地区在改革开放大潮中发生的显著新变,也雄辩地证明了改革开放政策的不可逆转与正确性,以恢宏的气势奏响了时代主旋律。而孙健忠的《留在记忆中的故事》《乡愁》与《甜甜的刺莓》,苗族作家伍略的《麻栗沟》,藏族作家扎西达娃的《没有星光的夜》《朝佛》,瑶族作家蓝怀昌的《布鲁帕年掉下了眼泪》,布依族作家罗吉万的《紫青色的锁链》等等,这些总体上属于反思文学范畴的中、短篇小说,则更多地聚焦于对南方民族地区的历史曲折反思,以及对政治、文化蒙昧主义的批判,其对科学与理性精神的呼唤形成了一种强大的思想场域,表征了这一时期南方少数民族新启蒙话语构建的实绩,并构成了这一时期南方民族文学主流话语建构的主体部分。

新时期南方民族文学话语建构的一个突出特点,便是民族话语建构的自觉。如果说,在新时期初期,南方民族作家主要以民族生活为例来诠释主流文化观念,参与国家主流话语建构的话,那么,在20世纪80年代中期之后,伴随着国内寻根文学潮流的兴起,也得益于国外拉美民族文学本土化写作经验的启示,他们的民族意识迅速觉醒并愈加自觉,主体意识逐渐高扬。他们的创作迅速从简单诠释主流文化观念转向了对本民族文化的自觉认同,以及对本民族生存命运的关注。在全球化背景下寻求民族文化与他族文化或外来文化的平等对话,展示民族文化的丰富多样性,成为南方民族作家创作的一面新旗帜。彝族诗人吉狄马加坚持"用彝人的感情和彝人的意识"写诗,认为"在彝族人的观念和心理深层结构中,对火、对色彩、对太阳、对万物都包含着一种原始的宗教情绪。这是一种神秘的召唤,它使我们的每一首诗和歌都充满了蓬勃的生命力,并具备一种诱人的灵性"。[①] 他的《自画像》《黑色的河流》《彝人谈火》《彝人梦见的颜色》《守望毕摩》等诗作,深深地植根于彝族历史、文化的丰厚土壤,描绘彝人的葬礼,追溯彝人的火崇拜,诠释彝族的黑、红、黄三

---

① 吉狄马加:《吉狄马加的诗》,四川出版集团、四川文艺出版社2004年版,第158页。

色文化,准确地把握了彝族独特的民族文化精神,显示出作为彝族人的文化自信。白族诗人晓雪的诗歌《大黑天神》《苍山洱海》等直接取材于大理白族的神话传说,诠释了白族人民坚持正义、追求真理、勇于自我牺牲、热爱民族团结与维护祖国统一的可贵精神。藏族作家阿来的《尘埃落定》《空山》《格萨尔王》等作品,则不仅着力关注藏族的历史生存命运,尤其是反思了藏族当代历史的曲折,而且对于博大精深的藏族文化给予了精彩的阐释与现代思辨。佤族女作家董秀英是一个民族意识非常强烈的作家,她的文学作品是与佤族的生存命运紧紧联系在一起的,称得上是佤族生活的民族志叙述。描写佤族生活,关注佤族的生存命运,追踪佤族在历史长河中的演进轨迹,对佤族文化与"砍人头"等习俗做出精彩的解释,是董秀英作品民族志叙述的主要内容。土家族女作家叶梅的小说同样以关注本民族生存命运和阐释本民族文化为创作特点,乃至可以称为"土家族文化小说"。① 还有壮族作家黄佩华的中篇小说《瘦马》,哈尼族作家艾扎的短篇小说《故乡的太阳》,普米族诗人鲁诺迪基、彝族诗人阿库乌雾、佤族诗人聂勒、土家族诗人冉庄、冉冉、刘小平的诗歌,土家族作家田瑛、陈川、易光的小说,土家族作家彭学明、杨盛龙、甘茂华、温新阶的散文,等等,无不在表现本民族生活、开掘本民族文化资源方面获得了创作的成功。

在新时期,先锋话语成了南方民族文学话语生产的新的增长点,并昭示现代主义文学或先锋文学在南方民族文学中的诞生。由于国外现代哲学思潮与现代主义文学的影响,也由于国内先锋文学运动的牵引,从20世纪80年代中期开始,南方民族文学摆脱了现实主义文学的单一创作模式,开始了现代主义文学的创作实验,并在20世纪90年代与21世纪之后取得重要进展。南方民族文学的先锋话语正是伴随着南方民族现代主义文学的问世而出现的。20世纪80年代中期,蔡测海用短篇小说《古里—鼓里》率先拉开了南方民族先锋文学创作

---

① 参见吴道毅《叶梅和她的土家族文化小说》,《文学报》2003年5月29日。

的序幕。他此后的小说虽然仍然植根于土家族生活的土壤，但关注的却是人类共同的问题。《古里—鼓里》"着力揭露和批判传统文化中的消极因素，自省民族意识中的愚昧与落后，反思这些消极与落后因素造成的民族苦难"①，借此审视了科学等现代文明给自然人性造成的危害，并有意移植了拉美魔幻现实主义小说的艺术因子。他的20世纪90年代中期的长篇小说《三世界》与21世纪的长篇小说《非常良民陈次包》，进一步沿袭与拓展了《古里—鼓里》的主题。孙健忠晚年的中篇小说《舍巴日》、长篇小说《死街》，一改以往对民族生活的"颂歌"模式，演变为对民族劣根性的深刻批判，从对民族性的聚焦变成了对人类性的发问。20世纪90年代中期以后，仫佬族小说家鬼子有意消泯对本民族生活的书写，追求普世性的价值尺度。他的《被雨淋湿的河》《上午打瞌睡的女孩》与《瓦城上空的麦田》等作品，既写农民工、下岗女工等底层民众的现实苦难与生存困境，更写他们对人生不幸与命运的顽强抗争，对人格尊严的捍卫。21世纪之后，土家族作家田耳以中篇小说《一个人张灯结彩》将南方民族文学先锋写作推向了一个新的层次，作品描写的情爱、犯罪与温情等等，昭示的正是"人学"的深刻命题。藏族作家扎西达娃长篇小说《骚动的香巴拉》等作品在对藏族历史的记叙里，从生存哲学角度展示了人类的生存困境。藏族作家阿来更在创作伊始就树立了较为自觉的现代意识。他的作品，一方面注意追寻藏民族的族群记忆，展示本民族的特殊运行轨迹，另一方面则运用世界眼光来审视民族的历史文化与未来走向，思考人类的共同命运，追问生存的价值，从而使文学的民族性和人类性得到了很好的统一，为中国民族文学与世界文学进行新一轮对话提供了可能。阿来长篇小说《尘埃落定》在大量穿插藏族的创世神话、人类起源神话，以及有关民族迁徙、征战的传说、故事与英雄传奇，同时也叙述了麦其土司与汪波等土司之间频繁的战

---

① 孟繁华：《魔幻现实主义在中国》，吴亮、章平、宗仁发主编：《魔幻现实主义小说》，时代文艺出版社1988年版，第8页。

争，描写了藏族不同宗教派别之间的纷争以及政治势力与宗教势力的相互争斗。尤其是通过对麦其土司父子等形象的刻画，或通过对麦其土司暗杀查查头人、霸占其妻央宗、大肆种植罂粟、发动罂粟花战争等行为的描写，展示出人类共同的荒诞生存处境，在很大程度上揭示了追逐政治权力、满足个人私欲与历史演进的表里关系，凸显出人类历史非理性的一面，展示了人类的生存困境，从而超越了民族生活的视域，具有了某种人类寓言的色彩。

新时期以后，女性话语作为新的文学话语出现在南方民族文学话语建构中，并焕发出青春与活力。新时期南方民族文学的一个可喜现象，便是女作家群体的迅速崛起。继彝族女作家李纳、纳西族女作家赵银棠之后，涌现了景宜（白族）、董秀英（佤族）、叶梅（土家族）、贺晓彤（苗族）、阿蕾（彝族）、娜朵（拉祜族）、黄雁（哈尼族）、和晓梅（纳西族）、袁智中（佤族）、黄玲（彝族）、玛波（景颇族）、蔡晓玲（纳西族）等一大批杰出的民族女作家。在她们的创作中，除了自觉的民族意识之外，还有着自觉的女性意识或性别意识。这种自觉女性意识的形成，一方面缘于南方各民族女性的现实生活境遇，另一方面则源自于新时期初期以来国内外女性主义思潮与女性主义文学的启发。对民族女性生存处境的审视，对人生道路的探讨以及人生意义的思考，对女性优良品德的讴歌，与对女性自强不息精神的认同，构成了她们文学作品的核心语码，也标识了她们鲜明的女性作家身份。对阻碍女性人生幸福、造成女性人生不幸的男权文化以及旧的思想、习俗的猛烈批判，更是显示了她们锐利的思想锋芒与强烈的叛逆精神。她们的作品主要是小说，其中长篇小说有：李纳的《刺绣者的花》、董秀英的《摄魂之地》、娜朵的《麻石街的女人》《母枪》、黄玲的《孽红》等。中篇小说有：景宜的《谁有美丽的红指甲》、董秀英的《马桑部落的三代女人》、叶梅的《花树花树》《五月飞蛾》与《农妇李云霞的婚姻》、和晓梅的《女人是"蜜"》等。短篇小说有：景宜的《骑鱼的女人》、黄雁的《胯门》、阿蕾的《嫂子》、娜朵的《蕨蕨草》等。它们开辟了南方民族文学性别叙事的新疆域，极大地拓展了新时期南方民族文学的话语空间。

　　新时期以来，在中国全面推进现代化建设的时代潮流中，伴随着环境恶化、生态危机问题的日益凸显，南方民族文学开始自觉关注与思考生态问题，成为一股重要的文学创作潮流，成为少数民族文学的重要创作走向与话语增长点。关注严重的生态危机，表现生存环境、动植物遭受人类人为破坏的悲剧性命运，展示生态环境破坏给人类自己带来的伤害，揭露人类的狂妄自大与人类中心主义思想的虚妄，审视人类在现代化进程中表现出来的急功近利或短期行为，反思现代性弊病与困境，探索人和自然和谐相处的新路，守护南方少数民族的传统文化与生态文化，恢复南方少数民族美好生存家园，是新时期南方民族文学生态话语的主要内容。藏族作家阿来的长篇小说《空山》与短篇小说《已经消逝的森林》《三只虫草》，佤族女作家董秀英的短篇小说《木鼓声声》《山枇杷树下》，哈尼族作家存文学的长篇小说《碧洛雪山》《兽灵》，土家族作家李传锋的长篇小说《最后一只白虎》与中篇小说《红豹》，仡佬族作家赵剑平的长篇小说《困豹》等等，是新时期及21世纪南方民族文学生态话语建构的突出代表。

# 第一章

# 20世纪20—40年代南方民族文学话语建构

总体上看，20世纪20—40年代是南方民族文学话语建构的形成期或确立期。这一时期，受"五四"运动与西方文化的共同影响，南方民族文学告别了古代文化时期，进入到现代文化时期，并全面构建以现代性为归趋的现代话语。如果说，李泽厚把这一时期的思想演进史总体上概括为"启蒙与救亡"进行双重变奏、"救亡压倒了启蒙"[①]的话，那么，这一时期南方民族文学的话语建构则呈现出启蒙、民族、传统、阶级与救亡话语全面兴起与多元发展的局面。这些话语或彼此共存，或此消彼长，或相互混杂，昭示着这一时期南方民族文学话语建构的活跃与高涨，昭示着南方民族文学对这一时期多种时代主题的解答与回应。

## 一 形成背景与表现特点

20世纪20—40年代，南方民族文学话语建构主要有启蒙话语、民族话语、传统话语、阶级话语与救亡话语等五种类型。它们的形成分别有着具体的时代背景。

---

① 参见李泽厚《中国思想史论》（下），安徽文艺出版社1999年版，第823—866页。

## （一）形成背景

在这一时期中国南方民族文学话语建构中，最先面世的当为启蒙话语。"从词源角度看，启蒙的本义是，告别蒙昧、照亮生活，启蒙的核心使命是，通过教育、宣传等方式引导世人学会思考和质疑，拥有怀疑一切（包括权威和暴政）的自由，能够自觉自身的存在。这意味着，启蒙的高贵之处在于能够运用理性反思一切，包括启蒙自身……"① 对 20 世纪 20—40 年代的南方民族文学来说，其启蒙话语就是以思想启蒙为核心的话语体系。反对与摧毁封建专制文化对人的思想禁锢，解放思想，树立民主、科学、自由等现代新观念，是其最基本的目标与任务。其突出代表作家是苗族作家沈从文。沈从文作品启蒙话语的形成主要离不开两个方面的思想资源。第一，离不开西方现代文化的思想资源。有学者指出："沈从文没有出国留过学，不懂外语，但他是中国 20 世纪文学史上受到 20 世纪外国文学影响最广泛的作家。"② 比如，沈从文的《爱欲》等作品，就在反封建禁欲主义思想与艺术形式等多方面接受了薄伽丘《十日谈》的影响。第二，离不开中国"五四"新文化的思想资源。在《纪念五四》一文中，沈从文明确地表明"发扬五四精神"的态度，这种态度同时表明他对"五四"现代精神的继承。正如有学者指出："他真诚地希望通过文学改造社会，改变人生，改变中国人的精神面貌（在把文学作为改造社会，改造人生，特别是改造人的精神方面，沈从文与'五四'时期的鲁迅，与中国现代一大批作家的精神取向是相通的），输入一种'健康、雄强'的人生观。"或者说，"沈从文的'生命'哲学意识，其实质是要构筑现代意义上的'人的哲学'——使人得到彻底解放的、富有创造精神的、充满勃勃生机的'人的哲学'"。③

---

① 林朝霞：《现代性与中国启蒙主义文学思潮》，厦门大学出版社 2015 年版，第 2 页。
② 黎跃进：《简论沈从文对外国文学的借鉴》，《湘潭大学社会科学学报》2003 年第 5 期，第 129 页。
③ 赵学勇：《沈从文与东西方文化》，兰州大学出版社 1990 年版，第 25 页。

紧接着启蒙话语的是民族话语。民族话语并不等于民族主义或狭隘的爱国主义，而是围绕民族生存、历史、文化以及发展前景等所展开的思索、交流与对话，是民族认同的贯穿。对民族命运的观照与对民族文化的认同性表达，是民族话语的核心内容。这一时期南方民族文学的民族话语，主要就是对南方少数民族命运的观照与对南方少数民族文化的阐释。它的形成背景主要表现在两个方面：一是这一时期南方少数民族大都生存处境堪忧，不仅经济上贫穷落后，而且政治、文化方面遭受民族压迫、阶级压迫等重压，甚至面临着严重的民族生存危机（如日本侵华带来的民族危机）。二是南方民族作家（如苗族作家沈从文）有着较为自觉的民族意识，他们不仅意识到本民族的历史苦难与现实生存处境的艰难，因而把文学作品当成有效的手段为本民族的生存呐喊，而且他们对本民族文化有着深刻的理解与深厚的感情，感受到本民族文化在现代性语境中不可忽略的独特魅力，从而通过文学作品大力赞美本民族文化。

对于20世纪20—40年代的南方民族文学来说，传统话语的复兴不失为一种值得令人关注的重要现象。笼统而言，所谓传统话语，就是在现代文明兴盛与西方文化不断传入中国的背景下，为了与"全盘西化"的文化主张相抗衡，中国现代知识分子提出儒、释、道等中国传统文化在中国现代化历程中复兴的主张，强调对传统文化发扬光大。学衡派与现代新儒家（如熊十力、梁漱溟）的文化主张就是突出的例子。前者提出"昌明国粹，融化新知"，后者提出"返宗儒家，融合中西哲学，以建立新儒学"。就这一时期的南方民族文学而言，传统话语的复兴则主要体现为南方民族作家从道家文化中寻找有用的资源，让道家文化同现代文明与西方文化进行交流、碰撞与对话。它的复兴可以看作是两大因素共同作用的结果。一个因素是中国传统文化源远流长、博大精深，它在中国步入现代社会之后仍然有着无法消除的作用，仍然能够积极参与到与现代文化的交流与对话之中，互相取长补短，共同在中国现代性历史进程中发挥突出的作用。另一个因素是南方民族作家（如苗族作家沈从文）对中国传统文化的接受与偏爱。在实际生活中，以儒、道、释为代表的中国传统文化深深地影响了南方少数民族文化，乃至融入南方少数民族文化当中，这样使南方民族作家产生了对中国传统文化的强烈认同。

  阶级话语在中国新民主主义革命语境中的广泛传播，自然直接影响到20世纪20—40年代中国南方民族文学的话语建构。质言之，阶级话语的生产是这一时期南方民族文学话语建构的另一重要方面，同时在很大程度上昭示着南方民族文学从启蒙话语到革命话语的转换。1848年，马克思、恩格斯发表《共产党宣言》，并在其中指出："至今一切社会的历史都是阶级斗争的历史。"[①] 这一论断标志着马克思主义阶级斗争学说的问世。可以说，"阶级、阶级斗争、无产阶级专政，是马克思主义的重要内容"[②]。正是马克思主义学说尤其是马克思主义的阶级学说催生了中国共产党领导的中国新民主主义革命。而新民主主义革命则促成了阶级话语在中国20世纪历史舞台上的广泛生产与传播，阶级话语也在革命过程中成长为革命的中心话语。在中国新民主主义革命语境下，所谓阶级话语，就是对阶级与阶级斗争的言说，就是强调被压迫阶级对压迫阶级的反抗，是马克思主义阶级斗争学说的直接贯穿，并直接服务于中国革命。

  这一时期，即在抗日战争爆发后的特殊历史阶段，救亡话语成为南方民族文学话语表达的特殊类型，并丰富了南方民族文学的话语体系。抗日战争的爆发使救亡成为整个中华民族的时代主题，"救亡的局势、国家的利益、人民的饥饿痛苦，压倒了一切，压倒了知识者或知识群对自由、平等、民主、民权和各种美妙理想的追求和需要，压倒了对个体尊严、个人权利的注视和尊重"[③]。文学的启蒙因此让位于救亡。同全国文学与北方民族文学一样，宣传救亡，揭露日本帝国

---

  ① [德]马克思、恩格斯：《共产党宣言》，马克思、恩格斯：《马克思恩格斯选集》（第1卷），中共中央编译局译，人民出版社2012年版，第400页。
  ② 邓丽兰：《阶级话语的形成、论争与近代中国社会》，《历史教学》2009年第4期，第13页。
  ③ 李泽厚：《中国思想史论》（下），安徽文艺出版社1999年版，第850页。

主义的侵略野心与滔天罪行，激发全民抗战的热情与斗志，歌颂各族儿女团结一心、众志成城的爱国精神，表现中华民族不惧强敌、誓死保家卫国的高尚品质，既成为抗日战争时期南方民族文学的首要使命，也构成了这一时期南方民族文学救亡话语的主要内涵。壮族作家陆地曾经指出："当前主要矛盾是民族战争……（应）在全国范围内推广抗日统一战线……举国上下同仇敌忾，发扬团结抗战的积极性。"因此，创作"团结抗战的题材，以树立胜利信心、鼓舞士气"①，成为作家的最重要任务。

## （二）表现特点

这一时期南方民族文学话语建构总体上具有如下几个特点：

一是多元并存。这一时期，南方民族文学话语建构的一个突出特点便是多元并存，这便是启蒙话语、民族话语、传统话语、阶级话语与救亡话语等不同类型甚至不同性质的话语同时并存。最明显的情况是，"五四"运动之后，在南方民族文学中，既有以自由主义思潮为归趋的启蒙话语，也有推崇马克思主义学说的阶级话语，二者虽然性质迥异，立场对立，相互争夺话语权，但却都开辟了自己的发展道路，获得了各自发展的空间。比如，20世纪20年代末30年代初以后，以苗族作家沈从文为代表的自由主义作家，追寻的是以胡适为代表的自由主义学说与英美资本主义道路，不能接受马克思主义学说，不认同阶级话语，营造的主要是以自由、平等、民主、人权为核心内容的启蒙话语。而以彝族作家李乔、白族作家马子华为代表的左翼作家，通过接受普罗文学运动与"左联"的影响，接受了马克思主义的阶级斗争学说，追求苏联社会主义道路，他们在作品中生产的是以阶级斗争、以推翻剥削阶级、剥削制度、建立新的社会制度为核心的阶级话语。启蒙话语与阶级话语一左一右，同时并进，表征了这一时期南方民族

---

① 陆地：《我是怎样探索过来的》，《创作余谈》，广西人民出版社1982年版，第155页。

作家对中国前途的不同思考,并形成了彼此之间的对话与碰撞。

二是相互混杂。这一时期南方民族文学话语建构的另一个特点是相互混杂,即许多不同类型的话语同时存在于南方民族文学作品中,或者出现两种话语交叉的情形。比如,在苗族作家沈从文1928年推出的长篇小说《阿丽思中国游记》中,启蒙话语、民族话语、传统话语如同三个声部一齐发出声响。就启蒙话语而言,它在作品中表现为对中国国民劣根性或文化劣根性的批判与对统治者暴政的谴责。就民族话语而言,它在作品中表现为对苗族同胞遭受大汉族主义政策压迫而形成的悲苦生存命运的深切同情,及对苗族文化的由衷礼赞。就传统话语而言,它在作品中表现为对苗族同胞纯朴、自然、善良的人性的讴歌,并贯穿着古代道家的哲学思想与伦理诉求。而在彝族作家李乔、壮族作家华山的作品中,救亡话语与阶级话语往往紧密地交织在一起,或者说在救亡话语中往往掺杂着阶级话语。比如,在李乔的短篇小说《饥寒褴褛的一群》中,既有描写国民党地方政府为了抗战而征兵的救亡话语,又有揭露国民党下层军官营私舞弊、中饱私囊、消解国民党政权历史合法性的阶级话语,前者是铺垫,后者是重心。在华山的报告文学《碉堡线上》中,既有宣传抗日救国的救亡话语,又有歌颂八路军抗日政权人民性的阶级话语,救亡话语是主导,阶级话语是补充。

三是不断嬗变。这一时期南方民族文学话语建构的第三个特点是不断嬗变,即随着时代主题的变化而变化,不同的话语出现此消彼长的情形。就"五四"以后中国现代思想史的演变来看,首先是"五四"运动开启了启蒙运动,促成了启蒙话语的诞生。而随着中国共产党领导的新民主主义革命的推进与马克思主义学说在中国影响的扩大,阶级话语在20世纪20年代末、30年代初开始登上中国历史舞台,并不断发展壮大。"九·一八"事变之后,随着民族危机的加深,救亡的时代主题最终压倒了启蒙的时代主题,启蒙话语也让位于救亡话语。在抗日战争结束之后,国民党与中国共产党的政治斗争导致阶级话语被凸显为主导性时代话语,也使其在思想、文化领域取代了救亡话语与启蒙话语的位置。受时代主题变化的直接影响，这一时期南方民族文学话语建构也发生了这样的演变轨迹，即最早为启蒙话语，而后兴起阶级话语，再后是救亡话语面世并取代启蒙话语。伴随着抗日战争的胜利，阶级话语最终代替救亡话语与启蒙话语成为主导性文学话语，并为下一时期阶级话语在南方民族文学作品中占主导地位打下了基础。

## 二 启蒙话语的面世——以苗族作家沈从文为例

20世纪20—40年代，南方民族文学话语建构的第一个方面是启蒙话语的建构。康德指出："启蒙运动就是人类脱离自己所加之于自己的不成熟状态。不成熟状态就是不经别人的引导，就对运用自己的理智无能为力。当其原因不在于缺乏理智，而在于不经别人的引导就缺乏勇气与决心去加以运用时，那么这种不成熟状态就是自己所加之于自己的了。要有勇气运用你自己的理智！这就是启蒙运动的口号。"[①] 康德认为，启蒙就是摆脱人类不成熟或欠缺理智的思想状态。福柯则这样论述启蒙的含义："可以连接我们与启蒙的绳索不是忠实于某些教条，而是一种态度的永恒的复活——这种态度是一种哲学的气质，它可以被描述为对我们的历史时代的永恒的批判。"[②] 对福柯来说，启蒙就是一种怀疑的态度与批判的精神。20世纪20—40年代南方民族文学启蒙话语的实质，则是运用现代理性精神批判与审视以封建旧文化为主导的传统文化，着眼于树立自由、民主与理性等现代精神。

谈到20世纪20—40年代南方民族文学的启蒙话语构建，有必要谈及广西壮族作家韦杰三。韦杰三（1903—1926）在很大程度上说正是这方面的先行者。他于1922年发表的短篇小说《从圈里跳出来

---

① ［德］康德：《答复这个问题："什么是启蒙运动"》，见［德］康德《历史理性批判文集》，何兆武译，商务印书馆1990年版，第22页。

② ［法］福柯：《什么是启蒙》，汪晖译，见汪晖、陈燕谷主编《文化与公共性》，生活·读书·新知三联书店1998年版，第433—434页。

的一个》，是"迄今发现的最早创作的少数民族现代白话短篇小说"。① 这篇小说以寓言的形式表达了反封建思想、张扬人的意识觉醒的主题，从而有力地呼应了"五四"新文化运动关于个性解放的文化启蒙主义思潮。韦杰三于1923年前后发表的《父亲的失望》与《私逃》等短篇小说，也通过描写青年一代冲破家庭束缚、外出求学的故事，表现了青年一代学习新知识、新文化的活力，表现出他们对父权思想、封建思想的反抗与对个人幸福、国家强盛的追求。由于韦杰三英年早逝，他的小说对南方民族文学启蒙话语的建构仅仅开了个头。而真正着手并完成"五四"新文学时期南方民族文学启蒙话语建构的作家是苗族作家沈从文。

就创作价值取向而言，苗族作家沈从文一直以文化保守主义立场与田园牧歌情调著称于世。这一点固然不假。然而，与任何世界级文学大师一样，沈从文的创作价值取向也是极其复杂的，甚至表面看来充满矛盾性或悖论性。比如，一方面，为了抗击现代化潮流带来的弊端，沈从文坚持文化保守主义，讴歌农耕文明与乡村文化，强调人性的返璞归真，因此体现出他文学创作的特立独行；另一方面，沈从文同封建禁欲主义与蒙昧主义势不两立，对现实黑暗与历史惰性深恶痛绝，对国民性弱点与知识分子的精神局限痛加鞭挞，从而表现出与文化保守主义相对立的文化启蒙主义立场。这种文化启蒙主义立场在很大程度上与鲁迅一脉相承。怪不得沈从文这样说道："发扬五四精神，使文运重造与重建，是关心它的前途或从事写作的人一件庄严的义务。"② 正因为这样，启蒙话语构成了沈从文作品的重要内容，并与文化保守主义精神形成了对应与互补关系。

**（一）封建禁欲主义禁锢人性，蒙昧主义造成思想愚昧**

沈从文作品启蒙话语的一个突出方面，是反对封建禁欲主义与封建

---

① 李云忠：《中国少数民族文学史·小说卷》，人民文学出版社2016年版，第183页。
② 沈从文：《纪念五四》，《沈从文全集》（第14卷），北岳文艺出版社2002年版，第300页。

蒙昧主义，表明封建禁欲主义禁锢人性，蒙昧主义造成思想愚昧。沈从文主张用文学建筑人性的神庙，用文学讴歌自然、纯朴、健康与美好的人性，其作品（如代表作《边城》）因此具有浓厚的乌托邦色彩，也令人想到儒家文化之类的道德理想主义情怀。然而，沈从文作品绝没有儒家的理学色彩，更不拒绝现代理性思潮。在性爱问题上，沈从文坚决反对封建禁欲主义。在文化建设上，他极力反对封建蒙昧主义。正如他在解释"五四"运动的精神实质时所说："要出路，要的是信心中的真理抬头。要解放，要的是将社会上愚与迷丢掉！"① 对他来说，"五四"运动的目的在于让人们思想上树立理性主义，消除蒙昧主义。

古人说："食色，性也。"沈从文深受道家文化的影响，坚持自然的人性，反对扭曲的人性，认为性爱是"天许可的那种事，不去做也有罪"。② 作为现代作家，沈从文同时广泛学习外来文化，深受西方现代人本主义思想的感染。他声称，他的《爱欲》之类的作品，就是接受薄伽丘《十日谈》等文艺复兴时期人文主义作品启发的结果。中西方文化的熏陶使沈从文对于封建禁欲主义文化表示了强烈的不满，并在作品中以诗的情调与意境大力赞美两性之间的性爱，肯定性爱之于爱情的合理性，从而表现出对于封建礼教的强烈叛逆性及与众不同的创作个性。沈从文的许多小说作品，如《雨后》《采蕨》《月下小景》《阿黑小史》《旅店》《夫妇》《媚金·豹子·与那羊》《爱欲》《萧萧》等等，都是着力描写性爱与讴歌性爱的作品，或从人性或从科学角度对性爱加以解释的作品。在这些作品中，青年男女之间两情相悦与男欢女爱是人性美的展露，性的满足是天经地义，与虚伪的封建礼教格格不入，甚至不为社会习俗所囿。在湘西山水间发生的男女之间那种没有遮掩的"野合"充满了生活的诗情画意。性的满足与渴求并不仅仅是男性的专利，也是女人的本分。在性爱方面，女

---

① 沈从文：《纪念五四》，《沈从文全集》（第14卷），北岳文艺出版社2002年版，第298页。
② 沈从文：《神巫之爱》，《沈从文全集》（第9卷），北岳文艺出版社2002年版，第371页。

性同样可以主动去追求男性,与男性一样享有平等的权利。《采蕨》《阿黑小史》中的阿黑姑娘,《旅店》中的苗族女店主黑猫,都不约而同地主动与各自心仪的男子行云雨之欢。《夫妇》中的青年夫妇因为一时兴之所至,便在回家路途的草堆上做夫妻之事。《爱欲》中的丈夫因忽略夫妻之事,导致妻子的严重不满与另嫁,险些酿成自身的生命悲剧。《萧萧》中的童养媳萧萧处于青春期时,她的丈夫还是个刚学走路的小男孩,她受长工花狗勾引失身便在情理之中了。而在一些散文作品中,沈从文则对封建禁欲主义对人性的压抑进行了严厉的谴责。在他看来:"禁律益多,社会益复杂,禁律益严,人性即因之丧失净尽。"①散文《凤凰》所要鞭挞的,正是封建禁欲主义或封建礼教压抑或禁锢湘西妇女人性所产生的严重后果。无论是蛊婆、巫婆还是落洞少女,她们的生活与情感悲剧很大程度上都是由封建禁欲主义所造成的。缘于礼教的作祟,她们不是守寡,就是未婚,情感生活处于空白,生理的需求得不到满足。她们看似不可理喻的所作所为,不过是某种形式的性幻想而已。就落洞少女而言,"因人与人相互爱悦和当前道德观念极端冲突,便产生人和神怪爱悦的传说,女性在性方面的压抑情绪,方藉此得到一条出路"。②所以,改变她们尤其是落洞少女生存处境与悲剧命运的唯一办法便是出嫁或再婚。或者用作家的话说:"最正当的治疗是结婚。"《沅陵的人》中的柳林岔男子,因为寡母与山上的和尚相爱,便特意组织人员在山间修桥凿路,以方便母亲与情人相会。在这里,人们传统观念中的所谓"妇道"与母子伦理被彻底地颠覆了,取而代之的是大写的人性。

以现代理性的眼光审视湘西民众蒙昧的生存状态与思想状态,以此揭示湘西地区生存环境的封闭与现代社会背景下湘西民众与现代文明的疏离,显示出沈从文启蒙立场的又一主要路径。作为少数民族的

---

① 沈从文:《烛虚》,《沈从文全集》(第12卷),北岳文艺出版社2002年版,第14页。

② 沈从文:《凤凰》,《沈从文全集》(第11卷),北岳文艺出版社2002年版,第400页。

聚居地，湘西经济、文化相对落后，军阀混战造成民生凋敝，广大民众基本上处于一种蒙昧或盲目的生存状态，无法真正理解与把握生命的意义，缺乏人格的独立，与"五四"新文化运动提倡的个性解放与思想解放背道而驰。沈从文对此保持了清醒的认识，并通过文学作品揭示了封建蒙昧主义对民众造成的思想愚昧，同时表达了对现代理性精神的呼唤。正如汪曾祺所说："读沈先生的作品常令人想起鲁迅的作品，想起《故乡》《社戏》（沈先生最初拿笔，就是受了鲁迅以农村回忆为题材的小说的影响，思想上也必然受其影响）。他们所写的都是一个贫穷而衰弱的农村。地方是很美的，人民勤劳而朴素，他们的心灵也是那样高尚美好，然而却在一种无望的情况中辛苦麻木地生活着……湘西地方偏僻，被一种更为愚昧的势力以更为野蛮的方式统治着。那里的生活是'怕人'的，所出的事情简直是离奇的。一个从这种生活里过来的青年人，跑到大城市里，接受了'五四'以来的民主思想，转过来再看看那里的生活，不能不感到痛苦。"① 或如海外汉学家王德威所说，沈从文"对人性的愚蠢、家国的动乱，岂真无动于衷？"② 事实正是如此。在散文《沅水上游几个县份》中，沈从文描述了水手、妓女、小公务员、小市民等湘西底层穷苦民众的严峻生存状态，所谓"与其说是在挣扎生活，不如说是在混生活。生存是无目的的，无所谓的……活时，活下去；死了，完事。'野心'在多数人生活中都不存在，'希望'也不会存在"。③ 就生活在晃县的多数男子来说，由于他们的"生存意义或生存事实，都和烟膏烟土不可分"，或者说"许多人血里都似乎有了烟毒"，因此"一瞥印象是愚，穷，弱"。毒品不仅伤害了他们的身体，而且麻痹了他们的精神。在短篇小说《萧萧》中，少女萧萧先是沦为娶童养媳这一陋俗的牺

---

① 汪曾祺：《沈从文的寂寞——浅谈他的散文》，《我的老师沈从文》，大象出版社2009年版，第26—27页。
② 王德威：《想像中国的方法：历史·小说·叙事》，生活·读书·新知三联书店1998年版，第142页。
③ 沈从文：《沈从文全集》（第11卷），北岳文艺出版社2002年版，第390页。

牲品，以至于酿成与长工花狗偷情生下私生子的闹剧，险些受到被夫家"变卖"与"沉潭"处死的惩罚。而在经历生子风波之后，萧萧竟然又为自己的儿子娶了一房童养媳，不自觉地让自己的生活悲剧在下一代身上重演。对于童养媳制度对人性的伤害，不仅萧萧的族人与周围的人习焉不察，而且作为当事人与受害者的萧萧也熟视无睹。封闭的生活环境限制着他们的视野，古老的生活习俗禁锢着他们的思想。即便是外来的生活新风气也难以改变他们的生活轨迹。就萧萧来说，女学生过境的传闻让她一度萌发对外来新生活或现代文明的希望，然而现实的处境却设定了她的生活方向。在长篇小说《阿丽思中国游记》中，沈从文对湘西人的生活图景作了这样的归纳："他们那听天安命的人生观，在这随命运摆布的生活下，各不相扰的生儿育女，有希望，有愤懑，便走到不拘一个庙里去向神伸诉一番，回头便拿了神的预约处置了这不平的心，安安静静过着未来的日子。人病了，也去同神商量，请求神帮忙……"① 这里的求神治病与听天由命等等，无疑是湘西民众蒙昧生存状态的重要表现形态。通过以上分析不难看出："现代理性精神的缺失，成为沈从文对乡下人现代生存方式反思的焦点。沈从文创作的目的在于呼唤乡下人沉睡的理性，摆脱对环境的依附，获取生命的自由空间，并投身到新的生存竞争中去。"②

### （二）现实充满黑暗，历史带着顽固的惰性

沈从文作品启蒙话语还有一个重要方面，就是诅咒黑暗现实与顽固的历史惰性，表明现实充满黑暗，历史带着顽固的惰性。沈从文所处的 20 世纪二三十年代，对中国来说是一个内外交困、危机四伏的时代。国内军阀混战，民不聊生。对外，民族危机日益严峻，日本帝国主义悍然入侵中国，山河破碎，人民流亡。沈从文深切地关注着民族与国家的命运，寄希望于民族的富强与社会的进步，对于黑暗的社

---

① 沈从文：《沈从文全集》（第3卷），北岳文艺出版社2002年版，第219页。
② 凌宇：《沈从文创作的思想价值论——写在沈从文百年诞辰之际》，《文学评论》2002年第6期，第15页。

会现实与顽固的历史惰性表示了强烈的不满，并通过自己的文学作品表达出对黑暗现实的诅咒、批判与对历史惰性的反思、抨击。

在作品中，沈从文借助于现代政治理念，对半殖民地半封建社会的中国黑暗政治及其严重后果进行辛辣的嘲弄，昭示了当时社会政治的黑暗。在很大程度上说，与老舍的《猫城记》一样，沈从文1928年发表的《阿丽思中国游记》都是运用寓言形式写出来的批判现实主义小说，它们的锋芒所向无疑是20世纪二三十年代中国的黑暗政治。海外汉学家夏志清指出："现代中国小说，虽满纸激愤哀怨，但富于写实。20年代末期和30年代初期的一些作家，以忠于写实为务，运用讽刺的笔调把中国写成一个初次受人探索的异域。沈从文的《阿丽思中国游记》（1928）、老舍的《猫城记》（1932），是这类作品的代表。他们都是当代的名作家，继承李汝珍和刘鹗的讽喻写法，在其感时忧国的题材中，表现出特殊的现代气息。他们痛骂国人，不留情面，较之鲁迅，有过之而无不及。"① 如果说，老舍的《猫城记》所描绘的黑暗中国政治主要表现为政客假公济私与窝里斗的话，那么《阿丽思中国游记》所描绘的黑暗中国政治则主要表现为民不聊生与国内的民族压迫。约翰傩喜博士来中国后遇到的饥饿汉子之所以要求傩喜用枪杀死他，不是因为"愿意死"，而是本来"愿意活"的他实在活不下去了才求死。他长期失业，仅靠讨饭为生，然而讨饭也无以为继了，结果饿得奄奄一息，不得已请求别人杀死他。他的生存境况正是广大中国平民百姓生存苦难的典型写照。与饥饿汉子相比，处在偏僻边境的中国苗民则处于被大汉族主义压迫、凌辱的境地。"所有的苗人，不让他有读书机会，不让他有作事机会，至于栖身于大市镇的机会也不许，只把他们赶到深山中去住，简简单单过他们的生活，一面还得为国家纳粮，上捐，认买不偿还的军事公债，让工作负担累到身上，劳碌到老就死去，这是汉人对于苗人的恩惠。捐赋太重，年又不丰收，他们就把自己生育的儿女，用极小的价钱卖给汉人做奴隶，终生为主人所

---

① 夏志清：《中国现代小说史》，刘绍铭等译，复旦大学出版社2005年版，第364页。

有，算是借此救了自己也活了儿女，这又是汉人对于苗人的恩惠。他们把汉人与上天所给的命运，拿下来，不知道怨艾同悲愤，萎靡地活着，因为他们是苗子，不是人。使他们觉得是苗子，不是人，应感谢的是过去一个时代的中国国家高等官吏，把这些东西当成异类，用了屠杀的血写在法律的上面，因此沿袭遵行下来了。"① 在沈从文笔下，苗人被汉人剥夺了受教育、工作乃至人的权利，被赶进深山老林，承受难以承受的税负，在贫困线上挣扎，常常不得不卖儿鬻女。

在贫弱落后的中国黑暗现实中，与黑暗政治紧密相关的是顽固的历史惰性。虽然沈从文写作的年代已经结束了清政府统治，进入民国时代。然而，沈从文发现，社会的进步极其有限，社会的黑暗并没有得到根本的改变，历史似乎形成了顽强的惰性。沈从文在作品中对这种顽固的历史惰性保持了清醒的认识与高度的觉悟。在《阿丽思中国游记》中，沈从文托人物的口一针见血地指出："革命十年，打十年的仗，换三打国务总理，换十五打军人首领，换一百次顶时髦的政治主义，换一万次顶好的口号，中国还是往日那个中国。"② 在他看来，中国现代的政治变革只是体现在形式上，而没有落实在根本制度上，社会因此仍然停滞不前，腐朽政治因此依然故我，即使是国民政府也不例外。他1935年发表的短篇小说《新与旧》更是对这一观点进行了形象的诠释。小说中的杨金标是一名光绪年间的刽子手。每当行刑时，他用砍刀砍下犯人的头颅。之后，跑到城中的庙里给菩萨烧香，对随后赶来烧香的县太爷谢罪求饶。三十多年过去，民国时代不再运用砍头的形式处决犯人，砍头改成了枪毙。年老的杨金标于是成为开闭城门与开关门锁的门卫，过着悠闲的日子。然而，有一天他却再次受到县衙的征召。原来政府在枪毙一对夫妻小学教员时准备采取新花样，又把枪毙改为砍头了。国民政府对从事异端宣传的教员夫妻进行枪毙，无疑是残暴不仁，与黑暗的清政府没有两样。而体现时代变化

---

① 沈从文：《沈从文全集》（第3卷），北岳文艺出版社2002年版，第264—265页。
② 同上书，第184页。

的，竟然是杀害"犯人"的形式。对统治者的统治而言，所谓"新"的与"旧"的，不过是形式上的差异而已。虽然改朝换代，时间推移，其草菅人命、残暴不仁的本质则始终不变。《大小阮》在很大程度上也昭示着"五四"启蒙运动的落潮，显示出社会变革的艰巨与缓慢。作为现代知识分子的大阮尽管受到大学教育，但却是市侩主义哲学的典型奴隶，满脑子升官发财梦，行为极端自私自利，毫无公德与民族爱国情怀，其嘴脸与封建社会的官僚、政客毫无二致。时代进步了，他的思想却严重地退化着。

**（三）"国民性"需要改造，知识分子的精神病态需要疗救**

沈从文作品启蒙话语的另一个重要内容，是"国民性"需要改造，知识分子的精神病态需要疗救。对沈从文来说，"国民性"需要改造就是国民的思想、性格存在严重弱点或局限，有必要加以揭露与检讨，并以现代理性精神为目标，重建民族精神或民族道德；知识分子的精神病态需要疗救就是现代中国知识分子的精神状态存在精神病症，需要加以审视并克服，从而使他们在现代文化建设中能够承担应有的历史责任——这同时体现出沈从文本人作为中国现代知识分子的一种文化内省或自我检讨。

鲁迅曾回忆说："说到'为什么'做小说罢，我仍抱着十多年前的'启蒙主义'，以为必须是'为人生'，而且要改良这人生……所以我的取材，多采自病态社会的不幸的人们中，意思是在揭出病苦，引起疗救的注意。"[①] 对鲁迅开创的"五四"新文学来说，文学的首要任务就是启蒙，或者说是促进国民的思想解放与个性解放，让他们破除迷信，相信科学，接受自由、平等、民主与理性等现代新观念。而揭露与批判由愚昧与落后造成的"国民性"思想、性格弱点，正是"五四"新文学的一个重要出发点。从这一意义上说，沈从文可

---

① 鲁迅：《我怎么做起小说来》，吴福辉编：《二十世纪中国小说理论资料》（第三卷，1928—1937），北京大学出版社1997年版，第212页。

谓继承了鲁迅的衣钵,与鲁迅一样用文学对"国民性"弱点进行了不遗余力的批判,并内在地提出了改造"国民性"的任务。在散文《中国人的病》中,沈从文专门聚焦中国人的"国民性"弱点,并如此提出改造"国民性"的方案——"对一切事皆有从死里求生的精神,对病人狂人永远取不合作态度"。① 在《阿丽思中国游记》中,沈从文对中国人的"国民性"弱点进行了多方面的列举,作品描写的哈卜君送给傩喜先生的《中国旅行指南》称得上中国国民性弱点的集中展览。比如,客人要见官员,必须给官员的仆人小费,否则永远也见不着;外国人把外国的发明说成是中国古人的发明,中国人尤其是中国知识分子便心里高兴;中国人从来不守时;"中国的兵队,都知道怕外国人,土匪也如此";赌博是中国人的一大特点,甚至打仗都是一种赌博;尤其是——"在中国许多地方,每一天都要杀一些人,普通人可以随便看这个热闹。官厅也能体会这民众的希望,一遇到杀人,总先把这应杀的人游街,随后把人头挂在看的人顶多的地方,供大家欣赏"。不难看出,沈从文对中国国民虚荣、好赌、崇洋、奴性、愚昧、麻木等弱点表示出强烈的愤慨。至于作品中描写的被政府杀掉的人与看"热闹"的人,令人不由自主地想到鲁迅《药》《示众》等小说中描写的犯人与"看客"。无论是犯人还是"看客",无疑都是没有文化、不觉悟的普通民众。他们的麻木不仁、愚昧驯顺同样让人感到触目惊心,也为黑暗的统治与残暴统治者的草菅人命提供了深厚的社会土壤。事实上,关于官府或官队"杀"人与民众充当"看客",沈从文通过小说《新与旧》《槐化镇》与散文《清乡所见》《小学教育》等作品或显或隐地进行了深刻的表现。而在小说《巧秀和冬生》《夫妇》等作品中,沈从文描写了许多参与"杀人"与侮辱他人的愚昧的民众,描写了这些民众不自觉地充当坏人与陋俗"帮凶"的行为。"凡是愚弱的国民,即使体格如何健全,如何茁壮,也

---

① 沈从文:《"中国往何处去"》,《我的人生哲学》,国际文化出版公司2014年版,第177页。

只能做毫无意义的示众的材料和看客,病死多少是不必以为不幸的。所以我们的第一要著,是在改变他们的精神……"① 可见,沈从文笔下的看客与鲁迅笔下的看客有着异曲同工之妙,都深刻地展示了中国普通民众愚昧的精神与奴性的性格。

  在沈从文作品中,与改造"国民性"紧密相连的是对知识分子精神病态的疗救。在沈从文看来,由于客观环境使然,缘于自身的先天性缺点,作为思想启蒙者的现代知识分子也存在着严重的局限,从而影响着他们行使自己的社会历史使命,因而需要疗救。如果说,鲁迅在《伤逝》《在酒楼上》《孤独者》等作品中很大程度上表现了经济条件或经济解放对"五四"启蒙知识分子的严重制约的话,那么,沈从文则在《有学问的人》《八骏图》《大小阮》与《烛虚》等作品中表现了现代知识分子的精神萎缩,从而提出了疗救知识分子的精神病态的问题。《有学问的人》中的知识分子沉溺于虚伪的情感游戏。趁着妻子带着小孩出门的机会,身为物理学教师的男子迫不及待地与妻子的女同学打情骂俏。然而这位有学问的人既梦想着婚外恋的春梦,又刻意保持所谓的绅士风度,进退维谷,虚伪作态,自私、胆小的嘴脸暴露无遗。《八骏图》中的身处大学象牙塔中的大学教授们则集体性地患上了都市庵寺症。他们分属文、理学科的学者、作家或教授,虽然拥有社会名流的外在身份,但却无法称得上知识界的中流砥柱。他们在事业上没有什么建树,而各自的两性情感生活却是那样的畸形与错位。有的已有妻室,但却从春宫画中找寻情感的替代性满足,或者变态地去亲吻沙滩女子留下的脚印,甚至与外甥女进行不伦之恋。有的处在恋爱中,但却违背常情,把柏拉图精神之恋当成时髦加以追求,或者痴迷于虐恋,或者脚踏两只船,搞起三角恋。林林总总,不一而足。在他们身上,"本我""自我"与"超我"的关系完全是紊乱不堪的。一方面,他们无法抑制"本我"即生理本能的冲动。另一方面,自我

---

① 鲁迅:《呐喊·自序》,《鲁迅全集》(上卷),西藏人民出版社1996年版,第216页。

的知识修养与社会伦理又以"自我"或"超我"的形式紧紧束缚着本能,或者以变态形式压抑着本能,以致出现都市庵寺症。在《阿丽思中国游记》中,沈从文"嘲讽中国的文坛,特别挖苦那些孤高自傲的诗人,以及像八哥博士那样被人抬高身价、会多种外语、八面玲珑、到处活动的专家"。① 作品中披着作家、诗人外衣的知识分子们不是自以为是、狭隘自私,就是相互攻讦或沉迷于无聊的争论,以至于丑态百出,斯文扫地。《烛虚》中所写的某太太与现代知识分子的身份是那样的格格不入,乃至形成巨大的反差。她虽然留学欧美,受过现代教育,但却丝毫不懂现代人的人生价值与意义,以致"生存下来既无任何高尚理想,也无什么美丽目的";虽然"出外与人谈妇人运动",但这不过是表面现象,实际上对妇女解放的含义一无所知,或并不懂得妇女解放的真正含义。正因为如此,她与另外两名上等身份的妇女,在抗日战争时期"消磨生命的方式,唯一只是赌博"。就她们而言,"五四"运动解放了她们的思想,但"如何重新做人,重新做什么人"却是一个缥缈的幻影。在《大小阮》中的大阮身上,显示出的更是堕落的现代知识分子的市侩哲学与庸人之道。作为北京大学外国文学系毕业生的大阮,照说应该是民族的栋梁与社会的精英,然而却在半封建半殖民地的生活土壤中成为文化的怪胎。与堂侄小阮关心国家大事不同,大阮最关心的是钱——小阮借了他50元钱之后,因为钱被借走"睡不着觉的",他立即写信给堂兄编造谎言,以便索回欠款。他学习的目的是为了当作家,当作家的目的是为了出名,出名的目的是为了找女人取乐,受女人崇拜。家有三千亩地的他最终也娶到了官家女,回到南方的母校当上了官(训育主任),过起了舒适的家庭与个人生活。对他来说,"生存另一目的就是吃喝,活下来是醉生梦死"。小阮坚持社会革命,信奉"要世界好一点,就得有人跳火坑",因此屡屡不顾个人安危参加罢工或绝食等政治活动,结果牺牲了性命。而大阮的人生哲学则与之相反,坚持"君子不立于危墙之下"。民族的命运被他

---

① [美]金介甫:《沈从文传》,符家钦译,国际文化出版公司2005年版,第103页。

完全抛诸脑后，图的只是个人的升官发财与过小日子，并认定自己的生活上诸事顺遂，正是因为有了这种人生信仰。而他这样的人生信仰无疑宣告了少数现代知识分子精神的死亡，他们已经走向启蒙的反面，成为历史进步的障碍。

"启蒙的目标，文化的改造，传统的扔弃，仍是为了国家、民族，仍是为了改变中国的政局和社会的面貌。它仍然既没有脱离中国士大夫'以天下为己任'的固有传统，也没有脱离中国近代的反抗外侮、追求富强的救亡主线。扔弃传统（以儒学为代表的旧文化旧道德），打碎偶像（孔子）、全盘西化、民主启蒙，都仍然是为了使中国富强起来，使中国社会进步起来，使中国不再受外国列强的欺侮压迫，使广大人民生活得更好一些……"① 在近代中国半封建半殖民地的历史情境中，启蒙总体上是以救亡为目的的，即为了实现民族的独立，摆脱帝国主义的殖民压迫。从这个意义上说，沈从文作品的启蒙话语同样服从于这一目的。

## 三 民族话语的出现——以苗族作家沈从文为例

20世纪20—40年代南方民族文学话语建构的第二个方面，是民族话语的建构。在人们的普遍印象中，沈从文似乎只是一般意义上的"边地湘西的叙述者、歌者"②或描绘"湘西风土人情的出色画家"③，因而只是一位作品地域特色浓厚的现代作家。事实上，正如著名苗族学者凌宇所说，"沈从文是一位具有自觉的少数民族意识的作家"④。缘于作家的少数民族身份，在沈从文作品中，民族话语无疑是一种较为

---

① 李泽厚：《中国思想史论》（下），安徽文艺出版社1999年版，第828页。
② 钱理群、温儒敏、吴福辉：《中国现代文学三十年》（修订本），北京大学出版社1998年版，第275页。
③ 杨义：《中国现代小说史》（第二卷），人民文学出版社1993年版，第612页。
④ 凌宇：《沈从文创作的思想价值论——写在沈从文百年诞辰之际》，《文学评论》2002年第6期，第9页。

显在的主题话语，并与启蒙话语等构成了有效的对话关系与文化张力，遗憾的是这一点却长期受到学术界的忽略。沈从文作品的民族话语建构，一方面体现在对湘西少数民族生存命运的观照尤其是表现在对湘西少数民族历史苦难的"代言"上，表现为湘西少数民族（尤其是苗族）是苦难深重的民族，另一方面体现在对湘西少数民族，尤其是湘西苗族民族文化精神的生动阐释与由衷的礼赞上，提出了湘西少数民族有着独特而灿烂的民族文化。此外，断定湘西少数民族将迎来新发展前景，或者说对湘西少数民族未来前景所做的建设性的政治构想，也构成了沈从文作品的民族话语建构的重要内容。而所有这些，都使沈从文作品呈现出典型的"民族志"书写的特点。沈从文作品对湘西苗族、土家族文化作为"地方性知识"的独特内涵与现代意义的发掘，也构成了中国现代文学中较为稀缺的民族话语，并为丰富与拓展中国现代文学与少数民族文学的话语建构做出了难能可贵的贡献。事实上，在20世纪20—40年代南方民族文学民族话语的构建中，沈从文既是最具代表性的作家，也是最有成就的作家。正因为如此，这里以他为例来探讨20世纪20—40年代南方民族文学民族话语的建构。

## （一）湘西少数民族是苦难深重的民族

沈从文的民族情怀曾如此溢于言表："苗人所受的苦实在太深了……所以我在作品里替他们说话。"[①] 他很早便发现，湘西少数民族，尤其是作为"蛮族"的苗族，几千年来一直处在被中原统治者压迫与凌辱的地位，经受了极其深重的历史苦难。对于湘西少数民族的悲剧生存命运，感同身受的沈从文表现出发自肺腑的叹息与同情，因此自觉地运用文学的形式诉说他们的苦难，谴责压迫者的罪恶。很明显，沈从文作品的首要民族话语，便是强调湘西少数民族（尤其是

---

① 凌宇：《从边城走向世界——沈从文评传》（修订本），岳麓书社2006年版，第503页。

苗族）是苦难深重的民族。正如凌宇论及沈从文散文时所说："《湘行散记》《湘西》带着苗族作家沈从文鲜明的民族倾向——洗雪历代统治者强加于苗族人民头上的耻辱，唱出长期受压迫的少数民族的心声。"① 其实，沈从文散文也好，小说也好，都表现了这样的创作倾向，因此书写了湘西少数民族尤其是苗族深重的历史苦难。

在沈从文的笔下，湘西少数民族是一个被统治者欺侮乃至任意杀戮的民族，而湘西苗族又首当其冲。早在1928年推出的长篇小说《阿丽思中国游记》中，沈从文就深刻地观察到了苗族所处的不平等的政治地位与受压迫的严峻现实："所有的苗人，不让他有读书机会，不让他有作事机会，至于栖身于大市镇的机会也不许，只把他们赶到深山中去住，简简单单过他们的生活，一面还得为国家纳粮，上捐，认买不偿还的军事公债，让工作负担累到身上，劳碌到老就死去，这是汉人对于苗人的恩惠……他们把汉人与上天所给的命运接下来，不知道怨艾同悲愤，萎靡地活着，因为他们是苗子，不是人。使他们觉得是苗子，不是人，应感谢的是过去一个时代的中国国家高等官吏，把这些东西当成异类，用了屠杀的血写在法律的上面，因此沿袭遵行下来了……"② 大汉族主义与政治黑暗把苗族推向了灾难的深渊，使苗族失去受教育的机会，遭受种种不公平的待遇，乃至堕入被奴役与受宰割的悲惨命运。需要特别指明的是，沈从文正是湘西苗族与土家族被屠杀命运的亲历者与见证者。沈从文青年时期曾加入到湘西土著部队，足迹遍及湘西与湘鄂渝黔边区。他此时所经历的一个黑暗的生活现实，便是湘西苗族、土家族等在军阀混战与所谓"清乡"中被大量屠杀的血腥暴行。走上文学道路之后，难以释怀的沈从文开始自觉地运用自己的作品，真实地记录这些事件的惨象，向反动统治者发出了愤怒的抗议。散文《从文自传》描写了辛亥革命失败后作者家乡反动官府对苗族人的肆意屠杀，"仿佛西北苗乡捉来的人皆得杀

---

① 凌宇：《从边城走向世界——沈从文评传》（修订本），岳麓书社2006年版，第378页。
② 沈从文：《阿丽思中国游记》，《沈从文全集》（第3卷），北岳文艺出版社2002年版，第264—265页。

头",原因则是莫须有的"苗人造反"。因为捉来的人太多,大批无辜的苗民竟然被用玩游戏的手法夺去宝贵性命。散文《清乡所见》与《怀化镇》等则展现了作者亲眼所见的"清乡"惨景:湘西土著部队离开辰州到沅州后,"却杀了那地方人将近两千";这些成批被杀的人,多是部队下乡时随意抓来的"老实乡下人"。散文《沅水上游几个县份》总结说:"二十年间的混乱局面,闹得至少有一万良民把头颅割下来示众(作者个人即眼见到有三千左右农民被割头示众),为本地人留下一笔结不了的血账。"小说《我的教育》与《槐化镇》及《黔小景》等则是对散文中这些杀人活动的小说改编。如《黔小景》写地方部队"杀了那么多人",被杀的人的人头则被部队安排让未成年的小孩子挑着,一个小孩子挑两个或四个人头,而这些头颅则往往是小孩子们的"父兄"或"伙伴"。

在沈从文作品的描述中,湘西少数民族贫病交加,生活极度困苦。沈从文注意到,由于"地方政治不良,苛捐杂税太多"①,湘西少数民族的底层民众,诸如水手、船夫、矿工、农民、妓女等等,都在极端的贫困线上挣扎,乃至贫病交加,奄奄一息,生活难以为继。他的作品对此给予了细致的描述与深切的悲悯。散文《辰河小船上的水手》中的水手虽然工作艰辛,随时都面临船毁人亡的危险,然而却收入微薄,生活水平极其低下,吃的便是酸菜与臭牛肉之类。即便是拥有几十年弄船经验的掌舵船师,每天收入也只有可怜的8分钱。至于初学的小伙计,每天的收入不过1分2厘。这些水手"人老了或六月发痧下痢,躺在空船里或太阳下死掉了,一生也算完事了。这条河中至少有十万个这样过日子的人"。散文《桃源与辰州》中的妓女,生活上似乎要强于常常找她们寻欢的水手,她们或一次可以获得二三十个洋钱的高收入,或一次只能挣到几毛钱,但即使生病,也不能"坐下来吃白饭",死了更不算回事。小说《丈夫》描写农村经济生活的凋敝以及官

---

① 沈从文:《湘西·题记》,《沈从文全集》(第11卷),北岳文艺出版社2002年版,第330页。

府的盘剥,"丈夫"的妻子老七因此不得不通过进城卖淫的方式来养家糊口。小说《柏子》则对湘西水手的生活艰辛用小说加以了叙述。《阿丽思中国游记》这样描绘苗族人的穷苦情境:由于"捐赋太重,年又不丰收,他们就把自己生育的儿女,用极低的价钱卖给汉人做奴隶,终生为主人所有,算是借此救了自己也活了儿女"。被父亲卖掉的苗族孩子吴阿宝正是其中的典型。散文《辰溪的煤》描述抗战期间湘西煤矿工人苦难生活时写道:"到处都是穷人,不特下井挖煤的十分穷困,每天只能靠一点点收入,一家人挤塞在一个破烂逼窄又湿又脏的小房子里住,无望无助地混下去。"有着土家族身份的矿工向大成每天下到一百多米深的井下挖煤12个小时,收入竟只有1毛8分钱。妻子李氏给码头上的船户缝补衣裳,收入微乎其微。如此贫困的家境造成了一家人接踵而至的生活悲剧,"地狱俨然就是为他们而设的"。他们的7个子女,存活的只有两个女儿。大女儿13岁时因为想得到2块钱被一名排长引诱失身,15岁时因生活所迫成为暗娼,16岁时被父母用26块钱抵押给一个老"怪物",不久因受辱吞食鸦片身亡。紧接着向大成身亡于井下事故,其妻与12岁的小女儿前途未卜……

湘西少数民族文化上深受汉族外来文化的伤害,是沈从文作品在观照湘西少数民族悲剧生存命运时得出的又一结论。这种汉族外来文化的伤害尤其集中地体现在汉族封建礼教文化对湘西苗族妇女的思想禁锢以及由此形成的悲剧命运上面。散文《凤凰》描写的三种苗族妇女"神秘"人生命运的背后就"隐藏了动人的悲剧"。无论是老年妇女的放蛊,还是中年妇女的行巫,抑或是青春女子的落洞,都是汉族礼教文化扭曲她们潜意识的结果,表征了她们在礼教文化钳制下性压抑的严重情形,亦即作者所说的"一种情绪被压抑后变态的发展"。弗洛伊德指出:"禁忌、法律和风俗习惯强加了更多的约束,这些约束不仅影响到男人,也影响到妇女。"[1]就"习俗""禁忌"与

---

[1] [奥]西格蒙德·弗洛伊德:《文明及其缺憾》,傅雅芳、郝冬瑾译,安徽文艺出版社1987年版,第48页。

"法律"等"文明"制度或规范而言,它们总是与人性构成着矛盾冲突与张力。在湘西少数苗族地区,汉族礼教文化的"约束"力与少数民族的人性舒展也构成了这样的矛盾。一方面,汉族文化传入湘西苗族地区,形成了禁欲主义的礼教文化,最终导致"地方习惯是女子在性行为方面的极端压制,成为最高的道德"。① 另一方面,由于受到这种封建礼教文化的钳制,苗族妇女的思想情感普遍遭受扭曲,才形成了放蛊、行巫与落洞等异常行为,这恰恰构成了她们的人生悲剧。比如,年老的蛊婆因为"年老而穷,怨愤郁结",所以才"取报复形式方能排泄情感"。中年妇女之"所以行巫",也是因为情感压抑的结果,而一旦"执行巫术后","潜意识,因中和作用,得到解除,因此就不会再发狂病"。至于少女"落洞",则比之蛊婆、巫婆"更多悲剧性"。她们"落洞致死的年龄,迟早不等,大致在16到二十四五左右"。她们年纪轻轻就滑入与洞神相恋乃至落洞身亡的轨迹,其罪魁祸首正是汉族礼教文化进入苗区后形成的严厉道德禁锢。正如作者解释说:"女子在性行为所受的压制即如此严酷,一个结过婚的妇人,因家事儿女勤劳,终日织布,绩麻,作醡菜,家境好的还玩骨牌,尚可转移她的情绪不至于成为精神病。一个未出嫁的女子,尤其是一个爱美好洁,知书识字,富于情感的聪明女子,或因早熟,或因晚婚,这方面情绪上所受的压抑自然更大,容易转成病态。地方既在边区苗乡,苗族半原人的神怪观影响到一切人,形成一种绝大力量……神或在传说中美丑善恶不一,无不赋以人性。因人与人相互爱悦和当前道德观念极端冲突,便产生人和神怪爱悦的传说,女性在性方面的压抑情绪,方藉此得到一条出路。落洞即人神错综之一种形式。背面所隐藏的悲惨,正与表面所见出的美丽,成分相等。"小说《萧萧》与《巧秀和冬生》分别写汉族童养媳制度与封建礼教在湘西少数民族地区酿成的悲喜剧。前者中的童养媳萧萧因为与长工偷情险

---

① 沈从文:《凤凰》,《沈从文全集》(第11卷),北岳文艺出版社2002年版,第398—399页。

被"沉潭"或"发卖",后者中的巧秀之母守寡后爱上一位相好便被狠毒的族长"沉潭"处死。

### (二) 湘西少数民族有着独特而灿烂的民族文化

沈从文作品民族书写的另一重要内容便是对以苗族文化为代表的湘西少数民族文化所做的形象诠释,这同时也表现出沈从文对于湘西少数民族的强烈文化认同感。在沈从文眼中,虽然湘西苗族、土家族政治、经济与社会发展相对落后,但是他们的民族文化却未必全都历史落伍,相反却犹如一片原始的土地,没有受到现代文明的污染,闪烁着远古文化或农耕文化的夺目光芒;作为一种"地方性知识",他们的民族文化表征了文化的多样性,与汉族文化、中原文化与现代文化均构成了一种对话或互补关系,彰显出重要的现代意义。在沈从文的文学解释中,湘西少数民族文化大致包括以下内容:

第一,湘西少数民族具有强悍、血性的民族精神。根据著名历史学家汤因比的观点,"文明是在异常困难而非异常优越的环境中降生的"。① 也就是说,人类的文明与民族精神很大程度上是在一定的地域环境中形成的,人类生存的要义在于应对"环境"的挑战,而艰苦的外在环境往往反过来锤炼人类的意志品质,形成民族的独特性格特质。在沈从文看来,湘西少数民族文化的形成与湘西独特的生存环境分不开。正是由于湘西"山高水急,地苦雾多"等艰难生存环境,形成了湘西少数民族独特的生存方式与强悍、勇武的民族精神,形成他们强健的体魄、超人的生存智慧与无畏艰险、吃苦耐劳的品性。这样的民族精神与品性在湘西土家族、苗族水手、游侠(豪杰)与士兵等身上打上了深刻的烙印。散文《常德的船》这样描写永顺向姓、彭姓土家族水手:"船主多永顺保靖人,姓向姓王姓彭占多数。酉水河床窄,滩流多,为应付自然,弄船人所需要的勇敢能耐也较多。行

---

① [英] 阿诺德·汤因比:《历史研究》,刘北成、郭小凌译,上海人民出版社2000年版,第106页。

船时常用相互咒骂代替共同唱歌，为的是受自然限制较多，脾气比较坏一点。"面对水急滩险的险恶环境，土家族水手在"应付自然"或挑战环境中形成了"勇敢"的民族性格、征服"自然"的生存能力或"能耐"与粗犷的个性气质。在小说《边城》中的顺顺、大老与二老这三位苗族父子身上，这样的民族精神与性格也有着深刻的体现。比如，在父亲顺顺的培养与大自然陶冶下，大老、二老兄弟"结实如小公牛，能驾船，能泅水，能走长路"。无论水里行船、泅水、山中行路，他们都是好手与强者，甚至能在水中捉到跑得飞快的鸭子。散文《凤凰》中所写的田三怒、龙云飞，具有强悍、刚烈的"游侠"之风，或快意复仇，视死如归，或"勇敢如豹子，轻捷如猿猴"。散文《虎雏再遇记》与小说《虎雏》中所写的虎雏兼具水手、游侠与士兵的精神品质，他豪放不羁的个性中显示出少数民族的强悍与血性，也昭示着湘西的"深山大泽"与民族性格之间的必然联系。苏雪林评价沈从文早期创作时指出："沈氏虽号为'文体作家'，他的作品却不是毫无理想的……这理想是什么？我看就是想借文字的力量，把野蛮人的血液注射到老迈龙钟颓废腐败的中华民族身体里去使他兴奋起来；年青起来，好在廿世纪舞台上与别个民族争生存权利。"[①] 她所说的"野蛮人的血液"很大程度上指的就是湘西少数民族强悍、血性的民族精神。

第二，湘西少数民族具有纯洁的爱情观念。恩格斯指出："人与人之间的、特别是两性之间的感情关系，是自从有人类以来就存在的。"[②] 然而，在处理两性关系上，不同时代的人们，不同的民族却形成了不同的观念，表现出很大的分野与文化差异。比如，在以往的封建社会，两性关系同男权文化与门楣、地位联系在一起，包办婚姻成为社会的习俗。在现代资本主义社会，两性关系更多地被金钱关系

---

[①] 苏雪林：《沈从文论》，王珞主编：《沈从文评说八十年》，中国华侨出版社2004年版，第189页。

[②] ［德］马克思、恩格斯：《马克思恩格斯选集》（第4卷），中共中央编译局译，人民出版社1972年版，第229页。

捆绑，爱情因此沦为金钱的附庸。无论是包办婚姻还是买卖婚姻，它们都背离了真正的情感关系，也扭曲了爱情。沈从文深知，湘西少数民族在爱情问题上非常重视男女之间的真诚相爱，而鄙夷在爱情中掺杂金钱、物质等外在因素，反对"把爱情移到牛羊金银虚名虚事上来"。①《边城》《媚金·豹子·与那羊》等正是湘西苗族纯洁爱情观念的真实写照。《边城》中翠翠与二老的恋爱关系不仅在男女之间的自然交往中发生，而且在二老与哥哥大老的竞争中产生；不仅通过唱山歌的形式培养男女感情，而且表现了男女双方对真实情感的追求与对金钱、物质等非情感因素的拒斥。凌宇由此这样指出："《边城》内蕴的苗族文化内涵，却是不言而喻的。这不仅是故事发生的原型地茶峒属于苗区，边城之边的本意，也是防范苗民的戍边之边。而更为重要的，是作为小说叙事深层结构的车路—马路、碾坊—渡船两组意象的对立与冲突，在本质上便是苗汉文化的对立与冲突，所谓'车路'，意指媒人说媒提亲，男女婚姻由双方家长做主，是典型的普遍见于汉族地区的封建婚姻形态；所谓'马路'，意指男女双方以歌传情，一切由男女双方自己做主，是苗族社会中一直保存并延续至今的原始婚恋形态。碾坊，是买卖婚姻的象征——团总女儿以一座崭新碾坊作陪嫁，其收益，顶十个长工干一年；而渡船，则是'一个光人'，即除了人之外，一无所有——《边城》在骨子里，是一场苗汉文化冲突的悲剧。"② 对二老来说，他对翠翠的追求一是选择了走"马路"，即通过唱歌结情，自由恋爱，二是体现出对情感而不是对物质的追求，这也正是翠翠心中认同的爱情内涵。翠翠的父母亲，当初也是这种爱情模式的自觉实践者。《媚金·豹子·与那羊》着力诠释了苗族青年男女不"把爱情转移到牛羊金银虚名虚事上来"的爱情故事，媚金与豹子的爱情悲剧体现的恰是纯洁爱情的胜利。

---

① 沈从文：《媚金·豹子·与那羊》，《沈从文全集》（第5卷），北岳文艺出版社2002年版，第356页。
② 凌宇：《沈从文创作的思想价值论——写在沈从文百年诞辰之际》，《文学评论》2002年第6期，第7页。

第三，湘西少数民族具有质朴、自然的道德观念。对于湘西少数民族质朴、自然的道德观念，沈从文十分推崇，并认为与他提倡的"优美，健康，自然"① 的人性美理想极其契合，为思想品德受权力与金钱异化的城市人造了一面镜子，映衬出了城市人的道德堕落，因而在作品中着力加以诗意地赞美与形象的诠释。沈从文这样描绘湘西风土人情，"兵卒纯善如平民，与人无侮无扰。农民勇敢而安分，且莫不敬神守法。商人各负担了花纱同货物，洒脱单独向深山中村庄走去，与平民作有无交易，谋取什一之利"，"一切事保持一种淳朴习惯，遵从古礼"。② 就湘西少数民族而言，无论是农民、士兵还是商人，心地是那样的善良，性格是那样的纯朴，如同璞玉那样古朴自然，而不像现代世界的文明人或城市人那样精神上受到权力的异化或金钱的腐蚀。在《阿丽思中国游记》中，沈从文对被称为所谓"野蛮民族"的苗族的精神品质赞赏有加，认为他们非但没有"白种黄种人"身上的那种奴性，而且都具有"谦虚直率"与"比狗比牛马还驯良"的品性，"待人全无诡诈"或"诚实待人"。即便是苗族领袖亦即"苗中之王"，其品性则既无外国君王的"骄傲与自大"，也无中国皇帝的"奢侈浪费"。《常德的船》这样赞赏苗族人作为"原人"的品德："在这种船上水手中，我们可以发现苗人……这种人一切和别的水上人都差不多，所不同处，不过是他那点老实、忠厚、纯朴、戆直性情——原人的性情，因为住在山中，比城市人保存得多点罢了。"在《边城》《三三》《凤子》《长河》《会明》《灯》等作品中，湘西水手、船夫、少女、士兵等等，无不善良、朴实、热情与温顺，与狡诈、市侩的城市人形成了鲜明对照。比如，《边城》中的少女翠翠，从不生气，从不发愁，从不想到"残忍"事情，从无"机心"，脾性如同"小兽物"一样。其爷爷（外公）则急公好义，恪尽

---

① 沈从文：《习作选集代序》，《沈从文全集》（第9卷），北岳文艺出版社2002年版，第5页。

② 沈从文：《从文自传》，《沈从文全集》（第13卷），北岳文艺出版社2002年版，第244—245页。

职守，几十年风雨无阻地操持渡船以方便行人过渡。

**（三）湘西少数民族将迎来新的发展前景**

作为杰出的少数民族知识分子与艺术家，沈从文不仅有着特立独行的文化理想，而且有着坚定与执着的生活信念。正如他所说："横在我们面前许多事都使人痛苦，可是却不用悲观。骤然而来的风雨，说不定会把许多人的高尚理想，卷扫摧残，弄得无踪无迹。然而一个人对于人类前途的热忱，和工作的虔敬态度，是应当永远存在，且必然能给后来者以极大鼓励的！"① 这样的生活信念也贯穿在了他对湘西少数民族美好未来的憧憬之中。正因为如此，沈从文作品的民族话语，还凝结在对湘西少数民族未来发展的积极展望上面。沈从文在《湘西·题记》中说："觉得故乡山川风物如此美好，一般人民如此勤俭耐劳，并富于热忱与艺术爱美心，地下所蕴聚又如此丰富，实寄无限希望于未来。"② 这正是他的肺腑之言。他还写作了《苗民问题》一文专门分析与探讨苗族未来的发展出路，提出民族和谐发展的政治构想。质言之，沈从文希望湘西少数民族尽快摆脱苦难、物质落后与精神奴役的生存境地，实现与汉族等其他民族一样的政治平等，克服民族自身文化弱点，重建民族道德，与其他民族加强往来与文化交流，从而实现民族的新生。具体说来，沈从文对湘西少数民族未来前景的设想包括以下三点：

第一，消除民族歧视，实现湘西少数民族政治、经济解放，推动民族融合。在散文《苗民问题》中，沈从文认识到，虽然湘西苗族"实在还是一种最勤苦，俭朴，能生产，而又奉公守法，极其可爱的善良公民"，但在旧时代实际上却是"逼迫到边地的可怜同胞"，"被人当作蛮族看待的"；"虽愿意成为附庸，终不免视同化外"，"被歧

---

① 沈从文：《长河·题记》，《沈从文全集》（第10卷），北岳文艺出版社2002年版，第9页。
② 沈从文：《湘西·题记》，《沈从文全集》（第11卷），北岳文艺出版社2002年版，第330页。

视"。历史上反动统治者的民族歧视无疑是苗族等湘西少数民族历史苦难与悲剧命运的根本根源。因此,解决湘西少数民族现实问题的根本问题,便是实现他们的政治解放、铲除民族歧视、实现民族平等。正如他所说:"对苗民问题,应当有一根本原则,即一律平等,教育,经济,以及人事上的位置,原则上应力求平等。去歧视,去成见,去因习惯而发生的一切苛扰","在可能情形下,且应奖励客苗交通婚姻"。一方面,沈从文坚持苗族在内的湘西少数民族获得全面解放,而首要的一条是消除民族歧视与压迫,实现民族政治平等与其他方面的尽可能平等。另一方面,沈从文倡导苗、汉通婚与民族融合,认为这样才能切实地为实现民族平等铺平道路——所谓"能够这样,湘西苗民是不成为问题了"。

第二,促进湘西少数民族思想觉醒,克服民族自身文化局限,重建民族道德,增强民族自尊心。沈从文虽然由衷地赞美湘西少数民族美好的民族精神,但并没有忽略对民族自身文化局限的审视。相反,对于民族精神上的封闭、保守与愚昧落后,对于由于受到外力影响而出现的民族道德滑坡,沈从文表示了极度忧虑。比如,他在《边城·题记》中指出:"20年来的内战,使一些首当其冲的农民,性格灵魂被大力所压,失去了原来的朴质,勤俭,和平,正直的型范以后,成了一个什么样子的新东西。他们受横征暴敛以及鸦片烟的毒害,变成了如何穷困与懒惰。"1943年,他在《长河·题记》中再次表达了对湘西少数民族精神处境的忧虑:"最明显的事,即农村社会所保有那点正直素朴人情美,几乎快要消失无余,代替而来的却是近20年实际社会培养成功的一种唯实唯利庸俗人生观。"因此,沈从文希望湘西少数民族在未来发展中能够克服自身的文化局限,并从蒙昧的思想状态中觉醒,学习进步的文化,重新树立民族自尊心,从而重建民族道德。比如,他在《湘西·题记》中指出:"湘西到今日,生产,建设,教育,文化,在比较之下,事事都显得落后,一般议论常认为是'地瘠民贫',这实在是一句错误的老话……20岁以下的年轻人必须认识清楚:这是湘西人负气与自弃的结果!负气与自弃本来是两件事,前者出于山民的强悍本性,后者出于缺少知识养成的习惯;两种弱点合而为一,于是产生一种极顽固的拒他性,不仅仅对一切进步的理想加以拒绝,便是一切进步的事实,也不大放在眼里。"他强调湘西少数民族有必要反省"负气与自弃"等文化根性,放弃对外来先进文化的排斥。与此同时,他还指出:"天时地利待湘西人并不薄,湘西人所宜努力的,是肯虚心认识人事上的弱点,并有勇气改善这些弱点。第一是自尊心的培养,特别值得注意。因即以游侠者精神而论,若缺少自尊心,便不会成为一个大角色。何况年轻人将来对地方对历史的责任,远比个人得失荣辱为重要。"他强调培养民族自尊心的重要,强调民族青年所应承担的民族责任。在散文《"中国往何处去"》中,他重申:"希望于明天,还是青年的真正觉醒。"① 这种思想意识的觉醒,既是针对全国青年而言,自然也是针对湘西少数民族青年而言。

第三,尊重湘西少数民族特殊性,实现少数民族区域自治。对沈从文来说,《苗民问题》的另一重要思想是寄意于民族区域自治等特殊的民族政策。中国自古以来是一个多民族国家,"中华民族多元一体"② 的政治格局内在地决定了在维护国家统一、民族团结的大前提下,实施少数民族特殊政策尤其是少数民族区域自治政策的必要性与重要性。虽然沈从文在20世纪上半叶并不怎么懂得少数民族区域自治政策的确切内涵,但他却敏锐地发觉到少数民族区域自治政策等对于构建湘西少数民族未来发展蓝图的重要性。因此他说:"未来呢,湘西必重新交给湘西人负责,领导者又乐于将责任与湘西优秀分子共同担负,且更希望外来知识分子帮忙,把这个地方弄得更好一点,方能够有个转机","一种开明的贤人政治,正人君子政治,专家政治,如能实现,治理湘西,应当比治理任何地方容易"。实行少数民族区域自治,一个重要的举措当然就是提拔与任用少数民族干部,充分发挥他们管理少数民族事务的积极性与聪明才智。

---

① 沈从文:《"中国往何处去"》,《我的人生哲学》,国际文化出版公司2014年版,第272页。

② 费孝通等:《中华民族多元一体格局》,中央民族学院出版社1989年版,第1页。

## 四 传统话语的复兴——以苗族作家沈从文为例

20世纪20—40年代南方民族文学话语的第三种类型,是传统话语。对20世纪20—40年代的南方民族文学来说,传统话语的复兴不失为一种值得令人关注的重要现象。笼统而言,所谓传统话语,就是在现代文明兴盛与西方文化不断传入中国的背景下,为了与"全盘西化"的文化主张相抗衡,中国现代知识分子提出儒、释、道等中国传统文化在中国现代化历程中复兴的主张,强调将传统文化发扬光大。学衡派与现代新儒家(如熊十力、梁漱溟)的文化主张就是突出的例子。前者提出"昌明国粹,融化新知",后者提出"返宗儒家,融合中西哲学,以建立新儒学"。就这一时期的南方民族文学而言,传统话语的复兴则主要体现为南方民族作家从道家文化中寻找有用的资源,让道家文化同现代文明与西方文化进行交流、碰撞与对话。这方面最突出的代表作家又是特立独行的苗族作家沈从文。许多学者曾以"文化保守主义"从总体上来解读沈从文的文学创作[1],在很大程度上正是与沈从文作品中的传统话语密切相关的。夏志清更是这样评价沈从文:"他对古旧中国之信仰,态度之虔诚,在他同期作家中,再也找不出第二个。"[2]

### (一) 朴素自然的人性是美好的人性

鲁迅在其《文化偏至论》中指出,"是故将生存两间,角逐列国是务,其首在立人,人立而后凡事举;若其道术,乃必尊个性而张精神","国人之自觉至,个性张,沙聚之邦,由是转为人国。人国既

---

[1] 参见萧洪恩《沈从文的文化保守主义思想研究》,《武汉大学学报》(人文科学版) 2007年第5期,第282—287页。
[2] [美]夏志清:《中国现代小说史》,刘绍铭等译,香港中文大学出版社2001年版,第162页。

建，乃始雄厉无前，屹然独见于天下"。① 在晚清国弱民愚的背景下，作为中华民族文化先觉者的鲁迅提出了"立人"的主张。对鲁迅来说，立人的出发点是启蒙，而落脚点则与救亡紧密相关，即关系民族的兴盛与国家的强大，使中华民族在世界上立于不败之地，乃至最终建立"人国"。鲁迅的所谓"立人"，其实质便是个性解放与精神解放。对于鲁迅的"立人"思想，著名鲁迅研究学者钱理群大致做出了这样的解释：第一，立人是终极性社会目标，即国家的统一、独立、富强与民主都不能以牺牲个体精神自由为代价；第二，其路径是少数先驱者的个体精神自由首先强大起来，再通过他们对民众进行启蒙，最后建立真正的"人国"②。结合鲁迅的《阿Q正传》《药》《祝福》《故乡》等作品来看，他的文化与文学宗旨无疑是文化启蒙主义，亦即表现与揭露中国平民百姓的思想愚昧状态，促使他们的思想觉醒，使他们具有民主、平等、自由等现代意识。就鲁迅对人性的描写而言，其目标是现代西方文化，其文化取向是人的现代性。

以鲁迅的"立人"作为参照系，不难看出沈从文文学主张与众不同的个性。尽管沈从文也同鲁迅一样主张与实践文化启蒙主义，但却同时或更加强调文化保守主义或曰文化守成主义，这从他以表现人性美为指归的文学主张中表现得淋漓尽致。1936年，沈从文在《国闻周报》第13卷第1期发表《习作选集代序》一文，文中提出了他个性鲜明的文学主张，"我只想造希腊小庙。选山地作基础，用坚硬石头堆砌它。精致，结实，匀称，形体虽小而不纤巧，是我理想的建筑。这神庙供奉的是'人性'"，"我要表现的本是一种'人生的形式'，一种'优美，健康，自然，而又不悖乎人性的人生形式'"③。对沈从文而言，文学就是表现人性美的载体，而人性美则是指"优美、健康、自然"的人性，一种不背离人的自然本性的人性。所谓不背离人的自然本性的人性，沈从文还在《水云》中这样解释："我是

---

① 鲁迅：《鲁迅全集》（上卷），西藏人民出版社1996年版，第27—28页。
② 参见钱理群《鲁迅作品十五讲》，北京大学出版社2003年版，第149页。
③ 沈从文：《沈从文全集》（第9卷），北岳文艺出版社2002年版，第2、5页。

个乡下人,走向任何一处照例都带了一把尺,一把秤,和普通社会权量不合。一切临近我命运中的事事物物,我有我自己的尺寸和分量,来证实生命中的价值与意义。我用不着你们名叫'社会'为制定的那个东西。我讨厌一般标准,尤其是伪'思想家'为扭曲压扁人性而定下的庸俗乡愿标准。这种思想算是什么?不过是少年时男女欲望受压抑、中年时权势欲望受打击,老年时体力活动受限制,因之用这个来弥补自己并向人们复仇的人病态的行为罢了。"①沈从文提倡这样的文学主张,有他自己的特殊目的。一方面,他坚持一种某种意义上的文学唯美主义的目的。在他的心中,文学是表现真、善、美,抨击假、丑、恶的。正如他所说:"一个伟大作品,总是表现人性最真切的欲望,——对于当前社会黑暗的否认,以及未来光明的向往。一个伟大作品的制作者,照例是需要一种伟大精神,忽于人事小小得失,不灰心,不畏难,在极端贫困艰辛中,还能支持下去,且能组织理想(对未来的美丽而光明的合理社会理想)在篇章里,表现多数人在灾难中心与力的向上,使更大多数人都浸润于他想象和情感光辉里,能够向上。"②如此,对读者来说,文学就是一种美的熏陶,一种心灵的净化。另一方面,他痛心于现代社会尤其是现代都市中人性的堕落与道德的溃败,他企图以文学的审美形式"重造民族道德"。也正如他这样指出:"我们实需要一种美和爱的新的宗教,来煽起更年轻一辈做人的热诚激发其生命的抽象搜寻,对人类明日未来向上合理的一切设计,都能产生一种崇高庄严感情。国家民族的重造问题,方不至于成为具文,为空话!"③他对于都市社会的堕落,或者对于"被财富、权势和都市中的

---

① 沈从文:《水云》,《沈从文全集》(第12卷),北岳文艺出版社2002年版,第94页。
② 沈从文:《给志在写作者》,《沈从文全集》(第17卷),北岳文艺出版社2002年版,第413—414页。
③ 沈从文:《美与爱》,《沈从文全集》(第17卷),北岳文艺出版社2002年版,第362页。

礼貌、道德、成衣人、理发匠，所扭曲的人间"① 表示十分愤慨。这样的文学目的，从总体上看与鲁迅以"立人"为轴心的文化启蒙主义文学主张显示出很大的差异。如果说，鲁迅的文学主张侧重于人的现代思想的接受的话，那么，沈从文的主张则强调传统思想的复活。他心目中的传统思想则正是道家思想。

沈从文心中的人性美与道家的人性思想可谓一脉相承，他认为道家思想主导下朴素自然的人性才是美好的人性。关于人性，道家思想家曾提出了以朴素、自然、本真为特点的人性思想。如老子在《道德经》中指出："见素抱朴，少私寡欲。"庄子在《秋水篇》中指出："牛马四足，是谓天；落马首，穿牛鼻，是谓人。故曰：'无以人灭天，无以故灭命，无以得殉名。谨守而勿失，是谓反其真。'"② 老子提倡人性的朴素，强调抑制个人私欲的膨胀。庄子强调尊重人的自然本性，强调不要像给马戴上笼头，给牛穿掉鼻子那样去破坏或毁灭人的本真的天性，自然而然的本性才是好的。这是道家"道法自然"的哲学思想在人性上的贯穿与体现。显然，沈从文提倡的人性美与道家的人性思想实无二致。他在谈到《边城》主人公翠翠的原型时还说："一面就用身边黑脸长眉新妇作范本，取得性格上的素朴良善式样。"③ 他这里所说的"性格上的素朴良善"无疑是对道家人性观念的直接继承。夏志清总结说：沈从文"认为人类若要追求更高的美德，非得保留如动物一样的原始纯良天性不可。他觉得，一个人即使没有高度的智慧与感受能力，照样可以求得天生的快乐和不自觉地得来的智慧。这种看法，当然是道家的和罗曼蒂克的看法"。④

---

① 沈从文：《凤子》，《沈从文全集》（第7卷），北岳文艺出版社2002年版，第151页。
② 这段话，张耿光先生译为："牛马生就四只脚，这就叫天然；用马络套住马头，用牛鼻缰穿过牛鼻，这就叫人为。所以说，不要用人为去毁灭天然，不要用有意的作为去毁灭自然的禀性，不要为获取虚名而不遗余力。谨慎地持守自然的禀性而不丧失，这就叫返归本真。"见张耿光译注《庄子全译》，贵州人民出版社1991年版，第290页。
③ 沈从文：《水云》，《沈从文全集》（第12卷），北岳文艺出版社2002年版，第111页。
④ ［美］夏志清：《中国现代小说史》，刘绍铭等译，香港中文大学出版社2001年版，第169页。

正是因为对道家人性观念的直接传承,沈从文作品中所描绘的人性或朴素自然的人性理想才具有如下两方面特点。

一是善良、纯真与本分,与奸诈、邪恶与狠毒截然对立。《边城》的主人公翠翠简直是这方面的标本——"为人天真活泼,处处俨然如一只小兽物。人又那么乖,如山头黄麂一样,从不想到残忍事情,从不发愁,从不动气","从无机心"。天保、傩送兄弟虽然强壮却性情温和——"两个人皆结实如老虎,却又和气亲人,不骄惰,不浮华,不依势凌人"。《长河》中橘园主人藤长顺的三个女儿均"为人和善而真",其中的小女儿夭夭更是"因为心性天真而柔和,所以显得更动人怜爱,更得人赞美。"《会明》中的会明虽为部队的士兵与伙夫,性格上却是"天真如小狗,循良如母牛",对小鸡崽那样的小生命投去了无限的热爱。甚至在湘西,如同《边城》中所描绘的那样:"由于边地的风俗淳朴,便是作妓女,也永远那么浑厚……"沈从文一直自称为"乡下人",曾这样说过:"我实在是个乡下人,说乡下人我毫无骄傲,也不自贬,乡下人照例有根深蒂固永远是乡巴佬的性情,爱憎和哀乐自有它独特的式样,与城市中人截然不同!他保守,顽固,爱土地,也不缺少机警,却不甚懂诡诈。"① 沈从文这番话,既是他本人个性的写照,也完全可以看作他笔下人物纯真人格的注脚。夏志清还对沈从文笔下的会明做出了这样的阐发:"我们不难从会明对那些小鸡自然流露出来的关心与快乐,看出沈从文对道家纯朴生活的向往。会明不但是个华茨华斯诗中的人物,而且还是个永恒不变的'中国佬'(Chinaman),对土地长出来的智慧,坚信不疑,又深懂知足常乐的道理,使自己的生活,不流于卑俗。"②

二是重义轻利,崇尚古风。《边城》描写的老船夫古道热肠,50年如一日摆渡方便他人,却从不收行人给的船钱。他到城里买肉,"人家却照例不愿接钱。屠户若不接钱,他却宁可到另外一家去,决

---

① 沈从文:《沈从文全集》(第9卷),北岳文艺出版社2002年版,第3页。
② [美]夏志清:《中国现代小说史》,刘绍铭等译,香港中文大学出版社2001年版,第170页。

不想沾那点便宜"。船总顺顺则"慷慨而又能济人之急","为人却那么公正无私","既明事明理,正直和平,又不爱财",故为地方豪杰,广有人望。《长河》中的藤长顺"对待主顾又诚实可靠","为人义道公正处,足称模范,得人信服,因此本村中有公共事业,常常做个头行人,居领袖地位"。有论者指出:沈从文"对湘西原始强悍人格的讴歌与对城市阉寺人格的批判,既是对道家文化中反异化、反过度文明的思想资源的借鉴,更包蕴了在文明中注入生命的血液,使衰老的烂熟的文明充满活力,使人成为真正意义上的自在自为的生命个体的'企望'。"① 这样的立论毫无疑问是持之有据的。

### (二) 顺应"大化"是面对死亡的正确选择

人活着总离不开追求人生的意义,而人生的意义恰恰又是在生命与死亡的关联中得到解释并展开的。正如法国存在主义哲学家加缪所说:"人生的意义是最紧迫的问题。"在很大程度上,正是死亡界定了人生的意义。加缪继续解释说:"只有一个真正严肃的哲学问题,那就是自杀。判断人值得生存与否,就是回答哲学的基本问题。其余的,如世界是否是三维的,精神是否有九个或十二个等级,都在其次。"② 在这里,加缪一方面把人生的意义问题,亦即"人值得生存与否"的问题提高到"哲学的基本问题"的高度,另一方面把人生的意义问题与死亡紧紧关联了起来,他说的"自杀"不仅意味着死亡的一种,而且暗示着死亡本身与人生意义之间不可分割的关系。从很大程度上说,正是因为死亡的存在,才导致人们失去活着的信念而走向自杀。正因为这一点,雅斯贝尔斯等西方现代哲学家才得出这样的结论:所谓哲学,就是学会死亡,或者说如何应对死亡。正如他所说,"从事哲学研究既是学习如何生活,同时也是了解如何去死","如果从事哲学研究就是学习如何去死,那么,我们就必须为了过一

---

① 刘保昌:《沈从文与道家文化》,《甘肃社会科学》2005年第3期,第111页。
② [法] 阿尔贝·加缪:《局外人》,郭宏安译,译林出版社1998年版,第194页。

种好的生活而去学习如何死亡。学习如何生活与学习如何去死是一回事，并且是相同的事"。① 对雅斯贝尔斯来说，死亡为活着提供了参照，或者说因为人要死亡或因为死亡的存在，活着受到了限制，活着的意义也只能在这种限制中得到解释与发挥。周国平则归结说："死之令人绝望，在于死后的绝对虚无、非存在，使人产生虚幻之感。作为一切人生——不论伟大还是平凡，幸福还是不幸——的最终结局，死是对生命意义的最大威胁和挑战，因而是任何人生思考绝对绕不过去的问题。许多古希腊哲学家把死亡问题看作最重要的哲学问题，苏格拉底、柏拉图甚至干脆说哲学就是为死预作准备的活动。"② 所谓死亡，就是生命的终结。但仅仅这样解释不免笼统与简单化。对于死亡及人与死亡的关系，存在主义哲学家海德格尔曾给予了非常具有哲学意味的阐释。海德格尔指出："死亡绽露为最本己的、无所关联的、不可逾越的可能性。"③ 围绕这一总的观点，中国学者进一步做出了如下解读："死是此在（人生）的终结，是使此在失去其本身，即可能成为此在的东西。然而死又是此在的在的一种可能性，因为死并不是现成的，已经实现了的东西。如果死已实现，那此在即不在此了。作为此在的在的方式的死，是行将到来，但尚未实现的死，即作为可能性的死。死还是此在最本己的可能性，因为任何个人的死总是他自己的死。如果说在其他事务上人们可以互相代替的话，死是绝对不能代替的。我的死是我的存在的极限，谁也无法为我挽救。还有，死是此在的一种无关涉的可能性，因为死只能是个人的、自己的死，就与他人、世界都无关联。死还是此在的、不可能超越的可能性，因为任何人都无法逃脱死。人生伊始就与死面面相觑。任何人不管怎样逃到日常生活中去求得'安宁'，都无法逃脱死的命运。死也是此在的不

---

① ［德］卡尔·雅斯贝尔斯：《智慧之路——哲学导论》，柯锦华、范进译，中国国际广播出版社1988年版，，第88页。
② 周国平：《人生的哲学难题》，《安静》，浙江人民出版社2015年版，第386页。
③ ［德］海德格尔：《存在与时间》，陈嘉映、王庆节译，生活·读书·新知三联书店1987年版，第288页。

确定的可能性,因为死固然必将到来,但究竟什么时候死是不确定的。"① 毫无疑问,海德格尔对死亡的解释十分具有存在主义哲学的意味,因为死亡的非现成性、最本己性、无关涉性与不确定性等等都表明了海德格尔对于死亡全面、细致、准确与独具慧眼的解释,从而引导人们更加清楚地把握死亡的深刻内涵。但如何应对死亡,海德格尔似乎并没有给出有效的答案。或许,对人来说,死亡本身就是一道难解的命题,死亡消解了人生的意义,也让生命隐入巨大的悖论之中。难怪周国平无奈地说道:"说到对死亡问题的解决,哲学的贡献却十分有限,甚至可以说很可怜。直接讨论死亡的哲学家一般都立足于死之不可避免的事实,着力于劝说人以理智的态度接受死。"②

相对西方现代文化而言,儒、释、道等中国传统文化对死亡做出了中国式的解释,并表现出中国人对待死亡的态度。从总体上说,儒家对死亡采取了回避的态度。如孔子说:"未知生,焉知死。"即对死亡不从文化或哲学上予以讨论,原因是因为对于生命都不够或不能了解(孔子虽然还说道:"朝闻道,夕死可也。"但主要指的是对道的追求)。佛教传入中国之后也形成了中国传统文化。佛教对死亡的解释主要是"六道轮回"说以及"因果报应"说。所谓六道,即人、天、阿修罗(三善道)、地狱、饿鬼、畜生(三恶道)。这种对死亡的解释虽然影响不小,但却缺乏科学依据,不过是一种宗教迷信,因此无从真正解释死亡与引导人们应对死亡。对死亡真正进行哲学解释并具有现实指导意义的是以庄子为代表的道家。在庄子哲学中,死亡是一个对人生来说至关重要的文化命题与现实问题,进而得到了深刻的解释。在《养生主》中,庄子通过老聃死亡的故事来解释死亡,认为人的生死都是自然的事情,没有必要因为生而高兴,也没有必要因为死而悲伤。所谓"适来,夫子时

---

① 刘放桐等编著:《现代西方哲学》下册(修订本),人民出版社1981年版,第606页。

② 周国平:《人生的哲学难题》,《安静》,浙江人民出版社2015年版,第386页。

也，适去，夫子顺也。安时而处顺，哀乐不能入也"。①《至乐》讲述了另一个故事：庄子的妻子死了，庄子没有悲伤，却"鼓盆而歌"。前往吊唁的惠子质问庄子说：给你生儿育女一辈子的妻子死了，你不悲伤、痛苦也就罢了，为什么还要鼓盆而歌呢？难道这样不是太过分了吗？然而庄子却这样回答他："不然。是其始死也，我独何能无慨然！察其始而本无生，非徒无生也而本无形，非徒无形也而不无气。杂乎芒芴之间，变而有气，气变而有形，形变而有生，今又变而之死，是相与为春秋冬夏四时行也。人且偃然寝于巨室，而我噭噭然随而哭之，自以为不通乎命，故止也。"②《至乐》还讲述了庄子与骷髅讨论死亡的故事。故事是这样的：庄子到楚国途中见到一个骷髅，问他是怎么死的？比如，亡国了被别国士兵杀死，或做了愧对父母、妻子、儿女的事羞愧而死，或因饥寒而死，或享尽天年而死。晚上，庄子枕着骷髅而睡，骷髅给他送梦说：你说的那些全是活人的拘累，人死了就没有上述忧患了。相反，人死了还有许多快乐。比如，在上没有国君的统治，在下没有官吏的管辖，也没有四季的操劳，从而安逸地把天地的长久看作是时令的流逝，即使南面为王的快乐，也不可能超过。从上述《庄子》中的几个故事不难看出，庄子认为死亡不过是自然规律，甚至是对活着时生存苦难与社会灾难的一种解脱，人对待死亡的正确态度就是顺应它，而无需产生悲伤。这种死亡观对后世中国人产生了巨大的影响。比如，陶渊明就曾写下这样的诗句："纵浪大化中，不喜亦不

---

① 这段话，张耿光先生译为："偶然来到世上，你们的老师他应时而生；偶然离开人世，你们的老师他顺依而死。安于天理和常分，顺从自然和变化，哀伤和欢乐都不能进入心怀。"见张耿光译注《庄子全译》，贵州人民出版社1991年版，第54页。

② 这段话，张耿光先生译为："不对哩。这个人她初死之时，我怎么能不感慨伤心呢！然而仔细考察她开始原本就不曾出生，不只是不曾出生而且就不曾具有形体，不只是不曾具有形体而且原本就不曾形成元气。夹杂在恍恍惚惚的境域之中，变化而有了元气，元气变化而有了形体，形体变化而有了生命，如今变化又回到死亡，这就跟春夏秋冬四季运行一样。死去的那个人将安安稳稳地寝卧在天地之间，而我却呜呜地围着她啼哭，自认为这是不能通晓于天命，所以也就停止了哭泣。"见张耿光译注《庄子全译》，贵州人民出版社1991年版，第305—306页。

惧。应尽便须尽，无复独多虑。"(《形影神·神释》)

沈从文受道家思想影响的第二个重要方面，便是继承了庄子关于死亡的思想与态度，认为顺应"大化"是面对死亡的正确态度。这在他的一些作品中得到了突出的表现与印证。他的小说《夜》令人直接联想到《庄子》中庄子妻死鼓盆而歌的故事。小说讲述了在1919年的时候，5名湘西土著部队士兵夜宿山寨农家的故事。为了消磨长夜，这5名士兵邀请作为房东的老农一起讲了一整夜的故事。这5名士兵讲的故事分别有祖上斩土匪而升作清代军官的故事，与苗族妇女通奸而险些被其丈夫杀死的故事，上山碰见老虎的故事，等等。而轮到老农讲故事之时，他却带这5名士兵进了他的内室，原来，他的妻子在昨晚去世了，死去的妻子就躺在床上。显然，老农此时所经历的故事是所有故事中最重要的，因为这是一个死亡与面对死亡的故事，它比权力、情爱与野兽更加具有深层的哲学意义。作为叙事人的"我""这时才明白这一家发生了这样大事，老年人却一点不声张的陪着我们谈了一夜闲话，为了老年人的冷静我有点害怕了"。在小说中，老农正是一个喜欢阅读《庄子》的人（小说中这样描绘："我明白他的书是一本《庄子》"）。对于妻子的死亡，老农向5位士兵做出了这样的解释："这是我的故事，这是我的一个妻，一个老同伴，我们因为一种愿心一同搬到这孤村中来，住了16年，如今我这个人，恰恰在昨天将近晚饭的时候死去了。若不是你们来，我就得伴她睡一夜。……我自己也快死了，我故事是没有，我就有这些事情，天亮了，你们自己烧火热水去，我要到后面去挖一个坑，既然是不高兴再到这世界上多吃一粒饭做一件事，我还得挖一个长坑，使她安安静静地睡到地下等我。……"虽然老农妻子死亡之后，他并没有像庄子在其妻子死后鼓盆而歌，但他的冷静与坦然却与庄子完全可以等量齐观。他这样做，不是因为他对妻子没有情感，更不是因为他内心冷漠，而是出于他对死亡本身的通达认识：死亡是无法改变的自然规律，他所能做的，便是平静地接受这人间的大难。对此，夏志清评价说："可是在故事末段时，这老人留下给我们的印象，实在令人难忘。而且，这老人更代表了人类真理高贵的一面：他不动声色，接受了人类的苦难，其所表现出来的端庄与尊严，实在叫人敬佩。相较之下，叶慈因自己老态龙钟而表现出来的愤懑之情，以及海明威短篇小说《一个干净明亮的地方》中那个患了'空虚感失眠症'的老头子，都显得渺小了。"① 说实话，作品中老农所显示的精神高贵的一面，恰恰彰显了庄子死亡哲学的精髓，所谓"安时而处顺，哀乐不能入也"。

  沈从文彰显庄子死亡哲学的另一篇重要小说是《知识》。作品发生的时间背景恰好也是1919年，亦即"五四运动"与现代文化发端的那一年。作品关注的焦点是死亡，而对死亡的讨论又被特意安排在中西文化的比较中展开。这一任务，又通过作品主人公张六吉来完成。作为地主之子，张六吉得以留学国外，师从著名的老博士，专攻"人生哲学"，以尼采的超人哲学为圭臬，并获得哲学硕士学位而回国。然而，在他回乡路遇乡间的一个死亡事件之后，他放弃了西方的学说，并深深地理解了中国人的生存现实与生存哲学。在返乡途中，一位老农正顶着天热在田间锄草，树下躺着一个青年男子。他奇怪老人为何不休息，为何不让青年男子帮助劳动。老人回答他，他姓刘，青年男子是他的儿子冬福，一会儿前被毒蛇咬死了。张六吉知道真相后更加不解，认为老人儿子死了也不哭，是个"老古怪"。没想到老人这样回答他："世界上哪有不死的人。天地旱涝我们就得饿死，军队下乡土匪过境我们又得磨死。好容易活下来，一死也就完事了。人死了，我坐下来哭他，让草在田里长，好主意。"接下来，老人甚至让张六吉顺便给他的妻子带信，让他妻子只带一个人的中饭到田间。当他的妻子与冬福的姐姐知道冬福死亡之后，"颜色不变，神气自如"。张六吉问老妇人为何不伤心。老妇人回答："我伤什么心？天地旱涝我们就得饿死，军队下乡土匪过境我们又得磨死。好容易活下

---

① ［美］夏志清：《中国现代小说史》，刘绍铭等译，香港中文大学出版社2001年版，第174页。

来，一死也就完事了。人死了，我坐下来哭他，对他有何好处，对我有何益处?"冬福的姐姐则这样回答："爸爸妈妈生养我们，同那些木征簰完全一样。入山斫木，缚成一个大筏。我们一同浮在流水里，在习惯上，就被称为兄弟了。忽然风来雨来，木筏散了，有些下沉，有些漂去，这是常事。"听到这些回答后，张六吉马上给导师去信，骂他是骗子，把所有的书籍也全烧掉了。之后，散尽家财，与刘家小儿子一起四处漂泊。他的耳边，时不时回响起老刘所说的话：死的就尽他死了，活的还是要好好的活。相对《夜》而言，《知识》对死亡的解释加入了一些现实社会的内容，比如兵灾匪患对乡间百姓生命的伤害，但对死亡的认识却与《夜》异曲同工，如把死亡看作所谓"常事"，认为"世界上哪有不死的人"，所以，当一个人死亡或青年夭折之后，即使是父母、兄弟姐妹也无须产生丧失至亲的心理伤痛。

沈从文的短篇小说《黔小景》和《生》也在很大程度上诠释了道家的生死观念，而这种生死观念在这两篇作品中的老人身上得到了集中的体现。《黔小景》中的老人是贵州边地山区的一位农人，这一天有一老一少两位商人（两人为叔侄）前来投店。老人年老力衰，家庭贫寒，但对两位商人却是倾力相待，不仅给他们做吃的，而且还陪他们聊天。当两位商人得到老人拿出给他们换穿的鞋子时，老人告诉他们，这双鞋子正是他的一个儿子的。老人并没有告诉这两位商人他的儿子已经死了。对于儿子的死亡，老人的心情是那样的平静。而就在两位商人住店的这一晚，老人也老死了。作品说明，在贵州边区，老人与他儿子的死亡，都如同一件极为平常的事，波澜不惊，因为这不过是自然的一种变化而已。《生》中的老人是北京城什刹海杂戏场玩傀儡戏的王姓老人，他的儿子王九在10年前就在与赵四的打斗中死去。王姓老人十年如一日，在这个杂戏场玩傀儡戏谋生，既照例给巡警上交捐税，又以诙谐的语言与笑声逗引观众发笑，而让人最难忘的一个细节，是他通过两个傀儡假扮王九与赵四之间的打斗，一边表演，一边叫着王九的名字，并宣称王九对赵四的胜利。而赵四，也在5年前病故了。实质上，对于儿子王九的死，老人并非不悲痛。

然而，更重要的是，他却以苦中作乐的方式进行了化解。对他来说，儿子死去的事情无法改变，自己能够做的，就是接受这一事实，在精神与情感上承受住丧子之痛的打击。回族作家白先勇指出："沈从文是三〇年代最优秀的小说家之一，如果要我选三篇'五四'以来三十年间最杰出的短篇小说，我一定会选沈从文一篇，大概会选他那篇震撼人心的《生》。事实上，我认为沈从文最好的几篇小说，比鲁迅的《彷徨》《呐喊》更能超越时空，更具有人类的共性。鲁迅的《药》是一篇杰作，但吃人血馒头到底是一个病态社会的怪异行为，而《生》中玩木偶戏天桥老人的丧子之痛却是人类一种亘古以来的悲哀。"① 沈从文于《生》中老人的丧子之痛，的确表现了人类的共性或无法逃避的灾难，但它的背后无疑折射着道家的死亡观念。

### （三）"无为而治"的社会是理想的社会

美国学者金介甫指出："生活如果是诗，那么可以说，'苗族'作家沈从文坎坷的一生，真正浸透了苗族的诗意。他捍卫的最高理想并不像有些评论家说的那样，是什么象牙之塔，而是个人主义、性爱和宗教构成的'原始'王国，从政治上说，沈向往的也不是现代民主政治，而是'原始的无为而治'。"② 金介甫在这里对沈从文政治理想的判断应该说是准确的。的确，从很大程度上说，沈从文追求的政治理想是老子"小国寡民"的社会理想，他认为"无为而治"的社会是理想的社会形态。

老子政治上提出"无为而治"的主张："我无为，而民自化；我好静，而民自正；我无事，而民自富；我无欲，而民自朴。"（《老子》第57章）这自然是他"道法自然"哲学思想在政治上的贯穿。他认为统治者只要不去干涉老百姓，而天下自然秩序井然，人民生活富裕而朴素。由此，他提出了"小国寡民"的社会理想："小国寡

---

① 白先勇：《天天天蓝——追忆与许芥昱、卓以玉几次欢聚的情景》，《树犹如此》，广西师范大学出版社2015年版，第168页。

② ［美］金介甫：《沈从文传》，符家钦译，国际文化出版公司2005年版，第287页。

民。使有什佰之器而不用；使民重死而不远徙；虽有舟舆，无所乘之；虽有甲兵，无所陈之。使人复结绳而用之。至治之极。甘其食，美其服，安其居，乐其俗，邻国相望，鸡犬之声相闻，民至老死不相往来。"(《老子》第80章)在这种社会形态里，老百姓安土重迁、安居乐业，没有战争的危害，过着和平与丰衣足食的日子。老子特别反对官府对老百姓实施苛政或苛捐杂税，"认为人民生活中的灾难是由于统治者的过分剥削造成的"。[①]正如他指出："民之饥，以其上食税之多，是以饥。民之难治，以其上之有为，是以难治。民之轻死，以其上求生之厚，是以轻死。"(《老子》第75章)老子的政治理想对中国后世产生了极为深远的影响。如鲍敬言描绘这样的社会形态："曩古之世，无君无臣。穿井而饮，耕田而食，日出而作，日入而息……万物玄同，相忘于道。"(《无君之论》)陶渊明在《桃花源记》中建构了美好的桃花源世界或乌托邦想象："阡陌交通，鸡犬相闻。其中往来种作，男女衣着，悉如外人。黄发垂髫，并怡然自乐。……自云先世避秦时乱，率妻子邑人来此绝境，不复出焉，遂与外人间隔。问今是何世，乃不知有汉，无论魏晋。"而到了现代社会之后，沈从文更是掀起了回归老子社会理想的狂澜。

从沈从文的许多湘西生活题材作品中，不难看出他所建构的渊源于老子"小国寡民"社会模式，贯穿着老子"无为而治"思想的乌托邦想象或桃花源世界。小说《边城》《凤子》与散文《从文自传》等等均显示了这方面的审美意象。在《边城》所描绘的湘西世界里，没有人与人之间的纷争与钩心斗角，尔虞我诈，有的是青山绿水的洁净的生活环境，是人与人之间的和谐、关爱与互助，乃至妓女也都是那么厚道。《凤子》与《从文自传》均这样描绘湘西风情："兵卒纯善如平民，与人无侮无扰。农民勇敢而安分，且莫不敬神守法。商人各负担了花纱同货物，洒脱单独向深山中的村庄走去，与平民作有无交易，谋取什一之利。"这种社会形态虽然只处在不发达的农耕社会

---

[①] 任继愈主编：《中国哲学史》（第一册），人民出版社1963年版，第59页。

与乡村世界，但就社会公平与社会和谐而言，却完全是一种令人向往的理想社会形态，既迥异于残暴统治者统治下的封建社会，也完全不同于被金钱、权势所锈蚀或扭曲的现代商业社会，因为从本质上讲这种社会体现了一种自然的和谐。怪不得有学者这样归纳："沈从文构建的湘西边城世界，充溢了和谐自由的人性赞歌。湘西边城及生活于此的男男女女，是沈从文的文学乌托邦，体现了其道家式的自然逍遥精神。"① 还有论者指出："京派小说家用桃花源式的小说诉说了'归于自然'的信仰，即归于宁静僻雅的自然环境，归于原始淳朴的自然人性，关注生命的纯任天机，反抗现代文明对人的异化……这一切，显然来自道家的哲学态度与美学追求的影响与浸润。"②

与老子对统治者扰民的批判一样，沈从文对官府与封建制度表示出了强烈的不满，并进行了辛辣的嘲讽。他的小说《七个野人与最后一个迎春节》便是这方面的代表作品。作品表明，设立官府对老百姓来说有百害而无一利，是制造"麻烦"、引起纷争、导致灾难的源头。官府对百姓的加捐、纳税、征兵等等，无一种是正面的，都是强加给他们的负担，甚至驱使他们去打仗而白白丧失性命。有了官府，便产生了偷懒与不劳而获的闲人或寄生虫。有了官府，暴政便产生了。比如，"坐在极高大极阔气的皇城里"的"大王"，就会依恃官府和军队为所欲为——"要谁的心子下酒只轻轻哼一声，就可以把谁立刻破了肚子挖心"。有了官府，便有了欺诈与说谎，有了为官府涂脂抹粉、充满瞒和骗的文化。有了官府，便有了社会等级，人与人之间不再平等。有了官府，便有了这样那样的禁律，百姓不再拥有自由。有了官府，便带来了种种社会弊端，如买卖人口，鸦片馆，等等。有了官府，便催生了政治流氓或恶棍，比如"靠说谎话骗人的大绅士"和"靠狡诈杀人得名得利的伟人"。小说的结局自然充满了强烈的悲剧意味，因为一个野人抵抗官府而受到官军的残酷杀害。沈从

---

① 刘保昌：《沈从文与道家文化》，《甘肃社会科学》2005 年第 3 期，第 114 页。
② 冯晖：《京派小说的"桃花源"与老庄的"理想国"》，《江汉论坛》2010 年第 10 期，第 115 页。

文对官府的批判还在长篇小说《长河》中有所表现。驻在当地的保安队长要在罗卜溪买一船橘子给官府送礼,橘园主人藤长顺知此情况,非常慷慨地答应免费赠送保安队长十几担橘子,孰料交谈中因为误会,保安队长愤怒异常,立即发誓要铲平藤长顺的橘园。

应该说,阶级与国家都是历史的产物。沈从文对带有道家色彩的、小国寡民或没有官府的乌托邦社会的构想,充满了不切实际的幻想,但这种幻想本身并非没有积极的意义,它体现出人类通过乌托邦想象超越现实世界的不懈努力,从而将永远释放着人类理想的光芒。他站在老百姓的立场,对官府的弊政与危害进行深刻批判则具有重要的现实意义,也必将有助于社会政治的改良与进步,同时为异化的现代社会造了一面镜子。

## 五 阶级话语的生产

20世纪20—40年代南方民族文学话语建构的第四种形态,是阶级话语的生产。阶级话语是以阶级斗争为核心理念的政治言说,是马克思主义学说传入中国之后的一个结果。马克思主义阶级话语在中国新民主主义革命语境中的广泛传播,自然直接影响到20世纪20—40年代中国南方民族文学的话语建构。质言之,阶级话语的生产是这一时期南方民族文学话语建构的另一重要方面,同时也在很大程度上昭示着南方民族文学从启蒙话语到阶级话语的转换。

南方民族文学阶级话语的生产有着深刻的时代背景,既与中国时代政治思潮的转型紧密相关,又与文学潮流的演变息息相通。

首先,马克思主义学说传入中国,包括广大作家在内的中国知识分子开始信奉马克思主义,并接受马克思主义的阶级学说,从而带来了现代中国社会思潮的巨大变迁,并深刻地影响到包括南方民族作家在内的中国作家的政治理想与思想观念。早在"五四"时期,李大钊、陈独秀等"五四"新文化主将在接受西方现代思想、开展启蒙运动的同时,就迅速转而接受马克思主义学说。比如,1919年5月,李大钊就写下《我的马克思主义观》著名长文。1921年7月,陈独秀写下《社会主义批评》一文。中国共产党也于1921年7月成立于上海。李大钊等人对马克思主义学说的接受,主要地又表现在对马克思主义阶级斗争学说的接受。正如李大钊《我的马克思主义观》一文中介绍马克思的学说时所说:"这三部理论,都有不可分的关系,而阶级竞争说恰如一条金线,把这三大原理从根本上联络起来。所以他的唯物史观说,'既往的历史都是阶级竞争的历史'。他的《资本论》也是首尾一贯的根据那'在今日社会组织下的资本阶级与工人阶级,被放在不得不仇视、不得不冲突的关系上'的思想立论。关于实际运动的手段,他也是主张除了诉于最后的阶级竞争,没有第二个再好的方法。"① 对李大钊来说,阶级斗争是马克思主义最重要的学说,因为阶级斗争是实现无产阶级阶级解放、推翻资本主义剥削制度的唯一道路。既然如此,阶级斗争也是解决中国问题、实现中国民族解放与阶级解放的唯一道路。因此,信奉马克思主义成为中国先进知识分子的思想归宿与政治信仰。正如李泽厚指出:"尽管李大钊、陈独秀等人介绍马克思主义时,都要介绍剩余价值学说,但如果细看一下,便会发现,他们介绍的重点,真正极大地打动、影响、渗透到他们的心灵和头脑中,并直接决定或支配其实际行动的,更多是马克思主义的唯物史观。其中,又特别是阶级斗争学说。"② 对马克思主义学说尤其是马克思主义阶级斗争学说的接受,昭示着"五四"时期中国思想界的巨变。可以说,在中国共产党领导的新民主主义革命时期,"马克思主义在中国,主要是以其唯物史观(历史唯物论)中的阶级斗争学说而被接受、理解和奉行的"③。这之前,中国先进知识分子所接受的则是进化论或社会达尔文主义等理论,比如,"鲁迅在成为马克思主义者以前,也是进化论的信徒"④。正是在马克思主义

---

① 转引自李泽厚《中国思想史论》(下),安徽文艺出版社1999年版,第968页。
② 同上书,第967页。
③ 同上书,第973页。
④ 同上书,第971页。

阶级斗争学说的影响下，中国兴起了以阶级斗争为归趋的新民主主义革命运动。李纳（彝族）、李乔（彝族）、马子华（白族）、李寒谷（纳西族）、陆地（壮族）、华山（壮族）、苗延秀（侗族）、思基（土家族）等许多南方民族作家在革命思潮的影响下，不仅接受了革命思潮，走上了革命的道路，而且把马克思主义阶级斗争学说贯穿于文学创作之中。正如白族作家马子华所说："五四"运动以后，"当新文化运动与革命思想敲开了关闭着的云南大门之后，这地区的人民起了根本性的变化，他们马上投身到革命的浪潮中来"。① 这样的话正是他本人接受革命思潮的写照。壮族作家陆地后来也回忆说："三十年代中期，'一二·九'运动前后，以艾思奇为代表的启蒙哲学和薛暮桥等人的通俗政治经济学等社会科学的著作，使我认识了社会问题和人生意义而走上革命道路。"②

其次，左翼文学运动的兴起、工农兵文学运动的迅猛发展促进了南方民族作家思想的转变，进一步地促使他们接受了马克思主义的阶级学说，并将马克思主义阶级学说贯穿于文学创作之中。20世纪20年代末期，左翼文学思潮与左翼文学运动兴起于中国文坛。1928年，左翼文学家蒋光慈写下《关于革命文学》一文，倡导"革命文学"思想。他在解释什么是"革命作家"时指出："倘若这位作家是代表统治阶级的，那他的思想，他的情绪，以及他的行动，总都是反革命的，因之他所创造出来的作品也是如此。倘若这位作家是代表被压迫的，被剥削的群众的，那他的思想以及他的作品，将与前者适得其反——他将歌咏革命，因为革命能够创造出自由和幸福来。"③ 这里他强调革命作家必须具备被压迫、被剥削阶级的阶级立场。在此基础上，他提出了判断革命作家与革命文学的标准："倘若我们要断定某

---

① 转引自赵志忠主编《20世纪中国少数民族文学百家评传》，辽宁民族出版社2007年版，第198页。
② 陆地：《创作余谈》，《中南民族学院学报》1982年第2期，第67页。
③ 蒋光慈：《关于革命文学》，贾振勇编：《左翼十年——中国左翼文学文献史料辑》，人民出版社2015年版，第64页。

个作家及其作品是不是革命的,那我们首先就要问他站在什么地位上说话,为着谁个说话。这个作家是不是具有反抗旧势力的精神?是不是以被压迫的群众作出发点?是不是全心灵地渴望着劳苦阶级的解放?……倘若答案是肯定的,那么这个作家就是革命的作家,他的作品就是革命的文学。"① 对蒋光慈来说,所谓革命文学,就是革命作家为"被压迫群众"与"劳苦阶级""说话"的文学,或者说表达这些阶级政治诉求的文学。同年,左翼文学理论家李初梨也写下《怎样地建设革命文学》,并提出了"无产阶级文学"的概念。他指出:"无产阶级文学是:为完成他主体阶级的历史的使命,不是以观照的—表现的态度,而以无产阶级的阶级意识,产生出来的一种斗争的文学。"② 对李初梨来说,"无产阶级文学"一方面必须具有无产阶级的"阶级意识",另一方面则必须表现阶级斗争。总之,左翼文学思潮为中国文学制定了新的写作范式,阶级立场、阶级意识与阶级斗争成为文学创作的新的关键词。20世纪40年代以后,毛泽东《在延安文艺座谈会上的讲话》则在左翼文学的基础上掀起了工农兵文学思潮与工农兵文学运动,进一步地把左翼文学的观念系统化、正规化与政治化,以阶级斗争学说为核心的写作观念渐渐成为中国革命作家的自觉意识。

南方民族作家走向革命之后,也加入到左翼文学的阵营,或者直接奔赴解放区,投身于工农兵文学浪潮。彝族作家李乔这样说:"在饥寒的煎熬中,我无意地看到了创造社、太阳社提倡的普罗文学,好像找到了我所仰慕、渴望、迷恋的爱人,便全身心地投在她的怀抱里。"③ 在特定时代背景下,旨在表现阶级斗争的普罗文学(即无产阶级文学)适时地引起了李乔的心理共鸣,吸引他加入了普罗文学的行列。李乔还曾回忆说,他在上海听了鲁迅所做的《文学与革命》

---

① 蒋光慈:《关于革命文学》,贾振勇编:《左翼十年——中国左翼文学文献史料辑》,人民出版社2015年版,第64页。
② 李初梨:《怎样地建设革命文学》,贾振勇编:《左翼十年——中国左翼文学文献史料辑》,人民出版社2015年版,第73页。
③ 李乔:《不要违反艺术规律》,杨帆主编:《我的经验——少数民族作家谈创作》,青海人民出版社1982年版,第8页。

演讲之后，认识到文艺工作者"首先要做一个革命人"。①1924年，白族作家马子华考取了云南省立一中，以后便开始在这所学校里接受"五四"新思想与革命思想的影响。正如他后来回忆说："我进这所中学时，正是'五四'运动以后。新文化运动和革命思潮，像惊涛澎湃冲击着封建落后的边远山国。这地区的人民，外受英法帝国主义的侵略与压迫，内受封建军阀、买办、地主、少数民族上层土司、头人……这些魔王的联合迫害。人民在地底呻吟，知识分子在愤怒中寻找革命的真理和道路。所以当新文化运动与革命思想敲开了关闭着的云南大门之后，这地区的人民起了根本性的变化，他们马上投身到革命的浪潮中来。"②马子华这番话既是"五四"以后云南地区时代风潮的回忆，也是他自己接受革命思想的记录。这样的思想促使他后来到上海寻求革命道路，并在1933年考入上海光华大学后旋即加入"左联"，与他人一起发起成立宣传革命思想的"轨迹文学社"，主办与主编宣传革命思想的杂志《轨迹》。他的《他的子民们》正是在左翼文学思潮影响下写作的，并在写成后受到鲁迅、茅盾等左联文艺主将的肯定与鼓励。马子华还在解释创作于这一时期的诗集《坍塌的古城》时说："诗集的题名是暗喻旧中国的没落，国民党反动政权的崩溃。当时我正在这古城堡的中心南京，处在失学失业的困境，诗集主要是抒发自己对现实的不满。"③这样的创作思想可以说贯穿了他20世纪三四十年代的全部文学创作中。

### （一）剥削制度必然形成阶级压迫

这一时期，南方民族文学的阶级话语建构主要包括两方面内容。一是表明剥削制度必然形成阶级压迫，同时揭露旧中国剥削制度的罪恶与反动，从而消解旧的社会、制度与政权的历史合法性，

---

① 李乔：《感谢鲁迅先生》，《民族团结》1981年第9期，第31页。
② 转引自赵志忠主编《20世纪中国少数民族文学百家评传》，辽宁民族出版社2007年版，第198页。
③ 同上书，第200页。

解释中国新民主主义革命的历史起源。二是表明阶级压迫必然引发阶级反抗，表明中国革命应运而生，同时表现下层劳动人民的反抗斗争精神，从而建构新民主主义革命与中国共产党新政权的历史合法性。

这一时期南方民族文学的阶级话语建构的首要内容是表明剥削制度必然形成阶级压迫，同时揭露旧中国剥削制度的罪恶与反动，从而消解旧的社会、制度与政权的历史合法性，解释中国新民主主义革命的历史起源，具体又体现在以下三个方面：

第一，暴政是乡村地主阶级统治的别名。这一时期南方民族作家在他们的作品中表明：暴政是乡村地主阶级统治的别名。为此，他们自觉地通过作品揭露旧中国作为统治阶级的乡村地主阶级的残暴不仁，白族作家马子华与纳西族作家李寒谷是这方面的代表作家。对白族作家马子华来说，他1935年推出的中篇小说《他的子民们》（上海春光书店1935年版）就是一篇讨伐旧中国残暴的农村地主阶级与腐朽的封建制度的檄文，而作品中所描写的西南边疆地区的莎土司就是腐朽封建制度的代表与实施地主阶级反动统治的罪恶化身。作品批判的矛头直指莎土司所代表的腐朽封建制度。诚如作家在《后记》中说："南中国，封建制度是更深的表现于那特有的土地生产关系上。这中篇所描述的一切故事的发展，除了人名地名以外，向壁虚构者少，而真确的事实倒很多；至少在主题方面始终还顾及到。那么，这篇东西读者如果把它当作报告文学来看，多少总还是可以的。"① 在马子华看来，南中国地区的封建制度不仅集中地表现在土地等生产资料所有制关系上，而且本身是一种客观事实，并非小说的虚构，小说中对它的描写是对生活本身的真实反映。作品中的莎土司是明代留下的汉人土司，位于云南西部边境、金沙江一带。莎土司同他统治下的子民们的关系，是原始的封建领主与农奴的关系。这里的土地是莎土

---

① 转引自李云忠《中国少数民族文学史·小说卷》，人民文学出版社2016年版，第244—245页。

司的，森林和林中的野物是莎土司的，金沙江中含有金沙的泥土是莎土司的，人也是莎土司的——子民们"世世代代都是莎家的百姓"。莎土司手中的那条金柄的牛筋鞭子就是赫赫权力的象征，他可以用它抽死叛逆他的人。莎土司的话就是法律，他可以任意摊派、增加子民们的负担。总之，在莎土司内部，土地、财产、森林、河流，还有人，都属于土司所有。与这种封建制度紧密相连的是莎土司令人发指的暴政。莎土司向子民随意摊派粮食，少交者常被毒打或被毒打致死。种田稍晚的子民都会受到他的鞭打。他横征暴敛，强迫子民们一家一年交粮2斛，猪4头，羊6头，鸡30只。他看中了百姓的女儿，就可以无条件地占有，厌倦了就可以随意杀害。子民阿权（刁世权）的女友阿霜被他看上后，他光天化日之下抢走阿霜，然后肆意玩弄与凌辱她，最后让手下将其燎死。阿权一家的财富被他榨干，所有粮食都给莎土司交了租子，阿权本人无故被抓进土司的大牢，又不得不靠交粮赎人，然后依靠卖牛还债。而像阿权这样勤劳、老实的农民，无论是种田、打猎，还是去金沙江边淘金，都无法逃离莎土司的手掌心，都无法逃脱莎土司的残酷剥削与残暴镇压。马子华1946年推出的散文集《滇南散记》又一次凸显了阶级之间的尖锐对立。其中《西瓜皮》便集中地表现了这一主题。作品中的商人和苦力，简直水火不容。酷暑的一天，商人路途中吃西瓜，苦力想得到瓜皮润喉，但商人却将瓜皮扔地上踩烂。"面对着这样残酷而没有心肝的人，苦力已经没有渴的感觉了，他心头只有火，只有恨，他想'天下哪有这等人？'"怒火中烧的苦力抢过主人的刀，一连几刀将主人砍死了，然后带着商人的财产走了。纳西族作家李寒谷的系列化短篇小说《雪山村》（1934）、《三仙姑之秋》（1934）、《三月街》（1935）、《寸五娘》（1935）、《狮子山》（1935）、《凤凰岭》（1936）、《变》（1938）等等，同样以犀利的笔墨表现了中国南方民族地区尖锐的阶级对立，揭露了官僚、地主阶级的黑暗统治。代表作《三月街》通过农民金松一家四代人的不幸遭遇，深刻地揭露了旧中国官、兵、匪残害人民的黑暗现实。小说一开始就描述了被大土匪张结疤洗劫后的野鸡坪村落的凄凉景象：到处挤满了劫后余生的难民，房子烧焦了，家人跑散了，他们只能靠挖黄独、草根和橡粟充饥。冷风吹动着难民们的破烂衣衫，小孩的哭喊，妇女的饮泣，老人的叹息，悲伤恐怖的气氛笼罩着这里的一切。黑夜降临了，难民们不知该去向何方。张结疤是盘踞于滇西的大土匪，据说他"每天要吃一对人脑子"，"一盘炒人心肝"，每"离开一处，用一个人头祭'火塘'"（火塘即灶），是个两手沾满鲜血、极端残忍的恶魔。小说对他有这样一段描写："张结疤抢了大兵枪，木梳梳了笼子笼，地皮都挖起三尺啦。最伤心的是村上的姑娘少妇，没有一个不被撕破裤子，村上的男子汉，被一顶绿帽子戴在头上。当场毙命和事后跳河死勒脖子死的，常有所闻。"金松的母亲曾在一次匪祸中失踪。这次，为了能够活下去，金松父子将家中的1头骡子和250两烟土偷偷运到大理三月街上去卖。但土匪张结疤抢了三月街。金松的鸦片在兵荒马乱中被弄丢了，去卖骡子的父亲金长显则不知去向。惨烈的匪患由此可见一斑。面对匪患为害民众，官府不但不加以制止，反而与土匪勾结，构成伤害百姓的官祸，这在蒲老总身上表现得淋漓尽致。蒲老总是野鸡坪一带有权有势的大豪绅，他和张结疤结成了把兄弟，又用金钱、女人收买了从省里带兵来维持地方治安的贺营长——如让自己的小老婆用鸦片与身体讨好贺营长。蒲老总的大女婿金团绅、二女婿柯乡约纷纷把持着当地的政局。每年农民种的大烟刚收获，蒲老总、贺营长就贴出布告，每家所收鸦片，除扣还所欠各种捐税外，还要派30两鸦片充作军费。参与扰民、害民的还有兵灾。当金松从三月街连夜奔回野鸡坪、回到家中后，便发现自己的妹妹被贺营长和蒲老总派人抢去，轮奸致死，尸首被丢在洱海里。《虎跳崖》则集中描写了匪患的肆虐：土匪独眼龙的队伍开进四喜村，匪兵打、砸、抢、杀无所不做，端起枪胡乱地向着无辜的农民扫射。有着两岁孩子的阿庚妈、瘸脚铁匠、新郎官和华生等被打死。《三仙姑之秋》中的农民遭受大水灾，庄稼颗粒无收。可是地主木老爷却无视灾害发生，反而变本加厉地向农民催租逼债，农民向他借100元的债，转眼就要还200元的利。无法交租、还债的吴长顺等，被抓走进行严刑拷打。《诉讼》中无辜的伍吉和他的父亲，竟被官府与东萝村村长等合谋打死，充做东萝村用来"诉讼"的尸首。

第二，剥削是资本家阶级的阶级本质。这一时期南方民族作家在他们的作品中同时表明：剥削是资本家阶级的阶级本质。为此，他们用作品积极表现工人的悲惨生存处境与揭露资本家对工人的残酷剥削与压迫，彝族作家李乔可谓这方面的代表作家。彝族作家李乔于20世纪20年代末期和20世纪30年代创作的，以云南个旧锡矿工人生活为题材的系列化纪实性作品，如《上厂去》《马拉格》《个旧厂》《锡是如何炼成的》与中篇小说《未完的争斗》等等，较早地对中国矿工与矿主之间的阶级对立进行了深刻的揭露，尤其是表现了矿工受到矿主、老板即资本家残酷剥削与压迫的可怕现实。《上厂去》中的砂丁，都是因为饥饿从农村走出来的农民，他们的脸上写着的是"凄苦的表情"，而矿主即大老板却"安逸地坐在兜子上（或骑着马）"，由武装的卫队护卫着。而那些行走在城市与矿山之间运送矿石的宣威农民，背上背着的是"百余斤的重压"。《马拉格》写的是个旧群山之间的一个叫马拉格的锡矿采矿点，矿主是"有名的大财主李恒"。李恒规定，一个砂丁一天要在矿洞内运送12次矿石（塘），每次50公斤。但因为矿洞太深，一个砂丁每天只能完成七八次。矿洞内常常有石头掉下砸伤或砸死砂丁。虽然劳动这样的繁重，环境是那样的恶劣，但砂丁的报酬却是那样的微薄。比如，背100斤塘，只给旧滇票2角，砂丁每天的最高工资不过旧滇票2块（合申洋2角）。对砂丁来说，马拉格便是"一个活地狱"。《个旧厂》以作者12岁到个旧打工的经历为线索，描写矿工生存环境的恶劣。比如，矿工们进矿洞背矿，矿洞内本来空气不畅，而为了照明，矿工的头上不得不戴上"熊熊燃烧的煤气灯"，而煤气灯释放的碳气充斥着矿洞内，这样，背着"沉重的两品袋矿砂"的矿工走出洞口时，"人的面色已变灰白"，人则如同"死"了一般，在年幼的李乔看来，这真是"非人的工作"。《锡是如何炼成的》（1937年3月20日《中流》半月刊）

运用纪实的笔墨,全方位、多角度表现了锡矿工人(砂丁)的生存苦难与作为资本家的矿主的骄奢淫逸。锡矿工人之所以进厂,一方面固然出于矿主的利诱,另一方面更是经济破产与家庭穷困而无路可走——所以才去做这种"阴间讨钱阳间使"的活路。而一旦进厂,则有如进了人间炼狱,或如同作者描述的那样——"过着这牛马不如的地狱生活。"① 他们住在阴暗潮湿的房子里,每天起早睡晚,要在空气不流通的矿洞内干活(如背墱)12 小时以上,但吃的却是掺沙的粗糙米,吃的菜是"老妈妈汤"——"用一小碗黄豆捣细煮成的一大盆清汤",所得报酬低得可怜——每月工资最高只有七八十元旧滇票,一般只有四五十元,少的则只有二三十元。往往一年到头,工资所剩无几。一旦生病,只能等死。相反,矿主们却依靠榨取矿工的血汗,把锡矿卖到香港后大发横财,生活穷奢极欲——如矿主到咖啡店喝一次咖啡,就会花掉矿工需要两年才能挣到的工钱。更有甚者,矿工如果完不成矿主规定的任务,往往会被矿主的无情马棒打得"皮开肉绽"。一些承受不了这种毒打的矿工选择了逃跑,但一旦被抓回,会受到变本加厉的吊打,被打得奄奄一息,然后戴上 12 斤重的脚镣,继续进行强制性劳动。如果被打死,则被拖出扔掉了事。矿主打死了矿工,"不受法律制裁"。官府对这样的事件从来也是"不闻不问"。作品旨在说明,为矿主带来大把金钱的锡矿,实际上是广大贫苦的矿工们用血汗、鲜血与生命炼出来的。李乔中篇小说《未完的争斗》(《现代小说》1930 年第 3 卷第 5、6 期合刊)则以小说的形式再现了个旧矿工的生存苦难。在作品中,矿工张旺财仅仅说了几句埋怨工作辛苦与抱怨矿主杨老板的话,便被凶残的杨老板不依不饶地用马棒打得头破血流,奄奄一息,还被扣掉当年工钱,开除出矿。对此,矿工们不得不发出这样的哀叹:"现在的人世,人命是不值钱的,尤其是我们工人,打死了一个工

---

① 李乔:《锡是如何炼成的》,《李乔文集》(卷三),云南民族出版社 2010 年版,第 434 页。

人,如杀死一只鸡似的,死了便是死了,能有什么好处!"① 而像张旺财这样的矿工,同样是从农村跑到城市求生的贫苦农民。然而,他们在矿上干着又苦又累的活儿,生活却又是那样的艰难,穷得连老婆都娶不起,尤其是受到黑心矿主的残酷虐待,生不如死。正因为如此,矿工徐二才发出了这样的感慨:"穷得当矿夫的人,还有什么资格来讨老婆。"而张旺财免不了发出了这样的牢骚:"唉,他妈的,真是做牛马啦!一天背这么多的矿,吃的不过两碗干冷饭,难道还是人不成?"接着他暗地里这样发泄了两句对矿主杨老板的不满——"白替杨老贼做牛做马,倒也便宜他!"没想到这些话给他带来了灭顶之灾,他差点被杨老板殴打致死。而帮助张旺财治病的矿工高老叔,也遭到了杨老板的毒打。作品中"一个长马脸的工人"为此发出了这样的悲叹:"我们简直是一些牛马,不,连牛马也不如!他要杀就杀,要打就打,这不是他豢养的牲口!"

　　第三,政治腐败导致国民党政权历史合法性的丧失。这一时期南方民族作家在他们的作品中还表明:政治腐败导致国民党政权历史合法性的丧失。为此,许多20世纪30年代末期与20世纪40年代的南方民族作家通过他们的作品,自觉而积极地揭露与批判国民党政权的反动统治,从而以消解国民党政权的历史合法性,并对中国新民主主义革命的起源进行了合理的解释。彝族作家李乔、侗族作家苗延秀等是这方面的代表作家。李乔短篇小说《饥寒褴褛的一群》(《文艺阵地》1940年第4卷第7期)通过抗战时期几百云南壮丁的悲惨遭遇揭露了国民党统治的黑暗尤其是征兵制度的黑暗。作品写国民党军队与地方政府强制性把云南景东与普洱的300多位农民征为军人,这些农民原来是自由而健康的,但经过3个多月的武装押送,他们失去了自由,更失去了健康。从景东与普洱到昆明及路南的途中,这些兵丁没有吃过一顿饱饭,一路忍受着饥寒交迫,病死了70多人。到了路

---

① 李乔:《未完的争斗》,《李乔文集》(卷三),云南民族出版社2010年版,第362页。

南的部队之后，这些饥饿欲毙的农民只有73人勉强被部队录用。其余近200人虽然重获自由，但面临路途遥远的家乡，身无分文的他们随时都会被饥饿与疾病夺去生命——不少人已经客死旅店。这些农民的命运，正是国民党腐败的征兵体制造成的。负责押送这些兵丁的张队长是从省城昆明下来的，他却克扣了景东与普洱两县县政府发给这些兵丁的生活费，将这笔钱用来购买与走私鸦片，而不管兵丁们的死活，只顾做生意中饱私囊，大赚国难财。最后在面临上司查处时一走了之，逃脱了法律的惩罚。侗族作家苗延秀1945年的短篇小说《共产党又要来了》，通过侗族农村生活的描写揭露了国民党统治的黑暗。在作品中，国民党反动军政机关对侗族人民的欺压真是触目惊心。这在侗族妇女王伯妈一家的遭遇中得到了印证。不仅王伯妈唯一的儿子被抓去当兵，而且她家中的财产，诸如母猪、鸡、锅、水桶、戴在身上的银耳环——"被衙门里的人抢走"，房屋宅基被骗去修达官贵人的别墅。王伯妈一家走投无路，渐渐从麻木中走向了反抗，以致用石头砸死了反动警士，放火烧毁了自己的房子。

### （二）阶级压迫必然引发阶级反抗，中国革命应运而生

这一时期南方民族文学的阶级话语建构另一重要内容，是表明阶级压迫必然引发阶级反抗，表明中国革命应运而生，同时表现下层劳动人民的反抗斗争精神，从而建构新民主主义革命与中国共产党新政权的历史合法性，具体表现为以下方面：

第一，有封建地主阶级的压迫就有农民起义。这一时期南方民族作家在他们的作品中表明：有封建地主阶级的压迫就有农民起义。马子华的《他的子民们》在揭露莎土司残暴统治的同时，更描述了土司子民们的走投无路，表现了他们对土司自发的反抗斗争，歌颂了他们不断觉醒后的阶级反抗精神。这种反抗正是通过对小说主人公阿权生活道路的描写中得到体现的。阿权原是老实的农民，靠租种莎土司的田为生。但一年劳动所得，大半交纳给土司，加上还债，余下的无法维持一家人的生活。他到官府交粮，因少交了一点便被莎土司的手下毒

打，可恶的土司又抢走、占有并害死了他的恋人阿霜。这样，他依靠种田活命、过日子的道路便无法继续了。他把田交还给莎土司，卖掉耕牛抵债，离家另谋出路。阿权选择的第二条生活出路，就是跟随表哥狩猎。但贵重猎获物鹿茸、狐皮等全部献给土司还不够，加之蓝眼睛戴十字架的人对资源的肆意掠夺和对猎人的野蛮抢杀，仅仅两年就宣告此路也走不通。阿权寻求的第三条生活出路是跑到金沙江淘金。但金场是莎土司的，他和淘金工人在手拿枪弹的监工的监视下像奴隶般劳作，工作时间长，吃不饱饭，隐匿一点金砂就遭到枪杀，抛尸于河中。一年淘到的金矿又全部归了土司。淘金工人阿财因妻儿将要饿毙偷了些金子逃跑，被监工石总管毒打后枪杀扔江。阿财的结局使阿权看到了自己与其他同伴将要面临的可怕命运，他思想上逐渐觉醒，认识到"要活命总得要靠自己"，"那金柄的皮鞭，我决不相信，永远的会抽在我们的背上，我们得要挣扎出来的……"阿权与印根为首的走投无路的子民们终于揭竿而起，进行了暴动。他们首先下手杀掉了莎土司看护金矿的十几名士兵，又杀掉了监工石总管手下的几个士兵，并把监工石总管绑石沉江，并阻杀了莎土司的部队200多人。在斗争中，阿权成长为一名出色的组织者与领导者，成了勇于反抗暴政的农民英雄。虽然暴动不可避免地、悲壮地失败了，但活下来的人们并没有屈服，没有放弃斗争的决心和必胜的信念，正如阿权所说："总有一天我们会从莎土司手里拿回自己的生命的。"李寒谷的《三月街》则通过青年农民金松形象的塑造表现了中国农民的阶级反抗精神。金松只有23岁，和他的先辈一样，从一生下来就过着苦难的生活，他血气方刚，勇于抗争，曾在大街上见"省兵当众脱大姑娘的裤子"，"气愤不过，将省兵拉开，放走了大姑娘"，自己被大兵"吊了一天一夜的鸭子洇水"，还"关了一个多月"。蒲老总的女婿柯乡约上门强收捐税，"硬要牵走圈里的黄牛"，金松忍无可忍，打了柯乡约一顿，但自己也被抓去"打得皮开肉烂，丢在水牢"里。他并不屈服，恨透了蒲老总、贺营长这班恶人，幻想着自己有一天当了大官，"一定要枪毙了贺营长这类人物"。大理三月街那天，当赖以生存的烟土和骡子丢失，父母相继离散，妹妹被奸致死，他终于被逼上了绝路，埋藏在心中的怒火终于爆发了。他拿起马鞭刀，布袜统里插着匕首，利用黑夜的掩护，潜入蒲老总家中，用匕首刺进睡梦中的贺营长、蒲老总的心窝，自己也倒在血泊里。在刺杀仇人的瞬间，金松曾有过思想斗争，"我真的要杀人吗？""'杀人不是玩的，还是回去吧。'金松定一定神，心想若不下手，贺营长醒了，自己也没有命，不如痛痛快快来个你死我活……"他并不是一个天生喜打好杀的人，而是匪患、官祸与兵灾逼着他走上了与敌人同归于尽的反抗道路。李寒谷《三仙姑之秋》中的农民在走投无路之后，开始"在黑暗里，在凄风苦雨中，摸索着他们的出路"，并在吴长顺之子吴阿什率领下走上起义的道路。虽然起义失败，吴阿什被官府处死，但他们的反抗精神却令人敬佩。

第二，有资本家的血腥剥削就有工人阶级的不屈反抗斗争。这一时期南方民族作家在他们的作品中还表明：有资本家的血腥剥削就有工人阶级的不屈反抗斗争。李乔《锡是如何炼成的》积极表现了个旧锡矿矿工对黑心矿主的自发反抗斗争。面对"老板极野蛮的种种压迫和剥削"，矿工们终于"忍无可忍"，于是秘密联合起来，寻找时机，手持快刀将黑心矿主杀死，然后逃离矿地。李乔《未完的争斗》则表现了受压迫与剥削的矿工对矿主的斗争或"争斗"。首先，矿工们的阶级意识开始觉醒。矿工张旺财之所以抱怨杨老板，就是认识到杨老板"剥削我们工人"。而在矿工们看来，与杨老板狼狈为奸的工头万发奎的本事便是"真会剥削"——比如，要求矿工每月向他无偿交纳"两块的头钱"。当他们忍无可忍之时，他们终于喊出了"打倒压迫工人的杨老贼"与"打倒剥削我们的万发奎走狗"的口号。其次，矿工们选择了集体斗争的形式，注意到了斗争的策略。他们秘密成立了工会，选择的斗争形式是罢工，与杨老板谈判，并提出了"增加工资""改善工人待遇"与医治被打伤工人的伤病[1]三项合理要求。

---

[1] 李乔：《未完的争斗》，《李乔文集》（卷三），云南民族出版社2010年版，第371页。

领导罢工的工人还要求工人们要有"秩序"地进行斗争,不能盲目地"乱闹"。尽管他们的争斗最后遭到了杨老板的武装镇压,但这场发生在矿工与矿主之间的阶级冲突、矿工对矿主的反抗并没有完结。叶灵凤因此评价《未完的争斗》说:"这是一篇写矿工争斗的小说。这种争斗虽然是小型的,但是也能显示出劳资争斗中全部姿态。作者的重心是偏重在暴露矿主对于矿工的压迫。"①

第三,中国共产党领导的中国革命开辟中国历史新纪元。这一时期南方民族作家在他们的作品中特别彰显了这一新的历史逻辑:中国共产党领导的中国革命开辟中国历史新纪元。这一时期,由于中国共产党领导的新民主主义革命的崛起与革命力量的发展壮大,尤其是抗日战争时期与解放战争时期中国共产党陕北边区政府的成立,中国革命的前途展现了新的曙光。而这一时期参加中国共产党领导的中国革命的南方民族作家,对中国共产党领导的中国革命由衷地拥护。因此,歌颂中国共产党领导的中国革命的历史进步性与正义性,歌颂中国共产党领导的中国革命带来的广大工农阶级的翻身解放,成为这一时期南方民族作家的创作冲动。正如壮族作家陆地1947年在《写什么》一文中指出:"人民大翻身,从奴隶变成了主人,这当然是表现人民时代的中心课题。"② 他们最终认识到,中国共产党领导的中国革命开辟了中国历史新纪元,书写了中国现代历史的新篇章。侗族作家苗延秀的《红色的布包》等作品,开启了侗族作家运用文学作品歌颂中国共产党领导的中国革命的写作道路。短篇小说《红色的布包》(《解放日报》1945年2月7日)通过对侗族大娘唐姓伯妈一些细微生活片段的描写,揭露了国民党统治的黑暗,尤其是歌颂了中国工农红军革命为人民的性质。侗族大娘唐姓伯妈生活非常不幸,在她儿子刚满四岁的时候,她丈夫便患疟疾死去,她靠卖柴草、做针线活苦苦把儿子养大。但儿子长到18岁时却被国民党征兵,在围剿红军的战斗中死去。1934年,

---

① 转引自李乔《李乔文集》(卷五),云南民族出版社2010年版,第440页。
② 陆:《写什么》,陆地:《创作余谈》,广西人民出版社1982年版,第59页。

一支长征的红军队伍经过了侗族地区,住在了侗族大娘唐姓伯妈的家中,用掉了唐姓伯妈家的一些柴草。部队离开后,给唐姓伯妈留下了1元钞票作为酬谢,并留下一张感谢信表示谢意,还把唐姓伯妈将要倒塌的房子用树干重新竖立起来。唐姓伯妈从红军的这些举动认识到红军与人民群众的心连心,对红军满怀感激与怀念之情,她因此把钞票和纸条小心翼翼地用红布包好,作为非常珍贵的东西加以珍藏。红军在这封感谢信中也宣扬了红军作为革命军队的先进性质。比如,红军是"工人、农民自己的武装",是苗、瑶、壮、侗等各族同胞"真正的兄弟",红军北上的目的正是为了抗日、"打倒日本鬼子"。① 苗延秀在抗日战争后写的另一短篇小说《小八路》,则表现了人民群众对八路军的感激与参加八路军的热情与积极性。作品中的小八路是一个矿工的儿子,5岁时父亲被日本鬼子杀害,母亲不得已改嫁他人,他从此成为一个四处漂泊、无家可归的孤儿。当他病得奄奄一息时,八路军不仅解放了他的家乡,而且为他治好了病,挽救了他的生命。对他来说,八路军就是救命恩人,革命队伍就是他的家。也因为如此,小小年纪的他坚决要求参加八路军,并慢慢成为一名革命战士。彝族女作家李纳1948年5月推出的中篇小说《煤》通过一个"二流子"男子被改造成新式工人的故事,展示了中国共产党领导的新政权改造社会的强大能量。作品中的"二流子"叫黄殿文。在旧社会,出身底层的他染上了偷盗与懒惰的恶习,为人奸猾,为此多次坐过监狱。中国共产党领导的革命取得成功后,黄殿文走出了监狱,被安排进了一家煤矿。初到煤矿时,黄殿文恶习难改,干活偷奸耍滑,拈轻怕重,贼性不改,不时地偷盗矿里的肉食之类的财富。当这些行为受到工友的批评时,他不但不思悔改,反而抗拒、抵制,"破罐子破摔",认为挖煤是"阎王路",最后偷了同屋工友的财富逃离了煤矿。当他被抓回到煤矿后,煤矿工会主席没有责怪他,反而从思想上教育他、从生活上照顾他、

---

① 康濯主编:《中国解放区文学书系·小说卷三》,重庆出版社1991年版,第1139页。

从情感上感化他，努力使他感受到革命大家庭的温暖与生活在新社会的幸福及光明前途——比如，与他谈心，分析他在旧社会走上小偷之路的社会根源；将他的妻子与小孩接到煤矿来与他生活在一起；工作上鼓励他进步。渐渐地，黄殿文有了正常的生活，也改掉了过去的坏习惯，树立了工人阶级的主人公意识，不仅生活积极性与自觉性空前提高，而且主动要求加入工会，成了一位具有高度政治觉悟的新式工人。壮族作家华山的系列报告文学作品《承德撤退》（1945）、《解放四平街》（1948）、《踏破辽河千里雪》（1948）与《英雄的十月》（1949）等，则在对国共战争的描绘中着力彰显了中国共产党领导的中国革命的历史进步性及广泛群众性。马铁丁在为华山《远航集》所写的《序》中指出："《踏破辽河千里雪》《英雄的十月》，生动地反映了这个时代的面孔；一方面是敌人的总崩溃，另一方面是我军摧枯拉朽的胜利大进军。锦州一战，切断了敌人的退路，辽西一战，歼灭了敌人的精锐——廖耀湘兵团，接着解放沈阳，进军关内。"① 但这些作品绝不仅仅停留于对国共战争场面与过程的描写上，而更着意于对国共两党政治立场的理论思辨。《承德撤退》既写出了抗战结束后，中国共产党面对国民党打内战做出的主动撤出热河省首府——承德的战略防御决策的正确性，也写出了人民军队撤离承德时承德各界人民对人民军队的衷心支持与盼望人民军队再次归来的热切期待。比如，"一个曾经在群众中被人民清算过的当地人"，"找到最后一批撤退的机关"赞叹说："你们是得人之长。我从来没有见过不要钱的官。你们共产党，胜利也干，失败也干，一天不成功，你们总是干到底。我过去走错了路。我相信你们还是要回来的，那时候我们再剖心相见。"② 而国民党"特工队"开进承德后，向老百姓悬赏：挖出一枚地雷，赏"满洲票"1000元，但1周过去了，却没有人交出一颗地雷。相反，承德人民把公共住宅全部拆毁，使国民党特工队在市内无房可住。国民党特工队进城之后，

---

① 华山：《远航集》，中国青年出版社1962年版，第3页。
② 同上书，第84页。

一方面"征粮起款",另一方面"夺取人民的胜利果实","调查和逮捕清算斗争的积极分子"。作品中的这段话——"承德有这样的人民和这样的军队,还有什么敌人打不垮呢",有效地点明了作品"得道者众,失道者寡"的主题。《解放四平街》写1948年春季解放东北要塞——四平的重要战役。四平战役于1948年3月12日战斗总攻开始,这一战役表现了人民军队主动放弃四平与重新夺回四平的伟大力量。国民党王牌新一军进攻四平40天,"攻不动",我军现在只是两天就打了下来。"人民军队有气魄把它放弃,就有气魄把它夺回来"[1],堪称这篇作品的文眼。《踏破辽河千里雪》则是人民军队冬季进军东北、解放东北的缩影。在1947年冬大雪茫茫、天寒地冻时节,人民军队如同"滚滚雄师还是川流而过",战士们"用双脚踏出新的道路。鞋踏破了——光着脚走;脚板的血泡沾成一片,咬牙挺着;双脚肿得穿不上鞋,缠上绷带一样蹚雪行军"。尤其是"害眼的战士看不见路,使用绳子拴在腰上,让同志们牵着行军,宁肯在雪窝里跌来摔去,不愿离开队伍半步"。作品中的中国人民解放军新战士伊小云原来被国民党抓兵,父亲又被国民党逼死,他被中国人民解放军救出后,发誓为父亲报仇。而且,"复仇怒火使他变成阶级的硬骨头"。行军路上,他的脚板让树枝穿透到脚背,后来化脓溃烂,仍然不能动摇他战斗和复仇的决心。正是有了伊小云这样的战斗决心和意志,我军才在"敌人以10个师的援兵解救公主屯围"的战斗中,打退了敌军在坦克飞机掩护下的6次猛攻,把敌军堵在阵地20里之外。人民军队这种艰苦奋斗、克服艰难困苦的精神,正是获得战争胜利的重要保证,也说明了只有正义之师才能真正做到这一点。《英雄的十月》书写1948年辽沈战役与我军"历史大进军"、解放全东北波澜壮阔的历史画面,同时也表达了人民军队作为中兴之师的朝气与伟力。对人民军队来说,他们在"十月"里书写了英雄的篇章。我军战士士气高昂,英勇杀敌——"即使是在后路断绝的阵地上,打到只剩一条胳膊的时刻,战士们也没怀疑过就在此

---

[1] 华山:《远航集》,中国青年出版社1962年版,第226页。

刻此地消灭敌人的勇气和信心。"① 东北新战士安殿启,时刻牢记母亲"别忘了天下穷人","快把国民党打倒,给为娘增光"的叮嘱,力争做一个战斗模范。参加塔山战役的中国人民解放军"塔山英雄们",更是表现出了钢铁般的战斗意志,书写了现代战争的英雄神话。在解放锦州前夕,我军和敌军在锦州城郊塔山发生了阵地战。我军勇士们抗击了敌人6个师的轮回猛攻,心中只有一个信念:"不让敌人前进一步,保证主力军部队顺利攻入锦州。"即使身临绝境也要誓死进行战斗:"地堡被轰塌了,转到壕沟里打,壕沟被轰平了,跳进了弹坑打;子弹打光了,用手榴弹打;手榴弹打光了,用石头打;正面挡不住,就捅到敌人中间打。"在激烈的塔山阻击战中,我军与国军展开阵地战、白刃战,以顽强的韧性打垮了敌人一次又一次强攻,直至取得最后的胜利。正因为此战的胜利,主力军部队才在此战取胜这一天,以31小时的惊人速度攻克了锦州。

第四,革命领袖挽救了中华民族的历史命运。这一时期南方民族作家在他们的作品中还建构了这样的话语:革命领袖挽救了中华民族的历史命运。毛泽东作为革命领袖对中国新民主主义革命做出的巨大贡献、对英雄人物的崇拜导致这一时期的南方民族作家树立起对革命领袖人物的独特认识,使他们认识到革命领袖人物改变了中国历史发展的方向,特别是领导中国人民推翻了近代以来帝国主义的压迫,赢得了民族的独立与解放,从而也挽救了中华民族的历史命运。有了这样的认识,他们便通过文学作品开始对革命领袖毛泽东进行了由衷的歌颂。土家族作家思基的短篇小说《我的师傅》(《解放日报》1945年10月1日、2日)一方面表达了知识分子接受工农改造的主题,另一方面则表达了对作为革命领袖毛泽东的歌颂与认识。关于知识分子接受工农改造的主题在小说中有着醒目的交代。比如,小说起首就写道:"我是一个知识分子,一听到人家说:'知识分子就只会说。'心就烦了。我决心要改造去……"在小

---

① 华山:《远航集》,中国青年出版社1962年版,第246页。

说中，作者再次写道："我口口声声说，我要改造，我远远的跑到这森林里，我想，'我到森林里跟工农同志结合在一起，我一定进步得很快！'但仍然憋不住一口气，这是谁给我这号坏脾气呢？"作品中，作为知识分子的"我"认定自己有缺点，又听不惯别人对知识分子的议论，所以决心去森林里找一个才20来岁的木匠王德明当师傅，走与工农结合的道路，从而使自己从思想上得以"脱胎换骨"。从参加学习拉大锯等活动中，"我"从王德明身上看到了工人阶级的质朴、友爱、耿直与宽容，与他拉近了心理与情感的距离，并消除了隔阂与误会，感受到工人阶级的伟大，感受到革命阵营的朝气蓬勃。比如，两人刚见面王德明就将自己的烟袋从口中取出了，口水也不擦，就给"我"抽。我不听师傅的劝告，进森林时不多穿衣服，造成感冒发烧，师傅不计前嫌，对我照顾有加。小说同时也表现了工人阶级在革命熔炉中得到锤炼的主题。比如，师傅虽然对"革命""忠实"，但由于过去受到他的师傅的打骂教育，所以养成了许多坏脾气，喜欢骂人与"使性子"，与别人搞不好关系。参加革命后，队长老陈批判他与别人搞不好关系。他不仅与老陈争吵，而且用烟袋砸老陈，因此被同事称为"霸王"。后来，老陈耐心地与他谈心，他流下了感动的泪水。向老陈保证说："同志们是对的！凭我对革命的忠实，我以后改！改！"在作者看来，无论是知识分子的改造还是工人阶级在革命熔炉中的成长，都离不开革命领袖的正确领导。所以，在小说的结尾，作者录入了下面的民歌——"天上有颗北斗星，中国有个毛泽东，他的办法好又多，条条为咱老百姓。"在这首民歌中，作者既歌颂了中国共产党及其领导的人民政府与人民军队为人民谋福利的政治属性，更歌颂了作为中国共产党与中国革命领袖的毛泽东对中国革命的正确指导作用，同时彰显出自己对革命领袖人物伟大历史作用的新认识。而运用北斗星来比拟毛泽东，无疑显示出毛泽东在改变中华民族历史命运中的巨大作用。

## 六 救亡话语的变奏

20世纪20—40年代南方民族文学的最后一种话语类型，是救亡话语。对这一时期的南方民族作家来说，救亡话语的建构意味着对国家自由与民族独立的寻求，是一种国家认同观念的贯穿，并在很大程度上体现出对"左翼"文学的拓展与延伸，而"左翼"文学追求的是超越个人自由的深层次自由，亦即民族与国家的自由。难怪有学者这样指出："'左翼'文学虽然没有表现个性、人权、尊严等这些传统的'自由'内容，但他们的文学创作仍然表现出了深层的自由理念，所以，自由同样构成了'左翼'文学的主题。区别在于，自由主义文学表现的是比较西化的自由，即个人的权利和自由，而'左翼'文学表现的是比较中国化的自由，即民族和国家的自由。具体表现为：反抗专制统治，宣传社会解放、民族独立、国家自强思想，反映人民的苦难特别是人民被压迫、剥削以及欺凌的痛苦，对现实社会腐朽、堕落、黑暗、邪恶、不公的批判，对中国社会性质的探索、对国家民族未来命运的深深忧患等。这些其实都是自由的主题。"[①] 彝族作家李乔，壮族作家华山、陆地，纳西族诗人和柳，土家族诗人牟伦扬（司马军城），苗族作家沈从文，土家族作家萧离，等等，是这一时期南方民族文学救亡话语建构的主要代表。

### （一）国家的存亡联结着南方少数民族的存亡

这一时期南方民族文学救亡话语建构的第一个重要方面，是国家的存亡联结着南方少数民族的存亡。自古以来，中国是一个多民族统一国家，即费孝通先生所说的"中华民族多元一体"。[②] 南方各少数民族一直是中华多民族国家的成员，一直拥护国家的主权与统一。但日本

---

[①] 高玉：《中国现代"自由"话语与文学的自由主题》，《文学评论》2005年第1期。
[②] 费孝通等：《中华民族多元一体格局》，中央民族学院出版社1989年版，第1页。

帝国主义入侵中国却一下子引发了南方少数民族的民族危机感,这种民族危机感主要是强敌入侵中国之后中国人亡国灭种的生存危机感,既包括南方各少数民族的生存危机感,还包括作为民族政治共同体的中华多民族统一国家的生存危机感。正如抗日战争初期的《抗战戏剧》"创刊词"指出:"我们认为今日的中国,已经到了生死存亡的时期,今日的抗战也就是中华民族生死存亡的一战:抗战的胜利,是中华民族的生存,自由,独立;抗战的失败,就是中华民族的绝灭沦亡。所以我们今日最大的问题就是:如何来争取这一神圣的抗战最后的胜利。"① 对南方少数民族来说,渗透在这种民族意识中的,是他们的国家认同,即对于中华多民族国家的高度政治认同感与对国家的忠诚。因此,抵抗日本帝国主义的压迫与奴役,维护国家的统一、主权的独立和领土的完整,成为这一时期南方民族文学的核心价值观念。

彝族作家李乔在抗日战争初期作为抗日战地作家曾跟随滇军奔赴台儿庄抗日前线,他于1938—1939年推出的系列报告文学的一个重要话语建构就是中华多民族国家的存亡关联着云南少数民族的存亡,云南少数民族誓死也要捍卫祖国的独立与尊严。这正如李乔新时期初期在歌颂彝族抗日将领张冲英雄事迹的一部作品中描述说:"大好河山被日本侵略军践踏。成千上万的人民不成为侵略者的刀下鬼,就成为无家可归的流浪者。在这千钧一发的关头,由云南各族人民子弟组成的滇军,飞奔到台儿庄前线抵御敌人。"② 李乔《顽强的禹王山》(《文艺阵地》1938年第1卷第12期)可谓一曲关于云南少数民族抗日将士抗日救国的英雄颂歌。这在作品中以彝族将领张冲为代表的云南彝族军人身上得到了充分的体现。张冲是滇军184师师长,他率领部队从昆明出发,来到台儿庄战役的阵地与日军交战。在与现代化装备的日军争夺禹王山的战役中,他凭着炽热的爱国热情与少数民族军

---

① 《抗战戏剧·"创刊词"》,《抗战戏剧》1937年11月16日创刊号。另见本书编辑委员会《中国新文学大系1937—1949 第二十集史料·索引》,上海文艺出版社1994年版,第92页。

② 李乔:《台儿庄抗日前线的张冲》,《民族文化》1981年第2期。

人对祖国的忠诚，凭着机警与敏锐的作战意识与沉着的作战方式，不仅率领184师把友军失去的战略阵地禹王山夺了回来，而且给反攻的日军主力以毁灭性的打击，胜利地完成了作战任务。张冲之所以誓死保卫国家的领土，就是因为他有着高度的国家认同意识，把祖国的存亡、中华民族的命运看作是彝族的存亡与命运，因此把捍卫祖国的独立与领土的安全看作是彝族人神圣的责任。比如，在"七七事变"爆发之后，待在云南家中的张冲感到十分痛心，为祖国的被侵略流下了伤心的热泪，吃不下饭。他同时在心底发出了这样的疑问："祖国，我的祖国，你为什么这样不幸？从前你被帝国主义宰割的伤疤还没有痊愈，现在万恶的日本强盗又来烧、杀、抢、掳了，怎么办？怎么办？"对他来说，中华民族大家庭就是作为彝族的自己的祖国，祖国的不幸也是彝族的不幸与自己的不幸，祖国被日寇奴役就是彝族被奴役，因此他深感痛苦与不安。他坚定地对他夫人说："国家被日本这样欺负，这样糟蹋，我这个当兵的不能保卫国家，感到无限的耻辱！我决心去抗战，这个家交给你了，要是我有什么好和歹，你不要悲伤，好好抚养儿女，要他们继续干！"在他的心中，国家的利益就是彝族与他的家庭、本人的根本利益，抗日成为他义不容辞的责任，他与祖国荣辱与共。他是这样说的，也是这样做的。正是因为把国家的利益、中华民族的存亡看得重于一切，当张冲到达台儿庄阵地时，与曾经在蒋桂战争中打过仗的桂系首领李宗仁、白崇禧冰释前嫌，自觉地听从李宗仁的指挥，"精诚团结，共同对敌"。也正是因为如此，张冲到战场之后才那么不顾生命危险去查看阵地，了解敌情，并善意地一再提醒182师师长安恩溥与183师师长高荫槐不要轻敌，而在这两个师遭受日军重大打击之后不计前嫌地带兵施救。也正是因为如此，张冲才在布防禹王山要冲枣庄营时，一方面是那样审慎与苦口婆心地向杨营长布置战术，另一方面一再对杨营长进行爱国主义教育——"当兵的天职是在保卫国家，保卫民族。国家民族遭受敌人凌辱、宰割、蹂躏，当兵的应当感到羞耻、忿慨，不把敌人打倒誓不甘休！"而从云南讲武堂毕业的杨营长虽然在后面的枣庄营战斗中违背了张冲的命令、导致人员重大伤亡因而受到了军法的严惩,但作为少数民族军人的他同样在家有老父母与妻子儿女的前提下,为了保卫国家,早把家族与个人的利益"置之度外"——用他的话说就是:"现在是什么时候?半壁江山已经沦陷,国家民族正在生死存亡中挣扎,作为一个军人,我还能只想自己的家?"至于作为"典型的云南人"、最终战死沙场的何营长,则在抗日战争中"从来不叫苦","顶住比他部队大几倍的敌人苦战了几天也不叫一声苦","伙夫的伙食担子送不上火线,他勒紧裤带支持住"。之所以如此,也是因为在他的心中中华多民族国家的存亡高于一切。李乔报告文学《运河北岸(上)》(《战时知识》1939年第1卷第9、10期合刊)与《运河北岸(下)》(《战时知识》1939年第2卷第11期)称得上《顽强的禹王山》的姊妹篇,表现的仍然是云南少数民族与中华民族大家庭共存亡的主题。作品中名叫"老古宗"的汉子,是来自云南丽江的古宗人(即云南的一支藏族人)。他本是金沙江边大雪山上的藏族猎人,"曾一个人拿着一枝火枪同老虎、豹子决斗过",有着"结实的身体与剽悍性格"。少数民族的生存背景,还养成了他非凡的骑马与游泳本领。正是这样一位边远地区的憨厚、勇猛的藏族人,却在抗日烽火中走向了抗日前线,把挽救中华民族的危亡当作本民族与本人的一份神圣责任。正因为如此,他才一天行军100多公里仍不知疲倦,才在战斗中忍饥挨饿而恪尽职守——乃至行军中总是背负比别人重的武器和装备,拼命杀敌——捕获了1名日军,并缴获了日军的武器,才与其他战友建立起生死情谊。作品中的张师长(即彝族人张冲)在战斗中指挥若定,身先士卒,领导将士誓死保卫阵地,同样显示了云南少数民族与祖国同呼吸、共命运的心理与情感。李乔报告文学《军中回忆》(《文艺阵地》1939年第2卷第8期)中自称"逃兵"的云南昆明人,曾是昆明卖茶水的小商贩。然而他却主动让自己卷入了抗日战争之中。他因为受到红军的牵连而被关进昆明的监狱,出狱后为了报仇而投军,没想到却踏上了抗日救国、把云南少数民族与祖国命运紧紧联系在一起的道路。正如他说:"现在哪个还想去报仇?从云南出来,走了万多里路,明明是来抗日的!不把日本军队打败,我们难道还回家去?"① 他本来在河南信阳已经脱离了部队,然而却又跑到台儿庄抗日前线重新加入了抗日部队。在争夺禹王山的严酷战役中,他更是英勇无畏,"带着手榴弹悄悄地爬到山顶上,把敌人炸跑了,夺得一挺机关枪",成为战斗英雄。

### (二) 抗战才能救国,投降只有死路

这一时期南方民族文学救亡话语建构的第二个重要方面,是宣扬抗战才能救国、投降只有死路的抗战政治理念。一方面,南方民族作家清醒地认识到日本侵略者企图置中华民族于死地的狼子野心,总结出"敌人总是敌人"的残酷事实。另一方面,南方民族作家同样清醒地认识到只有抗战才能救亡图存,用中国老百姓的话说就是"不打活不成",舍此没有第二条道路。与此同时,南方民族作家还强调为了取得抗战胜利,中华儿女必须用血肉之躯构筑民族的钢铁长城,而背叛祖国者势必与侵略者一样走向灭亡。

第一,敌人总是敌人,日本侵略者意在亡我中华。揭露日本帝国主义的野心与罪恶,以此唤醒中国人的民族危机意识,是这一时期南方民族文学的重要使命。正如当时的《中华全国文艺界抗敌协会宣言》指出:"日本军人以海陆空最新式的杀人利器,配备着最残暴的心理和行为,狂暴代替了理性,奸杀变作了光荣,想要灭尽我民族,造成人类历史最可怖可耻的一页。"由此,"对国内,我们必须喊出民族的危机,宣布暴日的罪状,造成全民族严肃的抗战情绪生活,以求持久的抵抗,争取最后的胜利。对世界,我们必须揭露日本的野心与暴行,引起全人类的正义感,以共同制裁侵略者"。② 南方民族作家同样具有这方面的自觉意识,他们在作品中告知国人:敌人总是敌

---

① 李乔:《军中回忆二则》,《李乔文集》(卷三),云南民族出版社2010年版,第448页。
② 《文艺月刊》1938年第9期。另见本书编辑委员会编《中国新文学大系1937—1949第二十集史料·索引》,上海文艺出版社1994年版,第5—6页。

人,日本侵略者意在亡我中华。

壮族作家华山的报告文学《窑洞阵地战》(1944)的主要救亡话语建构就是"敌人总是敌人,不打活不成"。①"敌人总是敌人"所揭示的正是日本侵略者的侵略本质与亡我中华之心及其残害中华民族的滔天罪行。作品描写的背景是1942年秋季到1943年日军对武乡地区的"扫荡"。日军的"扫荡"以杀人抢粮为目的,就在年关的一次"扫荡"中,就杀害了1000多人,并抢走粮食2000多石。土家族作家萧离的散文《当敌人来时——乌镇战役中含血带泪的穿插》(1942)用饱含血泪的文字控诉了日本侵略者屠杀中国人民的滔天罪行。日军奸淫妇女,屠杀老人与小孩。杀人时不断玩着花样,从中国人的惨痛中获取欢乐。

第二,"不打活不成"或只有抗战才能救亡图存。宣扬只有抗战才能救亡图存的政治理念,是这一时期南方民族文学救亡话语建构的核心内容。正如当时《中华全国文艺界抗敌协会宣言》指出:"为争取民族的自由,为保持人类的正义,我们抗战;这是以民族自卫的热血,去驱击惨无人道的恶魔;打倒了这恶魔,才能达到人类和平相处的境地。"② 这一时期南方民族文学则形象地凸显了"不打活不成"的民族生存哲学。

壮族作家华山的报告文学《窑洞阵地战》(1944)的主要救亡话语建构的核心内容之一就是"不打活不成"③,而"不打活不成"指的就是不抗日中华民族就没有活路,只有抗日才能救亡图存。在日军"扫荡"的严酷背景下,武乡的人民一方面悟出了"不打活不成"的道理,另一方面则发明了"窑洞阵地战"的办法,有效地化解了日军的"扫荡"。用他们的话说就是"挑残(摧残)越凶,咱仇气越

---

① 段崇轩等选编:《山西文学大系·第八卷·现代文学·下》,山西人民出版社2005年版,第288页。

② 《文艺月刊》1938年4月1日第9期。另见本书编辑委员会编《中国新文学大系1937—1949第二十集史料·索引》,上海文艺出版社1994年版,第5页。

③ 段崇轩等选编:《山西文学大系·第八卷·现代文学下》,山西人民出版社2005年版,第288页。

大,办法也越多"。所谓"窑洞阵地战",实际上就是"不打活不成"的体现,就是在坚定抗战信念的前提下,最大限度地发挥军民的斗争智慧,结合"转移群众,武装民兵,埋藏粮食资财"的正确斗争策略,利用当地有利的山地地形,修建日军"找不到""进不去"与"闷不死"洞内群众的"保险窑",仅洞内的巧妙设计就有"三关"与"三弯"的要求。武乡人民正是依靠"窑洞阵地战"与战、撤灵活结合的办法,摧毁了日军的"扫荡",保存了自身的生命与财产安全。比如,有一次,200多个敌人围困某村的"保险窑"一整天,正准备挖开洞口,但却遭到了洞里民兵"土炮"还击。当敌人又准备用干草熏洞时,洞内扔出的手榴弹把敌人炸得血肉横飞。而柳沟的群众在1943年5月反"扫荡"中,竟然在窑洞中与敌人周旋了半个月,最后安全转移。围绕"窑洞阵地战",作品穿插了武乡军民一边抓战争、一边忙秋收与抓生产、以生产促抗战的活泼生活场面。比如,"只要敌人没朝着自己的村子前进,人们总是忙着收割、打场、打粮食窑,推炒面,白天是这样,晚上也是这样"。在许多邻近战场的地方,"依然有老百姓种庄稼"。这样的生活场景,恰恰显示了中华民族的顽强生存能力与不屈不挠、勇敢抗敌的精神。正如当地一位老太太所说"鬼子不叫咱活,咱偏要活"。作品还突出地强调,即使采取"保险窑"作战,也必须要有坚定的抗战决心才能获取战争的胜利。正如作品中所说:"窑洞始终是死的东西,如果洞里的人没有决心斗争,'保险窑'还是不保险。"① 为此,作品专门列举了一个反面的悲剧事例给予了说明。有一次,一个窑洞里躲藏了14名妇女。然而这些妇女最终有13名被日军杀害,只剩1名幸存者。这些妇女被杀害,固然是因为日寇的凶残,但也与她们斗争觉悟不高有着直接的关系。比如,当窑洞被日军围困3天之后,一名妇女跑出洞口喝水,结果导致目标暴露。民兵曾三次进洞要求她们转移,她们却以"跑不动"

---

① 段崇轩等选编:《山西文学大系·第八卷·现代文学下》,山西人民出版社2005年版,第290页。

为借口进行拒绝。而当日军进洞抓走两名同伴的时候，其他妇女虽然手持刀具等，却不敢动手去杀鬼子，结果导致两名同胞被强奸与摔死。当日军在洞口放火要"闷死"她们之前，她们都知道可以用棉被塞住洞口，可谁都不愿拿出自己的被子。正是这些妇女的"苟安、自私、不守公共的纪律，不敢和敌人斗争"，导致了她们几乎全被日军杀害的悲剧。这一反面事例也典型地说明了"不打活不成"的抗战政治理念。纳西族诗人和柳的诗歌满怀爱国的豪情，积极宣传抗战。他的诗歌《祖国在你肩上》鼓动民族儿女保家卫国的爱国热情，十分具有感染力。他在诗中大声呼喊："在黑暗里等会吧，光明就要来啦"，"弟兄们，枪和子弹呢？祖国在你肩上，不要畏怯，不要想往后退"，"弟兄们，祖国在你肩上，不要把枪杆放下来"。

第三，用生命与血肉之躯构筑中华民族钢铁长城。宣扬用生命与血肉之躯构筑中华民族钢铁长城，是这一时期南方民族文学救亡话语建构的另一重要内容。纳西族诗人和柳的诗歌《我是英勇的战士》歌颂了云南少数民族战士的爱国精神与敢于为国牺牲的精神。正如诗中写道："我心里忘去了一切，亲爱的父母，年轻活泼的姐妹，温存美丽的妻子，想起了日本鬼，一阵阵的心头冒火，因为我是英勇的战士。""牺牲我算得什么，只是啊，咱们的大好河山，就这样由他夺去？惨苦的大众同胞，就这样任他宰杀？我们再也不能忍受，因为我是英勇的战士。"而他的另一首诗歌《阿七妈，莫哭啦》中的阿七更是具有为国捐躯的牺牲精神的典范。诗歌这样写道："乡下人，我知什么？只是人家说，阿七什么……什么男子汉，大丈夫，死得真勇敢，日本鬼子杀了几十个，才死掉。"诗中的阿七虽然是一个普通母亲的儿子，却在战场上杀死了几十个日本侵略者，他虽然牺牲了，但却是为国捐躯，他为民族大义而牺牲的精神让人崇敬。李乔的系列报告文学作品，写到了许多为国捐躯的抗日将士，表现了他们为国牺牲的崇高精神，也显现了中华民族钢铁长城需要中华儿女用血肉之躯构筑的道理。他作品中的这些民族英雄儿女，有《顽强的禹王山》中的何营长、《运河北岸（上）》中的骑着枣骝马指挥的龙团长、《运河北岸（下）》中的王班长等等，都在台儿庄战役中壮烈殉国。也正是他们的英勇杀敌，赢得了禹王山争夺战的胜利。沈从文散文《一个传奇的本事》（天津《大公报·星期文艺》1947年3月23日）不仅描写了其黄姓表哥（即画家黄永玉之父）在参加抗日战争后牺牲的个案，还描写了他家乡凤凰县青壮男子为了抗日救国所做出的巨大牺牲。正如作品里这样写的："抗战到第六年，我弟弟（即沈岳荃。——引者注）过印度受训，到云南时谈及家乡亲友的种种，才知道年纪从十六七到四十岁的人，大多数已在6年消耗战中消耗将尽。"

第四，背叛祖国者与侵略者同罪。与汉奸势不两立，坚决扫除汉奸，宣称背叛祖国者与侵略者同罪，必然遭受灭亡的命运，是这一时期南方民族文学救亡话语建构的又一重要内涵。如果说，忠于民族国家是对民族和国家的忠诚，那么，投敌为奸则是对民族和国家的背叛。在历史上，岳飞的"忠"受到全民景仰，秦桧的"奸"则招致全民唾弃。"现在的革命对象是什么？一个是日本帝国主义，再一个是汉奸。"[①] 在这一时期的南方民族文学的救亡话语建构中，汉奸被认为是民族的败类，势必受到全民族的诛灭。华山报告文学《碉堡线上》里的汉奸们均没有逃脱民族正义的严厉惩罚。作品里的一个汉奸外号叫"大尾蝎子"，是原来的谢姓区长，他"为人阴险恶毒"，甘心做日本宪兵队长"王八太君"的走狗，而与小刘等八路军抗日部队为敌。一次小刘的队伍来到区上借住，"大尾蝎子"表面上很客气，还亲自安排厨师设宴专门招待抗日游击队，但暗中却通知"王八太君"带兵攻打抗日游击队。殊不知抗日游击队早已定计，将"王八太君"的队伍引进了八路军伏击圈，当场打死打伤日军七人，日军还"丢掉十来部车子"，"王八太君"本人也狼狈负伤并险些被活捉。"王八太君"逃脱后恼羞成怒，怪罪"大尾蝎子"，并发现了"大尾蝎子"与抗日游击队交往的信件，因此不等"大尾蝎子"声辩，就开枪把他打死。实际上，这是抗日游击队的借刀杀人之计，即通过制

---

[①] 毛泽东：《青年运动的方向》，《毛泽东著作选读》，人民出版社1986年版，第296页。

造"大尾蝎子"与"王八太君"的矛盾,让"王八太君"消灭"大尾蝎子","大尾蝎子"与抗日游击队交往的信件不过是抗日游击队伪造的假象而已。另一名汉奸名称黑三,原来是个不得势的地痞流氓,他借投靠日本人做了日本人的便衣队长,专门与抗日游击队作对。小刘化装成民工,利用黑三结婚的机会,乘夜开枪把他杀死。并发布抗日游击队的布告,"这就是汉奸的下场"。对汉奸的处置有效地震慑了当地伪军队伍,即使是暂时违心当了伪军的人员,因担心日后受到清算,也不敢真正与抗日游击队为敌,偷偷地为自己的未来留了后路。土家族诗人牟伦扬(司马军城)的诗歌《不要背弃了人民》(1938)也这样对那些违背民族利益的人进行谴责:"去吧!去找你们的安乐窝,挖下自己的坟墓……记着啊!历史永远载着的,你们是新中华的罪人。你们是新中华的罪人。"

### (三)忠义思想是广泛的民族集体无意识

这一时期南方民族文学救亡话语建构的第三个重要方面,乃忠义思想是广泛的民族集体无意识。在这一时期南方民族文学的描述中,忠义思想绝非个别与偶然现象,相反却具有全民性的深厚思想土壤。无论男女,无论老幼,无论文化人还是文盲,无论属于哪一阶级或社会阶层,无论何种职业,只要是中国人,都表现出了对中华民族与民族国家的无限忠诚与热爱,并勇于保家卫国,对日作战。最难能可贵的,是无数的老人、妇女与儿童,虽然力量弱小或年老体弱,却浑身是胆,不惧强敌,毅然与鬼子不共戴天。正如孙犁所说:"农民的爱国心和民族自尊心是非常强烈的。他们面对的现实是:强敌压境,自己的生命,自己的家园,自己的妻子儿女都没有了保障。他们要求保家卫国,他们要求武装抗日。"[①] 壮族作家华山的儿童小说《鸡毛信》,其中的海娃虽为少年儿童,却无所畏惧,敢于与日寇斗争,在

---

[①] 孙犁:《关于〈荷花淀〉的写作》,《孙犁文集》(第四卷),百花文艺出版社2002年版,第610—611页。

很大程度上缘于他们对民族与生俱来的忠诚，或者缘于祖、父辈忠义精神在他们身上的文化遗传。海娃只有14岁，是龙门村的儿童团团长。虽然只是一个少年儿童，海娃却英勇无畏地完成了爸爸交给他的传送鸡毛信的任务。而这种送信任务是在遭遇到日本鬼子的队伍中完成的。他送信的目的地是三王庄。刚刚出发的时候，不想竟遭遇了抢劫的鬼子队伍。机警的海娃把鸡毛信偷偷地绑在了头羊的尾巴底下。不想还是被鬼子抓住了，鬼子晚上还杀了海娃的羊煮了吃。海娃心痛羊被宰，但却以完成送信任务为重，趁鬼子熟睡偷偷从羊尾巴下解开信，拿起信从鬼子身边逃跑了。但他就要到达三王庄之后，却发现丢掉了鸡毛信，于是不顾危险返回找信。当他找到信后，却又落到了鬼子手中。为了完成任务，海娃不顾一切地从鬼子身边跑了出来，跑上了山上的小路，不顾鬼子在后面向他打枪，他跑出了鬼子的身边，但却被鬼子打伤倒在了地上。海娃最终被八路军救了，他也完成了送信的任务。他苏醒之后，向八路军张连长提出的要求是，希望给他发一把从鬼子手上缴获的三八式快枪。对海娃来说，打日本鬼子是他义不容辞的任务。在少年海娃身上，体现了中华民族自古以来的忠义爱国思想。华山报告文学《碉堡线上》通过普通民众马老太太的积极抗敌行为的描写，也表现了中华民族的忠义爱国思想。马老太太62岁，是一名寡妇。抗日战争爆发之后，她让她的儿子参加八路军游击队，为抗日贡献力量。当她的儿子在战斗中被日本人打死之后，马老太太并没有仅仅陷入失去爱子的痛苦之中，而是化悲痛为力量，自己投入到火热的抗日斗争中。正如作品描写的那样："她自己呢，也变成一个勇敢机智的'暗八路'了。"她让八路军侦察员小刘冒用他儿子的身份进行抗日，积极为小刘的抗日作掩护，并在小刘英勇负伤后悉心照顾小刘的身体与生活，既表现了她与日本帝国主义的不共戴天之仇，也表现了她忠义爱国、以国家大局为重的思想。壮族作家陆地的短篇小说《参加"八路"来了》（1942）在表面上写的是一个普通农民参加八路军抗日的故事，实际上凸显的是中国农民的忠义爱国思想。小说的背景是八路军的"百团大战"，主要人物就是宋家庄的游击队小组长。他并不是纯粹的农民,以前因为弄死了地主家的一匹牲口,怕赔不起,逃跑了,曾给军阀当过勤务兵,到太原兵工厂当过工人。虽然他出场时是身穿蓝色军衣、腰挎土造盒子枪、身材魁梧的普通农民,连姓名也没有,但他的抗日热情却是那样的高昂,且为人又是那样的豪爽、憨直与开朗。为了偷袭日军的碉堡,他与同伴常常一夜不合眼。刚刚成功破坏了敌人的一处碉堡,又连夜去破坏了敌人的另一处碉堡,敌人常常感到心惊胆寒。为了打击敌人,他就是"胆子大,天不怕,地不怕"。① 有一次夜已深,他却带领一位名叫树春的小伙摸黑割了敌人的十多斤电线。为了配合抢救八路军伤员,他出入枪林弹雨中一点也不畏惧,而连饭也顾不上吃。他的妻子一度反对他当"八路"抗日,他为此感到难为情,而且慢慢鼓动妻子与他一起参加了抗日活动。对他来说,凡是抗日打鬼子的事,他都感到带劲。对八路军的抗日活动,他交口称赞,直说"顶呱呱"。一个多月之后,他终于参加了"八路",受到了八路军团长的欢迎。李乔报告文学《军中回忆》(《文艺阵地》1939年第2卷第8期)中的贾和平坚持舍小家为国家,把抗日救国作为一个普通中国农民自觉的一份责任。他年纪有50多岁,本是台儿庄的农民,第一次世界大战期间曾到法国当过华人搬运工,后来回到了国内以种地为生。然而,日本人侵略中国之后,"鬼子把房子烧了,庄稼糟蹋了",导致他的"日子过不下去了"。他在带领妻子、孩子到板埠避难的过程中迅速走上了抗日道路。他参加抗日部队时,他的妻子依恋不舍地哭了起来,孩子也拉着他的衣服不让走。贾和平一边劝妻子"不要哭",一边"叱责"她说:"我们的房子给鬼子烧光了,现在不去打鬼子,难道等着在这里饿死?"他教育妻子理解他参加抗战的举动。他又温和地对孩子说:"爹爹同他们去打鬼子去!等把鬼子赶跑了,就回来。"他给孩子讲打日本鬼子的道理。然后"毅然决然"地走上了抗日前线。

---

① 延安文艺丛书编委会编:《延安文艺丛书·第二卷·小说卷(上)》,湖南人民出版社1984年版,第391页。

他的爱国举动让抗日战士们心生"敬意"。正是因为他的表率作用与说服"动员",当后来战争中"紧急"需要民工帮助抗日军队搬运子弹与运送伤员时,一大批民工才走上了抗日战场。

忠义思想早在中国先秦时期就已经形成,而后经过世代传承,逐渐成为民族文化传统,既成为封建大臣或古代知识分子的自觉政治诉求与道德追求,也演化为普通民众的民族集体无意识。比如,屈原"竭忠尽智以事君"(《楚辞·惜诵》),诸葛亮辅佐蜀汉刘备父子"鞠躬尽瘁,死而后已"(《出师表》),岳飞以"事君以能致其身为忠,居官以知止不殆为义"(《岳忠武王文集》卷5《奏乞解军务札子》)律己,文天祥以"人生自古谁无死,留取丹心照汗青"自励。自北宋末年以后,伴随着民族危机日益突出,杨家将抗辽、岳飞抗金的事迹等,以故事、说书或通俗小说(如《杨家将演义》《说岳全传》)的形式在底层民众中广泛流传,忠义思想迅速渗透到民间文化之中,进而演变为包括妇女、儿童在内的全民性的集体无意识。而像《三国演义》《水浒传》之类家喻户晓的通俗小说,同样通过诸葛亮、关羽忠于刘备与蜀汉、宋江等梁山好汉忠于宋王朝等故事,进一步强化了民族的忠义思想。就实质意义讲,忠义思想是一种保家卫国、抵御外侮的爱国思想,体现了民族成员对本民族的文化与政治认同。所谓忠义,正是民族共同体成员对民族和国家的忠诚与誓死守护。作为一种爱国思想与民族政治认同观念,忠义思想往往在民族危机爆发时刻显得更加典型与突出。换言之,民族政治的内忧外患常常是触发忠义思想的重要历史契机与深刻土壤。"日本的入侵,是中国近代以来最为惨重的灾难,也最大限度地唤醒了中国人民的民族意识;反过来说,正是由于中国民族主义的觉醒,才使中国顶住了在军事和国力上占有绝对优势的日本。"[1] 抗日战争时期中国民众的民族意识及其觉醒,正是以民族忠义思想为基

---

[1] 盛洪:《从民族主义到天下主义》,李世涛主编:《知识分子立场——民族主义与转型期中国的命运》,时代文艺出版社2000年版,第80—81页。

础的。在南方民族文学中,民族忠义思想与现代爱国精神紧紧融合在一起,成为一条极其耀眼的主题红线,而对中华民族的高度政治认同则是忠义思想的精髓。

瑞士精神分析学家荣格指出:"创造的过程,在我们所能追踪的范围内,就在于从无意识中激活原型意象,并对它加工造型精心制作,使之成为一部完整的作品。"① 对荣格来说,文学创作很大程度上就是代"集体无意识"立言,作家就是"体现整个人类无意识的精神生活并使之成形的人"。所谓集体无意识就是以无意识形式表现出来的超个体、超历史的人类集体文化精神,是人类远古时代形成而遗留至今的种族记忆,或人类集体经验经过"无穷无尽的重复"在心理深层的积淀。正如荣格所说:"或多或少属于表层的无意识无疑含有个人特性,我把它称之为'个人无意识',但这种个人无意识有赖于更深的一层,它并非来源于个人经验,并非从后天中获得,而是先天地存在的。我把这更深的一层定名为'集体无意识'。选择'集体'一词是因为这部分无意识不是个别的,而是普遍的。它与个性心理相反,具备了所有地方和所有个人皆有的大体相似的内容和行为方式。换言之,由于它在所有人身上都是相同的,因此它组成了一种超个性的心理基础,并且普遍地存在于我们每一个人身上。"② 忠义思想在南方民族文学中之所以被书写,在很大程度上正是因为它是一种古老的民族文化精神。这种古老的民族文化精神在历史长河中已经成为民族集体无意识,扎根于中华民族每一个成员的深层心理结构之中,因此势必在南方民族文学中打下深深的烙印。

### (四) 八路军是抗战的中坚力量

这一时期南方民族文学救亡话语建构的第四个重要方面,是八路

---

① [瑞士] 荣格:《论分析心理学与诗歌的关系》,冯川译,伍蠡甫、胡经之主编:《西方文艺理论名著选编》(下卷),北京大学出版社1987年版,第377页。
② [瑞士] 荣格:《集体无意识的原型》,《荣格文集》,冯川、苏克译,改革出版社1997年版,第39—40页。

军是抗战的中坚力量。这种话语建构也反映了在这一时期的救亡话语中阶级话语的渗透，反映了救亡话语与阶级话语的合一。

华山的报告文学《碉堡线上》的一个重要抗战、救亡话语建构便是八路军是抗战的中坚力量。这种话语建构通过八路军"抗日区长"老李的所作所为得到了有力的凸显。在平川地区，"老李"就是"抗日区长"的别名。他领导的"反共自卫团"，实际上却是真正的抗日游击队。老李通过组织群众修水渠、度灾荒、修桥、保护群众粮食等事件，得到了当地群众的真正拥护，也洗去了日伪强加给八路军、中国共产党"杀人放火吃大户""共产共妻"的污名。两年前，农民都被日军征做"苦力"修碉堡去了，没有人修渠引水，结果引起旱灾，"大半庄稼没打下颗粒"，老百姓成为灾民，只好在野地里偷采苜蓿草熬汤度日。就在大家无计可施之际，一个做过修渠工头的人站了出来，给当地富户提出一个"主意"：叫灾民修筑堤坝，别再耽误下年庄稼。结果工程完工，庄稼长势良好。这个"无人不敬的大好人"正是老李，而老李恰恰是个八路。老李公开对群众说他就是这里的"抗日区长"，他出头修水利为的是大家，他做好人还会做到底，不会让即将到手的粮食被鬼子抢光。他强调只要大家与他一条心，抗日政府就会"自有办法"。他这样说，也这样做到了。他后来鼓动伪政府修桥，目的就是更好地保护群众的粮食。正因为如此，当地老百姓对于老李手下的人都当着"家里人一样"，无论刮风下雪或半夜三更，都会开门接纳，积极支持他们的工作。作品还特别补充了一个例子，说明了八路军的深得民心。这个故事说，一对新婚夫妻半夜时被村长叫醒，说皇军过路，快起来给皇军烧水。这对夫妻的回答是"烧掉房子也不起来"。一会儿，村长又来敲门，说警备队过路，请他们起来烧水。这对夫妻回答说，他们砸了我们的锅，有种的就砸了我们的新锅吧，反正我们是不会起来的。村长第三次跑到新婚夫妻门前，说八路军要回边山啦。人家辛苦三天，临走还不叫喝口水？这对夫妻一听，急忙起来，直怪村长为何不早说。只见丈夫来不及点灯就披衣打开了房门,最后挑着水走了五里地追上部队,要八路军战士喝了水才走,新媳妇也急忙起来生火烧开水,烧开了急急忙忙去追赶部队。普通百姓的小小的烧水事件,却显示了日军、国民党军队与中国共产党八路军在群众心中的向背、爱憎,也典型地说明了他们对日军的仇恨,对国军的愤怒,对中国共产党、八路军的爱戴与由衷拥护。

  土家族诗人牟伦扬的诗歌《太行山的子弟兵》(1939)表达了对八路军子弟兵的礼赞,也有力地凸显了八路军与人民群众心连心、众志成城构筑民族钢铁长城的场面。诗中这样写道:

> 他们是太行山的子弟兵,
> 他们是太行山老百姓好样的后生。
> 他们生在太行山,
> 他们长在太行山,
> 太行山跟他们共同着祖国的命运,
> 在太行山上他们歼灭着祖国的敌人!
> 老百姓看着兵,
> 兵也看着老百姓,
> 这样,没尾的行列继续前进,
> 谁敢说太行山比他们更长?
> 这行列散开在太行山的每一岭。
> 太行山便这样生长着,
> 任何风暴也摧不毁的大森林。
> 在这里,
> 只看得清那军服的绿色,
> 只闻得着白杨树的香味。
> 可不能分究竟哪是军队哪是人民。
> 他们完全是一家人。
> 是祖国的一个新家庭。

> 太行山是他们的姓,
> 太行山是他们的名,
> 他们的母亲是晋察冀,
> 晋察冀是他们的亲人。

"老百姓看着兵,兵也看着老百姓""他们完全是一家人,是祖国的一个新家庭。太行山是他们的姓,太行山是他们的名",等等,这些诗句表达的正是八路军作为革命军队对人民群众的强大感召力与凝聚力。正是八路军作为革命军队对人民群众的强大感召力与凝聚力,吸引与激励着广大人民群众投身到抗日军队中来。作为人民群众的朱民英正是这样的代表。诗中写道:"朱民英回过头来,望一眼杨柳树;望一眼黄色的村屋,望一眼村屋前的乡邻;……最后他久久地望着,那驼背的母亲;那红了眼睛的女人,那闪着泪珠的孩儿的眼睛;可是,那行列强烈地吸走了朱民英;他们有更重要的事情。"吸引朱民英离别妻子孩儿的动力,则是人民军队挽救民族命运的责任。而朱民英等人民群众如此坚决地走向抗日队伍,也壮大了抗日救国队伍的力量。所以,诗人总结说:"正是有了朱民英和他的亲人乡邻这样的人民,八路军才变成了坚不可摧的大森林。"

李乔报告文学《顽强的禹王山》对国民党军队消极抗日的行为进行了不留情面的批判。正如作品写道:"可是国民党司令部丢下二三十万军队在前方,丢下几百万无家可归的难民,丢下大片正待收割麦子的土地……逃到后方去了。"话语的背后实际上暗含着对中国共产党、八路军积极抗日的认可。还需要补充的是,沈从文短篇小说《乡城》(香港《大公报·文艺》1940年6月24日)也表达了对国统区抗战生活阴暗面的暗讽与不满。比如,作品中的抗战服务队到乡下进行演出,进行抗战宣传。然而这种宣传却流入形式主义,参加观看演出者(如一些农民)在观看后并没有收到多大效果。相反,服务队下乡后却对乡村农民的宁静生活制造了极大的麻烦。建设局长为了完成招待服务队的任务,以支援抗战的名义强买了王老太太的两只正下蛋的母鸡,对被丈夫嫌弃、贫弱的王老太太却是一次"掠夺"性的行为。王老太太的经济损失固然事小,但抗日后方的形式主义抗战却留下了种种后患。

# 第二章

# 20世纪50—70年代南方民族文学话语建构

20世纪50—70年代，南方民族文学话语建构进入了新的发展时期或转型期。这一时期，中国共产党领导的新民主主义革命取得胜利，新的民族国家宣告成立，南方各民族实现了政治、经济、文化的翻身解放，和平建设成为时代的主题。时代的剧变自然带来了南方民族文学话语建构的显著变化。这种显著变化主要表现为，在这一时期的南方民族文学中，阶级话语或革命话语上升为国家意识形态话语或主流话语，并主导着其他话语的生产，关注民族生存命运与阐释民族文化独特性的民族话语在阶级话语的覆盖下以"隐形文本"形式凸显生机，以追求现代化生活为目的建设话语作为一种新的话语应运而生。而伴随着国民党政权的败退我国台湾，以关注与思考人的生存命运为主要价值取向的现代话语在我国台湾获得了生长的土壤，并成为这一时期南方民族文学话语建构的重要特点，形成了对这一时期南方民族文学话语建构的有效补充。

## 一 形成背景与表现特点

这一时期南方民族文学话语建构主要有阶级话语、民族话语、建设话语与现代话语等四种类型。它们的形成分别有着具体的时代背景。

### (一) 形成背景

在这一时期南方民族文学的话语建构中,最为突出的现象便是阶级话语由过去的知识分子话语上升为国家意识形态话语,在作品中成为"显形文本"结构。这一局面的形成实际上是由这一时期特定的文化语境与文学语境决定的。从文化语境看,阶级斗争政治理念成为国家主流意识形态。1949年8月14日,毛泽东发表《丢掉幻想,准备斗争》一文,指出:"阶级斗争,一些阶级胜利了,一些阶级消灭了。这就是历史,这就是几千年的文明史。拿这个观点解释历史的就叫作历史的唯物主义,站在这个观点的反面的是历史的唯心主义。"[①] 在他看来,人类迄今的文明史,实际上就是阶级斗争的历史。自从中国共产党领导的中国革命开始以后,中国现代革命斗争史就是中国共产党领导的工农阶级反抗封建地主阶级与大资产阶级的斗争史,也正是这种革命斗争结束了旧中国的黑暗统治,实现了劳动人民的翻身做主人,开辟了新的历史纪元,推动了历史的进步。在这里,阶级斗争的学说上升为历史唯物主义亦即马克思主义哲学的高度,构成了中国共产党成为执政党之后主流意识形态的核心话语。从文学语境看,伴随着中华人民共和国成立的成立,随着全国文联、全国作协的成立以及文代会、作代会的召开,全国性的文艺创作规范与文艺制度逐步建立健全,20世纪40年代的解放区文艺创作经验逐渐在全国推广,成为新的写作范式。作为毛泽东文艺思想诠释者的文艺界领导人周扬在1949年召开的第一次文代会所做的主题报告中指出:"民族的、阶级的斗争与劳动生产成为了作品中压倒一切的主题,工农兵群众在作品中如在社会中一样取得了真正主人公的地位。知识分子一般的是作为整个人民解放事业中各方面的工作干部、作为与体力劳动者相结合的脑力劳动者被描写着。知识分子离开人民的斗争,沉溺于自己小圈子内的生活及个人情感的世界,这样的主题就显得

---

① 毛泽东:《毛泽东选集》(第4卷),人民出版社2003年版,第1487页。

渺小与没有意义了，在解放区的文艺作品中，就没有了地位。"① 周扬把阶级斗争主题看作是解放区文艺与新中国文艺需要表现的"压倒一切的主题"之一，这意味着为中华人民共和国成立之后全国作家制定了建构文学主题话语的写作规范。换句话说，用文学作品表现阶级斗争的主题成为全国作家最为突出的任务之一。在文化与文学语境的双重规约下，这一时期的中国作家自觉地接受了阶级斗争的政治理念，并把阶级斗争看作是马克思主义最主要的真理，把在文学作品中表现阶级斗争的主题看作是最神圣的职责。正如梁斌1959年谈到《红旗谱》主题时所说："后来在党的培养之下，读了马克思列宁主义书籍，渐渐明白马克思列宁主义革命哲学中最主要的一条真理是阶级斗争。阶级斗争可以打倒统治者，阶级斗争可以推动社会进步，所以我肯定了长篇的这一主题。我考虑，阶级斗争的主题是最富于党性、阶级性和人民性的。"②与梁斌一样，南方民族作家在运用文学作品表现阶级斗争主题方面也形成了这样的自觉认识。像在20世纪三四十年代就接受了左翼文学思潮、工农兵文学思潮与阶级斗争观念的彝族作家李乔、壮族作家陆地自不必说，而一些在这一时期才开始崛起的南方民族作家的后起之秀则毫无疑问地接受了阶级斗争的政治理念，并将其作为文学作品主题的首选。正如土家族诗人汪承栋介绍其《黑痣英雄》创作时所说，作品的"中心思想"便是"……描写农奴从自发反抗到自觉斗争，从不信任党到有条件的依靠党以及最后完全投靠党的曲折过程，歌颂中国共产党的伟大英明，只有党的领导才是各族人民自由解放的胜利保证"。③ 汪承栋1963年还在短篇小说《醒狮》中借藏族农奴的口说："阶级斗争是

---

① 周扬：《新的人民的文艺》，洪子诚主编：《中国当代文学史史料选》（1945—1999）（上），长江文艺出版社2002年版，第151页。
② 梁斌：《漫谈〈红旗谱〉的创作》，《红旗谱》，中国青年出版社1963年版，第25—26页。
③ 汪承栋：《从〈黑痣英雄〉谈起》，杨帆：《我的经验——少数民族作家谈创作》，青海人民出版社1982年版，第217页。

你死我活的斗争。"①

这一时期，民族话语在南方民族文学中仍然占有相当的位置，彰显出南方民族文学的民族特色，但主要以"隐形文本"结构的形式得以存留。关注民族的生存状态、阐释民族文化的独特内涵、展示少数民族习俗文化与未来发展前景，是这一时期南方民族文学的重要特点，而旧中国的南方少数民族经历了深重的社会苦难、南方少数民族创造了各自的独特民族文化与南方少数民族有着各自独特的民族风俗等，是这一时期南方民族文学民族话语建构的主要内容。当代文学史家陈思和指出："当代文学（主要是指20世纪五六十年代的文学）作品，往往由两个文本结构所构成——显形文本结构与隐形文本结构。显形文本结构通常由国家意志下的时代共鸣所决定，而隐形文本结构则受到民间文化形态的制约，决定着作品的艺术立场和趣味。"② 这一时期的南方民族文学在很大程度上也体现着这一创作特点。一方面，阶级话语作为南方民族文学的"显形文本"结构，主导着作品的话语建构，对民族文化与民间文化起着整合的作用，体现出主流意识形态文化的在场。另一方面，在阶级话语作为主流话语的覆盖之下，民族话语作为民间文化形态保留在"隐形文本"结构之中，从而形成与主流话语的对话，也受到了主流话语的接纳与规约。南方民族文学对自身特性的追求，民族文化在南方民族作家脑海中形成的集体无意识结构，显示出民族话语建构在南方民族文学创作中的盎然生机。

这一时期南方民族文学话语建构的另一个重要特点，便是建设话语的兴起。有学者指出："中国的政治话语经历了从革命话语体系到建设话语体系的转变，其根本动力是中国社会政治经济的结构性的转型。"③ 所谓建设话语，即随着大规模阶级斗争与战争年代的结束，

---

① 晓雪、李乔主编：《中国新文艺大系：1949—1966·少数民族文学集》，中国文联出版公司1991年版，第323页。
② 陈思和：《中国当代文学史教程》，复旦大学出版社1999年版，第13页。
③ 王小宁：《从革命话语到建设话语的转变——中国政治话语的语义分析》，《北京化工大学学报》（社会科学版）2002年第1期，第44页。

围绕社会主义现代化建设而形成的思想、价值体系。20 世纪 50—70 年代，虽然阶级话语作为主流意识形态仍然主导着国家政治话语的建构，但随着现代化建设的兴起，建设话语也作为一种新的话语类型登上历史舞台。这一时期南方民族文学建设话语的兴起，离不开主客观两方面背景。一方面，从客观方面讲，伴随着中华人民共和国的成立，大规模的战争年代宣告结束，和平建设时代宣告来临，改变包括少数民族地区在内的全中国一穷二白的落后面貌，开启政治、经济、文化现代化历程成为新的时代主题。正如壮族作家华山指出："旧世界粉碎了，新世界诞生了。六万万人在斗争中站了起来，一脚跨过两个时代"，"向大自然进军的脚步又震撼世界了"，"给荒漠创造春天，给雪山创造城市，给高原创造大海，让世界屋顶下的大江大河拉起手来"，① 成为中华民族新时代的中心任务。另一方面，从主观方面讲，鉴于时代主题变化，作为执政党的中国共产党 1956 年召开第八次全国人民代表大会，这次大会将社会主义社会的主要矛盾表述为人民日益增长的物质文化生活需要与落后的社会生产之间的矛盾，发展生产力是党和政府的中心任务，也是全国各族人民在新时代需要主要解决的问题。对这一时期的南方民族作家来讲，运用文学作品服从与服务于党和政府的中心任务，歌颂新时代，表现和平建设时代的新变化、新气象、新风俗，成为他们自觉的创作意识。

在 20 世纪 50—70 年代中国大陆政治文化语境下，包括南方民族文学在内的中国大陆文学总体上与西方现代主义文学出现了完全的断裂，而这一时期以回族作家白先勇为领军人物的我国台湾文学恰恰承续了现代主义文学的创作道路。正如有学者所说："如果说中国大陆的社会政治环境并未促进现代主义文学的发展，那么从 1949 年以来的（我国）台湾形势就恰好是相反的。"② 白先勇实际上正是这里的"台湾形势"中的最突出个案，并成为 20 世纪 50—70 年代中国南方民族文学乃

---

① 华山：《题记》，《远航集》，中国青年出版社 1960 年版，第 9 页。
② 李欧梵：《现代性的追求》，生活·读书·新知三联书店 2000 年版，第 127 页。

至整个中国现代主义文学现代话语建构的最突出代表。引进西方存在主义思潮的哲理理念，以关心个体生存命运为基本价值取向，构成了白先勇作品现代话语的主要内涵。白先勇作品现代话语的产生，离不开两方面的历史背景。一方面，国民党败退中国台湾的历史结局引发了作为国民党高级将领白崇禧之子的白先勇的历史沧桑之感。正如白先勇指出："由于共产主义在中国兴起，共产党在大陆成功地夺取政权，中国人民的流亡潮，从1949年开始，人数以百万计，纷纷逃离中国大陆，到香港、到台湾、到世界各个角落，规模之大，散布之广，流亡时间之悠长，皆是史无前例的。而这次中国人的流亡，从整个历史看来，亦是20世纪世界流亡潮的另一章，而流亡在外的中国作家，当时就创造了中国式的流亡文学……"[①] 他以"台北人"与"纽约客"为标志的作品，正是描写这种流亡过程与抒发历史兴亡之慨的代表。另一方面，以存在主义文学为代表的西方现代主义思潮与现代主义文学对白先勇的创作产生了根本性的影响。白先勇的文学创作乃是沿着现代主义文学的道路而前行的，或者说与现代主义文学是一脉相承的。白先勇曾指出："西方现代主义作品中叛逆的声音、哀伤的调子，是十分能够打动我们那一群成长于战后而正在求新望变彷徨摸索的青年学生的。"[②] 白先勇创作伊始，西方现代主义作品成为了他学习文学创作的样板。西方现代主义文学的经典之作，诸如卡夫卡的《审判》、乔伊斯的《都柏林人》、艾略特的《荒原》、托马斯·曼的《威尼斯之死》、劳伦斯的《儿子与情人》与加缪的《局外人》，不仅让白先勇产生了强烈的心理共鸣，而且给他的创作带来了直接的启示。

### （二）表现特点

在这一时期，南方民族文学话语建构与前一阶段南方民族文学话

---

[①] 白先勇：《世纪性的漂泊者——重读〈桑青与桃红〉》，《树犹如此》，天下远见出版股份有限公司2008年版，第250—251页。

[②] 白先勇：《〈现代文学〉创立的时代背景及其精神风貌——写在〈现代文学〉重刊之前》，《树犹如此》，广西师范大学出版社2015年版，第105页。

语建构之间，表现出连续与断裂的关系。它们之间的连续关系，主要是这一时期仍然沿袭了前一阶段的阶级话语，对阶级斗争的表达仍然是这一时期南方民族文学话语建构的重要目标。它们之间的断裂关系，表现为前一阶段的启蒙话语在这一时期宣告中止，及前一阶段的救亡话语由于其历史使命已经完成而基本退出历史舞台，被现代化建设所呼唤的建设话语作为新的话语类型浮出历史地表。就启蒙话语而言，它在抗日战争爆发后即被救亡话语所"压倒"或覆盖，在这一时期基本失去了生存的社会与文化土壤。而基于国家意识形态的需要，阶级话语由前一时期的边缘话语在这一时期随着新政权的建立而上升为主导话语或主流意识形态话语，并主导或规约着其他文学话语的生产。而在隔海相望的祖国宝岛台湾，则于国民党败退的历史浪潮中诞生出南方民族文学的现代话语，虽然这一现代话语由于国、共政治对立而不属于大陆南方民族文学话语的体系，但却不能将其排除在这一时期中国南方民族文学话语建构的大门之外。

## 二　阶级话语的繁荣

这一时期南方民族文学话语建构的一个突出特点，便是阶级话语的繁荣。这一时期，虽然伴随着国、共之间战争的结束，大规模的阶级斗争在中国已宣告停止，但由于历史惯性的作用，马克思主义的阶级斗争学说仍然长时期在作为执政党的中国共产党的政治理论体系中居于领导地位，以阶级斗争为核心思想的阶级话语或革命话语上升为主流意识形态或国家话语，"阶级斗争是推动历史发展的直接动力"的观点被上升到历史哲学的高度。因为如此，表现无产阶级与资产阶级或封建地主阶级两大阶级之间的斗争，表现奴隶与奴隶主之间的斗争，表现社会主义道路与资本主义道路之间的斗争，成了这一时期南方民族文学话语建构的核心语码，并以显性的形式出现在读者大众的视野之内。彝族作家李乔的长篇小说《欢笑的金沙江》（三部典）、壮族作家陆地的长篇小说《美丽的南方》、苗族作家陈靖的中篇小说

《金沙江畔》、侗族作家苗延秀的长篇叙事诗《大苗山交响曲》等等，就是这方面的代表性作品。

### （一）南方少数民族的奴隶社会制度是黑暗与腐朽的社会制度

这一时期南方民族文学阶级话语建构的第一个方面，是南方少数民族的奴隶社会制度是黑暗与腐朽的社会制度。20世纪50年代，凉山彝族的和平解放与西藏的和平解放如期进行，并引起了南方民族作家的跟踪关注。在这种跟踪关注中，他们发现无论是彝族的奴隶制度还是西藏的农奴制度，都是极其黑暗与腐朽的社会制度，这从这些社会制度背景下严重的阶级对立与奴隶、农奴的生存苦难中得到了充分的证明。于是，这些作家运用文学形式揭露了这样的事实。

李乔《欢笑的金沙江》三部曲，即《醒了的土地》（1956）、《早来的春天》（1962）与《呼啸的山风》（1965），深刻地揭露了凉山彝族地区奴隶制度的黑暗，表现了彝族奴隶主（黑彝）与奴隶两大阶级之间的尖锐对立。有学者在解读《欢笑的金沙江》主题时指出，在凉山彝族地区和平解放前夕，"当时的凉山彝族社会存在着复杂的阶级矛盾和民族矛盾，归结起来大致有四种基本的矛盾：第一种是彝族人民和国民党残余势力的矛盾；第二种是彝族部落之间的矛盾；第三种是奴隶主和娃子的矛盾；第四种是彝族与大汉族主义的矛盾"。[①] 这种判断是成立的。在这四种矛盾中，奴隶主和娃子的矛盾无疑是作者着力表现的主要社会矛盾之一。民族学家何星亮指出："凉山彝族历史上实行的是以奴隶主占有基本生产资料（土地）和生产者（奴隶）的社会制度。"[②] 由于社会历史发展相对迟缓，凉山彝族地区和平解放前夕所流行的社会制度仍是奴隶社会制度。这种奴隶社会制度，显示出奴隶主与奴隶之间突出的阶级矛盾，并形成了等级森严的等级制度。也正如何星亮所说："凉山彝族奴隶社会中，奴隶主和奴

---

[①] 黄玲：《李乔评传》，云南出版集团公司、云南人民出版社2011年版，第110页。
[②] 何星亮：《中华文明·中国少数民族文明》，海峡出版社发行集团、福建教育出版社2010年版，第279页。

隶以及其他劳动者之间的阶级关系,是通过森严、复杂的等级关系表现出来的。整个社会成员划分为'诺合''曲诺''阿加''呷西'四个基本等级。"①《欢笑的金沙江》三部曲正是以文学的形式再现凉山彝族地区奴隶制社会尖锐、复杂的阶级矛盾,揭露黑彝对娃子的严酷压迫与剥削。在《醒了的土地》中,李乔分别对黑彝和娃子进行了解释。关于黑彝,他作了这样的解释:"黑彝是凉山上彝族中的贵族,多是奴隶主,自认为他的血统比百姓和娃子高贵,不与其他阶层人物通婚,也不劳动,靠剥削百姓和娃子过活。"② 黑彝,实际上就是上层统治者。作品中的磨石拉萨、沙马木札、木锡骨答、磨石兹达等就是黑彝中的代表。关于娃子,他解释如下:"娃子是奴隶,分两种:一种在奴隶主家内的,叫锅庄娃子;一种由奴隶主家分居出去的,叫安家娃子,都无人身自由,奴隶主可以买卖,或用以陪嫁。"③根据他的解释,娃子即奴隶,有锅庄娃子和安家娃子两种。锅庄娃子,住在黑彝家中,无人身自由。安家娃子,不在黑彝家中住,亦无人身自由。而黑彝与娃子之间的关系则是野蛮而残酷的压迫与被压迫的关系、剥削与被剥削的关系,二者之间的阶级对立十分突出。黑彝对娃子政治、人身自由的剥夺以及任意打骂——甚至连男娃子的妻子也要由奴隶主恩准或赏赐。比如,阿火黑日是沙马木札的锅庄娃子,每天只给两顿苞谷饭吃,还要经常挨打,连媳妇也等着沙马木札恩赐——他想得到果果,又担心沙马木札不将果果给他为妻。比脚拾嘎是磨石拉萨从娃子中提拔起来的管家,但没有人身自由——"不单他的身体,连他的孩子、妻子,也属于磨石拉萨所有。"④ 所以,他的孩子、妻子是磨石拉萨家的,自己的身体也是磨石拉萨家的。正因为如此,磨石拉萨指派比脚拾嘎过江"探探共产党的态度",比脚拾嘎

---

① 何星亮:《中华文明·中国少数民族文明》,海峡出版社发行集团、福建教育出版社2010年版,第279页。
② 李乔:《欢笑的金沙江》,人民文学出版社2008年版,第23页。
③ 同上书,第25页。
④ 同上书,第84页。

虽然因为与土匪喝过鸡血酒,担心中国共产党惩罚,不敢过江,但又不能违背磨石拉萨的命令,因为作为管事,他毕竟是磨石拉萨的奴隶。在《早来的春天》中的挖七与洋芋嫫两位奴隶身上,尤其体现了奴隶主对奴隶的血腥与暴力统治。挖七是黑彝磨石兹达家的娃子,却经受了深重的苦难,而这种苦难正是磨石兹达造成的。挖七在作品中出场时穿的是破布,打的是赤脚,脚上还开着许多口子,浑身则冷得瑟瑟发抖,这正是他作为受苦娃子的外形特征。更有甚者,挖七的父亲与七个兄弟姐妹均被主子磨石兹达卖掉,他的母亲含恨跳水自杀身亡。他本人两次逃跑,但都不幸被抓回,然后受到火烤、投入冬天的水中与吊打等酷刑。他与家人的灾难说明,磨石兹达完全不把娃子当人看待。正因为如此,挖七后来改革的态度最为坚决,坚称如不改革,他就跳崖。这实际上表现了他对推翻黑彝统治、获得自由的强烈渴望。洋芋嫫则是一个同样深受苦难打击的娃子,这从她出场时的形象中就可得到说明。比如,她才40多岁,却一脸皱纹,长年打着赤脚,脚上开着长长的口子,身穿满是大补丁的裙子。她的人生经历则如同梦魇一般。她本名马招弟,是汉族人,与丈夫赵有财结婚后,曾经过着贫穷但恩爱的日子。一次夫妻二人上山砍柴时,丈夫被4个彝人打伤,她则被抢走,然后被卖给黑彝阿鲁疵沙家做娃子。从此,便遭遇了苦难的历程。阿鲁疵沙将她配给娃子阿朱约千为妻,洋芋嫫起初誓死不从,先后上吊、投水自杀,善良的阿朱约千两次救了她的性命,二人才结成了夫妻。当他们的儿子阿朱家子刚满四岁时,阿鲁疵沙要强行把阿朱家子弄去做锅庄娃子,他们夫妻不同意。于是阿朱约千带着儿子逃跑,但却被阿鲁疵沙抓回后活活打死。对洋芋嫫来说,她一次又一次经历家破人亡的惨剧,而作恶者正是黑彝阿鲁疵沙。彝族诗人吴琪拉达诗歌《孤儿的歌》(《星星诗刊》1957年创刊号),写没有父母的孤儿拉千,从小给奴隶主磨石家当娃子,拉千不是成天成夜地给奴隶主家放羊、割草、捻羊毛,得不到休息,挨奴隶主打骂,就是被奴隶主驱使去抢夺别人的土地与财产,杀别的奴隶主的娃子。汪承栋的叙事诗《黑痣英雄》一方面描写了西藏藏民在旧社会的民族灾难,另一方面揭露了藏族贵族(如宗本)欺压、杀戮藏族奴隶的滔天罪行,从而凸显出西藏农奴制度的黑暗与腐朽。比如,贵族对牧民的杀戮制造着草原的惨案:"部落在喷血,帐篷在冒烟。牧民惨痛的哭喊,撕裂整个草原。"再如,宗本与藏兵带给藏民的是双重的灾难即官祸与兵灾:"支不起砸骨的官差,缴不完吸髓的重税。土登宗本统领藏兵,卷来灾难的洪水。年羊抢光,帐篷焚毁。母亲胸前血,溶有婴儿泪。"①

### (二)南方少数民族土司制度与领主制度是黑暗与腐朽的制度

这一时期南方民族文学阶级话语建构的第二个方面,是南方少数民族土司制度与领主制度是黑暗与腐朽的制度。土司制度与领主制度是中国历史上封建统治者在西南、西北等少数民族地区实施的一项特殊政治制度,这一政治制度主要是由中央政权向少数民族土司或领主授权统治相应少数民族地区,但前提是服从中央王朝的统治。这两种制度虽然随着清朝中期"改土归流"新政的实行而有着很大的改变,但直至中华人民共和国成立前夕却基本上得以保留,仍然在我国西南、西北少数民族地区发挥着主导性作用。这一时期的南方民族作家通过自己的作品说明,作为旧时代的政治制度,无论土司制度还是领主制度都是黑暗与腐朽的社会制度。

彝族作家苏晓星的短篇小说《山上红花》(《山花》1959年10月号)诉说了彝族奴隶制度背景下土司对彝族娃子的残酷压迫,这种压迫在"娃子寨"彝民尤其是龙玉英的苦难遭遇中得到充分的体现。土司为了"侮辱奴隶而取乐",竟然强迫娃子寨彝民把寨子建在没有"安家落户"条件的山岭上,山岭为马脊形,下面是滑石板,既没有土地种蔬菜,也没有牢固的屋基,还没有遮风挡雨的树,因此,一旦遭遇风吹雨打、风霜严寒,寨子的房屋就会受到严重毁坏。比如有一次刮大风,寨子的房屋不是屋顶被吹倒,就是连根吹走,而人畜也严

---

① 汪承栋:《黑痣英雄》,中国青年出版社1964年版,第6—7页。

重受伤。寨民向官家申请寨子搬迁,官家的答复竟然是"不要把娃子的根种到处乱栽"。作品中的彝族女孩龙玉英的遭遇则十分悲惨。她最初连名字也没有,由别人胡乱叫作小飞蛾。她的父母在一次荒年中饿死,她随后自卖到官家当了丫头,卖价是一斗五升苞谷,正好抵销了官家埋葬她父母的费用。她长到12岁左右的时候,脸上"瘦削得只剩皮子包着骨头","笼罩着苦难的气色"。她想逃出在官家的悲惨生活,却被官家的马队抓回,受到吊打,被打得半死。壮族诗人韦其麟的长篇叙事诗《百鸟衣》(《长江文艺》1955年第7期)通过青年猎人古卡童年的悲惨经历控诉了土司对壮族人民的压迫,这种压迫在古卡父亲的死亡中得到了有力的证明。这种叙事也使作品带上了浓厚的阶级意识。古卡是个遗腹子,从小与母亲相依为命。孤苦的他从小便问父亲何时回家。母亲只能告诉他,他的父亲早死了。正如诗中所说:"爹死在哪儿?爹死在衙门里。爹为什么死?爹给土司做苦工累死。"原来,古卡的父亲是被残暴的土司强迫做苦工累死的,土司就是他家的仇人。失去父亲的古卡因为家穷,从小便失去上学的机会,只好上山打猎,以帮助母亲维持生计。好在古卡慢慢成了一个强壮的猎人。傣族诗人康朗甩的诗集《傣家人之歌》(上海文艺出版社1960年版)歌颂傣族人1949年以后获得的翻身解放,表达傣族人的幸福感,但在叙述民族历史的时候,则穿插了对过去的阶级对立和压迫的痛恨与不满。如诗中这样写道:"几百年安乐的日子,在播种收获中匆匆过去;残暴的召勐(注:领主或国王),在村寨里诞生,他逼着百姓制造弩箭,他逼着百姓建造宫殿,从此我们的土地上就没有安宁,召勐忙着互相争夺王位,头人日夜掠夺百姓的牛马、金银,弩箭常常在空中穿梭,森林里时时铿响锣鸣,多少村寨在战火中烧毁,多少城池化为灰烬。我们的祖先呵,忍着饥饿揩着眼泪,一代又一代在废墟中重建城镇,一千多年来,森林里随时都听到哭泣声。"① 这里描写的,是阶级社会取代了傣族历史上的原始公社制度,阶级压迫与剥削、战争取

---

① 康朗甩:《傣家人之歌》,上海文艺出版社1960年版,第6—7页。

代了傣族人原来的平等与自由,这因此成为傣族人历史苦难的根源。作品对黑暗的领主制度也进行了严厉批判。正如诗中写道:"在黑暗的年代里,田地被领主霸占去,水沟被领主封锁起,路要向领主买走,水要向领主买吃,人死了要买盖脸土,种田就得上官租。"①

### (三) 封建反动政权是压迫南方少数民族的罪魁祸首

这一时期南方民族文学阶级话语建构的第三个方面,是封建反动政权是压迫南方少数民族的罪魁祸首。而压迫南方少数民族的封建反动政权,既有封建时代的旧官府,也有民国年代的国民党政府。

苗延秀长篇叙事诗《大苗山交响曲》描写了旧时代反动官府对苗族人民的血腥统治。作者指出:"苗族人民与其他兄弟民族一样是艰苦朴素、勇敢诚实、爱好劳动、爱好自由的优秀民族;我们千百年来,受尽了封建反动统治者的残酷压迫、剥削、屠杀,苗族为了自己的生存自由而不断的起来进行反抗斗争,在斗争中出现了许多英雄人物及可歌可泣的英雄事迹,至今仍留在苗族人民口中讲着、唱着,在解放了的今天,更显得有意义了。"②该作品里的反动古州官府逼迫大苗山中的360个苗寨的苗族人民纳粮交税,并派军队进攻苗族,派奸细到苗寨收集情报,抢夺苗寨,抢走所有的苗族女子作为要挟,妄图强迫苗族人民接受他们黑暗的统治。诗中首节——《阴谋》就书写了古州官府通过封官许愿、高官厚禄与卖盐的汉族"红鼻子"商人阴谋商讨镇压苗民反抗,特别是将苗族英雄兄当调离左乌寨加以活捉的奸计(如"红鼻子"商人故意一再给兄当介绍未婚妻以便将兄当诱出左乌寨)。苗延秀的另一长篇叙事诗《元宵夜曲》着力揭露了旧社会以包氏父子为代表的汉族统治者对洼岭村侗族人民的血腥压迫。洼岭村处在湘、桂、黔交界的大山深处,这里的统治者便是包财兜、包城军父子。包财兜的祖上来自湖南,是清军的千总,又当上了团局

---

① 康朗甩:《傣家人之歌》,上海文艺出版社1960年版,第37页。
② 苗延秀:《序》,《大苗山交响曲》,新文艺出版社1954年版,第1页。

董,这个祖上曾"杀人千千万",又到处"横行霸占"土地、财产。包财兜的祖父当了官,"发了横财霸了山,屯兵岭岭不离去,经商又作大地主"。侗族人民在田地中辛苦劳作,但得来的谷米却要交给官家。到了包财兜、包城军得势的时候,他们对侗族人民的压迫则显得骇人听闻。包家鱼肉侗族人民的罪行从下列事件中可见一斑。一是残忍迫害吴长友。侗族人吴长友为包财兜家长工。家中贫寒的吴长友为了种田向包财兜家借牛,谁知事先答应吴长友的包家却在吴长友借牛时放恶狗把吴长友咬成重伤,幸得罗铁塔相救才得以保命。救了吴长友的罗铁塔说:"那包家恶狠赛过虎,剥削穷人如刮土;几大钱财他要去,几多百姓他结仇。荒年荒月他要税,三两田赋要半斤。荒年荒月他要租,一斗硬要十二千。狼心狗肺的包家啊,如虎似狼害天下,哪能借给牛穷人家。"① 这些话一针见血地揭穿了包家作为剥削阶级的本质。二是包城军强娶吴长友女儿吴珍珍。包城军作为纨绔子弟,好色贪淫,本来有六房妻妾,但却对美貌如花的吴珍珍垂涎欲滴,企图运用金钱引诱与暴力胁迫手段逼迫吴珍珍做他的第七房小妾。吴珍珍誓死不从,包城军则又抓走与害死吴珍珍的父母对其进行要挟。三是残忍迫害吴长友妻子。吴长友妻子当初被包财兜的父亲骗到了侗寨,并害死了吴长友妻子的父亲,强迫吴长友妻子在他家做了终身奴隶。四是害死罗铁塔的父母。罗铁塔的父亲是包财兜家的长工,做了有15年,"吃饭无菜无油盐"。在饥荒年代,家中断粮,15岁的罗铁塔在山中打了一条狼给全家人充饥,包财兜以"谁去打猎不送来山味,谁就是与包老爷作对"为由头,找到罗家寻衅闹事,诬陷罗铁塔打死了他家的狗,又诬陷罗铁塔的母亲偷了他家的糯米,然后将罗铁塔的父亲活活打死,还要罗铁塔做裁缝的母亲为他家做工还债,罗铁塔的母亲被活活气死,家产全部赔给了包家,罗铁塔15岁便成了孤儿,好在被他好心的姑姑收养。这些事件,典型地暴露出地主阶级剥削与压迫贫穷的侗族人民的丑恶嘴脸。而关于财主与穷人之间的对

---

① 苗延秀:《元宵夜曲》,上海文艺出版社1960年版,第42—43页。

立，作品还运用这样的诗句直接进行了控诉："那财主吃的是好酒好饭，那穷人吃的是野菜残羹；那财主住的是高楼大厦，那穷人住的是矮小茅屋；那财主整天吃喝玩耍，那穷人整天挨饿做工。"①

壮族作家陆地短篇小说《故人》对抗战前后国民党的统治进行了辛辣的嘲讽。比如，1936年秋天，广西梧州一所中学的一名学生在墙报上发表了一篇小品文《且谈寿命》，对当时蒋介石的50寿诞进行暗讽，便被学校当作"思想乖谬，害群之马"与"共党分子"加以开除，以儆效尤。作品还借作品人物、革命者陈强的视角，描写与抨击了抗战初期广西农村政治的腐败："我目睹横行乡里的土豪恶吏，借征兵抽税之名，肆意营私舞弊，鱼肉乡民，搞得农村暗无天日。"②正因为如此，陆地自己这样归结了作品的主题："《故人》是经历了八年抗战又三年解放战争的离乱之后，人民终于胜利了，旧社会解体，反动势力一去不复返。然而过去的黑暗统治给人们的创伤所造成的悲剧却是该诅咒的；资本主义对个人意识的腐蚀竟是落得如此凄惨的结局，使人为之挽歌。"③ 这一主题尤其在华侨子弟黎尊民的人生沉浮与中年落魄中得到了突出的反映。黎尊民最初是马来西亚华侨之子，是所谓"翩翩少东"，奉行爱情至上主义，考取了国民政府中山大学建筑系，与广西官宦人家小姐李冰如恋爱。谁知1939年太平洋战争的爆发导致了黎尊民家庭的毁灭性灾难。先是父亲在马来西亚的财产被日军飞机炸毁，继是家中在梧州开的商号被掌柜在战乱中卷产而逃，黎尊民一下子变得一贫如洗，连只差一年就要毕业的大学也无法完成了。尤为糟糕的是，黎尊民与李冰如来到重庆同居后，新的灾难便接踵而至。因为生活难以为继，妻子李冰如选择了离家出走。黎尊民到李冰如供职的国防部寻找妻子的下落，却被国民党政府当成精

---

① 苗延秀：《元宵夜曲》，上海文艺出版社1960年版，第107页。
② 陆地：《故人》，见《当代少数民族作家作品选讲》编写组《当代少数民族作家作品选讲》，云南人民出版社1983年版，第418页。
③ 陆地：《题记——〈故人〉（短篇小说集）序》，陆地：《创作余谈》，广西人民出版社1982年版，第195—196页。

神病人关进精神病院。不久又因为黎尊民抗战前曾与革命青年有过交往，国民党军统把他关进重庆与贵州的监狱，并用老虎凳等酷刑对他进行残酷的折磨。而抗战时期的国民党政府机关却常常歌舞升平，花天酒地。连李冰如都说，她供职的国防部是个"肮脏、龌龊、丑恶、无耻、卑鄙、无聊"①的地方。陆地描写土改的长篇小说《美丽的南方》（作家出版社1960年版）通过描绘恶霸地主的罪恶揭露了国民党在广西壮族地区统治的黑暗。陆地曾指出："解放初年，由于投身到清匪反霸和土地改革运动而得到实际斗争的体会，于是才有长篇小说《美丽的南方》的诞生。"②作品对清匪反霸和土地改革运动的描写正是以农村地主阶级与农民阶级的阶级对立为背景的。小说中所写的欺压与剥削壮族农民的大地主叫覃俊三与何其多。覃俊三霸占田地、剥削壮民、"为富不仁"的罪恶在壮族民众传唱的山歌中就得到充分的体现。比如，这些山歌唱到："旧时农民多贫苦，都为地主剥削人；天上星星有定数，地主罪恶数不清。如今革命得解放，贫雇中农一家人；债有头来冤有主，地主欠债要还清"，"地主覃俊三，钱财堆成山；好塘他吞并，好田他霸占"，"地主覃俊三，罪恶高过山；杀人不见血，妻离子又散"，"地主覃俊三，通匪又通官，三刀耍两面，坏事挺能干"。覃俊三欺压壮民的恶行在他迫害韦廷忠与苏嫂两家人的过程中表现得尤为令人发指。韦廷忠40来岁，是覃俊三家的佃户。他之所以从13岁起一直给覃俊三家当佃户、他父亲之所以死亡与他一家的家庭经济之所以破产等等，都是因为狠毒的覃俊三设计陷害造成的。当初，韦廷忠家里是中农，家中有三亩好田，一年种两季稻谷，能够旱涝保收。父母勤劳节俭，父母与他、他姐姐一年的生活能够维持在温饱线上，韦廷忠八九岁时还上过学。谁知这一切在韦廷忠13岁时就结束了。原来，覃俊三盯上了韦廷忠家的水田。他利

---

① 陆地：《故人》，见《当代少数民族作家作品选讲》编写组《当代少数民族作家作品选讲》，云南人民出版社1983年版，第428页。
② 陆地：《我是怎样探索过来的》，陆地：《创作余谈》，广西人民出版社1982年版，第157页。

用乡长的身份诬陷韦廷忠的父亲是偷牛贼，把韦廷忠父亲投入县里的大牢。韦廷忠的母亲为了救丈夫，完全掉入覃俊三所设的陷阱，不仅把三亩田当给了覃俊三，而且还把当钱给了覃俊三帮助她救出她丈夫。结果，丈夫虽然放了出来，但由于在狱中饱受折磨，不到半年就病亡，家中还欠了一大笔外债。姐姐因此不得已给人家做童养媳，而次年母亲上山打柴时又被老虎咬死。韦廷忠不得已进入覃家当了放牛娃，后来便成为长工。苏嫂的丈夫苏民本是个上过师范学校的贫寒子弟，由于他在省城跟着中国共产党参加革命，又回到故乡来宣传革命，成立农会，引起旧官府的忌恨。1928年，他在家中被乡里的团总覃俊三带着团丁逮捕，然后被押解县上处死。抗日战争后期，覃俊三当上了乡长，又将苏嫂的儿子苏新抓了壮丁，从此下落不明。在苏嫂的婆婆看来，苏家两代人都受覃俊三的"害"。何其多早年在外做官，后来中国共产党"清匪反霸"中伪装成"开明绅士"，实际上却组织土匪武装暴乱，谋杀革命干部。通过揭露这些地主鱼肉壮民的罪行，小说一方面解构了国民党政权的历史合法性，另一方面也为土改革命（没收地主土地、批斗地主罪恶）的发动提供了坚实的历史依据。土家族作家孙健忠的短篇小说《五台山传奇》（《长江文艺》1963年第11期）通过湘西洛塔一对土家族夫妻悲欢离合的传奇，表现1949年前后土家人生存命运的两重天。在国民党统治下的湘西，是一个土匪横行、官府腐败的社会，土家人遭受的是无穷的灾难。土家人田天陆与向小妹1939年结婚，婚后生下一子一女，生活极为穷苦，一年要挖三月葛根当粮。虽然生活贫困但一家人毕竟充满天伦之乐，哪知好景不长。1943年，向小妹被乡长向兴岳的手下、土匪向兴孝抢走，一家四口从此骨肉分离。向小妹被向兴岳强奸。向兴岳把她玩腻后，转卖给一个流氓，这个流氓三天两头毒打小妹。小妹偷偷逃往鄂西宣恩县，不幸又落入了当地保长家，走投无路的她在逃亡中投入清江自尽，幸被一名好心的船工所救。被救后，向小妹与船工结为夫妻，与丈夫在清江行船拉纤为生。向小妹被抢走后，田天陆发誓报仇，他到县政府告状，申诉向兴孝、向兴岳的罪行，但却求告无门，因为官匪本是一家，县长对向兴孝、向兴岳的罪行极尽包庇之能事。田天陆告状不成，反而被撵到五台山。他后来寻妻到鄂西，却没有结果，以为妻子死了，只得悻悻回乡，含辛茹苦地哺养儿女。侗族作家滕树嵩的短篇小说《侗家人》（《边疆文艺》1962 年第 12 期）则诅咒国民党地方政权在侗族地区所犯的罪行，这一罪行通过县长胡忘义的图财害命行为得到了体现。1944 年，胡忘义为了升官发财，竟然黑心地杀害无辜的侗家人龙三娘的丈夫。傣族诗人康朗甩也在诗集《傣家人之歌》中以少数民族诗人的口吻对国、共两党的政治斗争进行了政治思辨，以消解国民党反动政权的历史合法性，建构中国共产党新型政权的历史合法性。正如作品中这样写道："我的歌呵，要唱解放军为我们赶走虎豹，给我们带来安宁，国民党匪军就是受伤的虎豹呵！它闯进我们的竹楼，踩躏我们的百姓，撕毁了我们的经书，咬伤了我们的畜群，正当虎豹发疯的时候呵，毛主席和朱总司令派来了大军，虎豹吃了狠狠的一棒，拖着尾巴逃进森林……"①

**（四）南方少数民族势必自发反抗旧社会反动统治者的压迫**

这一时期南方民族文学阶级话语建构的第四个方面，是南方少数民族势必自发反抗旧社会反动统治者的压迫。换言之，歌颂南方少数民族对旧社会反动统治者的自发阶级反抗，是这一时期南方民族作家阶级叙事的重要特点，也体现出对前一时期南方民族作家阶级话语建构的继承。

滕树嵩《侗家人》描写了被杀害了丈夫的侗家人龙三娘对国民党黑暗官府的反抗。在丈夫被县长胡忘义杀害之后，龙三娘组织了农民义军，在半道上武装打死胡忘义的卫队，并亲自刀杀胡忘义，从而为冤死的丈夫报了仇。苗延秀《大苗山交响曲》的一个叙事重心，便是叙述苗族人民对旧社会反动官府黑暗统治的英勇反抗，正如作者所说："在大苗山中，流传着两句山歌：'苗家苦处实在多，讲起苦情

---

① 康朗甩：《傣家人之歌》，上海文艺出版社 1960 年版，第 14—15 页。

泪成河.'这深刻形象地反映了历代的反动统治阶级对苗族人民压迫的残酷性;也正因为如此,在反动的统治阶级方面又有这样的两句谚语:'苗子三十年一小反,六十年发一次苗疯.'这虽然充满了诬蔑的意味,但却也反映了苗族人民由于不堪忍受反动统治阶级的民族压迫而勇敢地不断反抗。因此,这篇'大苗山交响曲',就是这种历史时期的民族压迫制度下苗族人民斗争生活的反映。"① 面对官府的纳粮交税、设计陷害与武装镇压,大苗山中的苗族人民在左乌寨英雄兄当的带领下,勇敢地与官府的军队搏斗。兄当本为种地的苗民,古州官府对苗民的压迫使他率领苗民奋起反抗。他虽然年轻,但却武功高强,在苗民中深孚人望。他手中的千里鼓、万里炮、钢石弹、穿云箭、宝剑等具有强大的威慑功能,成为抵抗官府军队的有力武器。比如,千里鼓一敲响,就会得到千百个苗寨苗民的呼应,万里炮能在山上把山下河里官府的船只击沉。面对官府的压迫与征粮纳银,苗族人民针锋相对,坚决反抗,正如诗中的苗民所说:"要粮我们没有,要银子我们也没有,要命,到炮口来要,到剑梢上来要,我们都在这里等着你们。"苗民在英雄兄当的带领下,用刀剑、燃烧的破布、桐油与官兵进行战斗。

  苗延秀《元宵夜曲》在揭露包财兜、包城军父子残酷压迫侗族人民之后,进一步歌颂了以罗铁塔为代表的侗族人民的反抗斗争。先是罗铁塔通过精心设计,让珍珍嫁到包城军家去,罗铁塔则在珍珍成婚那天组织洼岭村的一班侗族青年去闹亲,并利用鞭炮炸伤包城军,珍珍偷偷从新房翻越窗户,然后与罗铁塔一起逃走,继而当包家父子带着士兵包围洼岭村,要洼岭村人交出珍珍,并在村里捆绑珍珍父母,纵兵烧杀奸淫之后,忍无可忍的侗族村民在罗铁塔带领下,手持斧头与锄头,打死了包财兜及其走狗胡代光,奋勇地与村外的包城军的军队搏斗,同时一齐高喊出这样的口号——"我们要生存,要自由,不

---

① 苗延秀:《前记》,《大苗山交响曲》,新文艺出版社1954年版,第3页。

怕刀砍和杀头。我们要活在苗岭山，要永远团结和斗争。"① 这种口号，喊出了他们为了生存、追求自由的心声。无论他们的武装反抗是胜利还是失败，都反映了"哪里有压迫，哪里就有斗争"的道理，反映出深受反动阶级压迫的侗族人民的勇敢斗争精神。韦其麟的叙事诗《百鸟衣》描写了壮族人民对土司的反抗，这从古卡与依娌对土司的斗争中可以看出。当垂涎依娌美貌的土司把依娌抓走之后，依娌先是面对土司的逼婚和威胁利诱誓死不从，继而抓住机会与古卡定计向土司献上由一百只鸟皮鸟毛做成的"百鸟衣"，结果土司穿上百鸟衣瞬间丧命——古卡利用土司穿"百鸟衣"的机会，"尖刀白落红的起，土司一命归西天"②，古卡从土司官府救出妻子依娌，二人重获团圆。彝族诗人吴琪拉达诗歌《孤儿的歌》（《星星诗刊》1957年创刊号），描写没有父母的孤儿拉千，从小给奴隶主磨石家当娃子，拉千不是成天成夜地给奴隶主家放羊、割草、捻羊毛，得不到休息，挨奴隶主打骂，就是被奴隶主驱使去抢夺别人的土地与财产，杀别的奴隶主的娃子。心地善良的他无法杀害同是穷人的娃子，便决定逃脱磨石家的奴役，并为被奴隶主砍死的妈妈报仇，但奴隶主却紧跟不放。15岁的拉千被追到悬崖边，怒吼着抱着奴隶主、即主人磨石一起跳下了悬崖。他生前"高声"发出的"怒吼"是："这世间不自由，来世切莫做马牛！"作品通过孤儿拉千的悲惨遭遇，用血泪控诉了彝族奴隶制度的黑暗，谴责了奴隶主的残暴，表现了奴隶勇敢的反抗精神，也表达了奴隶对自由与翻身解放的向往。汪承栋《黑痣英雄》中的黑痣英雄波乌赞丹面对宗本的血腥统治，发出了这样的铮铮誓言："血葬土登宗本，刀洗豺狼的帐篷。"③ 事实上，他正是这样做的。他率领牧民多次举行起义，把宗本打得落荒而逃。

---

① 苗延秀：《元宵夜曲》，上海文艺出版社1960年版，第237页。
② 晓雪、李乔主编：《中国新文艺大系：1949—1966·少数民族文学集》，中国文联出版公司1991年版，第407页。
③ 汪承栋：《黑痣英雄》，中国青年出版社1964年版，第12页。

## （五）中国共产党领导的中国革命带来了南方少数民族人民翻身解放

这一时期南方民族文学阶级话语建构的第五个方面，是中国共产党领导的中国革命带来了南方少数民族人民的翻身解放。随着中国共产党领导的中国革命的胜利，这一时期的南方民族作家积极而自觉地歌颂中国革命胜利带来的南方少数民族的翻身解放，表达南方少数民族对于中国共产党及革命领袖的感激与爱戴，并通过对南方少数民族在新旧时代生活剧变的对比描写集中而有力地凸显了这一政治主题。

苗族作家陈靖的中篇小说《金沙江畔》从如下方面建构了阶级话语。一是讲述了中国工农革命的起源与必然性。这在金明家族的历史中得到充分的体现。金明于1919年出生在江汉平原。他出生时，家里已经被饿死三口人，父亲和叔叔金万德被反动政府"抓夫"。母亲不久饿死，金万德逃出后带着金明相依为命。秋收起义后，已经参加革命的父亲与两个哥哥返回家乡闹革命。父亲当上了县苏维埃主席，两个哥哥也分别当上大队政委和团长。姐姐金秀当上妇女干部。他和叔叔金万德、姐姐金秀后来都参加了红军长征，他当上连指导员兼连长，姐姐当上部队总支书记，叔叔当上炊事班长。二是展现了国、共两党的阶级对立。红军撤出湘鄂川黔边区，进入云南，经过藏区，目的在于"北上抗日"，以致建立共产主义社会。国民党蒋介石政府则指派军阀仇万里，欺骗藏族头人，污蔑红军，目的是要杀死藏人、统治西藏、青海等藏族地区，挑拨红军与藏族之间的关系，阻止与破坏红军长征。为此，两军对垒，战场上兵戎相见。三是歌颂了红军纪律严明，坚决执行正确的民族政策。如为了让红军伤员免于饥饿，金万德偷偷从金沙江畔的藏族喇嘛寺中拿走了十来斤糌粑，虽然打了借条，留下了银钱，但还是受到上级金明的严肃处理，金万德也做出深刻的检讨。四是歌颂了民族团结，讲述了各族群众投入革命斗争的历史潮流。比如，苗族小伙唐小苗很小就参加了红军，最后壮烈牺牲。藏族格桑女土司的女儿珠玛不仅消除了对红军的误会，而且视救过她性命的金明为恩人，成为一名英勇献身的红军战士。

李乔《欢笑的金沙江》三部曲的重要话语之一就是彰显中国共产党和平解放凉山给彝族人民带来了莫大的福祉，尤其是强调结束奴隶制度给广大彝族奴隶的生存命运带来了根本改变，促成了他们的翻身解放。这些，尤其在以丁政委为首的中国人民解放军部队正确执行党的民族政策上得到充分体现。比如，鉴于民族问题的特殊性，运用和平解放的方式解决凉山彝族的社会制度问题，政府收购彝民的山货（兽皮，药材等），帮助发展他们的经济；派医生医治彝民的疾病；稳步实行民族政策，不急于求成，对黑彝"不斗争，不土改"，由此有效地团结了沙马木札等上层人士；军事上坚持政策先过江，让民族政策深入人心，只打土匪（只打国民党残匪焦屠户等，不打黑彝磨石拉萨等），不打彝人，不打黑彝；通过切实的措施，化解彝族部落之间的矛盾，阻止黑彝之间打冤家。当民主改革启动之后，对黑彝政治上进行团结教育，组织他们到内地、大城市参观学习，让他们参政议政（如通过选举担任副县长、委员等），对黑彝坚持执行"不杀人、不打人、不骂人"三原则，经济上给应有的工资、津贴等待遇；对思想不通的娃子宣讲民主改革的政策。

陆地《美丽的南方》旨在表明中国共产党领导的土改实现了壮、汉农民的翻身解放。作品在揭露国民党时代地主阶级罪恶的同时，更是表现了中国共产党组建土改工作组进入壮乡——长岭村与岭尾村启发壮族农民阶级觉悟、领导壮族农民进行土改运动、消灭农村封建制度、推翻地主阶级统治与实现壮族农民翻身解放的伟大革命及其胜利。正如作者在《美丽的南方》的《后记》中指出：小说的目的"无非是为了想通过韦廷忠这个人物从奴隶变成主人的翻身故事，使读者不但看到世世代代受剥削和被压迫的农民如何在党的领导下，跟地主阶级进行了尖锐而复杂的斗争，终于取得胜利……"[①] 比如，小说通过壮族农民韦廷忠这一典型人物的思想转变过程，表现了土改运动的最终胜利。韦廷忠是一位老实忠厚的佃

---

① 陆地：《美丽的南方》，作家出版社1960年版，第334页。

农，由于长期受覃俊三欺压与思想奴役，加之其妻子曾经被覃俊三玷污怀孕（他的儿子福生实际上为覃俊三与韦大娘所生）等复杂的生活内情，他起初不理解土改运动，不敢与覃俊三进行斗争。但当土改工作队对他进行一次又一次的阶级意识思想教育之后（如土改骨干农则丰开导韦廷忠说："现在有了人民政府，共产党给穷人撑腰，还怕什么？父仇不报真是枉为人！"①），尤其是当善良的土改工作队员冯辛柏为救乡村孩子献出了年轻生命之后，当他的妻子韦大娘被覃俊三派手下干将赵佩珍用毒药害死之后，韦廷忠坚定地走上了革命道路，并注意到土改的进行必须与瓦解国民党暗中支持的土匪武装叛乱紧密结合，最终将覃俊三、何其多等地主阶级打倒，推翻了他们的封建统治。他不仅入了党，而且被壮族群众选举为乡长。他的成长隐喻了土改革命的胜利，他的当家做主人表征了农民群众政治上的彻底翻身。

孙健忠《五台山传奇》着力张扬的政治理念，集中于中国共产党是土家族人的福星。作品在描述旧社会土家人社会生存苦难的同时，特别歌颂了中国共产党领导的中国革命取得胜利给土家人带来的翻身解放。在过去受苦的土家人田天陆看来，是毛主席"扭转了乾坤"，领导中国共产党缔造了中华人民共和国。土家人因此翻了身，田天陆在新政府的支持下向过去祸害他一家的旧乡长向兴孝报了仇，他本人当上了生产队长，人均分配1500斤口粮，一家人过上丰衣足食的好生活。他的儿子还入了党，当上大队支部书记。他还找到了失散十多年的妻子，实现了多年的心愿。苏晓星短篇小说《山上红花》除了表现彝族奴隶旧社会的苦难之外，还表现了中国共产党建立的新社会所带来的彝族奴隶的翻身解放与幸福生活。旧社会的"娃子寨"在新社会搬迁到了适宜居住的地方，庄稼长势良好，彝家人自豪地称为"幸福寨"。龙玉英不仅在政治上翻身，而且还转变为活泼大方的生产队长，成为热爱集体、思想先进的新式农民。

---

① 陆地：《美丽的南方》，作家出版社1960年版，第204页。

这一时期的南方民族作家或诗人，还在作品中进行着这样的阶级话语建构，即革命领袖是南方少数民族的恩人。彝族诗人吴琪拉达诗歌就表达了对革命领袖毛泽东的由衷歌颂，歌颂毛泽东领导的中国革命带来的南方各民族生存命运的根本变化或翻身解放。吴琪拉达诗集《奴隶解放之歌》的第三辑"山歌唱给毛主席"，是诗人对革命领袖的专门颂歌，表达了对毛泽东的无限感激与赞颂。这一点与这方面的主题，仅从本辑中的许多诗歌题名中就可看出。这些诗歌题名有：《日夜同毛主席在一起》《彝家依靠毛主席》《毛主席的声音》《毛主席在彝家的心里》《有了毛主席的领导》《奴隶靠的毛主席》《欢呼毛主席万岁》《彝家祝福毛主席》《时刻记住毛主席》《彝家跟着毛主席》《齐向毛主席拜年》《有了毛主席》。在这些诗歌中，诗人认为是毛主席领导的中国革命推翻了彝族奴隶制度，把彝族奴隶从历史苦难中解放出来，使他们获得翻身解放，彝族劳动人民因此从心底里感恩毛主席、感恩中国共产党，他们政治上永远拥护中国共产党的领导，跟着中国共产党走革命的道路。《有了毛主席的领导》可谓这方面的代表。这首诗歌的全部诗句为："有了毛主席的领导，奴隶们就有了依靠，毛主席领导我们革命，凉山才有了欢笑。"在其他诗歌中，还有"如今有了毛主席，永世永代无人欺""毛主席的光辉照到我们凉山，我们凉山才变了""没有受过苦的人，不知道毛主席的大恩情"等等，这些诗句表达出作为彝族代言人的诗人对革命领袖的高度礼赞与衷心爱戴，展示了彝族从心底里接受中国共产党政治领导的心声。

## 三 民族话语的潜隐

20世纪50—70年代南方民族文学话语建构的另一个特点是民族话语以"隐形"的形式或以"潜文本"的形式呈现于世。一方面，在这一时期南方民族文学作品中，阶级话语以"显形文本"的形式出现，体现着国家权力话语的在场，并作为主导话语决定着民族话语等的建构。另一方面，在这些作品中，以关注少数民族生命运与解释少数民族文化为主要内容的民族话语在阶级话语的主导下，以"隐形文本"的形式出现，并受到作为国家权力话语的阶级话语的认可、接纳与整合。实际上，在这一时期的主流话语解释中，"民族问题的实质是阶级问题"①，比如民族压迫就是阶级压迫。正因为这样的解释，在这一时期南方民族文学作品中，作为主导话语的阶级话语与作为非主导话语的民族话语在很大程度上形成了共生、对话乃至互相渗透的关系。李乔《欢笑的金沙江》三部曲等也正是这方面的典型代表。

### （一）旧中国的南方少数民族经历了深重的社会苦难

这一时期南方民族文学民族话语建构的第一个重要内容，是旧中国的南方少数民族经历了深重的社会苦难。这种深重社会苦难往往由落后的经济水平、动乱的政治状态、阶级压迫与低下的教育水平等所造成。"阶级社会的历史是阶级斗争的历史，一切社会问题，其中包括民族问题都必然要受到阶级问题的制约和影响。"② 民族问题与阶级问题虽然相互区别，但又相互联系。这一时期南方民族作家在思考阶级问题时便注意到了其中的民族问题。李乔《欢笑的金沙江》三部曲在描述凉山彝族地区和平解放、诠释显在的意识形态话语或阶级话语的同时，也包含了隐形的民族话语，展示了凉山彝族特写时期的生存状态、社会结构与文化精神。其中对凉山彝族生存状态的关注具有深厚的民族学意义，从而使作品带上了浓厚的"民族志"色彩。比如，由于社会发展相对缓慢，凉山彝族地区仍然存在刀耕火种的生产方式。所谓刀耕火种，就是"在农业生产中采用砍倒树木、经过焚

---

① 参见杨绍全《民族问题与阶级问题的辩证关系》，《西南民族学院学报》1982年第2期，第71页。
② 同上书，第73页。

烧空出地面以播种农作物的耕作方式,并有轮作技术和休耕制"。①实际上,刀耕火种的生产方式在我国南方少数民族中广泛存在。李乔作品描写的凉山彝族就是如此。在凉山彝族的生活方式中,保留着围着火塘生活与吃饭的习惯。在黑彝沙马木札家中,主人还有娃子阿火黑日,都围着火塘坐着,只是因为身份的不同落座的方位与距离有所不同(如娃子坐在较远的下方)。由于经济水平落后,凉山彝族的奴隶普遍处于贫苦的生活状态,他们往往食不果腹,衣不蔽体,仅以苞谷饭、土豆为主食。在社会关系方面,奴隶制度主导着凉山彝族地区,奴隶(娃子)对奴隶主(黑彝)存在绝对的依附关系,不仅像财产一样属于奴隶主所有,而且毫无人身自由。而在奴隶主(黑彝)之间,由于利益等冲突,则往往产生无休止的"打冤家",即部落战争或宗族械斗。在《醒了的土地》中,黑彝沙马木札与磨石拉萨之间由于积怨已久,"打冤家"成为他们生活的常态。由于磨石拉萨的父亲曾在一次与沙马木札家的"打冤家"中被打死,磨石拉萨于是一次又一次地向沙马木札家借机报仇。沙马木札家抵抗不了磨石拉萨的攻击,只好联合舅舅木锡骨答共同对敌。在一次敌强我弱的"打冤家"中,沙马木札的母亲为了保护家族中仅剩的儿子沙马木札,主动摆动百褶裙要求停战,但仍被磨石拉萨家的人砍死。两家之间的仇怨越积越深,双方都深受其害,但却不能自拔。如果不是中国人民解放军丁政委从中调解,他们之间的"打冤家"将永无终日。对彝族来说,"打冤家"是一种全民性的民族悲剧。正如作品中丁政委所意识到的那样:"一个部落同一个部落发生战争,虽然部落里组成的人员不同(有黑彝、百姓、娃子),但大家的命运却是一样。被打败的人民,不是被杀死,就是被抢去当娃子,那命运是悲惨的。"② 苗族作家伍略短篇小说《泉水之歌》通过追踪苗族芦笙曲和侗族琵琶曲的来历,讲述了苗族与侗族的苦难历史,这种苦难历史便是旧时代无序

---

① 何星亮:《中华文明·中国少数民族文明》,海峡出版社发行集团、福建教育出版社 2010 年版,第 220 页。

② 李乔:《欢笑的金沙江》,人民文学出版社 2008 年版,第 63 页。

的政治秩序引发的民族矛盾、民族隔阂与流血悲剧。当初,在贵州黎平县一个叫九洞的地方,住着一位苗族石匠与一位侗族石匠,二人情谊深厚。为了造福人类,引水灌田,两位石匠不畏艰难,在悬崖上凿壁引水,打通了引出阴河水的渠道,山下苗寨与侗寨的万顷良田得到灌溉,庄稼年年丰收,民众情不自禁地唱起引水谣。但没有多久,由于争水,"竟造成了民族间的仇杀","高崖这边的7个苗寨和高崖那边的9个侗寨都卷入这仇杀的漩涡"①。苗族石匠与侗族石匠也卷入到"这无谓的争杀"之中。在民族械斗中,苗族烧毁了侗族的鼓楼,侗族砍倒了苗族的寨门,烧毁了苗寨。最令人痛惜的是,侗族石匠用箭误杀了苗族石匠。侗族石匠发现苗族石匠被自己射死后,伤心不已,带着苗族石匠1岁大的儿子远离侗寨与苗寨,四处漂泊。战争平息,他带着苗族石匠的儿子回到侗寨,并把苗族石匠生前吹奏的芦笙曲教给了孩子。但由于这曲子夹着"苗音",侗寨的人逼着侗族石匠把苗族孩子赶出侗寨……10年之后,当这位苗族孩子回到侗寨时,侗族石匠已孤苦地离开了人世,苗族孩子也在动荡不安的岁月中慢慢成为苗族老人。他们父子经历的苗族与侗族的民族隔阂,竟然持续了100多年,直到中华人民共和国成立才宣告结束。正因为如此,作品最终揭示了这样的政治主题:"只有在中国共产党的领导下,人们要想过美好和平的生活才能得到实现。各族人民才能团结得像一家人一样,共同来创建幸福的生活。"②

### (二) 南方少数民族创造了各自的独特民族文化

这一时期南方民族文学民族话语建构的第二个重要内容,是南方少数民族创造了各自的独特民族文化。对历史悠久的南方各少数民族来说,他们在本民族的生活中,在与自然、社会打交道的过程中,都不约而同地创造了本民族独特而灿烂的民族文化,而他们的

---

① 伍略:《山林恋》,贵州人民出版社1984年版,第15页。
② 同上书,第18页。

本民族文化在历史长河中慢慢转化成了民族集体无意识。民族文化在这一时期南方民族文学中之所以被书写，在很大程度上正是因为它作为一种古老的民族文化精神，已经扎根于南方少数民族每一个成员的深层心理结构之中，因此势必在这一时期南方民族文学中打下深深的烙印。

在描写凉山彝族和平解放，展示国、共斗争，揭露奴隶与奴隶主尖锐矛盾的同时，李乔《欢笑的金沙江》三部曲较为全面地阐释了彝族独特的民族文化，即从彝族的日常生活、生活习俗与民族神话、传说、故事中展示彝族独特的宗教观念、价值取向与文化观念。比如，"彝族人民相信自己的命运被鬼神主宰着，他们生了疾病，要请毕摩来念经；遭了灾难，要请毕摩来念经；打冤家，也要请毕摩来打卦念经。总之，他们的生活是离不开毕摩。毕摩因此也可得到一份收入，成了部落里的一个宗教职业者了"。[①] 彝族的文化观念在很大程度上通过他们的巫师毕摩身上得到体现。而从毕摩的所作所为及彝族民众对待毕摩的认识与态度上，可以看出彝族浓厚的自然宗教观念，如鬼神观念、巫术观念，以及彝族对于天地、人类起源的认识、对于民族历史的理解等等。在毕摩学习与掌握的彝文经典中，就"记载着开天辟地的故事，人类的来历，彝族的历史"。比如，其中就有彝、汉、藏族同属一个祖先的神话传说。彝族人的日常生活，如治病、出行与打仗，都离不开毕摩的帮助。而毕摩帮助的方式便是念经、"卜卦"或"作法"等等，以这些方式帮助人们消灾、求吉、治病与预测未来。沙马木札的管家阿土拉节想过江去探测中国人民解放军情况，请毕摩打了卦，由于卦象吉利高兴而去。磨石拉萨的管家比脚拾嘎欲过江探情况，同样请毕摩打卦，卦象显示不吉。国民党残余势力焦屠户要与磨石拉萨等喝鸡血酒结为同盟，磨石拉萨坚持要请毕摩杀鸡打卦后才能进行。在《早来的春天》中，还有一段关于毕摩为黑彝磨石兹达治病的描写。磨石兹达意欲破坏民主改革，故意杀了牛，

---

① 李乔：《欢笑的金沙江》，人民文学出版社2008年版，第35页。

而全家人吃肉过多出现拉肚子，只好请毕摩来治病。毕摩将犁铧在火塘烧红，放进水盆，取出，用舌舔三下，将其戳向磨石的肚皮，临近而止；又烧红，用脚踩进有草药的盆里，再踩犁铧之上，再踩上磨石的肚皮，磨石感到肚皮一阵灼热，治疗过程于是宣告结束。这些，无疑都显示了彝族人的巫术观念——与其说是治病，不如说是一种精神的安慰。还有许多生活习俗，也反映出彝族人的独特文化观念。比如喝鸡血酒的习俗，反映他们重信义的道德观念。娶新娘时向迎亲队伍泼水，反映他们乐观的生活态度。妇女摆动百褶裙制止"打冤家"，反映他们对和平的渴望，尤其是"尊重女权"。[①] 部落和解时部落首领"钻牛皮"，反映了他们对和平的珍惜。

对藤树嵩《侗家人》来说，阶级叙事在很大程度上只是一个背景，对侗族民族精神的表现才是根本落脚点。侗族民族精神在作品主人公龙三娘身上得到了充分的体现。龙三娘泼辣豪放、为人侠义、光明磊落，她的身上显示出侗族女性独特的性格特质。虽然旧社会县长胡忘义与她有杀夫之仇，她逼上梁山"落草为寇"后亲自杀死了出行中的胡忘义，但对于胡忘义的那个嗷嗷待哺的女儿，龙三娘却解怀喂奶，抱回家中，当成亲生子女哺养成人，这种举动正是侗族人的侠义情怀。在1949年后一次侗族保护庄稼、围猎老虎的行动中，她为了保护女儿的恋人宽黑眉猎人，勇敢地与老虎搏斗，结果失去了一只胳膊。这种为他人舍生忘死的精神也是一种侠义。当土产公司工作人员存放集体财产在寨子时，她作为德高望重的上辈严格要求寨民不拿集体财产一分一毫，这无疑又是一种光明磊落的精神。孙健忠的《五台山传奇》在描写土家人旧时代生存苦难与表现土家人新时代翻身得解放的同时，表现了土家人的民族精神。正如作者所说："在这篇小说中，我试图依照生活的本来面目，抒写土家人悲欢离合的命运，丰富而复杂的感情、崇高的人性美和人情美。"（《五台山传奇·后记》）作者这里指的土家人崇高的人

---

[①] 李乔：《欢笑的金沙江》，人民文学出版社2008年版，第61页。

性美和人情美正是土家人的民族精神,并在作品主人公田天陆身上得到充分体现。田天陆与妻子当初经过匪患的劫难,一别近20年,其间夫妻双方的相思、痛苦是可想而知的。但当失散近20年的向小妹再次回到田天陆身边并坚持与丈夫重新团圆时,田天陆却劝说妻子回到后夫的身边,因为他认为她与后夫生下的孩子年纪小,更需要作为母亲的向小妹的照顾。在这里,田天陆表现了他的宽宏大度与牺牲精神,这也是土家人侠义民族精神的体现。

纳西族诗人牛相奎、木丽春的《玉龙第三国》(《边疆文艺》1956年第6期)是在纳西族民间爱情故事的基础上改编的一首叙事长诗。诗人牛相奎曾说:"《玉龙第三国》赞美和歌颂了生存、自由、反抗和希望,刻画了为美好的理想而勇敢斗争的一对纳西族青年男女的形象。"[①] 长诗描写玉龙湖畔牧羊人阿塔哥与纺织女阿海妹一起在村里长大,一起上山放牧,男的长相英俊、性格坚强,女的容貌美丽、心地善良、心灵手巧,两人都擅长吹奏乐器,因此相互倾慕,在山上私订了终身。然而,貌美如花的阿海妹却被有权有势、财大气粗的领主嘎吐看上。嘎吐派管家戈鲁干带着丰厚的彩礼到阿海妹家提亲,要娶阿海妹做小老婆。阿海妹的父母不敢得罪领主嘎吐,又有些嫌贫爱富的心理,他们不顾阿海妹对阿塔哥的忠贞爱情,逼着阿海妹嫁给领主嘎吐,并执意拆散阿海妹与阿塔哥的恋情。于是,他们囚禁了女儿阿海妹,前来寻找阿海妹的阿塔哥无法找到阿海妹,内心里十分痛苦。一只金翅鸟向阿塔哥传达了关于阿海妹的真实情况,指引他带着阿海妹逃往自由的玉龙第三国,被囚禁的阿海妹也苦苦等待阿塔哥来救她出火海。神勇的阿塔哥游过玉龙湖,取得宝剑,救出了阿海妹,然后一起逃走。在逃亡的路上,管家戈鲁干骑着快马、带着人马追了上来,阿塔哥举剑砍断了木桥,管家戈鲁干掉进河水之中。他们经过一株老树和一块石头的

---

① 吴重阳、陶立璠:《中国少数民族现代作家传略》,青海人民出版社1980年版,第24页。

指引，终于逃到玉龙第三国，那里有虎、有鹿，却没有人间的纷扰，爱情的幸福在等待他们。在阿海妹的爱情观里，包含着下层劳动者的优秀思想品质。在收下嘎吐家的彩礼之后，母亲这样劝说阿海妹："嘎家呀金锁来锁金粟库，玉锁来锁玉米仓，嘎家的池塘全是酒，嘎家的泥土也香甜。"又说："嘎家还有南庄地，嘎家还有北庄田，他家不吃世上米，凤卵龙肉尽尝鲜。"然而阿海妹却毫不动心，相反却表示"儿死了也不愿嫁"，坚称"儿只爱吃亲手种的粗米粒，儿只爱穿亲手织的白麻衣"，"嘎家虽有南庄地，不去耕耘土不肥，嘎吐玉米堆成山，玉米不是他耕的"，"嘎家虽有北庄田，不去播种不发绿，嘎吐他的粟成山，粟米不是他种的"。阿海妹对地主阶级不劳而获、靠剥削为生的品行表示不屑一顾，反对把金钱与财富同爱情、婚姻混在一起。她最终的态度是"儿不爱富贵，只爱意中人，要想让我嫁嘎吐，除非金竹长心了"。当然，在阿海妹的爱情观里，渗透着主流意识形态的阶级观念。或者说，作品在表面上表达了歌颂美好爱情的主题，实际上却表达了阶级对立的观念，站在当代意识形态的高度用阶级的观念改编了民间传说中的爱情故事。

苗延秀《大苗山交响曲》特别表现了苗族人民崇尚自由、不畏强暴，面对民族压迫勇敢反抗、宁死不屈的民族精神与强大的民族凝聚力。当官兵围住苗寨，与寨头郭鲁谈判，准备说服苗民向官府投降的时候，兄当站了出来，号召苗民坚决反抗官府的民族压迫。他说："什么人的心最毒？官家的心最毒，他们偷偷摸摸把我们寨上占住了，还想一兵不损，一箭不发，要我们大苗山子子孙孙做官家的牛马，这样子我们绝对不行。我们宁愿死，不愿受万世的痛苦。我们左乌寨一个寨没有了，还有三百五十九寨；我们左乌寨的父母子女没有了，还有千千万万的三百五十九寨的父母和子孙。我们决不为小失大，决不因为忍受不了一时的痛苦而受万世的灾殃。我们要跟官兵打到底，不打走官家就誓不收兵。他们若是杀了我们一个人，我们就杀他十个百个；他们若是烧我们一个寨子，我们就打到古州烧他十个百个城。我们只要朵拟（团结）一致，千万人一条心，我们就比铁还硬，比钢还强……"① 兄当说完，召集苗族兵马与官兵搏斗，并继续对大家说："我们是爱好自由的人，但别人不让我们过自由的生活，偏要来侵害我们，我们就誓死为自由而战！"② 在这里，苗族人民团结一致，不向旧时代反动官府屈服，反抗民族压迫，敢于用生命与鲜血捍卫自由的精神得到了充分的体现。

韦其麟的叙事诗《百鸟衣》通过对壮族青年妇女依娌的行为描写表现了壮族人民尤其是壮族妇女的勤劳、勇敢与聪明、智慧，同时表现了壮族独特的农耕文化内涵。诗中这样写道："犁田是男人干的，依娌也一样干了。耙田是男人干的，依娌也一样干了。"这里，壮族妇女与男性一样能够从事繁重而复杂的种田劳动。诗中还写道："木匠拉的墨线，算得最直了。依娌插的秧，象墨线一样直。"这里，壮族妇女的心灵手巧或聪慧跃然纸上。总之，依娌十分聪明、"能干"，她与丈夫古卡一起种田、插秧、种瓜、采茶，行行精通，技艺超群，人人夸赞。她还能绣花、唱歌，而且让人叹服。在依娌的身上，体现出壮族人民特别是壮族妇女热爱劳动、乐观向上的民族精神，表现了壮族人善于与田地打交道、富于生存智慧的民族特点。

## （三）南方少数民族有着各自独特的民族风俗

这一时期南方民族文学民族话语建构的第三个重要内容，是南方少数民族有着各自独特的民族风俗。在南方民族作家的笔下，南方少数民族风俗既丰富多彩，又个性独具，生动地凸显出南方少数民族独特的生产方式、生活方式、民族心理与民族精神。

在苗延秀《元宵夜曲》的阶级叙事中，大量穿插有侗族男女青年恋爱习俗与恋爱场景的描写，并在这种恋爱习俗与恋爱场景描写中凸显出侗族劳动人民的恋爱观念与独特的文化精神。关于侗族青年男女

---

① 苗延秀：《大苗山交响曲》，新文艺出版社1954年版，第94—96页。
② 同上书，第98页。

的恋爱习俗，主要是自由恋爱、"谈情坐夜"（"夜话"）与对歌传情，而具体又包括试探、示爱、互送定情物、盟誓等环节。对诗中的侗族青年男女罗铁塔、吴珍珍来说，他们之间的相爱就是自由恋爱的结果，因为侗族本来就有着"连亲不用媒来问，男从女愿自结交"①的习俗。在他们自由恋爱过程中，则依次经历了试探、示爱、互送定情物、盟誓等环节。珍珍与铁塔原本不认识，铁塔因为救了珍珍的父亲吴长友，并好心地将重伤的吴长友送回家中，吴长友一家坚持留铁塔在家中吃饭、过夜，从而为珍珍认识铁塔提供了机会。铁塔本是英雄汉，长相英武，又是父亲的救命恩人，珍珍自然心生爱慕之情。珍珍美丽、善良，铁塔对她同样爱慕不已。然而，他们的相爱却是经过他们共同的努力、经过一系列环节才得到实现。珍珍首先利用给铁塔洗衣服的机会试探对方是否已经恋爱或结婚，正如她这样唱道："你啊衣服烂了肚边挂，我实在有些放心不下，难道是哥嫂没空给你补？还是你去吃茶油苞被刮破？"她于话中问的是铁塔是否已经娶了妻子，问得当然巧妙。铁塔则这样回答珍珍："我家嫂嫂有一个，但她良缘结配我表哥。我们寨上的姑娘也很多，但我没有同她们玩过。"他的话交代出他还是没有谈恋爱的单身汉。接着他这样反问珍珍："你帮我把衣服来缝呀，假若是给情哥哥知道了，弄得你挨打受骂痛得苦，这个罪我实在担当不住。"在这里，铁塔同样巧妙地询问珍珍是否已交了男友。互相问清对方均未婚配的情况后，二人开始表达爱意。铁塔对珍珍说的话是："我走遍天下也难找到像你这样的芙蓉花一枝。"珍珍对铁塔说的话是："花儿长在山冈上，蜂不来采怎奈何？芙蓉花她在树梢，你不来攀我勾腰。"这分明是等待铁塔来追求她。而且，她还流露出对铁塔的真爱："罗铁塔恩义重如山，心良盖过世间人。我若得他成双对，无粮吃草我也愿。"在诗歌接下来的"夜话"一节中，两人还继续试探与示爱。如珍珍把铁塔引到了猪圈，又借喂猪的事情这样问铁塔："好哥哥啊好哥哥，你家养着猪几个？捞浮萍，煮

---

① 苗延秀：《元宵夜曲》，上海文艺出版社1960年版，第123页。

猪槽,拿灯提桶的是哪个?"铁塔这样回答珍珍:"捞浮萍,煮猪槽,拿灯提桶的是我表嫂与表哥。"然后,二人进一步表达对对方的追求。铁塔这样说:"妹是桂花半天高,哥是蜜蜂想来摇;蜜蜂来摇桂花树,不嫌哥苦就结交。"珍珍的回应是:"哥是日头走过天,妹是月亮想来跟;月亮跟着日头走,不嫌妹丑就结交。"铁塔再说:"哥家贫穷无亩田,哥打帮工年过年;有时打铁带打猎,雨淋日晒带火热。"珍珍回应说:"你打帮工我种棉,你去打猎我做鞋;雨淋日晒不怕苦,有心爱你不怕穷。"铁塔担心珍珍嫌贫爱富,选择嫁给包财主家,因此再次这样试探珍珍:"妹若嫁到包家去,哥想成又无处寻;那包家钱米足,官高势大高楼居,万两黄金买不转,千担银子买不回。"珍珍则义正词严地回答说:"芥菜花开当黄金,萝卜花开当白银。几多金银妹不爱,单爱哥哥情义人。"①当进一步了解罗铁塔身世之后,珍珍更加表达了与铁塔相爱的决心。珍珍对铁塔说:"你下海来我下河,你是蛟龙我是虾,龙虾永过同一海,我和你永远共一家。"铁塔回答说:"是蛟是龙同过海,任它风雨不回头;我和你结交两相愿,同生共死到白头。"再后,两人互赠了定情物。珍珍送给铁塔的是她手上戴的手镯,铁塔送给珍珍的是身上穿的白衬衣。他们这样的谈情说爱持续了大半夜,珍珍特意叮嘱铁塔暂时不要让她母亲知道他们定情的事,因为担心她母亲质问他们"为何谈情坐夜过鸡叫",担心节外生枝。珍珍最后主动投入了铁塔的怀抱——"巧珍珍,回转身,一把抱住罗铁塔",二人因此有了亲密的举动。通过上述描述不难看出,侗族不仅有着独特的恋爱习俗,而且男女之间可以自由恋爱。侗族青年男女对爱情的追求是大胆而奔放的,是炽热而坚贞的。而在他们的恋爱观念里,爱情本身是第一位的,金钱、财富与权势并不起作用,这反映出他们独特的文化观念。

苗延秀的《大苗山交响曲》,一方面展示了"红鼻子"商人故意一再给兄当介绍未婚妻,将兄当诱骗出左乌寨以便让官府活捉兄当的

---

① 苗延秀:《元宵夜曲》,上海文艺出版社1960年版,第64—75页。

奸计，另一方面则大量写到兄当恋爱的经过，写到他主动追求苗族女子、与许多苗族美女相见的场景。每次与追求的女性见面前，兄当都要洗手洗脚与穿上新衣裳，并带上笛子。见到对方时，他吹起笛子，通过动听的笛音吸引女方的注意，请女方出来与他"谈情"说爱。他见的第一个对象是井差寨的梅妹，梅妹貌美发秀，待人礼貌周到，可惜断了一根脚趾，兄当只好放弃对她的追求。他见面的第二个对象是周仙寨的梅葛，梅葛与梅妹长得一样好，同样热情周到，只是少了一根手指，兄当也只好停止对她的追求。他见面的第三个对象是本辉寨的别秋，别秋性格非常开放，她对爱情的追求一点也不忸怩。比如，她这样唱起山歌来回答兄当的求爱："喜鹊喜欢青草地，鱼儿喜欢崖石脚，我呀喜欢杨树林；你这吹笛的年轻人，你若是真的来同我谈情，那就请你来到我这山坡上——来到这山坡上同我摆摆知心话。"但别秋额头上有个小窝，左眼上有个小伤疤，兄当因此放弃与她继续谈情。兄当见到的第四个对象是红花寨的别烈。别烈身材苗条，面容姣好。为了追求别烈，兄当在秋收时远赴古雅寨请来制作师傅古井师傅帮助他制作大芦笙。当这些芦笙吹起来，"震撼山野，穿越山空"，苗寨顿时充满生机和活力。用兄当的话说，苗寨若没有"芦笙"，便会陷入"寂寞"。在兄当所在的苗寨里，苗族人不仅吹芦笙，而且跳舞，举办"拉鼓"节，以此展示他们对生活幸福的追求。如同诗中所唱："园子好呀出好菜，山水秀呀出美人，日子好呀我们才来跳舞，才来尽情歌唱。"① 在"拉鼓"节中，苗族女子别烈主动、大胆地与兄当攀谈，而且这种攀谈持续了整整一天。她还邀请兄当与她一起再游玩，兄当则高兴地应承，他们的情感也慢慢靠近，兄当开始把别烈称为"本西"（苗族：爱人），别烈也承认她与兄当已成为一对"情人"。别烈甚至带兄当在她的亲戚家谈情说爱一整夜。当二人开始分别之时，他们才想起需要互相知道对方的姓名、住地与婚姻情况。因为他们互相对对方产生爱意，然后他们彼此告诉了对方自己的姓名与

---

① 苗延秀：《大苗山交响曲》，新文艺出版社1954年版，第41页。

住地。这时，别烈向兄当提出借用兄当的宝剑剪下一段绸子与他交换，作为"订婚的礼物"①，兄当则向她解释宝剑主要是用来与古州官兵打仗用的，并进一步试探别烈："但不知道你已经出嫁了，还是住在你哥嫂的家里头？"别烈回答说：自己还没有出嫁。兄当又问："像你这样好的人，为什么还没有出嫁？"如果没有出嫁，为什么没有人娶（"要"）她？别烈回答说："讲我大哥是寨里的头人，怕我跟我哥哥一样能说会武，人家才不敢要。"回答完后，别烈又问兄当："不知道你已经有了爱人，或者已经结婚。"兄当回答别烈：他没有结婚也没有爱人。于是二人开始订婚。兄当把自己的宝剑递给了别烈；作为交换，别烈剪下了自己亲自织的五节红绸子给兄当，从而完成了订婚。订婚之后，二人发起盟誓。兄当说："这合我的意了，我亲爱的，我们俩订婚要保证的，我脱下这金柄子的宝剑给你，你不要忘记我的话——我俩架桥我俩过，莫给别人踩断桥，爹娘不愿我俩愿，手拉手儿一世交。"别烈同样发誓："上树悠悠上到顶，下树悠悠下到枓，我俩订的订到老，莫学阳鸟半年丢。"当别离的时候到来时，别烈告诫兄当：回到本寨，若没有与本寨的姑娘谈情，就再来与她谈情，同时希望他不要忘记她说的话。她还特别嘱咐兄当说："假设是你回家，将我们的话忘掉了，你自己在本地结婚，留我在这远方孤独的居住，以后我晓得的话，我就带你这把宝剑，率四五万人来到你的家——来打你的房子，你所有的家当就要精光，这样子没有什么好的下场。"兄当向别烈保证，他绝对不会爱上本寨姑娘。他安慰别烈，当别烈回到家中挨父母骂的时候，不要伤心，不要痛苦，要把心思投到种田等工作中，要想到有兄当对她的爱。

从上述描述中不难看出，苗族青年男女的相爱也是自由奔放的。无论男女，他们自由选择，自主定情，一旦定情，就终身相守，对爱情坚定不移。从兄当与别烈谈情说爱中，也不难看出苗族人的性格，如兄当的耿直、憨厚、忠诚，别烈的真诚与刚烈。

---

① 苗延秀：《大苗山交响曲》，新文艺出版社1954年版，第69页。

## 四 建设话语的兴起

这一时期南方民族文学话语建构的一个新内容是建设话语。对这一时期的南方民族作家来说,描绘全面兴起的生产建设、工农业等各行业发展或人类改造自然的活动,表达南方少数民族对新时代、新生活的热情与希望,表现民族风俗在新时代发生的变迁,进而开展社会主义现代化建设话语的建构,成了一种新的潮流。这一时期,涌现出了大批这方面的南方少数民族诗人与作家,他们的作品表现了对生活的同构或及时跟踪,呈现出了南方少数民族地区与祖国各地现代化建设的热闹场面。他们中的代表,有壮族作家华山、陆地,藏族诗人饶阶巴桑,傣族诗人康朗英、波玉温、康朗甩、岩峰,白族作家杨苏、那家伦、白族诗人晓雪,侗族作家袁仁琮、刘荣敏、苗延秀,彝族作家李乔、李纳、苏晓星、普飞、熊正国,苗族作家伍略、土家族诗人汪承栋,等等。

**(一) 启动现代化建设成为南方少数民族地区的时代主旋律**

这一时期南方民族文学建设话语的第一个方面,是激发起现代化建设热潮,并使之成为南方少数民族地区的时代主旋律。在南方少数民族诗人、作家的笔下,南方少数民族在党和政府的领导下,迈开了家乡现代化建设的步伐,全面开启了农业、工业、交通、教育等方面的建设新篇章。由此,利用自然与改造自然成了他们主导性的生活方式与工作任务。

启动大规模水利建设是南方少数民族地区现代化建设的重要篇章,其目的在于充分利用南方少数民族地区多山、多川、多雨的地形与气候资源优势,兴建水库与水电站,蓄水发电,引水灌溉,改善农业生产条件,增加工业能源,提高群众生活质量,并促进各行业发展。这样的建设在以往旧中国战乱频仍、科技不发达、缺乏强有力政府领导的背景下是不可想象的,但在中华人民共和国成立后却应运而生，并获得了充分发展的条件，乃至呈现出欣欣向荣的场面。南方民族作家、诗人满怀喜悦的心情，在作品中尽情展示了这样的场面，并凸显了现代化建设的时代主旋律。岩峰长诗《波勇爷爷游天湖——勐邦水库落成大典散记》（《边疆文艺》1960年第9期）所描写的，正是勐邦水库建成后给傣族地区带来的新变化，以及傣家人的喜悦与幸福情感。这一主题通过傣族老人波勇爷爷的视角得到完成。波勇爷爷把新建成的勐邦水库当成天湖，一边游览湖畔美景，一边寻找区委书记老李以表达傣家人对人民政府的感激之情。波勇用诗句表达了对党和国家领导人以及人民政府的感激之情，同时明确了水库建设对于改变傣族地区生产、生活面貌的重大意义。他这样唱道："感谢伟大的共产党，给了我们一双智慧的眼睛，使傣家人看清了大坝的秘密，学会移山造海的本领"，"感谢英明的毛主席，领导各民族向前进！使傣族人找到了最理想的天湖，干枯的坝子获得了绿色的生命！"老李的回答进一步展示出傣族地区发展的美好远景："修好水库只是建设的开头"，"我们还要在天湖边盖一座电站"。康朗甩的抒情长诗《傣家人之歌》中的第五支歌叫作"曼飞龙水库之歌"（全诗共由七支歌组成），水利建设是作品的一个重要乐章。诗中这样描写兴修水库的情景："一千个人劈山，一千个人开路，红旗在森林里飘舞，县委书记挖下了第一锄，银锄挖落了星星，银锄挖散了晨雾，爆破手一声号令，割开山岩的大肚腹，坝基需要的石块，像波浪一样涌出，水库指挥部命令两边的高山，一百天内伸手抱住这个大葫芦。"① 总之，作品在歌颂傣族人获得翻身喜悦的同时，描写了傣族人在和平年代建设家乡的热闹场面。或者说，诗中的描述虽然带有特定时代的气息与局限，但傣族人民兴修水库、实行工业化、改变家乡面貌的热情与干劲却跃然纸上，因此仍然具有积极的意义。伍略的不少作品描写了这一时期的工业建设，正如他所说："我的小说创作大部分是反映本民族

---

① 康朗甩：《傣家人之歌》，上海文艺出版社1960年版，第68页。

的生活，也写过工业题材和城市生活。"① 他的短篇小说《阿瑙支书》就展示了苗寨水利建设的情景。作品是写在一个叫养卡寨的苗族寨子里，苗族青年女支书阿瑙带领群众修建水渠、进行春季抗旱的故事，实际展现的是苗寨农业生产的一个侧面。阿瑙支书一方面组织苗族群众抗旱，尤其是把自己的首饰无私地变卖用来购买炸药等物资，另一方面带领苗族群众兴修水渠。

工业建设是这一时期南方少数民族地区现代化建设的另一重要篇章，并标志着南方少数民族地区与以往几千年的传统农耕社会告别，迈向现代工业社会的第一步。兴建城镇，开发矿山，在城镇修建工厂、发展钢铁等工业，兴修公路、铁路，引进汽车、火车运输，改变现代社会以来南方少数民族地区工业建设基本处于空白的状态，是这一时期南方少数民族地区的又一重要新气象或新生事物。这种新气象或新生事物引起了南方民族作家、诗人的强烈兴趣，他们在作品中展示了这种时代巨变。康朗甩的抒情长诗《傣家人之歌》描绘了傣族地区工业化的图景："大大小小的工厂，象带儿的母鸡一样，数不清的烟囱比椰子林还好看，我们梦想不到的拖拉机呀，将在我们森林的大工厂里诞生，流沙河水电站的瀑布，像万匹骏马在奔腾，日夜奔腾的波澜，变成了万盏天灯，风暴吹不熄，大雨淋不灭。""自从来了大跃进，党把工业的种子，撒在这片荒地上，一幢一幢的厂房呀，象池塘里的荷花，烟囱代替了森林，机器声吓走了虎豹，来往的汽车呀，像马鹿一样拚命飞跑。"② 作品的描写虽然有着特定时代背景，但无疑客观地展现了工业化建设在傣族地区全面起步的图景，如工厂林立、机器轰鸣、电灯进傣寨、汽车运输繁忙等等。熊正国短篇小说《高炉边的彝家》(《山花》1958 年第 11 期) 集中地描写了 20 世纪 50 年代末期彝族地区工业化或炼钢工业建设的情景。一方面，由于客观原因造成作品深受特

---

① 伍略：《山林恋·序》，贵州人民出版社 1984 年版，第 2 页。
② 康朗甩：《傣家人之歌》，上海文艺出版社 1960 年版，第 52、57 页。

定时代局限的影响，带有浓厚的浮夸、冒进、主观主义的痕迹。比如，小说开头就写到了一首"彝家们在大跃进中编的山歌"——"郎呼妹应比先进，争取亩产万斤粮"。又如，作品中区铁厂虽然只是一个彝族区办的铁厂，但目标却是年产10万吨。厂长范吉升因此要求工人们"以最高的速度超英赶美"[①]。也因为这样，彝族农村青年东生才进厂3天就被认为学到了炼铁技术，被任命为主管高炉生产技术的炉长。而冶炼工程师敏建，"只学过3天技术"就当上了一号炉的主管工程师。再如，炼钢本来需要焦煤，焦煤却又被无烟煤代替。东生因为在两天内学会了炉师技术，在3天内懂得了用无烟煤代替焦煤炼钢，因而被评为"特等模范"，并与敏建一起成为冶炼工程师。另一方面，如果剔除这些杂质，排除时代背景对作品的不利影响，还是会发现作品中表现的彝族等南方少数民族地区现代化建设的主题。至于东生从原来的奴隶（娃子）到新时代工人身份的转变，尤其具有某种划时代的意义。苏晓星短篇小说《新工人的母亲》（1958）在一定意义上也是类似《高炉边的彝家》一样的作品，虽然有着特定时代背景，但着眼点仍然是南方少数民族地区工业化建设起步的图景。比如，在作品中描述的西海区最偏僻的三山草原，建成了新修的公路，在公路上，运载工业、农业建设物资的汽车来回奔忙。在草原西部，政府开办了大铁矿。在草原东头，便是彝族人居住的牧业村寨。"为了支援县里新办的大铁厂，就有十五个彝家和五个汉家子弟光荣地参加了铁厂的工作，当了工人。"[②]汉族小伙王小五、没有姓名的18岁彝族姑娘就是工人中的代表。王小五已经进厂炼出了生铁，并高兴地向母亲汇报。还在进厂途中的彝族姑娘，则把当炉师作为当代新工人的人生梦想，尤其是因为以前是"娃子"现在成了工人备感自豪。作为新工人王小五母亲的王大妈，把儿子进厂看作是"报答共产党的恩情"，也为儿

---

① 熊正国等：《在高炉边》，作家出版社1959年版，第16页。
② 苏晓星：《彝山春好》，上海文艺出版社1960年版，第1页。

子的工人身份感到光荣,成了"新型的农村母亲"。

**(二) 新生活的激荡带来了南方少数民族风俗的新变**

这一时期南方民族文学建设话语的第二个方面,是新生活的激荡与新文化观念的传播带来了南方少数民族风俗的新变。在南方少数民族诗人、作家的笔下,南方少数民族丰富多彩的民族风俗在新时代、新文化观念的冲击下发生了根本性变化,不是被时代赋予了新的内涵,就是被新的文化观念所整合与改变。

袁仁琮短篇小说《打姑爷》(《上海文学》1962年第9期)将新时代侗族群众的生活变迁浓缩在"打姑爷"这一习俗中,或者说显示出"打姑爷"这一侗族习俗被新时代的现代化建设赋予了新的内涵。根据作品的描述,所谓"打姑爷"是侗族的一种婚恋习俗,是新婚夫妻婚后回到女方家的一种文化活动。具体如下:夫妻新婚后新郎陪新娘回到新娘的娘家,新娘家前来祝贺的亲朋好友将新郎安排在新娘家堂屋落座,然后由新娘家族中能歌善唱者与新郎进行即兴对歌,要求歌词押韵,且对答如流,否则新郎就要被"灌酒",直到醉倒为止,而新娘则被安置在堂屋一侧的卧室,对新郎不能提供任何帮助。如果新郎表现优异,新娘及家人则感到脸上有光,否则会觉得丢了面子。在作品中,侗族与"打姑爷"相联系的另外一些婚恋习俗,便是"行歌坐月"等等。"行歌坐月"是指青年男女通过月夜对歌的方式相互谈情说爱,体现出了青年男女之间的自由恋爱之风。"打姑爷"是作品的中心情节,发生在新娘拉朗与新郎戛拉身上,而二人之间的婚恋故事与情感交往也通过"打姑爷"这一情节得到有效的串联与解释。作为妇女组长与技术革新组长,女方拉朗并没有按照传统的"行歌坐月"方式寻找心爱的男人,比如,她没有选择平时比戛拉"能说会唱"的阿里为终身伴侣,相反,对于"一向拙口笨舌",但却"心地耿直""做活肯卖力"的男方戛拉倾注了更多的感情——她这样做似乎有违常理,让许多人不解,以至引起争论。按照作品中的说法,拉朗与戛拉的恋爱,

"一不是媒人穿针引线,二不是在玩山坐月、谈情说爱中建立感情"。① 戛拉赢得拉朗芳心的法宝,恰恰是他的本分、勤劳、热心。当女方拉朗主持插秧机技术革新遇到难题的时候,心灵手巧的男方戛拉一次又一次地出手相助,帮助化解难题。而在"打姑爷"真正到来的时候,戛拉更是一反常态,出口成章,非常轻易地战胜了阿里的挑战,也让生怕丢了"面子"的拉朗露出满意的笑颜。小说表明,伴随新时代的来临,侗族"行歌坐月""打姑爷"等习俗也受到新的挑战,传统的婚恋观念与择偶标准开始被新的文化观念所取代。

  刘荣敏的短篇小说《忙大嫂盘龙灯》(《人民文学》1963 年第 2 期)在一定意义上也是与《打姑爷》同类性质的作品,作品展示的仍是婚恋主题,但习俗则是"盘龙灯"。"盘龙灯"是作品所写的侗族的一种习俗,即在新年等节庆的时候,侗族青年往往走村串寨舞龙灯,而在进寨的时候,往往遇到寨子里的歌手以唱歌形式"盘问",以此增加喜庆与热闹气氛。作品中的"盘龙灯"发生在忙大嫂与她小姑子达娜的未婚夫岩生之间,而这一习俗所包含的内容则因为新时代的原因具有了新的质素。原来,岩生是十八个侗寨中青木寨的英俊青年,由于从小失去爹娘,便染上了一些浪荡气息。当他请人拿着礼物到上花寨忙大嫂家中"提亲"、要与达娜订婚的时候,没想到受到了拒绝。实际上,这正是作为团总支书记的忙大嫂对他的考验与培养。对于岩生,忙大嫂随后"暗中让团组织帮助他,要他把心放到集体事业上来",而岩生也"果真下苦功夫,练起真本事",如练好了撑船的真本事。这时候,忙大嫂终于接受了岩生的提亲,并经常把岩生请到家中吃饭,帮他洗衣。而随着"盘龙灯"事件的来临,忙大嫂对岩生的又一次考验也不知不觉地产生了。当松木寨的舞龙队来到上花寨寨口的时候,遇到了忙大嫂的盘问与"有意"阻拦,而作为

---

① 晓雪、李乔主编:《中国新文艺大系:1949—1966·少数民族文学集》,中国文联出版公司 1991 年版,第 314 页。

龙首的岩生则备感心虚。原来，忙大嫂发现，"就在前几天一次年关红旗竞赛中，松木寨的青年创造性搞了一套革新工具，新的撬钩、新的扒杆、新的抓耙等等"①，然而他们却不想把新技术与新工具传给上花寨的青年，而主要隐瞒者正是岩生。利用"盘龙灯"的机会，同时依靠作为团干部的威信与作为嫂子的温情，忙大嫂不费吹灰之力就"逼迫"岩生克服了保守思想与本位主义观念，岩生则心悦诚服地交出了新技术与新工具，高高兴兴带领舞龙队进入上花寨。

杨苏的短篇小说《没有织完的筒裙》（《边疆文艺》1959年第10期），描写了景颇族婚恋习俗被新时代赋予新的内涵，表现了新一代景颇人所接受的新的文化观念。小说主题是围绕一个景颇族婚恋习俗展开的，这一婚恋习俗的主要内容是景颇族女子一生中最重要的事情就是要织出漂亮的筒裙，从而找到如意的男人。正如小说题记中引用的一条景颇谚语所说："男人不会耍刀，不能出远门；女人不能织筒裙，不能嫁人。"然而这样的习俗在新的时代受到强大的冲击，这种冲击在作品主人公、景颇姑娘娜梦与她的母亲麻比之间的矛盾中得到了充分的展现。在麻比年轻的时代，"姑娘们想的只是织几条漂亮的筒裙，找个如意的男人就行了"，她本人正是这样的过来人。正因为如此，当女儿娜梦到了谈婚论嫁的时候，她便把织筒裙作为女儿的头等大事，总是要求女儿天亮一起床就坐下来织筒裙，这样做的目的正是为了让女儿通过这样的方式找到称心的男人。然而，已接受新时代文化观念尤其是集体主义思想、追求政治进步与积极参与社会生活的女儿娜梦，却不愿意按照母亲的安排生活，母亲布置给她的织筒裙的任务一而再、再而三地被她拖延，乃至织了多次都没有"织完"。在娜梦的心中，无论是作为"青年小组"成员参加集体种玉麦（苞谷），还是入团与被公社派去学气象，都比织筒裙重要得多。比如，加入共青团，对她来说"比九千

---

① 晓雪、李乔主编：《中国新文艺大系：1949—1966·少数民族文学集》，中国文联出版公司1991年版，第347页。

条筒裙、九万条筒裙还宝贵",这同时意味着在新时代背景下她的政治生命的成长。何况,种玉麦不能误了季节,而筒裙什么时候编织都无妨碍。终于,在娜梦身上,景颇女子织好筒裙好嫁人的习俗失去了效用,集体主义思想等新的文化、热爱集体事业等新的习俗开始形成。这正如小说所描述说:"戴瓦人古老的生活,仿佛孵着小鸡的蛋壳一样,不断被新的生命冲破。"① 这段话正是作品的画龙点睛之笔,非常深刻地点化了小说的主题。这一风俗变迁的根本原因正是和平建设的大背景或现代化建设的时代主旋律。

普飞短篇小说《门板》(《边疆文艺》1958年第7期)描写了彝族生活习俗在新时代的变化。这一习俗最初的内涵,是彝族人每家的门板不能被踩踏,每家的门楣不能被跨越。正如小说中所说:"不许踏着门板"与"不许跨过门楣"是彝族自古以来形成的一种习俗或"规矩"。在彝族人的民族文化无意识中,"谁家的门板被踏了,谁家就凶多吉少"。然而,这样的习俗在新时代也发生了根本性变化,这一变化通过小说主人公、彝族老汉普连光的事迹得到了充分的展开。普连光儿子在县团委工作,女儿在城里读书,在村里建起了新房,连"光滑的裤子光滑的衣衫,柜子里还放着几套,隔三五天换洗一次"。为此,他感到"今天的日子像是吃甘蔗,一节更比一节甜",并对中国共产党深怀感恩之情。正因为如此,当集体需要拆除一些旧房子时,他不断主动申请拆掉自家的一间旧房子,而且还积极将拆下的木材送给集体夜间烧火照明,把房土送给集体作肥料。尤其值得称道的是,他还主动要求社里将他家拆下的门板用来搭桥,让社员推车从上面踩踏而过。当人们好心地提醒他门板不能被人踩踏时,他理直气壮地这样回答道:"自从共产党来了,家家日子好过啦,哪家有凶事?别迷信那规矩了,连巫师们也不敲神钟啦。"② 新时代的新生活,彝族人翻身得解放所形

---

① 晓雪、李乔主编:《中国新文艺大系:1949—1966·少数民族文学集》,中国文联出版公司1991年版,第211页。
② 玛拉沁夫、吉狄马加主编:《中国少数民族文学经典文库:1949—1999·短篇小说卷(上)》,云南人民出版社1999年版,第69页。

成的幸福感，破除了彝族人心中的迷信思想，极大地提高了他们的思想政治觉悟，也冲破了不能踩踏门板这一旧的习俗。

### （三）祖国面貌在现代化建设中日新月异

这一时期南方民族文学建设话语的第三个方面，是祖国面貌在现代化建设中日新月异。这一时期，不仅南方少数民族地区启动了工农业建设与现代化步伐，而且全国各地都启动了工农业建设与现代化步伐。在全国各地，伴随着解放战争的结束与和平建设时代的到来，以工业建设为主体的现代化建设全面铺开，水利建设、铁路建设、矿产探测、石油开采、煤矿开采等等多点开花，掀起了热火朝天的场面，也显示出中国面貌的日新月异。祖国建设面貌日新月异的变化，吸引了南方民族作家的及时关注，使他们用手中的笔构建起国家现代化建设的时代话语。这个方面，壮族作家华山是其中突出的代表。

华山是在抗日战争与解放战争中成长起来的壮族作家，他的报告文学作品紧密联结着时代的脉动。如果说，前一时期他的报告文学作品分别建构了阶级话语与抗日救亡话语的话，那么，这一时期他的报告文学作品则及时建构出时代建设话语，尤其是显示出在现代化建设中中国面貌的日新月异的变化。华山在《远航集·题记》中说："最后一辑写的和平建设，其实也是一场战争——向地球开战，向大自然进攻的一场规模宏大的前哨战。"① 可以说，"和平建设"正是华山这一时期报告文学作品的总主题。这一主题在他的《童话的时代》（1955）、《尖兵》（1956）、《山中海路》（1956）、《远航》（1956）、《大戈壁之夜》（1956）和《神河断流》（1958）等系列报告文学作品中得到了精彩的呈现。这些作品主要是针对中华人民共和国成立后我国西北部建设与开发的新闻报道，所报道的建设与开发领域涉及水库、电站、地质测绘、航空绘图、探矿、铁路修建、石油开发等，可

---

① 华山：《题记》，《远航集》，中国青年出版社1960年版，第8页。

谓以文学形式广泛地扫描了我国西部建设的热闹场面。

《童话的时代》客观上描写了中华人民共和国成立后三门峡水库（如水库坝高90米）的修建，而主观上更是抒发着作家的政治豪情。尽管21世纪之后国人着眼于生态保护已对三门峡水库的修建提出了诸多质疑，但在当时的华山看来，三门峡水库的修建不但是中华民族征服黄河的第一步，是建设世界少有的一座水利枢纽工程，而且意味着一个改造自然、征服自然，通过水库防洪、发电、航行尤其是利用黄河水灌溉中原大地（占全国40%的耕地面积）、实现农业大丰收、圆中华民族千年幸福之梦的童话时代。《神河断流》可谓《童话的时代》的姊妹篇，描写1958年11月17日至25日三门峡电站截流的雄伟场面，也正是通过这一场面的描写与渲染，作家再次抒发政治豪情。这种政治豪情表现为以大无畏的勇气与无限的热情，克服技术难关，征服被民间称为"害河"与"孽龙"的黄河，勇于挑战水电建设的世界性难题，创造奇迹，最终"锁住黄河""喝令黄河让路"与"把万里黄河捏在手里"。而事实是，在当时技术、物质条件极其受限的条件下，三门峡电站截流只用了短短8天时间，只抛投了近4万方块石和168块混凝土四面体，创造了世界纪录。《山中海路》写西北地震局的技术人员到祁连山寻找矿床，构建了中华人民共和国成立初期西北地区工业建设的话语体系。一是西北地区的发展离不开工业，工业离不开矿石。正如作品中所写："有了铁，工业就有脊梁骨，一个新的工业基地就可以围绕着它建设起来。"所以，在祁连山能否找到铁、铜等矿藏资源，直接关系到西北地区的工业建设。二是在祁连山找矿需要克服难以想象的不利条件。一个不利条件是，地域广阔、人烟稀少、山高路险、气候恶劣。比如，当探矿队工作的时候，"一旦走进山里，连开垦的痕迹也看不到了。你爬到山顶，周围便是雪山的大海；你降到深谷，眼前又是绿色的草原盆地。在深山找矿的人，常常走十几天也看不到一群羊，一个牧民"。而受气候条件限制，探矿往往只能在夏秋季节进行，时间受到很大局限。就有这样一个个案："那是1955年的8月下旬，4个分队在山里跑了4个多月，一个矿床也没找到。可是过了9月，祁连山里就是大雪封山的秋天，高山路断，不能呆人。"另外一个突出的不利条件就是，外国专家得出的"祁连山没有铁，没有有价值的金属矿床"的结论。这一结论成了中国科学工作者心中一条无形的拦路虎。如果迷信外国专家的结论，找矿与工业化建设根本无从谈起。三是西北各少数民族干部群众热情支持祁连山探矿，对本地区工业化建设充满期待与渴望。当工程师彦继学带队走进祁连山探矿时，藏族、裕固族、蒙古族人民无不倾力相助。他们不仅热心地充当向导，而且像对待亲人一样将探矿队队员接进自己的帐篷食宿。裕固族县长布什安、藏族老牧民扎喜就是其中的代表——布什安亲自带领探矿队找矿，扎喜克服老伴生病等困难，帮助探矿队一起找到了铁矿。四是凭着艰苦奋斗的作风、建设祖国的忠诚和科学求实的精神，中国科学家创造了奇迹。工程师彦继学就是其中的典型代表。为了探矿，为了把所学的知识贡献给国家，作为1949年以前大学毕业的彦继学从内地大都市来到西北山区，推迟了与恋人的婚期，在经过无数次无效的劳动之后，他带领工作队来到人迹罕至的冰川地区，不仅发现了众多的铁矿矿藏，而且发现了大型优质铁矿。此外，华山的《尖兵》描写女子测绘队为三门峡水库测绘、《远航》描写中苏技术人员在西部地区进行首次航空绘图、《大戈壁之夜》描写地质工作人员在西部戈壁地带寻矿探矿，等等，都展示了建设者们朝气蓬勃的精神状态与中国迈出的告别"一穷二白"落后面貌的可喜步伐。

## 五 现代话语的萌发——以回族作家白先勇为例

20世纪50—70年代南方民族文学的话语建构还包括现代话语或现代主义话语的建构。从祖国大陆漂泊到祖国宝岛台湾乃至美国的回族作家白先勇正是这种现代话语建构的最重要代表作家。对白先勇来说，现代主义文学的话语建构表征了他文学创作的重要特色所在，并凸显出他的作品主题与同时期中国大陆文学的显著区别。而离散、苦难与衰败，荒诞、虚无与抗争，罪责、忏悔与救赎，构成了白先勇作品现代主义话语建构的主要内容或关键词。

### （一）离散、苦难与衰败

白先勇作品现代话语建构的第一个方面，是对历史剧变时期特殊政治人群离散生活状态的关注，以及对这种离散背景下人生苦难的描绘，还有通过个人遭遇对现代政治集团政治败局的象征性表达。离散、苦难与衰败就是其中的三个关键词。

离散是白先勇小说的重要关键词。从本源意义上讲，"'离散'与'移民'是两个十分不同的概念，因为后者涉及的迁徙过程往往以落地生根为目的；而前者则把注意力集中于离散过程本身，视漂泊为基本生存条件，同时刻意凸显离散主体与母国和移居国之间的心理和政治距离"①。当历史进入现代社会之后，离散成了西方现代主义文学的重要主题之一。对此，白先勇有着十分清楚的认识。他指出："西洋近代文学有一个传统，就是流放作家文学。第一次世界大战与第二次世界大战前后，有一群西方作家离开自己的祖国，长期居留异乡继续写作，留下了不少记录下他们浪迹天涯精神风貌的作品。"②这里，白先勇指的西方流放文学正是在两次世界大战背景下产生的一种表现人的流亡异国他乡或"浪迹天涯"的文学，离散无疑是其主题的应有之义。白先勇还在谈及如纳布可夫、索忍尼辛与昆德拉等作家时补充说："这群流亡作家，身处异域，心怀故土，其心也危，其情也哀。他们思想深刻，下笔沉郁，有意无意间，总流露出一般流放心灵彷徨无依的痛楚，他们的文学往往感人至深。"③白先勇在此所列举的纳布可夫（大陆译为纳博科夫）、昆德拉等无疑都是现代主义

---

① ［美］凌津奇：《"离散"三议：历史与前瞻》，《外国文学评论》2007 年第 1 期，第 111 页。
② 白先勇：《新大陆流浪者之歌——美、加中国作家》，《第六只手指》，天下远见出版股份有限公司 2008 年版，第 380 页。
③ 白先勇：《世纪性的漂泊者——重读〈桑青与桃红〉》，《树犹如此》，天下远见出版股份有限公司 2008 年版，第 250 页。

的代表作家，而这些作家在他们的流放文学中所表现的正是离散或"身处异域"，"心灵彷徨无依的痛楚"。白先勇自己的作品之所以被称为"民国史"的记录，很大程度上恰恰是因为它忠实地记录了国民党政权流亡到祖国宝岛台湾的历史图景，而这种历史图景当然是通过形形色色或不同阶层、身份的国民党人员的遭遇得到具体呈现的。对于作为国民党"流亡"政权的"民国史"背景及由此催生的中国当代流亡文学，白先勇解释说："从1949年开始，人数以百万计，纷纷逃离中国大陆，到香港、到台湾、到世界各个角落……而流亡在外的中国作家，当然也就创造了中国式的流亡文学……"① 对他来说，无论是他的作品集《台北人》还是《纽约客》，无论是长篇小说《孽子》还是《第六只手指》等散文，无疑都是这种流亡文学的代表，其核心的主题正是离散，用白先勇的话来讲则叫流浪、逃亡或放逐。正如他在评价自己作品《谪仙记》时说："不管背景是大都会的纽约如《谪仙记》的李彤，还是英国属地的原始岛屿如《嗜里里嗜里》，这些故事都有相同的意象：流浪的中国人，永远摆脱不了恐怖的威胁，前程未卜，不断逃亡。"② 根据他的解释，流浪、逃亡或放逐正是他作品的主题，而《谪仙记》正是其中的代表。《谪仙记》中李彤一家逃亡中的变故，如李彤父母在横渡台湾海峡中遭遇海难双亡、家产被海水吞没，失去双亲的李彤在美国陷入精神绝望，最终自杀身亡，正是这种离散的生动写照。由此可见，他的作品中的这种离散、逃亡或放逐，绝不是以移民的姿态主动去寻求一种新大陆或新生活，而是一种放逐的姿态与被迫的逃亡，是一种战败者的溃逃，是一种无家可归的游移与漂泊，伴随着这种过程的是精神的恐惧、心理的失落与无家可归的动荡感。

离散从根本上来说更是一场人生的苦难。这种人生的苦难有背井

---

① 白先勇：《世纪性的漂泊者——重读〈桑青与桃红〉》，《树犹如此》，天下远见出版股份有限公司2008年版，第250—251页。
② 白先勇：《流浪的中国人——台湾小说的放逐主题》，《第六只手指》，天下远见出版股份有限公司2008年版，第303—304页。

离乡的酸楚,有亲人隔离的孤独,有家族衰败的惆怅,有人生晚景的凄凉,更有子弟飘零、客死他乡的悲哀。白先勇认为:"我们作家的职责,是要写出人的困境,人的苦处。"① 对他来说,他的作品所要表现的正是这种苦难或人的苦处。《花桥荣记》中的卢先生、《那一片血红的杜鹃花》中的王雄,《骨灰》中的罗齐生之母,都因为一湾海峡几十年的阻隔,无法与身在大陆的恋人或丈夫相聚,留在他们心中的是刻骨的相思与难以排遣的孤独。《思旧赋》中的李长官败退台湾之后可谓灾祸不断,先是夫人病亡,继是养子小王与女仆桂喜卷财而逃,再是叛逆的女儿与一位有妇之夫私奔怀孕。接连的打击逼得李长官要出家为僧,但他成年的白痴式的儿子却又使他不得不放弃此念。《国葬》中的陆军一级上将李浩然及其手下章健、叶辉与刘行奇三员"猛将",《梁父吟》中的高级将领王孟养、仲默与朴公,《骨灰》中的大伯等等,过去在大陆是叱咤风云的武将或英雄,现在漂泊台湾都成了败军之将,兵没了,权也没了,人老了,家败了,精神也委顿了……这些人或纷纷在孤独、落寞、伤感中终老死去,或遁入佛寺与青灯古佛为伴,或过着简朴的晚年生活,或身陷牢狱之灾。《一把青》中朱青的丈夫郭轸,《谪仙记》中李彤的父母,不是在国共战争中丧生于空难,就是在败退台湾中死于海难。《孽子》中的王夔龙原本为北京一所学校的体育老师,自随父亲逃离大陆后,被迫隐姓埋名"流亡"美国 10 年,在美国过着暗无天日的流浪生活,不得不与纽约中央公园黑人男性同性恋者为伍,甚至被关押于疯人院。他的父亲,也在台湾抑郁而死。《孽子》中的李青之父在大陆时期当过国军团长,在长沙会战中立过功勋,但因为在 1949 年的国共战争中被中国人民解放军俘虏,逃到台湾后便被革去了军籍,虽在昔日战友的关照下勉强就业,但收入微薄,只能住"最破、最旧、最阴暗的矮屋",处境艰难。年已 45 岁的他好不容易娶了一位 19 岁的

---

① 白先勇:《我的创作经验》,《第六只手指》,天下远见出版股份有限公司 2008 年版,第 466 页。

台湾女子为妻,并生下了两个儿子,但因为夫妻感情不和,加之难以养家糊口,妻子终于在大儿子李青8岁那年与一位喇叭手私奔,而他只能以泪洗面,无可奈何。但他的灾难并没有停止。先是小儿子在15岁时死于贫病,继是大儿子李青在中学与一位后勤管理员发生了同性恋行为,他怒不可遏地将大儿子李青逐出了家门,他由此成为一位极其孤独的老人。而与李青之父一起住在又脏又潮的龙江街的,多是国民党下层军政人员(如秦参谋、萧队长、黄副队长等),因为"大家的生活都很困难,一家家传出来,都是怨声"。①

离散还意味着一种失败的气运,一种由盛转衰的颓势,一种难以挽回的人生败局。欧阳子在解读白先勇《台北人》主题时指出:"《台北人》一书只有两个主角,一个是'过去',(另)一个是'现在'。"②所谓"过去",指的是青春、纯洁、敏锐、秩序、传统、精神、爱情、灵魂、成功、荣耀、希望、美、理想与生命,亦即强盛与辉煌。而"现在"指的是年衰、腐朽、麻木、混乱、西化、物质、色欲、肉体、失败、猥琐、绝望、丑、现实与死亡,亦即衰败与没落。实际上,白先勇《台北人》《纽约客》与《孽子》所表现的一个总的主题,正是《三国演义》《金瓶梅》与《红楼梦》等中国古代文学惯常表现的盛衰无常或由盛转衰的主题。白先勇指出:"在小说(即《台北人》。——引者注)前面,我用了一首诗作为题词,那就是唐朝诗人刘禹锡的《乌衣巷》。……西晋原来建都于洛阳,五胡乱华,国都沦陷,政府东渡到南京建都……诗中充满历史的沧桑。刘禹锡怀念金陵,并借古说今,对唐朝的衰微有所感触。我写《台北人》时,也有这想法。借西晋迁都金陵的历史,比喻国民政府渡海到台湾。我用这首诗作题词,已替这本书定了个调子。"③可以说,《台北

---

① 白先勇:《孽子》,广西师范大学出版社2015年版,第48页。
② 欧阳子:《白先勇的小说——〈台北人〉之主题研讨》,白先勇:《白先勇文集第2卷·台北人》,花城出版社2000年版,第195页。
③ 白先勇:《我的创作经验》,《第六只手指》,天下远见出版股份有限公司2008年版,第462—463页。

人》等作品是为失败的国民党政权所唱的一曲挽歌,而这种对国民党政治气运的哀叹正是通过一个个具体的家庭或个人命运遭际展开的。正如白先勇所说:"对于西方的伟大作家如卡夫卡、乔埃斯、汤玛斯·曼等人来说,探索自我即是要透过比喻来表现普遍的人生问题;但台湾新一代的作者却把个人的遭遇,比喻国家整体的命运。"① 他正是台湾新一代作家的代表。他作品中的人物,无论是李浩然、王孟养等那样的国民党高级将领,还是赖鸣升、胡营长、王雄、卢先生等那样的国民党中下层军官或士兵,无论是《游园惊梦》中的钱夫人、《谪仙记》中的李彤、《谪仙怨》中的黄凤仪等那样的国民党亲眷,还是随国民党政权南迁的《冬夜》中的余钦磊等那样的大学教授或知识分子,不仅都经历了由盛转衰或由辉煌转入没落的人生历程,而且无不折射了国民党政权的衰落或败亡。值得注意的是,这种盛衰之变还明显地通过这些人物的身体形态变化亦即残废得到了显现。余钦磊青年时英俊帅气,身材高大,到了台湾后变成了身体佝偻的跛子。《肉灰》中的大伯在抗战时期"身材魁梧",英姿飒爽,到了台湾与流亡美国后成为两眼浮肿、双腿跛行的老人。他们现时的身体残疾,在很大程度上正是国民党政权败亡的象征。

## (二) 荒诞、虚无与抗争

白先勇作品现代话语建构的第二个方面,是尝试对人的生存处境与命运所做出的存在主义哲学式的阐释,是围绕人生终极意义所展开的对荒诞、虚无等生存处境与文化命题的追问与思辨,是人对命运抗争的展示。这样的话语建构体现出白先勇创作对西方存在主义思潮的积极回应,同时也是白先勇深受西方存在主义文学影响的结果。在西方现代主义思潮中,存在主义文学的精神尤其与白先勇的思想、意绪十分契合,深刻地影响了白先勇的文学创作。正如白先勇所说:"那

---

① 白先勇:《流浪的中国人——台湾小说的放逐主题》,《第六只手指》,天下远见出版股份有限公司2008年版,第295—296页。

时，文学院里正弥漫着一股'存在主义'的焦虑，西方'存在主义'哲学的来龙去脉我们当初未必搞得清楚，但'存在主义'一些文学作品中对既有建制现行道德全盘否定的叛逆精神，以及作品中渗出来丝丝缕缕的虚无情绪却正对了我们的胃口。加缪的《局外人》是我们必读的课本，里面那个'反英雄'麦索，正是我们的荒谬英雄。"①荒诞、虚无与抗争是这方面的三个关键词。

白先勇作品的一个突出话语是世界或人生充满了荒诞，而这种荒诞与离散紧密联系在一起，因此具有特定的时代、地域或国族特点。存在主义思想家加缪指出："在被突然剥夺了幻想和光明的世界中，人感到自己是局外人。这种放逐是无可挽回的，因为对失去故土的怀念和对天国乐土的期望被剥夺了。这种人与其生活的离异、演员与其背景的离异，正是荒诞感。"② 在这种荒诞感里面，包含着的正是荒诞。荒诞其实就是理性的反面，指的是人世生活无法运用理性加以解释，人类生活、人的一生往往都是盲目的。加缪由此归结说："荒诞本身就是矛盾"或"荒诞的骨子里就是矛盾。"③ 根据白先勇的理解，荒诞正是他笔下的人的一种无以规避的人生困境。尤其是个人的生活轨迹、成败、祸福等等往往不受自己掌控，而受命运或一种强大的外在力量的摆布，对此人们往往感受到一种人生的无常感，历史的沧桑感与生活的孤独感。白先勇说道："中国文学的一大特色，是对历代兴亡，感时伤怀的追悼，从屈原的《离骚》到杜甫的《秋兴》八首，其中所表现出人世沧桑的一种苍凉感，正是中国文学最高的境界，也就是《三国演义》中：'青山依旧在，几度夕阳红'的历史感，以及《红楼梦》好了歌中：'古今将相在何方，荒冢一堆草没了'的无常感。"④ 在白先勇

---

① 白先勇：《不信青春唤不回——写在〈现文因缘〉出版之前》，《树犹如此》，广西师范大学出版社2015年版，第119页。
② [法]阿尔贝·加缪：《加缪全集·散文卷I》，丁世中、沈志明、吕永真译，上海译文出版社2010年版，第79页。
③ 同上书，第175页。
④ 白先勇：《社会意识与小说艺术——"五四"以来中国小说几个问题》，《第六只手指》，天下远见出版股份有限公司2008年版，第361页。

看来，无论是人世的无常感还是历史的苍凉感，都是中国式的荒诞形式，也构成了中国感伤主义文学的总体特征。这些，在他的作品中得到了突出的印证。《梁父吟》中的朴公、王孟养，《国葬》中的李浩然、刘行奇等等，曾在辛亥首义、北伐战争与抗日战争中意气风发、功勋卓著乃至成为威名远播的高级将领，但却在国共战争中兵败如山倒，沦为"不可与勇"的败军之将，败走台湾后不是落得凄凉晚景，就是走向死亡。他们至死都没有弄明白，他们的人生、命运为什么会如此？他们找不到头绪，更弄不清个中缘由。面对这样的人生无常与世道沧桑，他们徒唤奈何而无能为力。在强大的命运面前，曾经在近代史上叱咤风云的他们，而今既垂垂老矣，又显得那么渺小。

在白先勇作品中，虚无与荒诞构成了一对孪生兄弟，二者如影随形，难解难分。对白先勇笔下的人来说，虚无既是荒诞的一种自然演绎，也是传统文化断裂的结果，体现为一种人生价值或意义的幻灭。过去在大陆的时候，白先勇笔下的人物身处熟悉的家园，有着亲情、友情、爱情的温暖与维系，有着对耳濡目染的传统文化的皈依与认同，不会出现生活信念或人生意义的缺失。现在，流落他乡或异国，家园没有了，亲人隔绝了，传统文化破败了，生活信念因此也消失了，虚无主义思想因此乘虚而入。就其情境与含义而言，这种虚无主义类似于尼采意义上的"上帝死了"与人生的意义的虚无，比如亲情的维系断了，人在精神与情感上彻底陷入绝望，自杀因此成为人生最后的抉择。在白先勇笔下，虚无主义造成的自杀现象又具体表现为两种情形，这便是肉体的自杀与精神的自杀。肉体的自杀就是自杀身亡，尽管自杀的形式与方式不一样——如有的选择跳海，有的选择跳湖，有的选择割脉，等等。在白先勇作品中，肉体的自杀表现得较为普遍。《谪仙记》中跳海身亡的李彤、《那一片血红的杜鹃花》中投海自溺的王雄、《花桥荣记》中的纵酒殒命的卢先生、《芝加哥之死》中跳湖丢命的吴汉魂、《玉卿嫂》中割脉而死的玉卿嫂，等等，就是如此。精神的自杀是指肉体仍然活着，但精神已经形同"死亡"，生命意义完全丧失，精神自杀者通过两性的肉体狂欢或纵欲来消解与填补精神与情感的空虚,他们在这种生活中便有如"行尸走肉"。正如白先勇在解读聂华苓长篇小说《桑青与桃红》中的女主人公形象的内涵时说:"为了求存,桑青改易身份,摇身一变成了桃红,这是精神上的自杀:她的传统价值、伦理观念全粉碎了,道德操守转瞬抛诸九霄云外,沉沦到精神上的最低点,陷入半疯癫状态。到故事结尾时,她还在逃避移民局的缉捕,在美国的公路上一次又一次兜搭顺风车,任由路过的男人带她往别处去。"① 而有如桑青或桃红这种陷入"精神上的自杀"的人,在白先勇小说中不乏其人,如《一把青》中好"吃"所谓"童子鸡"的朱青,《谪仙怨》中自甘堕落风尘、沦为暗娼的黄凤仪等就是。而不少人还往往同时兼具这两种情形,即先后经历了精神自杀与肉体自杀的过程。如《谪仙记》中的李彤、《花桥荣记》中的卢先生、《芝加哥之死》中的吴汉魂等就是。李彤生前的任性、酗酒、好赌与随意结交、更换男性富豪或白人,不过是精神极度空虚的表现。

白先勇作品还表现了人对命运的抗争。加缪表示说,他关心的不是荒诞本身,而是荒诞的结果。正如加缪所说:"在我感兴趣的,主要不在于发现种种荒诞,而是荒诞产生的结果。"而荒诞产生的结果,其实就是人面对生活荒诞所采取的态度,比如,"是应当自愿死亡,抑或死活抱着希望"。② 对加缪来说,人生的意义在于反抗荒诞,抗争命运,从而超越虚无或虚无主义。在加缪看来,他的《西绪福斯神话》中的西绪福斯就是一个反抗荒诞的英雄。西绪福斯由于犯错受到天神的惩罚:将巨石推上山顶。但巨石被推上山顶后又会因为自身重量滚回山下。虽然每一次的结局都是徒劳无功,但西绪福斯始终没有放弃自己这种无效的工作。对他来说,"登上顶峰的斗争本身足以充实人的心灵"。如果说,巨石象征着荒诞与命运的话,那么,不放弃

---

① 白先勇:《流浪的中国人——台湾小说的放逐主题》,《第六只手指》,天下远见出版股份有限公司2008年版,第303页。
② [法]阿尔贝·加缪:《加缪全集·散文卷I》,丁世中、沈志明、吕永真译,上海译文出版社2010年版,第86页。

与巨石的斗争便表征了西绪福斯对荒诞的抗争或对命运的挑战,凸显了人的尊严。正是在这个意义上,加缪指出:"应该设想,西绪福斯是幸福的。"① 虽然对西绪福斯或人类而言,生活是没有意义的,但尽管如此,人类却不能放弃生活的希望,或许这正是生活的悖论。对白先勇来说,他笔下的人的自杀(尤其是肉体的自杀)固然是一种消极遁世的行为,但似乎也可以理解为对荒诞的抗争。虽然他们这种对荒诞的抗争无法与加缪笔下西绪福斯对荒诞的抗争等量齐观,不具有积极的意义,但也无疑是一种反抗。他们的自杀并不是一种怯懦之举,相反却需要胆量与勇气。他们选择自杀,尽管代价极其惨重,需要付出生命的代价,但实际上是用鲜活的生命表示对荒诞的抗拒。

### (三) 罪责、忏悔与救赎

白先勇作品现代话语建构的第三个方面,是对人性的拷问并探索人性救赎的可能与路径。一方面,白先勇坚持运用文学剖析与拷问人性,正如他所说:"古今中外,不论任何形式的文学,都是为了探讨人性,这是文学最基本的目的。"② 对他来说,对人性的拷问有必要如同俄国作家陀思妥耶夫斯基那样严肃而毫不留情面地审视人类的罪恶,探讨人生过程中罪与罚的问题。另一方面,白先勇呼唤宗教情怀,试图借用宗教忏悔的形式实现人性的救赎。罪责、忏悔与救赎是这方面三个关键词。

对战争罪责的反省是白先勇作品拷问人性的集中体现,并表征出白先勇对时代的深刻反省。白先勇认为:"西方文学的深刻处在于敢正视人类的罪恶,因而追根究底,锲而不舍。看了《卡拉玛佐夫兄弟》,'恐惧与怜悯'不禁油然而生。恐惧,因为我们也意识到我们本身罪恶的可能;怜悯,因为我们看到人竟是如此的不完美,我们于

---

① [法] 阿尔贝·加缪:《局外人》,郭宏安译,译林出版社1998年版,第290页。
② 白先勇:《中国文学的前途》,《第六只手指》,天下远见出版股份有限公司2008年版,第552页。

是变得谦卑，因而兴起相濡以沫的同情。"① 陀思妥耶夫斯基的经典名作《卡拉玛佐夫兄弟》带给白先勇的重要启示之一，就是"正视人类的罪恶"，由此发现人性的弱点与局限，寻找人性的痼疾与症结。白先勇发现，即使是那些流亡与落魄中的国民党军人，尤其是国民党高级将领，也难以摆脱自身身上的罪孽。这种罪孽正是他们在战争中犯下的罪孽。他们尽管曾经参与的战争，如辛亥首义、北伐战争与抗日战争等等，都具有历史进步性，但却难以洗清在战争中，尤其是非正义战争中杀人的罪过。《梁父吟》中的国民党高级将领王孟养便属于这样的人。他青年时期就立志革命，满怀爱国之情，在战场上英勇无畏、韬略过人，在辛亥首义、北伐战争与抗日战争中立下赫赫战功，因此成为国民党高级将领。而在其信奉佛教、同为国民党高级将领的结义师兄朴公看来，王孟养虽然志在为国为民，战功卓著，然而"打了一辈子的仗"的他却不经意地犯下了战争的罪行，使许许多多的人在战争中失去了生命，因此留下了"杀孽重"的恶果。无论王孟养及其指挥的部队所杀的人是谁，但从佛教的眼光看，众生平等，被杀者都成了战争的牺牲品。实际上，按照白先勇这样的叙述推理，他所描写的所有国民党高级将领及中下级军官、士兵，都犯下了战争的罪行，只是程度不同而已，而王孟养只是其中的典型代表。

白先勇这种对国民党军人尤其高级将领战争罪责的批判使人联想到雅斯贝尔斯对德国法西斯战争的反省，并凸显出存在主义意义上的人道情怀。1945年第二次世界大战刚刚结束，著名哲学家雅斯贝尔斯发表了《罪责问题》的广播讲话，就德国人对战争的罪责问题，从法律、政治、道德、哲学层面进行全面、深刻反省。仅就普通德国人而言，就需要对法西斯战争承担道德上的罪责。雅斯贝尔斯指出："当我们的犹太朋友被带走时，我们没有上街；当我们自己也被摧毁时，我们没有呐喊。我们以一个懦弱的、然而逻辑的理由，宁可活

---

① 白先勇：《恐惧与悲悯的净化——〈卡拉玛佐夫兄弟〉》，《联合文学》1998年第4卷第9期。

着,因为我们的死不能帮助他人。"从很大程度上说,普通德国人以这样的方式得以活着,实际上是一种罪责,因为"在上帝面前,我们深感羞耻"①。白先勇对战争罪责的批判体现出对政治与道德等的超越。联想同时期的中国当代大陆战争文学,不难看出大陆作家与白先勇在对待战争问题上的巨大分野。

在白先勇作品中,与罪责相关的一个关键词是忏悔。这种忏悔与西方基督教的忏悔有着相通的一面,即人对犯下的罪过表示认错与悔改,但同时有着一些不同的特点,比如主要不是面向上帝进行忏悔,而是面向良知、道义或心中的"神灵"表示忏悔,忏悔的罪过既包括在战争中犯下的罪过,也包括在生活中犯下的罪过。《骨灰》中的大伯在经历政治风雨的磨砺之后,终于在思想上冲破政治的云雾,意识到充当国民党政府"杀人"工具的罪过。正如他晚年漂泊美国后向过去的政治对手、表弟鼎立所说:"你骂我是'刽子手',你没错,你表哥这一生确实杀了不少人。从前我奉了萧先生的命令去杀人,并没有觉得什么不对,为了国家嘛。可是现在想想,虽然杀的都是汉奸、共产党,可是到底都是中国人哪,而且还有不少青年男女呢。杀了那么些人,唉——我看也是白杀了。"过去作为国民党特务机关干将的大伯几十年后不仅承认"刽子手"的身份,而且意识到自己的"杀人"行为并没有产生好的效果。于是,当时过境迁之后,他与鼎立表示握手言和,相逢一笑泯恩仇。《梁父吟》中的王孟养生前因为一生卷入战争而"常常感到心神不宁"。《孽子》中的李青之母黄丽霞与儿子李青重逢之后,身染重病的她求李青在她死后在佛像面前烧香跪拜,请求佛祖饶恕她生前的罪过,以免在死后再受神的惩罚。她意识到自己"一辈子造了许多罪孽",这些罪孽除了年轻时候随意与男性滥情之外,主要是抛夫弃子,与情人私奔。黄丽霞作为台湾养鸭人家出身的下层女子,她的人生不幸有着深刻的社会背景——比如,

---

① 参见赵敦华《现代西方哲学新编》(第二版),北京大学出版社 2014 年版,第 222 页。

她与丈夫的婚姻并不是以爱情为基础，而不过是出于生计的考量，但她自己无疑存在人性的弱点乃至罪过。她的第二个儿子之死，是与她对儿子的抛弃分不开的。

白先勇作品与罪责相关的另一个关键词是救赎。对白先勇笔下的人来说，忏悔实际上也是通往人性救赎的道路。白先勇曾说："我念大学的时候，在研读过的西洋文学书籍中，可能陀思妥耶夫斯基的《卡拉玛佐夫兄弟》这本小说，曾经给了我最大的冲击与启示……是陀思妥耶夫斯基的这部惊心动魄的旷世杰作，激起了我那片刻几近神秘的宗教情感……"① 在陀思妥耶夫斯基那里，人性虽然充满原罪，但可以通过皈依基督教的形式得到救赎。无论是《卡拉玛佐夫兄弟》还是《罪与罚》，所表现的正是原罪与救赎的双重主题。陀思妥耶夫斯基的作品带给白先勇的另一启示，便是人性的救赎，所谓宗教情感正是照耀人性救赎的光亮。对白先勇笔下的国民党将军而言，皈依佛门表面看来，似乎是消极避世，实际上却是一种中国式人性救赎的有效路径。《国葬》中的刘行奇、《梁父吟》中的朴公等等就是这样的人。佛教提倡不杀生，提倡尊重生命，与西方现代人道主义精神完全相通。对刘行奇、朴公来说，皈依佛门，不仅意味着跳出红尘，脱离人世的纷扰与政治的纷争，更意味着告别战争，放下手中杀人的刀枪与权柄，从而使许多人免于杀身之祸。至于朴公，他还在结义兄弟王孟养身故之后为其抄写《金刚经》，以超度其亡灵，虽然这只是一种虚妄的宗教仪式，但却不失为一种心灵救赎的举动。

---

① 白先勇：《恐惧与悲悯的净化——〈卡拉玛佐夫兄弟〉》，《联合文学》1998年第4卷第9期。

# 第三章

# 新时期南方民族文学话语建构

新时期是南方民族文学话语建构的健康发展时期,继承与扬弃了前两个阶段的话语建构。进入新时期之后,跟中国当代文学与中国当代少数民族文学一样,南方民族文学迎来了春天,其话语建构较之20世纪50—70年代发生了显著变化,获得了健康生长的土壤与条件。一方面,沿袭20世纪50—70年代话语模式,阶级话语在南方民族文学中得到一定程度的延续。另一方面,随着国家工作重心由"以阶级斗争为纲"转向现代化建设,随着改革开放的深入推进,随着西方文化尤其是西方现代主义思潮的涌入,南方民族文学的话语建构获得了日益宽松的文化环境,不断向着多元化方向发展,渐渐出现了多元并存、"众声喧哗"的局面,阶级话语的主导地位随之由新启蒙话语、民族话语、先锋话语、女性话语与生态话语等所取代。

## 一 形成背景与表现特点

新时期南方民族文学话语建构主要有阶级话语、新启蒙话语、民族话语、先锋话语、女性话语与生态话语六种类型。

### (一)形成背景

就新时期南方民族文学的阶级话语建构而言,它是20世纪50—70年代南方民族文学的自然延续,尤其是曾经经历过战争与革命斗争的老一代南方民族作家，如彝族作家李乔，壮族作家陆地，藏族作家降边嘉措、益西单增等等，在其中发挥了重要作用。正因为如此，新时期南方民族文学的阶级话语建构与20世纪50—70年代南方民族文学的阶级话语建构可谓一脉相承，完全具有同质性。或者说，缘于对20世纪50—70年代南方民族文学阶级斗争写作惯性与思维定式的沿袭，阶级话语在新时期南方民族文学中得到延续。一方面，像彝族作家李乔、壮族作家陆地等南方民族作家，他们作为20世纪50—70年代南方民族文学阶级话语建构的代表作家，进入新时期后仍然保持了旺盛的创作力，并继续从事阶级话语的积极建构。而李乔《破晓的山野》在很大程度上则是对其20世纪50—70年代文学期间《欢笑的金沙江》三部曲的改写。另一方面，像藏族作家降边嘉措、益西单增等作家，他们虽然没有在20世纪50—70年代推出自己的作品，但却在20世纪50—70年代就开始了文学创作[①]，作品经过反复修改，终于在新时期得以面世，或者经过长期的积累、酝酿和准备终于在新时期形成作品。他们的主导性写作观念与价值取向早在20世纪50—70年代就已成型，所以他们的作品主题范畴仍然是阶级话语的构建。正如降边嘉措在谈到《格桑梅朵》时指出："为了歌颂藏族人民的翻身解放，为了歌颂祖国的统一和民族团结，为了继承烈士的遗志，我下决心要以革命先烈为榜样，不怕困难，不怕挫折，以百折不挠的精神，写一部进军西藏、解放西藏的小说。"[②]

新时期南方民族文学的新启蒙话语是"五四"新文学时期南方民族文学启蒙话语的延续或回归。"所谓的'新时期'，是指从乌托邦全

---

[①] 如降边嘉措在他的《自传》中称：1960年初就开始了长篇小说《格桑梅朵》的创作，并于1961年完成初稿。但由于多种原因，作品到1980年才得以正式出版。见吴重阳、陶立璠《中国少数民族现代作家传略》（续集），青海人民出版社1982年版，第250页。另见秦文玉《格桑花为何在秋天开放——记藏族作家降边嘉措》，内蒙古师范大学、中国少数民族作家研究中心编《降边嘉措研究专集》，中央民族大学出版社2007年版，第32页。

[②] 吴重阳、陶立璠：《中国少数民族现代作家传略》（续集），青海人民出版社1982年版，第250页。

能主义（Totalism）体制向以市场经济为导向的现代化体制的转型期。"① 一般而言，中国新时期是指从改革开放伊始至今的历史时期，其主要特点是结束动乱，解放思想，把国家的工作重心从阶级斗争转入到全面现代化建设上来，坚持改革开放，建立以市场经济为主要导向的新经济体制，从而实现国家的富强、民主、文明，实现人民生活的富裕与幸福。结束历史曲折，重启现代性诉求，成为新时期的时代主旋律。而从思想与文化上看，新时期是重提启蒙、开展新启蒙运动的时期。正如有学者所说："在这20年中，最值得重视的是80年代中后期的新启蒙运动，其上承思想解放运动，下启90年代，成为当代中国的又一个'五四'。"② 新时期的新启蒙运动也是针对"五四"启蒙运动而言的，它不仅承接"五四"启蒙运动的话语资源，而且将以前几十年中断的启蒙重新纳入历史的轨道，并在新的历史语境中进行新的启蒙，乃至包括对"五四"启蒙运动本身的反思与考量。李泽厚指出："人的价值、人的尊严、人性复归、人道主义，成为新时期开始的时代最强音。它在文学上突出表现了出来，也在哲学上表现出来。它表现为哲学上重提启蒙，反对独断（教条），反对愚昧，反对'异化'。"③ 他这一段话在很大程度上概括了新时期新启蒙运动的特点与主要内涵，指出了新启蒙运动与"五四"启蒙运动的一脉相承。正是在这样的文化语境与格局中，新时期中国文学、包括南方民族文学在内的新时期各民族文学才追随与参与了新启蒙话语的构建。

对民族话语的重构是新时期南方民族文学的一大特点，同时体现出对上两个时期南方民族文学民族话语的继承与发扬光大。与前两个时期一样，这一时期南方民族文学的民族话语重构同样主要是通过对南方少数民族历史的追溯与对南方少数民族文化的追寻中得以实现的，并在南方民族文学话语建构中处于重要位置。不过，相对前两个时期而言，这一时期南方民族文学民族话语有了一些新的历史语境，

---

① 许纪霖：《另一种启蒙》，花城出版社1999年版，第251页。
② 同上书，第250页。
③ 李泽厚：《中国思想史论》（下），安徽文艺出版社1999年版，第1023页。

在新时期文学解冻、思想解放的背景下获得了自由发展的空间。一是国内寻根文学潮流的兴起促进了中国少数民族寻根文学潮流。如韩少功于1985年在《文学的"根"》一文中较早地呼吁中国作家："文学有'根',文学之'根'应深植于民族传统文化的土壤里,根不深,则叶难茂。"① 阿城则在《文化制约着人类》一文中指出："文化是一个绝大的命题。文学不认真对待这个高于自己的命题,不会有出息。"阿城对"五四"知识分子彻底否定传统文化表示不满,认为中国文学一味跟着西方文化后面跑将无法与西方文学看齐。他还强调："社会学当然是小说观照的层面,但社会学不能涵盖文化,相反文化却能涵盖社会学以及其他。"② 他主张文学跳出狭隘的政治学与社会学疆域,走向文化的广阔领域。毫无疑问,韩少功、阿城这些文化寻根的思想以及他们的《爸爸爸》《棋王》等作品给中国少数民族作家进行少数民族寻根文学的创作带来直接的影响。二是国外拉美魔幻现实主义文学为南方民族文学的本土化提供了经验的借鉴。如藏族作家阿来说道："我准备写作自己的第一部长篇小说《尘埃落定》的时候,就从马尔克斯、阿斯图里亚斯们学到了一个非常宝贵的东西……我自己得出的感受就是一方面不拒绝世界上最新文学思潮的洗礼,另一方面却深深地潜入民间,把藏族民间依然生动、依然流传不已的口传文学的因素融入小说世界的构建和营造中。"③ 对拉美文学成功经验的借鉴让阿来更加自觉地把文学创作与藏族口传文化联系起来,从藏族口传文化中获取文化与写作资源。④ 正是在这样的语境下,南方民族作家对少数民族文学的民族性的认识有了空前的提高。比如,藏族作家阿来认为少数民族文学的民族性就是文学中所凸显出来的某个民族特

---

① 韩少功:《文学的"根"》,洪子诚主编:《中国当代文学史史料选》(1945—1999)(下),长江文艺出版社2002年版,第780页。
② 阿城:《文化制约着人类》,《文艺报》1985年7月6日。
③ 阿来:《我只感到世界扑面而来——在渤海大学的讲演》,阿来:《阿来散文》,人民文学出版社2016年版,第169—170页。
④ 参见吴道毅、马烈《阿来文学创作与藏族口传文化》,《西藏大学学报》(人文社会科学版)2016年第3期,第63—68页。

有的精神气质与思想意识,这种民族性常常体现在民族的行为方式、生活习性与文化传统之中。正如阿来指出:"文学意义上的民族性,在我看来,不只是由语言文字、叙述方式所体现出来的形式方面的民族特色,而主要还是由行为方式、生活习性所体现的一定民族所特有的精神气质与思想意识。这种内在的东西,才应该是民族性的魂魄。文学意义上的民族性,也体现在民族历史的传统中。我特别欣赏别林斯基的一段话,他在《'文学'一词的概括的意义》中说道:'要使文学表现自己民族的意识,表现它的精神生活,必须使文学和民族的历史有着紧密的联系,并且能有助于说明那个历史。'"① 在阿来看来,民族的内在精神品质是民族性的核心因素,从很大程度上说,对民族性的凸显构成了文学的民族性,而中国少数民族文学的民族性无疑便是中国少数民族民族性在少数民族文学中的凸显。正是对民族性的积极探求及对民族命运的深切关照促成了新时期南方民族文学民族话语建构的繁荣,也使得对民族历史文化之根的自觉追寻一度成为新时期南方民族文学的主潮。

新时期以来,伴随着南方少数民族先锋小说或先锋文学的崛起,南方民族文学的先锋话语作为一种新的话语也随之生长,并在这一时期南方民族文学话语体系中占有十分重要的位置,尤其是极大地提高了南方民族文学的创作水平或赶超了国内汉族文学的水平,乃至打通了南方民族文学与世界文学对话的桥梁。所谓先锋话语,实际上是现代主义文学话语的别称,主要表现为对人的生存命运的关注、对人的生存困境的探讨与对人的生存意义的思考。从很大程度上说,人道主义精神构成了先锋文学的基本话语。而人道主义精神,便是"以人为本,关怀人类苦难,关心人类命运,关注人的价值和人生的意义,思考人类的生存状态和人与人、人与自然、人与社会、人与自我的关系"。② 新时期南方民族文学先锋话语的生长,是与特定的历史、文

---

① 阿来等:《重建文学的民族性》,《人民日报》2014年4月19日。
② 梁坤主编:《外国文学的朝圣之旅》,中国人民大学出版社2016年版,第2页。

化语境分不开的。首先，它归功于西方现代主义思潮的传入，其中包括西方现代主义文学作品的传入。伴随着改革开放的开启，西方文化尤其现代主义思潮开始迅猛地传入中国，并深刻地影响了中国新时期的知识界与文学界。这些传入中国的西方文化与现代主义思潮主要包括西方存在主义思潮、存在主义文学、拉美魔幻现实主义文学，等等。对这一时期的南方民族作家来说，拉美魔幻现实主义文学、美国文学对他们的创作产生了重要影响。正如藏族作家阿来所说："我们这一代人是在中国面对世界打开国门后不久走上文学道路的。所以，比起许多前辈的中国作家来，有更多的幸运"，而"其中最大的一个幸运，就是从创作之初就与许多当代的西方作家的成功作品在汉语中相逢"。① 在阿来开始走上文学道路的时候，他就如饥似渴地阅读了大量外国文学作品，并从惠特曼、聂鲁达、福克纳、莫里森等世界文学大师身上获得写作经验，从而迅速地挣脱了我国现当代文学发展中的狭隘、片面文学观念的束缚，树立起文学的世界性或人类性的观念，树立起了人道主义精神与先锋文学意识。其次，它归功于国内先锋文学的影响。从时间上讲，新时期汉族作家先锋文学比包括南方民族文学在内的中国少数民族文学要早。韩少功的《爸爸爸》、莫言的《红高粱》、余华的《现实一种》、马原的《冈底斯的诱惑》《拉萨河女神》等在20世纪80年代中期崛起于中国新时期文坛，标志着中国新时期现代主义文学或先锋文学的问世，宣告了中国文学先锋话语的诞生。莫言指出："时至21世纪……作家……应该为人类的前途焦虑或是担忧，他苦苦思索的应该是人类的命运，他应该把自己的创作提升到哲学的高度……"② 他强调作家要树立人类意识，这对藏族作家阿来不无重要的启示意义。如阿来认为文学要"用特殊来表达普遍"，"讲的是一个人的命运，但往往映射的是一大群人的命运，讲的是一个民族的遭遇，但放眼整个世界，不同的民族在不同的发展阶

---

① 阿来：《穿行于异质文化之间》，《就这样日益丰盈》，解放军文艺出版社2002年版，第292页。

② 莫言：《小说的气味》，当代世界出版社2004年版，第189页。

段有类似的遭遇,也就是说反映一种普世的价值观",这种普世的价值观,"不是简单的思想意义,不是某一个思想潮流的意义,一个政党的什么意志,甚至不是一个民族一个阶段大多数人的某种情绪"。①无论是莫言还是阿来,都坚持文学要超越特定的阶级与政治立场,甚至超越狭隘的民族立场,要把人类意识灌注到作品之中,关注人类的共同命运。最后,它得益于南方民族作家的创作转型。就许多南方少数民族先锋作家来说,他们的创作经历了一个由现实主义文学到现代主义文学的过程。藏族作家扎西达娃,以及土家族作家蔡测海、孙健忠就是这方面的代表。扎西达娃早期的作品,如小说《朝佛》《没有星光的夜》《山那边》等等,都是描写藏族地区改革新貌和改革困境的现实主义作品,但从《去拉萨的路上》等作品开始转向现代主义文学,然而通过《西藏,隐秘的岁月》《骚动的香巴拉》等创作,而成为西藏魔幻现实主义文学的代表人物。蔡测海以展示土家山寨改革新变的《远去的伐木声》在文坛一举成名,但不久即转向现代主义文学的创作,推出了《古里,鼓里》《非常良民陈次包》等先锋文学或魔幻现实主义文学的创作。

新时期以来,伴随着新启蒙话语的出现,伴随着国外女性主义或女权主义思潮的传入中国②,同时伴随着南方少数民族女作家女性意识的自觉,南方民族文学的女性话语悄然浮现。"女性话语是女性意识的反映,是女性对男性传统话语霸权的反抗与反拨。女性话语反映了女性对世界、对社会的判断,反映了其价值观,而女性意识是女性对自身、对自身作为一个相对于男性的群体、对自身所应享有的社会地位和角色定位的认识。"③ 新时期南方民族文学的女性话语,总的说来就是南方少数民族女作家缘于女性性别意识的自觉,在她们的作

---

① 易文翔、阿来:《写作:忠实于内心的表达》,於可训主编:《小说家档案》,郑州大学出版社 2005 年版,第 511 页。
② 参见吴道毅《"性"的政治内涵与"性革命"的前景——论凯特·米利特的女权主义思想》,《社会科学动态》2017 年第 12 期。
③ 杨永忠、周庆:《浅论女性话语》,《中华女子学院山东分院学报》2004 年第 4 期,第 17 页。

品中对南方少数民族女性生活与命运形成的思考。一方面,南方少数民族女作家在作品中显示出:南方少数民族女性生活在社会苦难之中。另一方面,南方少数民族女作家又在作品中揭示出:男权制社会是南方少数民族女性生存苦难的罪魁祸首。此外,南方少数民族女作家还在作品中总结出:社会变革为南方少数民族女性解放创造了条件。总之,对南方少数民族女性生存处境与生存命运的观照与同情,对她们生活前景与未来出路的探讨,对她们关于男女平等与实现女性人生价值的美好愿望的表达,凸显出南方少数民族女作家浓厚的性别意识。

新时期以来,在中国全面推进现代化建设的时代潮流中,伴随着环境恶化、生态危机问题的日益凸显,南方民族文学的生态叙事不断发展壮大,成为一股重要的文学创作潮流,成为少数民族文学的重要创作走向与话语增长点。关注生态环境、忧虑生态危机与呼吁保护生态环境、倡导人与自然和谐发展、反思现代性流弊,是新时期南方民族文学生态话语建构的主要内容。新时期南方民族文学生态话语的出现并非偶然现象,而有着深刻的现实背景。这种深刻的现实背景无疑就是全球化背景下,我国在全面走向现代化建设过程中所遭遇的严重生态危机。现代化建设是中国改变贫穷落后面貌、走向繁荣富强的必由之路,但在走向现代化建设的途中,尤其是改革开放实施40年来,我们在生态环境方面却付出了惨重的代价,并面临着日益严重的生态危机的严峻挑战。这种现实有目共睹。面对这种严重生态危机,南方民族作家逐渐树立保护生态环境与守护民族生存家园的意识,并通过文学作品发出拯救地球、守护生存家园、走出人类中心主义、走出现代性困境、敬畏生命、守望民族文化的强烈呼声。伴随着生态危机的日益加剧,这种呼声也不断在加强。

### (二) 表现特点

比较来看,新时期南方民族文学话语建构体现出对前两个阶段南方民族文学话语的扬弃。一方面，它继承或延续了前两个阶段的话语建构，如第一阶段的启蒙话语、第二阶段的现代话语、两个阶段共有的阶级话语和民族话语。这一时期新启蒙话语的兴起，表征了新时期南方民族文学重回"五四"启蒙精神，也弥补了前一时期启蒙话语断裂的缺憾。这一时期南方民族文学先锋话语的崛起虽然有着新时期特殊的大陆文化语境，但与前一阶段的现代话语仍然有着精神气质的相通之处——如存在主义或人道主义的精神品质。新时期南方民族文学对前两个阶段阶级话语的延续，主要体现出一种文化与文学的历史惯性。新时期南方民族文学民族话语的继承或延续，则表明现代南方民族文学在近百年发展演变中，一直没有脱离民族文学的民族性，一直把关注本民族命运、诠释本民族文化作为分内之事。另一方面，它表现出新的变化，展现出新的格局。其新变化主要表现为女性话语与生态话语的出现，其新格局主要表现为前一阶段处于主导地位的阶级话语，在这一时期呈现出不断弱化的趋势，并在改革开放与现代化建设的背景下成为边缘话语，而新启蒙话语、民族话语、先锋话语、女性话语与生态话语相继或共同成为新时期南方民族文学的显在话语，构成了一种新的时代文学景观。

就新时期南方民族文学话语建构本身而言，它除了多种话语同时并存之外，还表现出以下两大特点：一是不断嬗变。在新时期，南方民族文学最先出现的是阶级话语，其次出现的当数新启蒙话语，再后是 20 世纪 80 年代中后期大约同时出现的民族话语与先锋话语。20 世纪 90 年代以后，南方民族文学女性话语随着佤族女作家董秀英作品的面世而浮现于中国文坛，并随后广泛引起关注。21 世纪之后，关注生态危机的生态话语生产成为新时期南方民族文学重要话语类型。二是混合交叉。这主要是多种文学话语存在于同一部文学作品中。在藏族作家阿来的长篇小说《空山：机村传说》中，新启蒙话语、民族话语、先锋话语与生态话语组成了多声部合唱。作品对大跃进等的质疑，彰显了新启蒙精神。作品对藏族当代历史曲折的反思与当代命运的关注，对藏族传统文化断裂的忧思，着眼于民族话语的建构。作品关于人性迷失与人性救赎问题的探讨等，是先锋话语的投射。作品对生态问题的描述与关怀，又编织出当代藏族文学的生态话语。在佤族女作家董秀英的《马桑部落的三代女人》与《摄魂之地》中，新启蒙话语、民族话语与女性话语交织在一起，显示出作品的厚重主题。仅就这两部作品共同描写的佤族习俗——"砍人头"来看，就体现了对佤族和佤族女性历史生存悲剧的关注与反省，可谓集民族命运审视、女性命运思考与民族文化批判于一体。

## 二 阶级话语的延续

这一时期，着力建构阶级话语的南方民族文学的作品，主要是以少数民族生活为依托，着力表现革命斗争的革命历史小说或革命历史题材作品，李乔长篇小说《破晓的山野》、降边嘉措长篇小说《格桑梅朵》与益西单增长篇小说《幸存的人》、陆地长篇小说《瀑布》、侗族作家滕树嵩中篇小说《侗家人》、土家族诗人汪承栋的叙事长诗《雪山风暴》等就是其中的突出代表。

### （一）旧中国反动统治阶级的黑暗统治导致其历史合法性丧失

新时期南方民族文学阶级话语建构的第一个重要方面，是揭露旧中国反动统治阶级的黑暗统治，解构其历史合法性。换言之，即表明旧中国反动统治阶级的黑暗统治导致其历史合法性丧失。在这一时期的南方民族文学的革命历史叙述中，其锋芒所向仍然是包括少数民族反动贵族在内的旧中国反动统治阶级，是他们的反动与黑暗统治，是他们政治上的反动、经济上的剥削与文化上的"愚民"。在这些统治者身上所体现的社会正义的丧失，标志着他们政治统治历史合法性的丧失，他们的历史命运注定是被人民大众所推翻。

李乔的《破晓的山野》在很大程度上是李乔在新时期对《欢笑的金沙江》三部曲的改写与缩写。小说的重要特点之一，是批判凉山彝族历史上存在的上千年的野蛮奴隶制度，揭示凉山地区结束奴隶制度、进行民主改革的历史必然性。小说借彝族人丁政委的话指出："现在已到了二十世纪五十年代，我们凉山还保存着世界上第一个最残酷、最野蛮、最黑暗的剥削制度——奴隶制。"具体而言，"这个奴隶社会的最高统治者，是各家支的黑彝，在政治上、经济上享有无上的特权。这个等级约占社会总人口百分之七，他们统治着全部百姓，占有百分之八十的安家娃子和百分之五十左右的锅庄娃子，并程度不同的将这些娃子以及娃子的子女，作为世代继承的财产。除此，这个等级还占有总耕地面积百分之六十至七十的土地，和大量的生产、生活资料。他们有严密的家支组织和广泛的联系，并以此进行野蛮的暴力统治"。① 小说所着重描写的大黑彝阿侯什都家族，就是对百姓与娃子实行残暴统治的一个典型。正如小说中凉山彝族民谣所写："最快的马，一天跑不完阿侯家的地方。善飞的鸟，难逃阿侯家的天罗地网。"阿侯家族已传承数百上千年，拥有宽广的土地、巨大的财富与众多的百姓、娃子，对娃子实施残暴的统治。汉人克衣被阿侯什都派家丁抢来做了他的安家娃子，夫妻逃跑后被抓回，然后被打得死去活来。又因为克衣为路过的红军当过向导，阿侯什都让手下将克衣夫妻吊打至死。为了复仇，克衣夫妻的儿子拉莫、约千幸存下来后积极参加了革命与民主改革。黑彝沙马木札家族与磨石拉萨家族还相互"打冤家"，打得天昏地暗，人员伤亡无数。而当中国人民解放军进入凉山、对奴隶制度进行和平的民主改革之后，阿侯什都的儿子阿侯都苏、另一黑彝磨石兹达等则在国民党焦团长（色图米米）等人的煽动与支持下，阻挠改革，成立武装袭击、杀害革命干部，镇压娃子对他们的斗争。《格桑梅朵》通过主人公边巴的口这样诅咒西藏和平解放前由宗本、堪布等反动贵族所把持的世界："这个世界坏人享福，穷人受苦，还能有什么吉祥的时光?! 这不，噶厦政府准备打仗，又念咒经，又派乌拉，闹得老百姓没有一天安静的日子。"而在西藏，

---

① 李乔：《破晓的山野》，人民文学出版社1982年版，第58—59页。

官家（即封建政府）、寺院和贵族"三大领主一手遮天"，"没有正义"。不难看出，这里的噶厦政府已经完全失去了民心，在他们的统治下只有坏人享福和穷人受苦，老百姓生活在赋税、劳役等重压下而不得安宁。就边巴而言，更是苦大仇深。红军长征之时，边巴的阿爸在色桑渡口被嘎朵烧死，边巴和阿妈被关进土牢里。边巴母子得到牢房看守达瓦爷爷的帮助得以逃出土牢，在尼玛次仁大伯帮助下渡过了金沙江。但阿妈走散了，边巴再未见过。身为奴隶的边巴的心里一直难以扫除家破人亡与亲人失散的阴影。边巴的父母与边巴的额头上，都被农奴主残忍地烙下了下贱的"狗"字。边巴虽然侥幸存活下来，但却被奴隶主用皮鞭打破脑袋、打断肋骨，全身伤痕累累，尤其是被大堪布益西当成"鬼"赶进深山老林，连做人的基本资格都失去了。虽然边巴不一定具有高度的政治觉悟，但作家却进一步通过他诅咒了国民党的黑暗统治，正如边巴对她的恋人娜真所说："在江东时代我见过的那些叫国民党的汉人，真是坏透了，他们和土司、头人串通一气，专门欺负我们穷人……"在这里，国民党是与土司、头人合伙欺负穷人的"坏人"，他们的历史合法性已经动摇。边巴的苦大仇深雄辩地证明了中国人民解放军进藏、实行和平解放西藏、实行民主改革、推翻西藏农奴制度的历史必然性。正如中国人民解放军副队长李刚了解到边巴的苦难之后所说："边巴兄弟身上的一条条鞭痕，一个个伤疤，记载着藏族同胞的多少仇和恨，是对国民党反动派和万恶的农奴制度的强烈控诉。我们一定要发挥艰苦奋斗的革命精神，胜利完成进军西藏、解放西藏的光荣任务，把帝国主义侵略势力赶出西藏去，把藏族同胞从苦海中拯救出来，为边巴兄弟和千千万万受奴役、遭迫害的农奴兄弟报仇雪恨。"[①] 在《幸存的人》中，藏族反动贵族对藏族农奴、百姓实施严酷的经济剥削与残暴的政治统治。其一是，仁青晋美老爷对所属地区藏奴、百姓征收的赋税与差役简直多如牛毛，沉重如山。比如，噶厦政府亚德东庙摊派的捐税条

---

① 降边嘉措：《格桑梅朵》，人民文学出版社1980年版，第119页。

款，包括出生税、离婚税、打猎税、茶税、盐税、牛类税等 62 种税"一概不变"；皮捐、竹器捐等原有 20 种捐，"照原样交"。新增地租、糌粑税、面粉税、鸡蛋税、羊毛税、食肉税等新税 17 种，尤其是人头税，每人每年交 15 两银子。还有应酬老爷训话税，每年每户交 20 个鸡蛋；应酬官员税，每年每户交 30 两银子，30 个鸡蛋。此外，还有内差劳役 14 条。凡是年满 8 岁的差民，都必须承担上述赋税与差役。这些沉重的税负与差役，简直把农奴与百姓逼向了生存的绝路，他们除了请愿减租减负或揭竿而起，别无他法。其二是，一旦遭遇农奴的反抗，藏族反动上层贵族就会对农奴进行血腥的镇压。比如断手足，挖眼睛，甚至打死。小说开头所描写的，正是仁青晋美带领 250 名军人对抵抗赋税的德吉村藏民实施的宗族灭绝式的血洗与屠杀，仅德吉桑姆与桑节普珠姑侄成为幸存的人。反抗仁青晋美血腥统治的农奴，或所谓带头"闹事"者，如德吉桑姆、森耿杰布、索甲等纷纷被其杀死或处死。农奴进行请愿要求减负，也受到关押和毒打——如洛卡达日等请愿，先被仁青晋美用诡计迷惑，后关进监狱。

**（二）革命道路是民族解放的根本出路**

新时期南方民族文学阶级话语建构的第二个方面，是表明革命道路是民族解放的根本出路。无论是推翻压在南方少数民族身上的奴隶制度或农奴制度，还是南方少数民族政治上的翻身解放，都离不开中国共产党领导的中国革命。换言之，中国共产党领导的正确政治革命，是推翻旧社会的剥削与压迫制度、使南方少数民族获得翻身解放的根本出路。

李乔《破晓的山野》着力歌颂了中国共产党的正确民族政策在凉山彝族民主改革中所显示的巨大力量。一方面，废除凉山彝族奴隶制度，进行民主改革势在必行，解放奴隶是大势所趋。另一方面，针对凉山彝族的特殊情况，解放凉山、废除奴隶制度有必要进行和平协调的方式，即对奴隶主（黑彝）采取"不斗争、不杀头、不打人、不骂人"①的政策，对他们进行民族政策教育，让他们积极参与到政治协商、政治管理的活动中来——为此，还有必要对深受黑彝压迫的奴隶们进行政策的教育。尽管由于焦团长等国民党残余势力的煽动，大黑彝阿侯什都之子阿侯都苏以及磨石兹达等黑彝组织反动武装，与人民政府、人民解放军进行了对抗，但和平政策仍然发挥出巨大的作用。像沙马木札、木锡骨答、磨石拉萨等黑彝被组织到内地乃至北京参观考察以及当选为政府领导之后，充分认识到奴隶制的野蛮与落后，对民主改革表示拥护。而贯彻执行和平解放的民族政策中，彝人出身的丁政委发挥了极其关键的作用。比如，他识破焦团长的奸计（焦团长派人暗杀了丁政委的母亲与哥哥比古，并嫁祸于沙马木札），有力地保护了被冤枉的沙马木扎，也团结了沙马木札的舅舅木锡骨答，这些对稳定黑彝的情绪、消解黑彝的对抗起到关键性作用。即便是不愿意轻易放弃奴隶主地位、坚持对奴隶解放进行武装阻挠的阿侯都苏，人民政府的政策对他的态度仍然是团结与争取。

降边嘉措《格桑梅朵》的题名隐喻着"幸福花"的含义，也喻示着西藏农奴的翻身解放。而"幸福花"的开放、西藏农奴的翻身解放是和"红色汉人"紧密联系在一起的。而"红色汉人"正是中国共产党和人民解放军，中国共产党和人民解放军正是解救西藏农奴、引导他们翻身解放的福音。作品着重表现的主题正在于此。与反动大堪布益西极力诬蔑与丑化"共产党、红汉人杀人灭教，是魔鬼转世"不同，广大西藏农奴却把中国共产党、"红色汉人"看作救命的恩人，看作引导他们翻身解放的希望所在。比如，当得知中国人民解放军开始进藏时，广大农奴异口同声地说："红军是从东方飞来的'神鹰'，他们身披红霞，乘着彩虹飞到北方，去解救受苦受难的各族人民。红军说啦：他们以后还要回来，要来解救水深火热之中的藏

---

① 李乔：《破晓的山野》，人民文学出版社1982年版，第75页。

族同胞。"① 边巴的救命恩人达瓦爷爷在红军长征之时就对农奴的解放充满了期待与信心，对红军充满了期待。他因此这样鼓舞小边巴："天再黑也是会亮的，乌云再厚也是会消散的，农奴们的生活再苦，也会有个尽头，总有一天会苦尽甜来。"临死前他又告诉边巴："要找到救苦救难的红军，一定要为惨死的阿爸和阿妈报仇……"而当中国人民解放军开始进藏后，边巴的恋人娜真宽慰边巴说："要是红军能回来，该有多好啊！我们穷人的苦日子也就熬到头啦！"这些藏民发自内心的话语，尤其是后来中国人民解放军进藏之后解救边巴、解放藏民、为藏民谋福祉等等正义举动，充分证明了中国共产党、中国人民解放军是解放西藏农奴、为他们谋幸福的救星。而边巴、娜真等藏族农奴的成长，也昭示出在新召唤下广大农奴政治觉悟的提高，因此也为中国人民解放军进藏、中国共产党领导西藏和平解放与民主改革提供了最为广泛的群众土壤。降边嘉措在谈到他参加中国人民解放军进藏的经历时指出："我亲眼看到共产党、解放军同国民党反动派全然不一样，实行民族平等和民族团结的政策，尊重藏族人民的风俗习惯和宗教信仰，对我们藏族人民所遭受的深重苦难，满怀同情，关心藏族人民的疾苦，全心全意为藏族人民谋利益。"② 他的这段话实际上为《格桑梅朵》这方面主题做出了很好的注脚。

益西单增在谈到《幸存的人》主题时指出："《幸存的人》写的是1936年到1950年间西藏农奴和奴隶的生活和斗争。主要刻画幸存的姑侄俩和跟姑侄俩有着共同利益和理想的几个反抗斗争的农奴领袖形象，以及代表着农奴主阶级利益和势力，象征着封建农奴制度的几个反面人物的形象。小说的主题思想是揭露封建农奴社会的黑暗，歌颂勤劳、智慧、勇敢的西藏人民，阐明在封建农奴制度下，农奴无论靠什么力量来进行斗争——例如靠佛爷、靠自己、靠朋友，都不能得到自由和胜利，即使取得胜利，也只能是暂时的。因此西藏的革命，

---

① 降边嘉措：《格桑梅朵》，人民文学出版社1980年版，第9页。
② 吴重阳、陶立璠：《中国少数民族现代作家传略》（续集），青海人民出版社1982年版，第247页。

西藏人民的翻身解放,农奴们几百年来当家做主的愿望,只有在中国共产党的领导下才能实现。"① 可以说,"揭露封建农奴社会的黑暗"、歌颂西藏人民的阶级反抗精神,"阐明西藏的革命和西藏人民的翻身解放,农奴们几百年来的当家做主的愿望,只有在共产党的领导下进行斗争才能真正实现",确实构成了作品的中心主题。一方面,作品着力表现了西藏农奴勇敢的阶级反抗精神。这在德吉桑姆向仁青晋美的个人复仇(包括手刃仁青晋美)、森耿杰布组织"奋刀"队进行反抗、洛卡达日组织"神山勇士"进行反抗、桑节普珠用手抠挖佛的眼珠并火烧仁青晋美的经堂等一系列事件中得到了充分的表现。遗憾的是,这些反抗均宣告失败,连德吉桑姆也被仁青晋美残忍"水葬"。另一方面,作品最终得出了这样的结论:只有在先进政党的领导下,西藏农奴的解放才能得到实现。而无论是个人复仇也好,还是自发的农奴起义也好,都会因为反动统治力量的强大与自身的弱点而归于失败。这一点,则在德吉桑姆牺牲前的个人反省中得到了证明。比如,她这样告诫桑节普珠的女友金宗说:"你告诉普珠,说阿妈这些年来,一直想为他舅父舅母报仇,为德吉村的差民百姓报仇。但是,到现在仇不但没有报成,反而被仇人抓了起来,索甲阿爸、狮子叔叔反被仇人杀害了。你爸爸他们也被赶到包拉穆神山上……旧仇未报又加上了新恨……不管怎么样,你们长大以后,一定要报仇雪恨。不过不要像德吉村人那样硬拼……"由此可见,连她自己也意识到了个人复仇或集体自发反抗道路的行不通。为此她继续对金宗说:"他们要来了,你们首先要看一看,等一等!如果他们是好人,不和老爷们一个鼻孔出气,你们就去求求他们,请他们为差民百姓做主,为我们报仇。"② 这里的"他们",指的正是中国共产党领导下的中国人民解放军,或者"红色汉人"。这一点,正是作品主题的关键之处——虽然作品缘于构思、结构等方面原因没有更多地从正面展开这方面主

---

① 益希单增:《为发展藏族文学刻苦创作——谈长篇小说〈幸存的人〉的创作体会》,《青海湖》1981年第10期。
② 益西单增:《幸存的人》,人民文学出版社1981年版,第393—394页。

题。而在更早之前,当本欲报仇却反过来受到仁青晋美强奸之后,德吉桑姆已经开始怀疑借宗教力量复仇的道路,因此劝诫侄子桑节普珠不要再信佛("觉仁波"),因为佛好像不管"穷人的事"(原话为:"以后不要拜觉仁波了,他好像不管我们穷人的事!")。对她来说,宗教与神灵或许从来就不是穷人的救世主与庇护神。所以,事实证明,个人复仇、集体自发反抗与宗教复仇(借助神的力量),都不是解放西藏农奴的政治出路,唯一出路就是在中国共产党领导下进行正确的政治斗争。

## 三 新启蒙话语的兴盛

与新时期中国汉族文学及北方少数民族文学一样,新时期南方民族文学新启蒙话语的构建,更多的是从这一时期的改革文学等中体现出来。就其主要内容而言,大致表现为以现代性为目标,以现代理性精神为标尺,对政治蒙昧主义、封建陋俗与旧的文化观念进行不遗余力的批判,从而建构出以理性、启蒙与科学精神为核心的新话语体系。

### (一)走出政治蒙昧主义,寻求历史理性

新时期南方民族文学新启蒙话语建构的第一个方面,是走出政治蒙昧主义,寻求历史理性。藏族作家阿来曾说:"历史车轮已经带着我们进入了一个新的世纪,也许这个时间单元的转换,也提醒我们,该对我们刚刚走过来的那个世纪有所反思了。"对极"左"路线流毒的肃清,纠正历史的错误,总结历史曲折的代价,避免重蹈历史的覆辙,重建历史理性,是新时期南方民族作家感到义不容辞的历史责任。对阿来等南方民族作家来说,反思历史是以启蒙为动力的,而目的则在于让人们从历史苦难中觉醒,从历史代价中获得精神的财富,以理性的精神开辟历史的新征程。也正如阿来补充说:"虽然历史的进步需要我们承担一些必需的代价,虽然历史的进步必定要让我们经

受苦难的洗礼,但我还是强烈认为:不是所有痛苦我们都必须承担,如果我们承担了,那承担的代价至少不应该被忽略不计。"① 在这种创作思想与启蒙意识的引导下,南方民族作家在作品中表现出对政治盲动主义的强烈质疑和否定。土家族作家孙健忠的短篇小说《留在记忆中的故事》就是一份关于特定历史时期土家族民众惨痛的历史回忆。他荣获全国优秀中篇小说称号的《甜甜的刺莓》又以高寒山区推广种植双季稻的故事反思了土家族地区20世纪70年代所经历的历史曲折。土家族作家孙因的短篇小说《疯女人》通过跨民族写作的方式表现了苗、汉等民族的历史灾难。苗族作家向本贵的长篇小说《凤凰台》正是通过对特定历史时期曲折的反思来关注中国农民与中国少数民族农民的生存命运的。就这些运动的初衷来说,如同作品人物刘宝山所说:"我们最终的奋斗目标,是建成共产主义,人人都过上有饭吃有衣穿,幸福美好的日子。"然而,这种过早过快变革农村生产关系的做法未必能够取得实际的效果。毫无疑问,新时期南方民族作家用自己的作品对这些问题做出了有益的探索与思考,特别是表现了对极"左"路线或政治盲动主义的质疑。

新时期南方民族作家还把批判的矛头直接对准了以野蛮、迷信与愚昧为特征的政治蒙昧主义。伍略的《麻栗沟》和向本贵的《凤凰台》均为典型之作。

### (二)走出文化蒙昧主义,寻求科学的人生观与价值观

新时期南方民族文学新启蒙话语建构的第二个方面,是走出文化蒙昧主义,寻求科学的人生观与价值观,而这突出地从对南方少数民族现代生活中的封建陋俗的批判中得到充分的体现。"启蒙当然以理性为向导和标志,五四曾以常识的理性来衡量一切,来打破迷信、否定盲从,解除精神枷锁,它提倡'科学的人生观'。"② 新时期南民

---

① 阿来:《不同的现实,共同的将来——〈空山·达瑟与达戈〉获〈芳草〉"女评委"大奖答谢词》,阿来:《看见》,湖南文艺出版社2011年版,第158页。
② 李泽厚:《走自己的路》,安徽文艺出版社1994年版,第532页。

族作家发现,虽然南方少数民族从"五四"时期就进入了现代社会时期,但无论是 20 世纪 20—40 年代,还是 20 世纪 50—70 年代,抑或是改革开放之后的新时期,封建陋俗仍然存在于南方少数民族生活当中,渗透在封建陋俗中的封建文化、腐朽观念与落后思想仍然左右着不少南方少数民族男女老少的思想,并成为改革的阻力与影响他们自身追求生活幸福的障碍。正如有学者指出:"近一百年来,中国的社会革命,铲除了几千年的封建统治,结束了封建宗法制的社会和经济关系,建立苏联模式的现代民族国家。但是,政治变革并未促成中国文化的现代转型,也未推动现代性进程。因此,传统文化遗毒依然存在,文化启蒙仍有必要。"① 这些封建陋俗表现在南方少数民族的衣食住行、婚丧嫁娶等许多方面,表现出强大的历史惰性与顽固性。其中,像部落之间"打冤家"的习俗、仇家之间"不开亲"的习俗、"寡妇不能再嫁"的习俗、"女子不准上学"的习俗等等,就是其中的突出陋俗。新时期南方民族作家敏锐地发现了这些封建陋俗对南方少数民族生活的荒谬性与危害性,在作品中对它们进行严厉的拷问与尖锐的批判。

藏族作家扎西达娃的短篇小说《没有星光的夜》(《民族文学》1983 年第 1 期)对藏族部落间"打冤家"的旧俗进行了集中的批判。"复仇,由于藏族部落成员的强悍、尚武以及较重的本位观念,故容易结成部落间的冤仇。藏族有句谚语:'有仇不报是狐狸,问语不答是哑巴。'反映了他们对复仇观念的认同,部落之间一旦有了冤仇,就要千方百计地进行复仇。"② 这篇作品的主题就是新时代的藏民与旧时代"打冤家"陋俗的决裂,展示了文明与野蛮、理性与愚昧在新时代的矛盾冲突,并通过作品主人公阿格布的思想、行为予以了有力的表现。阿格布是一个生长在康巴地区的青壮藏族男子,入过党,参加过中国

---

① 林朝霞:《现代性与中国启蒙主义文学思潮》,厦门大学出版社 2015 年版,第 273 页。

② 青海省社会科学院藏学研究所:《藏族部落制度研究》,中国藏学出版社 2002 年版,第 282 页。

人民解放军，有着很高的政治觉悟与文化反思能力。在与妻子康珠结婚十周年纪念的日子里，他们享受着美满婚姻与和平生活的幸福，同时也遭遇了一场突如其来的冲击，并给今后的生活留下了不小的阴影。这场突如其来的冲击便是藏族部落间旧时代留下来的"打冤家"的陋俗。原来，这一天，一个叫拉吉的流浪青年找上门来，他来的目的就是与阿格布抽刀决斗，从而为他的父亲复仇，因为许多年前，阿格布的父亲在决斗中杀死了拉吉的父亲。在拉吉的眼中，"打冤家"是"康巴人的传统"，上辈的仇人死了，做儿子的就必须向仇人的后代继续报仇。而村子里的康巴人"千百年来"都把"打冤家""视为生命"。而在接受了新思想的阿格布的心中，"一代一代，打不完的冤家"已经是"旧社会的事"，作为新时代的藏民，应该"太太平平地""好好过日子"。上辈人之间结下的仇怨，要无辜的下辈人、后辈人来承担，其实是没有道理的，是荒唐的。他极力坚持："上一代的宿债，应该由我们结束了，今天我们都是解放了的农奴。"为了兑现自己的诺言，为了实现和平，为了与"打冤家"的陋俗决裂，阿格布放弃了与拉吉决斗，答应了拉吉提出的下跪要求，同时与拉吉交上朋友，一场血腥的械斗就此被避免。然而，小说结尾的描写同时表明，要与"打冤家"陋俗决裂还面临着艰巨的道路。康珠与村里人都认为阿格布下跪是极为"丢脸"与冒犯"佛爷"之举，他们为了捍卫所谓"尊严"，乘其不备杀死了拉吉。阿格布的努力前功尽弃。

  侗族作家刘荣敏的短篇小说《高山深涧上的客栈》（《民族文学》1983年第12期）通过对侗族人生活的描写，表现了新时代侗族人终结"不与仇人开亲"这一侗族传统陋俗的可喜努力。为人正直、豪放的侗族牲口贩子、老者吴二贯这天遇到了一件不开心的事，原来他不得已住在了以前的仇家开的店——"大枫云客栈"里。1949年以前，当时的店老板黑棒老二勾结强盗抢劫了吴二贯的父亲，吴二贯的父亲受伤而死。虽然黑棒老二在1949年以前，被政府依法枪毙，但吴二贯却一直难解心头之恨。更让吴二贯难以接受的，是他的儿子狗狗还与老板娘的女儿俾芹香相爱。而当他发现老板娘"是个好人"，与他一样"也在为开发山区经济出力",俾芹香与儿子是那样的般配与相爱时,他"那久藏心底的仇气也在一点一点地融化着",不仅同意了儿子与俾芹香的恋爱,而且反过来安慰老板娘母女,让她们遇到坏人找麻烦时找他解围。

瑶族作家蓝怀昌的短篇小说《布鲁帕年掉下了眼泪》(《民族文学》1983年第3期)以理性的眼光审视了瑶族历史上的陋俗——杀牛祭逝者。在南方的"四大瑶寨","砍杀大牛",祭祀刚刚死去的人,是"自古沿袭下来的没有文字的寨规,谁也不敢违背"。但牛却是瑶寨不可缺少的重要生产工具,没有牛耕地,生产便无法顺利进行。正如小说所写:"上山砍树不能没有刀,山里人耕地不能没有牛。"而瑶族人世代传承下来的人死杀牛的习惯,却给后代带来了难以承受的"灾难"。失去耕牛的人家,只好用有限的人力耕地,这种难以承受的劳动像沉重的枷锁一样套在他们的脖子上。小说中的妇女何娅妮在农村实施生产责任初期所遭受的,正是这一陋俗的强大冲击。她的丈夫因病死了,四大瑶寨的长老们便迅速商定决议,次日杀掉何娅妮家仅有的布鲁帕牛,为何娅妮的丈夫举行葬礼。丈夫死了,两个小孩子大的9岁,小的2岁,布鲁帕牛是何娅妮能够依靠的用来耕地的工具,杀了布鲁帕牛,家中生产和生活都将无以为继。她本来遭受了中年丧夫的沉重打击,又将面临失去耕牛的重大打击。多年来,她的家庭就是因不断杀牛导致贫困并且靠吃国家救济粮度日的。以前在丈夫的母亲与父亲死去的时候,家里都按照古老的寨规分别杀死了耕牛。被杀的耕牛,则被参加葬礼的人很快吃光。走投无路的何娅妮只好找到老魔师的儿子卡多为她化解疑难。在何娅妮晓之以理、动之以情的解释下,通情达理的卡多决定废除杀牛祭人这一陋俗——他趁父亲外出之机,主持了何娅妮丈夫的葬礼,在不动声色中用猪、羊代替牛做祭品,那头待宰的布鲁帕牛逃脱了死亡之灾,流下了庆幸的眼泪。但老魔师回来后却对儿子卡多严加训斥,将其赶出家门,认为其改变了老规矩。而卡多则以这样的话——"你害了我,害了我的妻儿,害了四大寨的父兄,你主持砍杀的牛越多,你的罪就越大"加以回击。

壮族韦一凡的中篇小说《歌王别传》则集中地向壮族生活中"男人丧妻可以续弦，女人守寡可不准再嫁"这一陈规提出了大胆的挑战。本来，以早期的壮族生活中，"相慕的男女青年可以在歌圩上互表心迹，当面明誓，订下终身"。但后来，不知从哪朝开始，官府"硬逼壮人独尊孔孟，婚嫁大事，父母做主，合上生辰八字，明媒正娶，才成夫妻"。其中有一条习俗则对妇女充满了歧视与作践。这便是"男人丧妻可以续弦，女人守寡可不准再嫁"。在1949年以前，歌王蒙铜锣与身为寡妇的歌后苏四妹以歌结情，但却为上述陋俗所阻拦。主要与他们作对的正是封建礼教的卫道士、伪君子吴督学。当蒙铜锣按照乡规来到苏四妹夫家所在的宗族——吴氏宗族获取苏四妹的"年命"时，当即受到了吴督学势力的从中作梗。有着三妻四妾的吴督学虽然私生活极其淫乱，但却以孔孟伦常的代表者自居，恪守族中寡妇不能再嫁的陈规，把蒙铜锣与苏四妹的唱歌定情骂为"伤风败俗"，骂蒙铜锣"勾引有夫之妇"，"不尊孔孟，有失伦常"，把他捆绑起来，送进了县衙的监狱。骂苏四妹是"没廉耻的贱货"，并让族人给其戴上猪笼以示惩罚。然而，中国共产党革命的成功最终把蒙铜锣从监狱中解放了出来，帮助他实现了与苏四妹结为夫妇的人生梦想。作为封建卫道士的吴督学则受到了新时代潮流的无情淘汰。

布依族作家罗吉万的短篇小说《紫青色的锁链》（《民族文学》1981年第2期）对"布依女子不读书"这一陋俗提出了严厉批判。原来，在布依族生活中，有一条不大容易为人所质疑的族规："布依女子不读书"。对布依女子来说，"根据祖宗家族的传统，指定了她唯一的人生道路：摸锄拿镰，纺织缝绣，订婚盘酒，坐家生娃……"按照这一族规，布依族女子被规定为从事生产、负责家务与生儿育女与传宗接代的工具，但却被取消了受教育、学知识的权利。与享受教育权利的男子相比，她们遭受到严重的不平等，她们的成长因此受到极大局限，她们内心由此经受的痛苦无人知晓。正因为如此，这样的陈规"却有如一条紫青色的锁链，一代接一代永远捆锁着她们的命

· 193 ·

运!"更严重的问题是,"解放这么多年","众多的布依族妇女,竟还不能把命运从这锁链中挣脱出来……"在对待这一族规问题上,或者说在是否坚持女儿月花上学的问题上,布依族妇女月花妈与她的丈夫月花爹产生了不可调和的矛盾,掀起了一场前所未有的家庭轩然大波。在20世纪70年代后期,对40多岁的布依族妇女月花妈来说,女儿月花初中毕业,考取了高中,是"使她感到最舒心畅意的一桩事"。这件事,对汉族村寨来说,对交通便利的布依山寨来说,都只是一件极为平常的事,但对她所在的偏远的深山中的布依小寨来说,却是一件"真像石头开花那么稀罕"的事。因为在她所在的布依小寨,千百年来订下了一条族规:"布依女子不读书"。依照这一族规,月花爹坚决反对女儿再读书,骂女儿是"妖精妖怪!不服家教的东西",为此同妻子、女儿吵架,举起巴掌殴打女儿,在家中砸东西,要把妻子女儿撵出家门。但对月花妈与月花来说,她们却向这一陋俗发起了毫不妥协的挑战。月花妈9岁时曾念过几天书,心中充满了对知识的渴望,然而守着族规的父亲却不让她上学了,她也由此不得已走上布依族传统女子嫁人生子的老路。她心里强烈地抗争着布依女子这样的命运。所以,当女儿有了上高中学习的机会之时,她不顾丈夫强烈反对,都要坚持让女儿接受更高层次的教育,宁肯与丈夫情感破裂,也不做出丝毫的让步。她的坚持取得最终的胜利。她女儿喊出的"我要读书!生要读,死要读,铁链锁脚也要读!"的口号,既是向传统陋俗与男权文化发出的强烈挑战,也表达了新时代布依女子对知识的渴望,显示了女性意识的觉醒。

**(三)破除封建观念,树立现代意识**

"思想解放运动,首先意味着从传统教条主义中解放出来。"[①] 新时期南方民族文学新启蒙话语建构的第三个方面,是破除封建观念,树立现代意识。新时期南方民族作家发现,尽管南方少数民族已经进

---

① 许纪霖:《另一种启蒙》,花城出版社1999年版,第251页。

入到了改革开放新时期，但几千年来留下来的封建观念却是那样的根深蒂固，依然深深地钳制着他们的思想，使许多人难以走出精神愚昧的生活怪圈。这些封建观念，有官本位思想，也有宗教思想，有迷信观念，也有各种守旧观念。作为不合改革开放历史潮流与现代理性精神的陈腐观念，它们仍然如同文化无意识一样，深深积淀在南方少数民族的心理结构之中，成为一种沉重的思想包袱，与现代精神格格不入。在南方民族作家看来，只有革除这些封建观念的束缚，南方少数民族才能实现人的思想现代化，才能获得思想的新生。

土家族作家孙健忠的短篇小说《官儿坪遗风》（《民族文学》1985年第12期）对南方少数民族生活中根深蒂固的官本位文化观念进行了辛辣的嘲讽。小说中的官儿坪具有强烈的寓言色彩，它没有确切的地域或民族指向性，但却暗喻包括土家族、苗族等在内的南方少数民族地区。在这里，世代相袭的官本位文化却有如不死的幽灵一样在普通百姓的脑海中滋生蔓延。小镇上的吴龙生，不过是一名卖豆浆为生的普通百姓。但他的骨子里却有着强烈的官瘾，时时刻刻怀有升官发财的奢望。他做梦演古戏，穿着"绣花蟒袍"演了一个不知什么级别的官，梦醒后便感到无限的满足。他被李乡长安排扫街、当修电站的伙食保管、到电影院收电影票，等等，他便不自觉地产生了"官"的意识，认为自己是"公家人"，是不带"长"的官儿。一旦有了这样的"官"意识，他便看不起挑水的小韦陀，扫街也有意不扫韦陀的门前街。而李乡长来他家吃豆浆，他恭恭敬敬地在豆浆里放下白砂糖，让李乡长吃得甜滋滋的。更有甚者，本来手头不宽裕还花掉一百元从祖上当过知府的吴先贵手中买下了一顶虚假的"县长"的官帽，并改名为吴今贵，还打算把改名的事做成广告登在州里的《团结报》上。而从此之后，自认为官比李乡长大一级的吴今贵再也看不起李乡长了，不仅不再给李乡长加白砂糖的豆腐吃了，而且要"反客为主"地让李乡长给他吃放白砂糖的豆浆。对于他平时忌恨的巴佬山和尚，他口中发出了"斩"字。对于挑水时故意把凉水泼在他脚上的韦陀，他也想着至少"斩"他一只脚。吴龙生实在是一个现代社会的文化怪胎,但他这样的文化怪胎却有着深厚的文化土壤。一个"官"字,寄托着包括南方少数民族在内的中国人的人生理想、价值取向与处世策略。如果这"官"字只是一种个人或家族的私欲(如政治权势与金钱财富)的满足,那这样的人生理想、价值取向与处世策略在新时代便成为一种错位的陈腐观念,一种与现代社会的平等、民主、公平、法制观念背道而驰的生活哲学。

  藏族作家扎西达娃短篇小说《朝佛》在改革开放初期热切地呼唤科学与现代理性的精神。作品中所写的朝佛是藏族人的生活习俗,这一习俗中却凝结了千百年来藏族人受佛教思想影响的生活观念,这种生活观念就是把人的命运、人的幸福寄托在神的身上。朝佛的目的就是祈求佛祖保佑,给人带来吉祥、安康与幸福,乃至改变人的贫困与落后面貌。藏东姑娘珠玛来到拉萨朝佛,就是希望通过得到佛祖的保佑,改变自己的命运,改变家乡贫穷落后的面貌。就这一点而言,尽管身处新时代,她的人生观念与另一位朝佛的老人是一样的,这便是把人生的希望寄托在佛祖或神的身上。没想到的是,珠玛遇到了女大学生德吉,德吉对她的思想开导最终让她从宗教的观念中挣脱了出来。在德吉的心中,人的命运并不掌握在神的手里。要改变人的命运,要靠的主要是自己。而要改变藏族村落贫困、落后的面貌,则必须要靠科学与知识,要靠人的勤奋劳动。

## 四 民族话语的重构

  新时期南方民族文学民族话语建构主要体现在新时期南方少数民族寻根文学作品中,主要内容便是对民族命运的关注与对民族文化的阐释,以及由此产生的南方民族作家对本民族的文化认同感。阿昌族作家孙宝廷(文炯贝琶)曾经指出:"作为一个忠实的民族文化守望者,要想深入地写好自己的民族,只有走进民族的内心。一个民族的内心其实就是那一片生长的泥土和子民,就是民族的生存环境和独特的文化。文化是一个民族的灵魂,如果连自己的民族文化也不关注,很难想象作家在文学创作方面会有多大建树。"① 他的话表达了新时期南方民族作家对于民族认同的心声。藏族作家扎西达娃、阿来,佤族女作家董秀英、袁智中,彝族诗人吉狄马加,等等,是这方面的代表作家。

### (一) 南方少数民族饱经历史忧患

新时期南方民族文学民族话语建构的一个重要内容便是通过关注南方少数民族的历史命运,发现了南方少数民族无论在古代还是在现当代都饱经了历史忧患。正如藏族作家扎西达娃在他的作品中指出:"西藏的历史就是光明与黑暗、智慧与愚昧的抗争和寻求真理的历史。"② 也正是光明与黑暗、智慧与愚昧的较量推动了南方少数民族历史的演进,同时带来了南方少数民族历史的曲折与忧患。在关注本民族历史命运时,南方民族作家不约而同地充满了强烈的历史使命感与忧患感。

展示藏族的历史变迁,追寻藏族历史的独特演变轨迹,在藏族作家扎西达娃小说中占有重要的位置,并使其在一定程度上表现出浓厚的寻根文学趋向。长篇小说《骚动的香巴拉》所写的凯西家族的兴废就折射出西藏几百年的历史,特别富于历史感。凯西家族曾经拥有"400年荣耀","在拉萨20多家当代西藏最显赫、最富有的大贵族中占有一席之地"。而凯西家族的标志物之一是"地处后藏地区仁布县境内"的凯西庄园。它属于"凯西家族在西藏各地17座庄园中规模较大的一座,有2300多亩土地和400多户人家近千余人口"。由于它是凯西家族的"祖业庄园",凯西家族因此而得名。庄园内建于西藏帕莫竹巴王朝时代(1354—1618)"上下六层"、兼有住宅与军事堡垒双重功能的"高大的古堡式建筑",更是凯西家族祖先由平民崛起为贵族的象征。然而,在阶级的对立、贵族之间的权力斗争、民族的痼疾、时代的风雨等内外夹击与震荡之下,凯西家族却不可避免地走向了衰败。

---

① 文炯贝芭(孙宝廷):《魂系阿露窝罗牌坊》,《文艺报》2012年5月11日。
② 扎西达娃:《骚动的香巴拉》,作家出版社1993年版,第370—371页。

庄园周围藏族平民的"贫穷"乃至生活环境的"肮脏",显示出严重的阶级不平等,也喻示着社会革命的必然到来。20世纪三四十年代凯西家族的子孙凯西·彭措绕登在西藏地方政权的权力斗争中几经沉浮,朝不保夕。彭措绕登之子凯西·坚巴欧珠则完全是一副纨绔子弟的派头,虽然留学过英伦,但仍然过着旧式的贵族生活,与管家为争夺情人而争风吃醋。他无情地拆散了爱女才旺娜姆与仇家之子亚桑·索朗云丹的爱情,葬送了女儿一生的幸福,也埋下了家族衰败的种子。中国人民解放军进藏后的社会革命更是宣告了凯西家族历史的终结,凯西庄园最终在历史的无情冲刷中化为一片废墟。虽然改革开放之后国家民族政策的实施使凯西家族的后人获得了复兴的希望,但凯西家族传家宝银马鞍的丢失暗示着它昔日的辉煌历史必将是一去不复返了——琼姬的四处漂泊乃至沦落风尘,则预示着昔日显赫的恩兰家族走向万劫不复。凯西家族的兴废是西藏上层贵族历史的一个缩影,是现代西藏社会变革的一个缩影。当然,小说还描写了在那个政治年代,藏民所经历的一系列政治风雨,包括饥饿、毁佛灭教、欲望压抑给他们的生活带来的巨大冲击。扎西达娃中篇小说《西藏,隐秘岁月》以达朗与次仁吉姆的爱情故事以及达朗家族的繁衍为故事主线,通过对英国人进藏探矿、第二次世界大战时美军飞机飞越西藏上空、中国人民解放军进藏、大跃进等事件的描写,揭示了藏族地区与现代文明的外部关系,演示了这一独特民族地区的历史变迁。

藏族作家阿来的小说反思中国当代历史的一个重要维度,是依托对阿坝地区藏族乡村生活的描写,展示中国当代历史的曲折,揭示政治运动与政治决策失误给藏族造成的灾难、损失与冲击,并反思与拷问改革开放年代藏族地区在经济、社会发展中所出现的偏差,从而警示人们对深刻的历史教训引以为戒。阿来小说以沉痛的笔墨描绘了这些"人祸"。这种"人祸"使藏族群众深受其苦。他的《空山》《旧年的血迹》《蘑菇圈》等对这些灾难给予生动、形象的再现,让人重温了那段令人心酸的难忘岁月。

佤族女作家董秀英是一个民族意识非常自觉的作家,她的文学作品因此是与关注佤族的生存命运紧紧联系在一起的，称得上佤族生活的民族志叙述。描写佤族生活，关注佤族的生存命运，追踪佤族在历史长河中的演进轨迹，是董秀英作品民族志叙述的主要内容。佤族是我国南方的一个少数民族，主要聚居于云南省西南边地的阿佤山。由于自然环境限制与其他历史原因，佤族的历史进化较为缓慢，以至于在民国时期，佤族还处于原始社会末期的氏族部落阶段。他们大都赤裸上身，衣着习惯近乎野人。他们保留着人类蒙昧与野蛮时期的生活习俗，如用活人头祭谷神、祭木鼓。由于无休止的猎杀人头与边界纠纷等，部落之间的战争与流血冲突不断，结果村寨被烧，人员被杀，财产被抢，有的部落甚至遭受灭绝之灾。董秀英是佤族历史上走出的第一个大学生，她对佤族的历史与社会生活有着非常透彻的了解，既对民族的历史进步表示由衷的自豪，也对民族的历史苦难表示深深的痛惜。出于对佤族的赤子之心，董秀英对佤族的独特社会、历史进行了形象的演绎，并渗透着异常清醒的民族启蒙意识与历史反思意识。从董秀英小说中，能够清楚地看到佤族的民族迁徙史与进化史，看到佤族告别早期人类生活状态（如穴居）的历史进步。在《摄地之魂》中，董秀英借助于佤族古歌表现了阿佤祖先走出石洞（"出人洞"）、战胜野兽与自然灾难、告别穴居、组建村寨与部落的光辉历程。正如这首古歌如此演唱："人从石头洞里出来，老虎不准人来地面，出来一个老虎咬死一个……人从石头洞里来到了地面上，大树看见了人，想倒下来压死人……这以后，人和飞禽走兽，人和大自然，在老天老地的中间过日子……"在《马桑部落的三代女人》中，作者回顾了佤族走出石洞的情景，描述了佤族马桑部落的迁徙与形成过程。佤族走出"石洞"的历史虽然太遥远，在后代的脑海中已变成模糊的记忆，但当天的情景却依然清晰："月亮圆、月亮明。山草山花，树木野果分得清。"后来，阿佤人的一个祖先，"赤裸着全身"，"前腰吊块兽皮"，"领着十来个同样赤裸的同族人"，踏上了民族的迁徙之路。在迁徙中，他们长途跋涉，沿着野牛的足迹，寻找水源与适宜生存的地方。他们到达一个叫班老的地方之后，依靠狩猎林中动物与采集野果野菜为生,并用茅草与竹子修建小茅草竹楼,形成了自己的部落。然而"汉兵军阀"进山烧掉了他们的房子,杀掉他们的族人,剩下的人逃进了深山老林。而在"黑压压的原始森林"中,在一个高达十丈的车树王下,在与老虎、豹子、猴子、野牛为伍的环境中,有着顽强民族生存能力的佤族人又找到了生存之地,他们开辟家园,修造房屋,"马桑部落"就此形成。

　　从董秀英小说中,读者更多地看到的是佤族"砍人头"习俗同佤族社会形成与历史演进之间的关系,是佤族部落间难以规避与停止的战争,而这种成为历史生活常态的部落战争从根本上制约了佤族历史的良性发展与社会进步,也加深了佤族的历史苦难。"砍人头"或猎杀活人的头颅是佤族历史上长期保存下来的一大习俗,也是野蛮时代早期人类用活人祭礼神灵习俗的一种残留,它在中国共产党在佤族山区建立新政权之后才得以根本消除。而在实际的生活情境中,"砍人头"必然陷入无法超越的历史怪圈。伴随"砍人头"的出现,部落之间无休止的复仇与战争必然上演,部落间血腥的杀戮也必然上演。随着部落之间土地、边界、财物等纠纷的增多,"砍人头"不再限于祭祀谷神,而近乎泛滥。董秀英小说作为佤族民族志书写的一个突出内容,就是形象而深刻地审视了"砍人头"习俗与佤族社会、历史的内在关联,以"砍人头"为轴心表现佤族部落相互之间的矛盾与生存困境,并试图从民族学、人类学角度考察这一习俗的生存背景与文化内涵。《摄魂之地》便是这方面最有代表性的作品。根据作品的描绘,"砍人头"可谓佤族人的家常便饭。通过对这些描绘,董秀英再现了佤族沉重的生活史与血腥的部落关系史,深刻地再现了佤族因为砍头习俗而难以摆脱的深重历史苦难。

　　描写土家族的民族地域生活,关注土家人的生存命运、喜怒哀乐与时代变迁,在20世纪80年代中期以来土家族女作家叶梅的文学创作中形成了一种创作意识的自觉。叶梅的《最后的土司》《山上有洞》《青云衣》《黑蓼竹》《撒忧的龙船河》《回到恩施》与《五月飞蛾》等小说作品,依次描写恩施清江流域与长江三峡一带土家人不同历史时期的生活现状,尤其是土司时期、改土归流时期、近代战争时期、中华人民共和国成立前后与改革开放时期的生活,在很大程度上形成了一部鄂西南土家族生活的编年史,生动地展示了身处崇山峻岭之中的恩施土家人的独特山地生活与峡江生活。像《山上有洞》穿插了改土归流时期容美田土司与清廷之间纷纭复杂的政治斗争,《撒忧的龙船河》书写土家人覃老大抗日战争时期在龙船河险滩中走"豌豆角"(木船),《回到恩施》写中国人民解放军南下恩施地区给土家人生活带来的时代巨变,《五月飞蛾》聚焦当下土家族地区的打工潮,这些作品分别有如土家族生活的断代史,包含着深刻的民族学与社会学意义。叶梅的《有条河的名字叫龙船河》与《巴东的老城与新城》等散文,一方面书写恩施土家人风情浓郁的地域生活,另一方面紧扣时代脉搏,突出地反映了这一带土家人在改革开放、三峡移民与西部大开发时代潮流中发生的新变化。尤其是写于宜万铁路通车之际的《火车开进野山关》一文,写21世纪铁路与火车穿越鄂西南的大山险隘,展现出西部大开发在土家族地区带来的崭新图景,写出了恩施土家人百年之梦成真后的无限喜悦之情。总之,叶梅作品不但勾勒出不同历史时空中恩施土家人的生活场景,反映了民族的历史变迁,而且揭示了中国共产党领导的新民主主义革命、改革开放大政方针以及国家西部大开发战略决策给土家人带来的民族解放与社会进步,抒发了土家人的心声。

### (二)南方少数民族有着独特而灿烂的民族文化

新时期南方民族文学民族话语建构的第二个重要方面,是通过追寻各民族的民族文化,有力地证明了南方少数民族有着独特而灿烂的民族文化。努力表现与守护本民族光辉、灿烂的民族文化,表达对本民族文化的高度认同,展示少数民族文化的丰富多样性,是这一时期南方民族作家的自觉意识。比如,普米族诗人鲁若迪基就把向世界传达普米族独特而鲜活的民族文化作为自己文学创作的终极目的。正如他所说:"我的终极目的就是用自己的诗歌为人类文明留住一份由3

万多普米人共同创造的、如今依然在中国西南的崇山峻岭中鲜活存在着的普米族文化。"①

当克服对藏传佛教的简单化理解之后,扎西达娃开始用新的眼光重新审视藏传佛教与藏族生活的紧密联系,并从信仰的高度重新阐释藏传佛教的真正文化内涵。在《西藏,隐秘岁月》中的次仁吉姆及其父亲米玛、母亲察香身上,藏传佛教的内涵得到了充分的解释。无论是米玛、察香还是次仁吉姆,他们大都按照神灵的启示供奉修行的大师。达朗由于年轻时犯下了"枪击菩萨雕像"与亵渎僧人"两个大祸",招致村庄"山石崩塌"与母亲猝死两件灾祸,由此便迷途知返,加入到信教与供奉修行大师的行列。从人与天或人与自然的感应关系中,他察觉到神的存在。而母亲死时从空中飘来的神秘偈语,更是坚定了他的宗教信仰。察香则天生与佛教有缘,不仅一生"积德行善,皈依三宝",而且"戒除了女人天生所具有的'五毒'",因此把供奉修行大师当做分内之事,同时让女儿接班继续履行神圣的使命。次仁吉姆出家为尼,既是秉承父母的安排,更是执行神灵的旨意,也是继承上辈留下的传统。让她难以接受或承受的是,她为此必须抑制欲望,割断与舍弃与达朗的情缘,必须为信仰耗费自己热血充盈的青春之体,更必须在荒寂的环境里忍受一辈子的孤独以及贫困。宗教信仰给她的生活带来了巨大的挑战。次仁吉姆命中注定地接受了这一挑战,直至她在一次与神灵的对话中感受到"从未体验的一种毁灭般的痛苦和梦幻般超脱的圣洁境界""在她身上得到完美的体现"。对米玛、察香与次仁吉姆来说,尽管他们供奉的洞中大师实际上不过是早已死去的20余岁的青年(也许是死于饥饿),他们心中的神灵不过是一种意念,一种幻觉,乃至是一种虚妄,然而他们对神或佛的信仰却是那么的执着与虔诚。这种信仰只能用信仰来加以解释,而不能诉诸科学。将赴美国攻读医学博士学位的第三代次仁吉姆不改对藏传佛教的信仰,则说明无论时代如何发展,无论科技如何进步,无论宗教如

---

① 李娜:《鲁若迪基用诗歌让世界知道普米族》,《中华儿女》2015年第18期。

何虚妄，信仰都在支撑人的精神维系，宗教亦即藏传佛教对于藏族人来说，已经具有了广泛而深厚的民族心理土壤。正如小说结尾借神灵的话说：每一颗"佛珠"就是"一段岁月"，就是"次仁吉姆"，而"次仁吉姆就是每一个女人"。而就其内容而言，信仰、佛、神对于广大藏民来说，既体现了藏民一种心智上向善的努力，也体现了他们一种超越世俗生活的精神追求，并化成了他们民族精神的血液。对《骚动的香巴拉》中描写的"朝圣的善男信女"来说，他们尽管"不知要去往何方"，却不仅"怀着一个坚贞不渝的冥顽的信仰"，"在没有尽头的小路上无言行走"或"在干渴的疲惫中艰辛地跋涉"，而且会把"始终神秘地跟随着他们的身影高高盘旋在蓝天上的"黑鹰看作"如同菩萨显现出的化身"，"永远不会对最终的归宿发生疑问"。他们的人生，是与"对神圣宗教偏执的狂热和不可动摇的信仰"联系在一起的。他们从对信仰的追求中感受人生的幸福与寻找心灵的归宿。

阿来长篇小说《尘埃落定》在描述土司制度的同时，大量地描绘了嘉绒部族文化生活的情景，在表现民族思维与心理习惯中透视了藏族独特的民族文化。阿来认识到，藏族是我国一个拥有本民族语言文字与独特民族文化精神的民族，有着本民族独特的宗教信仰、心理习惯与情感表现。《尘埃落定》对此进行了富于创造性的解释。在麦其土司内部，如果说，麦其土司是土司权力象征的话，那么，济嘎活佛、门巴喇嘛、翁波意西书记官等人则是藏族民族文化精神的载体。济嘎活佛是敏珠宁寺的和尚首领，他的身上很大程度上反映出藏传佛教的教义与独特宗教信仰。他推崇佛法，慈悲为怀；坚持宗教的救赎精神，反对麦其土司种鸦片，以期遏制人们特别是民族上层统治者世俗欲望的恶性膨胀。而当强大的土司权力阻碍了他的教义传布、特别是他为此不得不与世俗权力形成妥协时，他作为宗教家的内心痛苦是可想而知的。当然，他和新派僧人翁波意西的辩论也显现着藏传佛教内部不同派别之间的思想分歧与尖锐矛盾。门巴喇嘛与其说是喇嘛，不如说是麦其土司身边"法力高强的神巫"与巫医。他为麦其土司占卜或预言吉凶祸福,运用"水晶罩"等巫术为傻子少爷治病,在麦其土司与汪波土司的战争中利用咒术乃至人祭帮助麦其土司打仗,都表明他在麦其土司事务中扮演着不可或缺的重要角色。他的身上反映出巫术在嘉绒部族日常生活中的重要位置,他的占卜与巫术则凸显着藏族与其他许多民族相似的万物有灵原始观念与藏族苯教的巫文化传统。书记官或新派僧人翁波意西追求真理、正义与良知,敢于挑战与质疑权威,不为流俗所拘,不怕得罪权贵,不怕受难,勇于舍生取义,是藏族正直知识分子的代表,并体现了嘉绒部族的历史理性精神。而这种历史理性精神是对济嘎活佛的宗教情怀与苯教巫术文化的救补与超越,是民族历史进步的表现,同时也寄寓了阿来对本民族历史发展的希望。

  彝族诗人吉狄马加坚持"用彝人的感情和彝人的意识"写诗,认为"在彝族人的观念和心理深层结构中,对火、对色彩、对太阳、对万物都包含着一种原始的宗教情绪。这是一种神秘的召唤,它使我们的每一首诗和歌都充满了蓬勃的生命力,并具备一种诱人的灵性"。[①]这种思想展示了他的民族文化自觉,即他的《自画像》《黑色的河流》《彝人谈火》《彝人梦见的颜色》《守望毕摩》等诗作,深深地植根于彝族历史、文化的丰厚土壤,描绘彝人的葬礼,追溯彝人的火崇拜,诠释彝族的黑、红、黄三色文化,准确地把握了彝族独特的民族文化精神,显示出作为彝族人的文化自信。他在《自画像》(《凉山文艺》1984年11月号,《诗刊》1985年第3期转载)中用抒情主人公的身份宣称:"我是这片土地上用彝文写下的历史,是一个剪不断脐带的女人的婴儿",这种身份则正是彝族人的身份或彝族之子的身份,诗人的歌唱恰是民族的歌颂,诗人的自画像则是民族历史、文化与精神的集体画像。诗人与彝族共呼吸、共命运,感受着彝族的"痛苦"与"希望"。在诗人的心目中,民族的父母令他自豪——"我传统的父亲,是男人中的男人,人们都叫他支呷阿鲁,我不老的

---

[①] 吉狄马加:《吉狄马加的诗》,四川出版集团、四川文艺出版社2004年版,第158页。

母亲,是土地上的歌手,一条深沉的河流",自豪的原因是因为他们不是强悍的男性就是聪慧的母亲,并创造了彝族绵延不绝的伟大历史与文化。诗人还以民族代言人的身份进一步描写了彝族人的文化习俗——"我是一千次死去,永远朝着左睡的男人,我是一千次死去,永远朝着右睡的女人。"在诗歌《彝人梦见的颜色》中,吉狄马加还对彝族的三色文化进行了精彩的解释。比如,他这样描写彝族的黑色文化——"我梦见过黑色,我梦见过黑色的被毡被人高高扬起,黑色的祭品独自走向祖先的魂灵,黑色的英雄结上爬满不落的星。"黑色与彝族的服饰与神圣的祭祀紧密联系在一起,象征着庄严、神圣与崇高。他这样描写彝族的红色文化——"我梦见过红色,我梦见红色的飘带在牛角上鸣响,红色的长裙在吹动一支缠绵的谣曲,红色的马鞍幻想着自由自在地飞翔。"红色同样与彝族的生活紧密相连,在彝族生活中代表着火,既显示出火对彝族生活的重要意义,又象征着喜庆、活力与生活的梦想。他还这样描写彝族的黄色文化——"我梦见过黄色,我梦见过一千把黄色的衣边牵着了跳荡的太阳,黄色的口弦在闪动明亮的翅膀。"在彝族生活中,黄色也有着独特的内涵,表示吉祥与希望。"三色文化是彝族传统文化的符号,他们用红黄黑三色表达着人们的喜怒哀乐、生死祸福和吉凶善恶。红代表着火,是神圣和荣耀的象征;黄色是精神文化,象征着善良、友谊、如金子一样高尚的品德和永恒不变的伦理与道义;黑色是铁色的文化,象征着坚韧刚强、纯洁无瑕。"① 毫无疑问,吉狄马加用诗的形式揭示了彝族"三色文化"的深刻内涵,也展示着彝族人对不同颜色赋予的独特含义。

作为一位具有深刻民族意识的作家,佤族女作家董秀英并没有简单地停留在对砍头习俗的外在描写上面,而是试图从民俗学、民族学与人类学等角度对这一野蛮而愚昧的习俗进行了深入的解释。通过她的解释,读者可以观察到砍头习俗背后的民族文化内涵。首先,佤族

---

① 李夏:《吉狄马加:彝族文化的守望人》,《文艺报》2009年3月7日。

是一个信仰原始宗教的民族，他们普遍相信神的广泛存在，崇尚万物有灵论。"砍人头"对佤族来说是具有宗教仪式性质的活动。比如，在《摄魂之地》中，用来祭谷神的人头到达部落后，女人要给人头喂鸡蛋。人头先是存放于砍头英雄家，再存放于大巫师家和大头人家，然后依次存放于每户人家，最后存于木鼓房，第二年再换上新人头。然后进行剽牛或杀猪，唱砍头歌以示庆贺。其次，佤族人认为只有用活人头祭谷神，庄稼才能丰收。根据董秀英的解释，"砍人头"习俗说到底与佤族的民族生存有关，因为"砍人头"除了用来祭祀木鼓神之外，主要用来祭祀谷神，以求风调雨顺，作物丰收，使民众免于饥饿与死亡。因为祭祀谷神需要"砍人头"在播种前进行，且每年进行。但虽然"砍人头"是一种野蛮的行为，但由于人们认识水平低下与生产力水平的低下或生存环境的严酷与恶劣，佤族人竟然把它视同神圣的行为，并化为文化心理上的民族集体无意识。在《摄魂之地》中，布绕克在砍头歌中唱道："人头啊莫要埋怨，砍你为的是得到丰收，你的头会给布绕克人带来安宁幸福。"这典型地表明了佤族人杀人头的目的是为了农事的丰收。这样的预期似乎在他们的生活中得到了验证——当岩嘎拉砍下人头后，"部落里的庄稼长得好，很少有饿死鬼"。当木软砍下人头后，"家里的谷子长得好，一家老小不会遭病疼，上山有兽肉，下河有鱼虾"。我们说，在生产方式上，佤族实际处在刀耕火种的低水平农业生产阶段，如此，涉及民族生存的粮食问题是他们生活的重要方面。由于认识水平低下，他们无法从接受先进知识与运用科技上解决粮食问题，只能借助于神灵，因此，无论付出多大的代价，为了解决粮食问题，他们都会在所不辞。"砍人头"祭谷神尽管野蛮、荒唐，要以活生生的人命为代价，但在他们的民族文化里，则是需要服务于民族生存、促使民族繁衍生息。

董秀英作品民族志叙述的另一重要方面，是对佤族独特物质生存方式的书写。通过董秀英作品不难发现，作为山地民族和生产方式落后的民族，佤族是一个以粗放农业经济为主、以狩猎经济与采集经济为辅的民族，其物质生活水平低下。对《摄魂之地》中深居于森林腹地的岩嘎拉、娜瑞与他们的女儿小叶嘎来说，狩猎与采集就是他们一家三口的主要物质生活方式。比如，岩嘎拉在母拉河砍鱼，一家人常常吃不完。岩嘎拉猎杀林中的豹子等动物，用箭弩射杀竹鼠、家鼠与飞鼠，一家人以它们为食。一家人采摘树上结的大中小三种枇杷果，用以果腹。对作品中依山结寨的布绕克部落来说，他们的生产活动除开狩猎与采集以外，主要是种植稻子、包麦等谷物。正如叶嘎的阿公所说："布谷鸟叫，就要下种，部落里祭完了人头，大家都要进山去了。每户人家都在山上种地，种地的人家，在边地盖有窝棚，一家人搬到山地窝棚里，白天砍树做活，晚上就睡在窝棚里。"等到秋天收获后，他们会举行尝新米等活动，感谢神的恩赐。当然，佤族的农业生产方式非常粗放，基本上是刀耕火种的原始生产方式，他们因此不叫种地而叫砍地。在婚恋方面，佤族保留着较为自由的恋爱方式，这从《摄魂之地》等作品所描写的串姑娘的习俗中可以看出。这一习俗的主要内容是："布绕克人串姑娘，吃过晚饭后，小伙子到女方家去，女方家专门有一个床，就是给来串姑娘的小伙子睡的。当天晚上，串姑娘的小伙子可以和姑娘在这张床上睡觉，说悄悄话。"佤族的青年男女相爱，便可以通过这种方式得以实现。而对于部落中的砍头英雄，部落中的大多数姑娘都可以向他表示爱慕之情，并以与强悍的砍头英雄结为夫妻生下新的砍头英雄为光荣使命，引以为自豪。

董秀英作品民族志叙述的又一重要方面，是对佤族独特文化精神的阐释。在董秀英小说中，原始宗教或自然崇拜是佤族文化精神的重要内容，而万物有灵则是原始宗教的核心内容。"神灵被认为影响或控制着物质世界的现象和人的今生和来世的生活，并且认为神灵和人是相通的，人的一举一动都可以引起神灵高兴或不悦；于是对它们存在的信仰就或早或晚自然地甚至可以说必不可免地导致对它们的实际崇拜或希望得到它们的怜悯。"① 在佤族生活中，无论"砍人头"祭

---

① ［英］爱德华·泰勒：《原始文化：神话、哲学、宗教、语言、艺术和习俗发展之研究》，连树声译，广西师范大学出版社2005年版，第350页。

谷神、"砍人头"祭木鼓，还是剽牛、治病，都渗透着万物有灵的观念。正如《摄魂之地》所描述的那样："在布绕克山，布绕克天地，万物有灵。山有山鬼，地有地鬼，水有水鬼。动物是在山林里生活的，它是山鬼的。布绕克人在山上剽了头野牛，剽到野牛的第二天，要用一头小猪到剽死野牛的地方献祭山鬼，野兽是山鬼的。"[①] 在阿佤人的心中，世间万物，诸如天、地、山、水、各类动物、各种植物都是有灵魂的。这些灵魂主宰着人类的生活，左右着阿佤人的吉凶祸福。比如，在《摄魂之地》的描述中，佤族人敬仰创造天地的天神和地神，如同他们创世神话中所演唱的那样："一个是天神，一个是地神，天神地神捆在一起，造了月亮，造了太阳，月亮晚上来，太阳早上升，照得天地亮堂堂。"他们认为人生病是因为鬼拿走了人的魂，正如叶嘎阿公解释的那样："病就是鬼，鬼缠身，鬼会拿魂，魂不在人身上就会病。"叶嘎的女儿娜巴拉被"野人"抢亲时受到了惊吓，砍头英雄木软将她救回之后，部落的大巫师便开始为娜巴拉"喊魂"。董秀英对佤族独特文化精神的阐释还突出地体现在她对佤族人民族集体性格的理解与把握上。董秀英发现，尽管在"砍人头"及物质生产方式等方面表现了佤族人思想愚昧与文化落后的一面，但佤族人却是一个非常值得赞赏的民族，他们有着非常优秀的道德精神品质。比如，佤族人有着非常自觉的集体精神与合作精神，有着患难相助的侠义品性，有着豪放、正直、重义轻利与疾恶如仇的性格与精神品质。尤其是佤族的女性，她们不仅多情、泼辣、聪明、伶俐，而且吃苦耐劳、忍辱负重，表现出了令人敬佩的精神气质。在《摄魂之地》中，无论是拉木鼓还是冬天修水槽，佤族的男子都是那样的踊跃参加与积极出力，表现出卓越的集体观念与合作精神。面对孤苦少女娜巴拉所处的生活困境，心地善良的安木嘎时刻向娜巴拉伸出援手。比如，当孤零零的娜巴拉因为失去所有上辈亲人处于孤独无助困境，行将上吊自杀之时，安木嘎射断了绳子。当娜巴拉受到流氓少

---

① 董秀英：《摄魂之地》，云南人民出版社1992年版，第83页。

年的欺侮之时，安木嘎赶走了流氓。当娜巴拉在看护包麦受到公猴的"非礼"之时，安木嘎及时打退了公猴与猴群。为了彻底消除"砍人头"的陋俗，当上人民政府乡长的安木嘎甘愿舍弃自己的人头，用自己的生命换来了佤族人愚昧思想的根本转变与佤族的社会进步。娜巴拉成为岩党、岩松兄弟的妻子之后，面对游手好闲或抽大烟的两任丈夫，她是那样的勤俭持家与忍辱负重，她的心地是那样的宽广，她的意志是那样的顽强。董秀英的许多短篇小说，也从不同侧面表现了佤族人可贵的精神品质。《佤山风雨夜》中的岩经知恩图报、爱憎分明，疾恶如仇。当专案人员要押走恩人李医生时，他本能地拔出长刀，当场就要与这些"坏人"搏斗。因为在他的心中，政治上被打倒的李医生不仅20年前为其岳母接生，救下了他的岳母与妻子，而且这次又冒着政治风险、冒着风雨夜行70里路，从死神手中救回了他难产的妻子，使他的妻儿母子平安，这样的人一定是"好人"，他为此感激不尽。《沙木嘎，走回部落》中的沙木嘎看重的是人与人之间的友情，而不是金钱。他有一手编织竹器的好手艺。当好心的小学教师李杰将他接到镇上编织竹器后，他的竹器只送不卖。而镇上的女人却不断地向他索要竹器，偷偷地拿到市场上卖高价。沙木嘎返回乡里的家中抓来母鸡，按阿佤人习俗招待这位女人吃了一顿白鸡烂饭，以示"绝交"。《最后的微笑》中的娜女阿公尽一生的努力，忍受被部落人赶出寨子的孤独与痛苦，含辛茹苦地把出生不到10天妈妈便去世的娜女养大成人，并在1949年后送娜女上学读书。当娜女考上中央民族学院之后，阿公的脸上露出了最后的微笑。《背阴地》中的阿佤老人不仅箭术精湛、医术高明，而且救人危难，救死扶伤，不计回报；乐于助人，倾尽个人所有。他两次救下受重伤的黄衣兵的举动，是阿佤人美好人性的闪光。《敬上一筒泡酒》中的女人娜海在理解了农村实行责任制初期作为大队书记的丈夫岩锁帮助同村寡妇娜吓挖地的行为后，她向丈夫岩锁、娜吓的未婚夫岩经与娜吓同时献上带来的泡酒。娜海并不是心胸狭隘的女人，而是乐于助人与善解人意的佤族妇女。

　　土家族女作家叶梅不仅将文学创作的根系深深地植于土家族现实生活的深厚土壤之中，注重表现土家族人民的生存状态与历史命运，而且自觉地将揭示土家族的民族文化精神、描画土家人的民族集体性格，作为自己义不容辞的文学使命，从而表达对本民族文化的强烈认同感与自豪感。叶梅的小说既近距离地描摹土家人的现实生活、时代变迁、思想与情感起伏，又远距离、多角度地书写土家人不同阶段的历史、文化生活，特别是大量地楔入对土家人生存背景、生存方式、历史传说、英雄故事、民族心理与民族风俗的描写，立体地展示出土家人独特的民族精神与性格特质。从叶梅的小说中，读者既能观赏到土家人面对山大水险的艰苦自然环境而坚忍不拔的生活勇气以及随之形成的强悍、勇武的民族性格，也能察觉到土家男女推崇自然情感、张扬生命激情的情感方式与体验；既能触摸到土家人在与人交往中形成的轻财重义、守信重诺、见义勇为等民族道德品质，也能感受到土家人豁达、乐观的生命观念以及独特生命意识。像叶梅代表作——《撒忧的龙船河》中的土家汉子覃老大与其妻巴茶身上，都凝结了土家族民族文化的丰厚内涵。正因为如此，叶梅成功地开辟了自己的土家族文化小说创作之路。与小说一样，叶梅散文通过对土家人以及峡江人地域背景、生存方式、历史传说、英雄故事、生活习俗等的描写，也形象地诠释了中国西南山区民族地域文化的独特品质。如《利川的山》既展示了利川得天独厚的奇山异水，更着眼于对民族文化或人文精神的归结。其在文中所写的古代土家族英雄、巴国将军巴蔓子身上，所凝结着的正是土家人急公好义、诚实守信、为了民族团结不惜赴汤蹈火的民族精神。

　　佤族女作家袁智中在其散文《远古部落的访问》(《金沙江文艺》2007 年第 3 期) 中描述说，即使到了 21 世纪，在中缅边境的中国佤族部落——戛多中，还保持着万物有灵论的浓厚观念。今天的戛多佤族人，仍然生活在一个万物有灵的世界中，村落的每一条道路、每一幢草房、每一块石头、每一棵树木、每一个有形的存在都有灵魂栖息，在日积月累中，都黏附着自己部落族人的气息。袁智中还在其散文《最后的魔巴》(《边疆文学》2008 年第 3 期) 中再次描述说，在阿佤人的世界里，所有有形和无形的东西都拥有自己的灵魂，每一个地方都是神灵的居住地——每一座山、每一条河都有一个神把守着，每只野兽、每棵树、每棵草、每块石头都有自己的灵魂；每个寨子有各自的寨魂，每个家庭也有自己的家魂；每种灾难和病痛都由一个神控制着，在人们的祭拜中时远时近、若即若离。对人来说，灵魂比肉身的力量更加强大，控制了灵魂就控制了肉身，"人的影子就是人的灵魂"。数千年来，佤族的祭师"魔巴"，就是引导人的灵魂与万物的神灵进行对话的人。尤其是佤族拉木鼓、祭谷神等大型的祭祀活动，以前都会采用猎人头与剽牛等方式来祭拜神灵。作为用活人人头来进行祭神活动，本身是极为野蛮的，1949 年之后已逐渐消除。但在佤族人的文化观念里，却有着他们的独特理由。正如袁智中《远古部落的访问》中的老人回答用活人头祭谷神时所说："这是神的安排，只有这样才能让部落人远离灾难，稻谷丰产。"他们认为只有这样，才能平息神灵的愤怒，获得神灵的保佑，让神灵保佑佤族人五谷丰登，人畜平安。正因为如此，魔巴的《祭头歌》才这样唱道："好人头啊，你是最良善的人，你是最尊贵的魂……我们请你来当家，请你来守护我们的家园，请你来守护我们的田地……让庄稼棵棵长得好，让谷穗粒粒饱满倒地……"

哈尼族作家冷莎在对哈尼梯田的赞美中诠释了哈尼族的民族精神。他在《哈尼梯田，我的民族魂》中写道："父辈说，梯田是哈尼人的命根子，没有几丘田，谁家的男人也充不起汉子。倘若我们超越一般的农民意识或撇开某种物质意义去认识梯田对哈尼文化的影响，它足以代表一种民族精神。拓荒者垒造梯田时挥洒在泥土中的血汗透出的人格力量，激励着一辈又一辈的哈尼人，紧随历史的脚步，顽强地自立于世界民族之林。我们的同胞吃着梯田培植的稻米，长成壮实的汉子，潇潇洒洒地走进各种竞技场，走上世界奥林匹克盛会的领奖台……哈尼人和梯田的关系远远超出了'付出汗水，收获粮食'。在深受梯田文化影响的哈尼人的潜意识里,梯田是哈尼人最可珍贵的物质财富,是当家的男人们赖以充汉子撑腰杆的精神支柱,是勤劳的女人四季向往的乐园。"① 哈尼梯田中凝结着的是哈尼人的勤劳、勇敢、智慧,是哈尼人生生不息、世代繁衍的生存密码。哈尼族作家朗确的短篇小说《阿妈的土地》(《民族文学》2010年第2期)深刻地揭示了哈尼人深沉的土地意识或悠久的农耕文化,并通过阿妈这一人物的描写得到了较好的呈现。在已经80多岁的阿妈的生活观念里,"土地是山里人的命,耕耘是山里人的本分"。阿妈平时还爱唱这首歌颂土地的古歌:"阿培明耶(祖先)的土地,是阿妈的土地;阿妈的土地,是万代家传的土地。阿培明耶(祖先)的土地,是阿妈的土地;阿妈的土地,是万物生灵的土地……"可惜的是,她的已经40多岁的儿子,却没有做过一天农活,也不会做农活,吃、穿、用全靠父母的劳动所得。在阿爸去世与阿妈年老之后,这位不肖之子却不能靠劳动收入来供养他和儿媳妇、孙子,而只依靠卖地过日子。这让老阿妈忧心忡忡。为了保护作为家族生存命脉的土地与阻止儿子卖地,阿妈每天坐在儿子的阳台上守护对面属于自己的土地。但儿子已经偷偷卖了两块地,只剩这块属于她名份下的土地了。为了保护自己的这块地,她第一次成功地阻止了儿子把地卖给商人,第二次虽以死抗争,但终于无济于事,自己也老死于这块土地的树下。虽然阿妈的土地意识在商业化浪潮中不再发挥作用,但她的这种珍惜土地、勤奋耕作的土地意识却代表了哈尼人珍贵的传统文化观念。

## 五　先锋话语的崛起

"在我看来,苦难、性爱、死亡、暴力、绝望、罪恶、救赎这七个主题话语在新潮小说中其实是紧紧联系在一起的,对它们的列举式

---

① 冷莎:《哈尼梯田,我的民族魂》,《云南日报》2008年5月16日,另见中国作家协会编《新时期中国少数民族文学作品选集·哈尼族卷》,作家出版社2014年版,第254页。

分析和描述完全是一种行文的策略。而且在许多情况下这七个话语还是互相兼容和内含的，它们都统属在'人性'和'生存'两个总话语下，并从各自的角度对这两个总话语进行着阐释。'苦难'和'死亡'是对于生存的'沉沦'的描绘，'暴力'、'罪恶'是对于'人性'沉沦的叙说，而从'性爱'之中我们既可以看到生存的无奈又可以感受人性的挣扎。而正由于有了他们对于'生存'和'人性'沉沦景观的展现，'绝望'的精神病苦和体验才会被新潮作家醒目凸现在作品中，而就是因为有了'绝望'的体验，'救赎'的话题才会应运而生。可以看出，新潮小说的七个话语是相辅相成地呈现在新潮文本中的，只不过在不同的文本和不同的时期中它们出现的方式和频率不一样而已。新潮小说之所以能在中国当代文学中掀起一场跨世纪的革命，本质上也是与他们对这七个主题话语的反复讲述和特殊处理密不可分的。"[1] 新潮小说不过是我国新时期先锋小说的别名，而它的主题话语因为带有思想的先锋性或前卫性，自然可以称为先锋话语，而苦难、性爱、死亡、暴力、绝望、罪恶与救赎等词汇，的确囊括了先锋文学的基本关键词。新时期南方民族文学的先锋话语也大致可以归结为上述基本关键词，同时包含着自身独特的内涵——如荒诞、抗争等等。藏族作家扎西达娃、阿来，土家族作家蔡测海、田耳，仫佬族作家鬼子及21世纪之后崛起的康巴作家群（如藏族作家意西泽仁、格绒追美、达真、尹向东）等等，正是新时期南方民族文学先锋话语建构的代表。

### （一）人生充满了苦难与荒诞

新时期南方民族文学先锋话语的第一个重要方面是对人的生存命运的关照，主要表现为人生充满了苦难与荒诞，难以逃避悲剧的意味。这方面的代表作家有藏族作家扎西达娃、阿来、仫佬族作家鬼子等。

---

[1] 吴义勤：《新潮小说的主题话语（续二）》，《文艺评论》1996年第5期，第55页。

在对藏族历史生活的记叙里，扎西达娃展示了藏族人难以逃避的悲剧命运，凸显着人类生活总是与荒诞、悲剧相伴。他的长篇小说《骚动的香巴拉》中描写的凯西家族与恩兰家族的由盛转衰，不仅是西藏几百年历史演变的缩影，同时也是人类命运的一种写照。一方面，历史的发展演变有它自身的逻辑，不以人的主观意志为转移，充满了荒诞感与不可理喻感。另一方面，时代、命运、人类自身的弱点等等，往往左右着一个家族的气数与一个人的沉浮与悲欢，同时显示出人类命运的无常之感。无论是贵族还是平民，他们都一样受着无形的强大外在力量的控制，为所谓的命运所左右，显示出强烈的荒诞与悲剧意味。《丧钟为谁而鸣》写的虽是以桑隆寺庙战争为主体的藏族生活，然而却带有强烈的寓言色彩，具有普遍的生存悲剧内涵。小说的寓意表明，人类历史充满了某种循环。历史是一种永定的恒式，但人们往往出于一种盲动而企图改写或折腾历史，历史如此便在这种周而复始的循环中敲响着丧钟，丧钟往往也是人类自身敲响的。与此同时，人类的历史与个别人的行为有着直接的关系。人类历史，往往好比"一根绳子"掌握在某个人的手中，他对绳子的拉动左右着历史的格局——正如有评论家指出的那样，在这篇小说里，"有些寓意是显而易见的，比如桑隆寺庙的战争（政治的最高表现形式）就是在特定背景下个人决定历史命运的意义揭示"[①]。

阿来的长篇小说《尘埃落定》揭示了人生的荒诞性与虚无性。荒诞是西方存在主义哲学的一大命题，同时也昭示了人的生存困境，显示出世界与人生的不可理喻。人与自然环境的异化，人性的蜕变，人与人之间的冲突等等，无一不意味着荒诞，同时消解着个体生存的意义。小说中描写的藏族生活处处显示出荒诞。麦其土司等大量种植毒害人类自身的鸦片，并引起饥荒与战乱等灾害的普遍流行，是对大地

---

① 王绯：《魔幻与荒诞：攥在扎西达娃手心儿里的西藏——〈西藏，隐秘岁月〉跋》，扎西达娃：《西藏，隐秘岁月》，长江文艺出版社1993年版，第393页。

的背叛，也是人性的异化，是荒唐的人类做出的荒唐的举动。人与人之间，例如土司与土司之间、土司与下属百姓之间甚至土司父子之间、土司儿子之间，因为利害关系不能和平共处，而是钩心斗角、争权夺利，充满流血斗争，则更是凸显着"他人即地狱"这一荒诞主题。比如，麦其土司先是无端地杀害查查头人及杀手多吉次仁等，继而又成天生活在多吉次仁一家复仇的恐惧心态或心理阴影中，则是强权的荒诞与悲哀。他当土司的所谓"好处"，竟是"晚上睡不着觉，连自己的儿子也要提防"。查查头人无罪而被杀，杀手多吉次仁杀死查查头人后旋被麦其土司杀人灭口，旦真贡布、傻子两兄弟分别死于父亲的仇人之手，普通百姓在土司发动的战争中成为炮灰，甚至连傻子少爷的出生也是土司醉酒的结果，等等，则无一不是命运的荒诞，是命运对人类的捉弄与嘲笑。虚无，指人生价值的虚无，是荒诞人生主题的延伸。在宇宙中，永恒的只有时间，其余万事万物都是有限的，而个体的生命更是只有极其短暂的几十年，最后不得不以肉体的消灭即死亡为归属。死亡使个体生命在生与死的两极之中得到某种界定。死亡宣告了肉身欲望的暂时性或有限性，宣告了权利、财富、美色等与个体生命的不统一性。当死亡来临时，人类不得不面对虚无与无常。正因为如此，西方荒诞文学的主题，便是"在人类的荒诞处境中所感到的抽象的心里苦闷""生活的毫无意义"与"人类处境的毫无意义"。① 对《尘埃落定》中的麦其土司等人物来说，他们虽说都曾活跃在嘉绒部族的历史舞台，享受了所谓的人生富贵荣华，也曾经是他人生命的主宰者，弄权一时，纵欲无度，但最终大多都是以死亡与虚无为生命的归属的。麦其土司，在中国人民解放军的炮声中成为灰烬。他的汉族太太，在历史的巨变中吞鸦片自杀身亡。土司的两个儿子，先后被复仇者杀死——作品的叙事人傻子少爷，实际上是一个早已死亡的亡灵。就连手握重权的国民党黄师爷以及姜团长等，都在

---

① 马·埃斯林：《荒诞派之荒诞性》，陈梅译，见袁可嘉主编《现代主义文学研究》下，中国社会科学出版社1989年版，第675页。

战火中走向死亡。更有甚者,他们所依仗与希望世代沿袭的土司制度,也在历史潮流的冲刷之中荡然无存。连同土司的官寨以及土司制度一起,麦其土司家族以及其他土司家族,都在历史变换中化作了历史的尘埃,或被深深埋进历史的废墟。与其说他们曾经主宰过历史,不如说他们到头来为历史抑或时间所主宰。在历史的广袤天空中,他们最终不过是极其微不足道的细小尘埃。而历史的尘埃落定之后,大地留下的是一片虚无。

在仫佬族作家鬼子的小说中,人生就是一场场连接不断的苦难。鬼子在接受他人访谈时指出:"我利用我所写的一些关于苦难的故事,来表达我对人的生存一种理解。我的各种各样的小说,各种各样的苦难,表达了我对人类的各种各样的理解。在文学作品里有的主题是永恒的,比如爱情和生命,我觉得苦难这个命题也是永恒的,因为我们的生存从根本意义上讲就是苦难的生存。"① 鬼子把苦难理解为人生永恒的主题,是个体生存的宿命,尤其是社会弱势群体(如乡村农民、城市下岗职工、拾荒者、乡村老师、沦落的妓女等)难以摆脱的命运。在鬼子的中篇小说《被雨淋湿的河》中,乡村老师陈村薪水微薄,待遇低下,要命的是还要承受来自主管部门的工资拖欠,因此贫病交加。鬼子另一中篇小说《上午打瞌睡的女孩》中的父亲、母亲双双下岗,生活因此变得十分窘迫。为了维持起码的生活,母亲不得不在肉摊旁"偷"了一小块脏肉,为此受到卖肉大婶对她的人格侮辱,并引发了父亲随后的离家出走,一家人随后生活在风雨飘摇之中。中篇小说《瓦城上空的麦田》中的胡来父子,因为农村生活的艰难而进入城市捡垃圾为生,而城市并不能敞开大门迎接他们,他们对城市生活的梦想遥遥无期。短篇小说《走进意外》中的农村贫困青年李条,从出场到故事结束,他的身上均只有3元钱,这3元钱也就是他可怜的经济状

---

① 鬼子、张钧:《通过苦难理解人类——鬼子访谈》,张钧:《小说的立场——新生代作家访谈录》,广西师范大学出版社2002年版,第417—418页。

况。他的生活状况的好坏由此可见。在短篇小说《伤心的黑羊》中，因为经济困难，父亲与葛根洗脸都用不起毛巾，父亲带给儿子葛根13岁的生日礼物只能是领他去城里的朋友处吃一顿免费的羊杂碎。鬼子对人生苦难的描写更体现在他的死亡叙述里。对鬼子笔下的普通民众而言，死亡是人生苦难的尽头，也是人生最深重的苦难，他们似乎也无法规避。从一般意义上讲，人的死亡是自然现象，任何人最终都会走向死亡，死亡是人生的归宿。然而鬼子在其小说中所描述的死亡并不是指这一类死亡，鬼子所描述的死亡是由人生的种种变故造成的意外事件，属于所谓的非正常死亡。在鬼子的叙述里，死亡一方面在形式上千差万别，另一方面却是人性与生活挫折等内、外力或命运因素强加在人们头上的灾难。《被雨淋湿的河》中的陈村一家，妻子死于疾病，陈村死于贫病特别是儿子晓雷之死带来的巨大心理、情感打击，儿子晓雷则死于腐败分子指使的黑社会杀手之手。《上午打瞌睡的女孩》中的母亲则因为丈夫出走、女儿被骗失身等一连串的生活打击，生活信念的完全破灭促使她选择了自杀。《瓦城上空的麦田》中的父亲、母亲分别死于儿女们的捉弄与不孝，而捡垃圾的胡来则死于城市的交通事故。《苏通之死》中的作家苏通因为揭露社会矛盾的作品得不到发表，最后郁闷而终。《农村弟弟》中的马思因为想成为城里人而犯杀人罪，随后自己死于一个女孩之手。《谁开的门》中刘警员的丈夫本来生活很平静，结果却死于杀人犯胡子手中，杀人犯胡子则必将死于法律的严厉惩处，他们生活的背后似乎有一只无形的手将他们共同推向不归路。

### （二）历史就是对权力的争夺史

新时期南方民族文学先锋话语的第二个重要方面体现在对历史演进轨迹的阐释上面，主要是认为历史就是对权力的争夺史。新时期以阿来为代表的南方民族作家十分强调欲望是历史发展的动力，从而希望对历史做出新的解释。

罗素指出："在人类无限的欲望中，居首位的是权力欲和荣誉欲。"① 对权力的认识是阿来《尘埃落定》所打开的寻绎历史之秘的一条新的通道。阿来认识到，人类的历史发展到一定阶段，权力便开始成为社会生活的轴心，支配着人类的一切活动。无论世界其他民族还是藏族嘉绒部族都是如此。在《尘埃落定》中，嘉绒部族的社会结构表现为严密的权力等级结构。麦其土司中类似印度种姓制度的"骨头"（藏语称"辖日"）就是这样的典型。根据小说的描述，"骨头把人分出高下"，依次是"土司""头人""百姓"与"科巴（信差而不是信使）"，以及其他"一类地位可以随时变化的人"——"僧侣，手工艺人，巫师，说唱艺人"。在麦其土司内部，权力把人们依次分为土司、头人、百姓、科巴等不同的社会阶层，分成层层制约的等级关系与相对固定的社会组织结构——诸如土司管头人、头人管百姓等。他们之间，展开着一张权力之网，存在统治与被统治、支配与被支配的关系，展示着人类的复杂生存处境。比如，土司的权力形同国王，可以任意对下层人动用杀戮等威权——暗杀查查头人、密令处死不愿换房的囚犯等。土司太太甚至告诫自己的儿子把家奴"当马骑，当狗打，就是不能把他们当人看"，因为在土司与土司太太的眼里，"家奴是牲口，可以任意买卖任意驱使"。与此同时，权力的运作与历史发展紧密联系在一起。麦其土司之所要到中华民国的四川省政府"告状"，在土司内部实行血腥统治，大量引种鸦片，购买新式武器装备自己的军队，发动"罂粟花战争"，甚至迟迟不愿逊位于两个儿子，其原因正是为了维护土司的权力或获取更大的权力。反过来说，他对权力的占有欲与征服欲，正是麦其土司几十年间专制与血腥、战争与饥馑、瘟疫与灾难、政治复仇以及兄弟骨肉相残一系列事件产生的形成根由。由此，划出了历史生活的纵轴或主线，在很大程度上主导了嘉绒部族的历史生活，表

---

① ［英］伯特兰·罗素：《罗素道德哲学》，李国山等译，九州出版社 2004 年版，第 265 页。

明了他们的历史演进过程的混乱无序,凸显了民族历史发展的血腥与荒诞意味。接下来,阿来在作品中进一步揭示了权力与欲望的紧密关系,解开了权力与欲望的纠结。在阿来看来,权力与欲望是一对孪生兄弟。人们追求权力,为的是满足自己的食色等欲望——权力本身甚至就是人们所要追求的最大欲望;而人们要满足自己的欲望,势必以千方百计追求与攫取权力为前提。在《尘埃落定》中,麦其土司尽管家财万贯,府库白银堆积如山,却仍然坚持要拉雪巴土司等以10倍的利润购买他的粮食,对物质财富的贪欲胜过自己的两个儿子数倍。他利用自己的权力,暗杀效忠于他的查查头人,目的就是占有查查美丽的妻子央宗,也因为查查头人"拥有那么多的银子",叫他"见了晚上睡不着觉"。为了满足自己的色欲,他与央宗光天化日之下在罂粟花地上肆无忌惮地野合——罂粟花因此成为一种罪恶欲望的象征。他乘人之危,用手中的粮食换取茸贡女土司的身体。旦真贡布与其父一样热衷于战争与财富,在很大程度上更是色欲的化身,以至于不是3天内不能离开女人,就是与自己的弟媳乱伦。茸贡女土司母女两人则从女性角度展示出土司对权力的追求与欲望的满足。所有土司首领们汇集一起飞蛾扑火般地嫖妓取乐,无视梅毒对身体的致命伤害,更是说明欲望的不可遏止及其罪恶的渊薮。在这里,权力与欲望的关系昭示了欲望与历史的关系。历史在很大程度上就是肉身的历史,亦即欲望的历史。正如傻子少爷解释其父兄行为时所说:"得到权力也不过就是能得到更多的银子、女人,更宽广的土地和更众多的仆从。"恩格斯指出:"自从阶级对立产生以来,正是人的恶劣的情欲——贪欲和权势欲成了历史发展的杠杆,关于这方面,例如封建制度的和资产阶级的历史就是一个独一无二的持续不断的证明。"[1]傻子少爷的话有如一箭中的,在很大程度上解开了历史之密。

---

[1] [德]马克思、恩格斯:《马克思恩格斯选集》(第4卷),中共中央编译局译,人民出版社1972年版,第233页。

康巴作家群在对康巴土司制度的书写中一致发现，康巴历史的深处却充满了"吊诡"与悖谬，历史总是无情地与民族、与人类开着不可理喻的玩笑，相对于人类美好文化理想与美好乌托邦想象，历史在演进中所采取的却是另外一种法则，所运行的却是另外一种轨迹。弱肉强食的丛林法则，人的无休止的私欲、情欲与权力欲，佛教所力戒的"贪嗔痴"等等，往往主导着历史的走向，把历史变成了"剪不断理还乱"的一团乱麻。在康巴作家群的康巴土司历史叙述中，草原部落的历史、土司的历史，在很大程度上既是一部争夺生存权利的历史，也是一部争夺土地、财富与权力的历史。文明与野蛮、理性与蒙昧、正义与邪恶、理智与疯狂、战争与和平等等，如同孪生兄弟一样交汇在历史的长河中，模糊了历史的真切面容。正如藏族作家格绒追美在其长篇小说《隐秘的脸：藏地神子秘踪》中所揭示的那样："在那样的时代，我的曾祖父他们发现：强人的岁月已经来临！胆气冲天，横行霸道的人掌控绵羊一般的人，强人们无法无天之举赢得的却是人世间的赞颂和敬畏。"① 意西泽仁长篇小说《雪山的话语》建构的历史话语与思想穿透力，聚焦在对康巴土司历史的阐释上。根据作品的显示，康巴土司的历史就是一部荒诞而血腥的权力、土地与财富的争夺史。为了保持军队的强大，贡玛土司不惜礼贤下士将江湖英雄豪杰美朗多青招募到麾下，尤其是不惜高昂代价将美朗多青从死神线上拉了回来——对他感恩戴德的美朗多青因此心甘情愿地为他的统治卖命。当美朗多青对他的尊严有所冒犯（如与他的二太太与女儿产生私情）之后，他对美朗多青的仇恨早已埋藏在心，只是因为政治需要选择了隐忍。当他渐渐老去，以及当他感到开始受到藏民拥戴的美朗多青将会威胁到他的土司继承者的地位之时，他果敢、阴鸷地运用极其残酷的手段将美朗多青的双眼弄瞎、将其左手砍断。古朗土司因为垂涎哥哥的土司权力，用重金收买3个杀手杀死兄长取而代之。为了逃避在拉萨学佛的弟弟的指责，为了欺骗世人，他又编织弥天大

---

① 格绒追美：《隐秘的脸：藏地神子秘踪》，作家出版社2011年版，第16页。

谎,对外宣称哥哥是仇家杀害的,然后将原来的三个杀手阴谋杀死,同时达到杀人灭口的目的。但杀害同胞兄弟的古朗土司没有想到命运对他的捉弄——仅仅5年之后,他便死于朗吉杰布的刀枪之下,土司地位也被后者取而代之。平民出身的朗吉杰布为了夺权与当上新的古朗土司,先后杀害了头人巴安、修炼的邓登大喇嘛与古朗土司。当上新土司之后,天生有着自卑与叛逆心理的朗吉杰布瞬间政治野心膨胀,用高压政策强行征兵,组建起强大的军队,极尽穷兵黩武之能事,先后灭掉或吞并了较为弱小的热鲁土司、多科鲁切土司、大格土司与强大的德格土司,还与强悍的贡玛土司、甲纳土司尤其是强大的藏军开战,成了众多土司忌惮的强大土司。朗吉杰布与其他土司之间的战争永无息日,战火燃及之处是尸横遍野、村庄破败、土地与财富易主,留在草原上的是无尽的血腥味。末代古朗土司朗吉杰布之所以取前任而代之并不断征伐、吞并周围的许多土司,正是因为他有着"大地背不动"的"野心和欲望"。在尹向东的长篇小说《风马》中,清末与民国年间的康定历史就是外部势力与本地土司的权力角逐史,也是本地土司的衰落与覆亡史。在"改土归流"的大趋势下,面对强大的清末军事力量与民国军阀的打压,统治康定数百年的日月土司江河日下,朝不保夕。土司江意斋与他的弟弟、他亲生的两个儿子、他的二房夫人先后死于非命。外部势力,如清朝的四川总督赵尔丰、民国四川都督尹昌衡的代理人李方九、川边镇守使殷承献、川边镇守陈遐龄、川军军阀刘文辉、刘湘叔侄等等,他们为了争夺对康定的政治统治,一一地重复了"螳螂捕蝉,黄雀在后"的政治游戏,康定因此沦为武人与军阀相互争斗、兵戎相见的演武场。达真的长篇小说《康巴》通过对康巴土司形象的刻画,表达了人类难以遏制与无限膨胀的财富欲、权力欲与扭曲的情欲。正如小说中的第二十八代土司降央赤裸裸地自我表白:"我对土司二字最通俗的理解就是,拥有最多、最广、最肥沃的土地,拥有数量庞大的畜群和科巴,拥有更多更贵的珠宝和金银,能吃最好最美的食物,能睡更鲜更美的女人,能吞并相邻弱小土司……"就历史上的康巴土司而言,他们的人性主要由邪恶与无限膨胀的"野心和欲望"组成，已经远远超出了人类正常欲望的界限。

**（三）人性充满复杂性与阴暗面**

新时期南方民族文学先锋话语的第三个重要方面，是从现代意识角度解读与剖析人性，从而解释人性与生活、人性与历史的内在关联，同时审视人性的弱点，审视人类的原罪，这主要表现为人性充满复杂性与阴暗面。阿来曾经指出："我始终认为，人们之所以需要文学，是要在人性层面上寻找共性。所有人，不论身处哪种文明，哪个国度，都有爱与恨，都有生和死，都有对金钱，对权力的接近与背离。这是具有普遍意义的东西，也是不同特质的人类文化可以互相沟通的一个基础。"① 阿来的话代表了这一时期南方民族作家对文学表现与探索人性的高度重视。

扎西达娃则以现代哲学的眼光探索了人性的秘密。《古宅》与其说是对藏族历史生活的描写，不如说是以藏族生活为载体展开普遍人性的辨析。小说描写一座藏族的古宅在几十年历史变迁中几度易主，几经沧桑。1949年以前，它的主人是方圆百里的女庄园主拉姆曲珍。20世纪50年代，过去庄园里"最卑贱的奴隶"朗钦先后当上第一个互助组组长，第一任贫协主任，第一任人民公社社长，成为庄园的新主人。20世纪60年代到70年代，朗钦因为生活作风问题被赶下台，古宅成为社队的仓库和办公室。改革开放之初，拉姆曲珍被落实政策成为县政协常委，重新成为古宅的主人。当拉姆曲珍重新成为古宅的主人时，她"即将变成垂死的老妇"，使人感受到历史的苍凉与对人的无情捉弄。而在很大程度上，这座古宅就是权力的象征。当初，因为奴隶朗钦长得像自己的情人——抛弃自己、给自己留下了"刻骨仇恨"的拉萨贵公子，古宅年轻的女主人便把朗钦当作泄愤对象，"残忍地虐待他"，一方面摆弄风姿刺激夜里"侍候"她的朗钦的情欲，

---

① 阿来：《月光下的银匠》，长江文艺出版社1999年版，第312页。

另一方面则"从来不让他碰一下自己的身体",在朗钦"狂热的迷乱"与"痛苦的呻吟"中感受虐待他人的快感。当昔日的农奴朗钦成为古宅的新主人后,便疯狂地报复起古宅旧主拉姆曲珍,使其最终沦为他的性奴隶。而且,凭着手中的权力,他更是成了村庄的土皇帝式的人物。"在不到10年里,他占有过村庄里所有已婚的、未婚的、美丽的、丑陋的、聪明的、愚笨的、健康的、多病的、活泼的、文静的女人。她们为他一共生下了237个清一色的女儿……他的女儿们左臂上都有一块像只眼睛似的红色胎记。"朗钦不仅"品尝"到了"人间的权力、富贵和尊严的滋味",而且感受到"一个统治者的宝座是这样具有不可抗拒的诱惑力,如同得到某种魔法",乃至他可以任意"支配他脚下的"每一个人。对朗钦来说,权力只是他用来复仇与满足私欲的手段,而未能实现他自身的人性转变,权力对人性的影响则是人性的畸变。而那些讨好朗钦、以与朗钦睡觉为荣、"像崇拜神灵一样崇拜他,热爱他"的女人等等,无疑昭示了权力崇拜的深厚民族心理土壤。小说的深层结构显示普遍人性的象征意义,在表现权力的荒诞与人性的丑陋时,扎西达娃给予了深刻的批判。

阿来长篇小说《空山》在反思中国当代历史曲折时还特别聚焦了人性的迷失,并审慎地审视了中国当代历史曲折与人性迷失之间的交互关系。对他来说,文学的主要目的就是表现人性。当运用小说反思当代中国历史曲折之时,他自然无法回避对人性的透视。阿来发现,中国当代历史曲折与人性迷失之间实际上有着难以分割的联系:历史的曲折导致了人性的迷失,而人性的迷失反过来助长了历史的曲折。《空山》向读者演示了机村村民普遍人性迷失的景象,表明人性迷失与历史曲折的同构。在机村,人性的迷失千姿百态、形形色色,广泛地表现在政治、经济或金钱、事业、爱情等方面。人性迷失的原因很复杂,有外在的,也有内在的;有政治的狂热与盲从,也有片面的生活追求与偏执;但最根本的莫过于人的私欲,或者说类似于基督教所说的原罪。比如,支书林驼子迫于政治压力,或出于自我政治保护等等,对有恩于他的头人采取冷酷绝情的斗争措施，致使其家破人亡；对协拉顿珠等说实话的藏民进行政治高压与人身攻击及人格侮辱；对上级的盲目主义不敢予以有效抵制，乃至直接或间接地沦为历史的"同谋"。作为民兵排长的索波年轻愚昧、思想疯狂并且一度"野心勃勃"，如同着了"魔"一般，不仅敢于向大队长格桑旺堆公开叫板，当众指责格桑旺堆保护巫师多吉、抵制极"左"路线是犯政治过错，而且忤逆地与自己的父亲公然作对，呵斥父亲愚昧、落后，利用手中的权力对父亲进行政治威胁，做出种种背离世道人心的事情，因而迷失于政治的风潮。达戈迷失于对爱情的追求，奉行爱情至上，不仅因此背叛了军人的身份，也背离了正常的人性，以致成为屠杀动物的血腥屠夫，成为动物灭绝的罪魁祸首，最终在人生道路上走向不归之路。色嫫则为了实现个人当歌唱家的梦想而不惜出卖肉体，执迷于不切实际的人生追求。李老板、拉加泽里、更秋家兄弟等等，在疯狂政治年代结束、改革开放年代开始之后陡然滑入金钱主义的泥潭，置天理、国法于不顾，把罪恶的魔爪伸向原始森林。尤其是拉加泽里刚进入社会就步入人生的歧途。面对家庭的贫穷、嫂子的责难，拉加泽里勇于承担家庭责任、改变家庭的经济处境无可厚非，然而最初却铤而走险，不惜放弃高中学业与恋人分手，以违法犯罪的形式以求一夜暴富，以"恶"的形式对抗社会的不公，肆意走私木材，走上破坏生态环境的罪恶深渊。就短篇小说《旧年的血迹》与《永远的嘎洛》中的嘎洛而言，其人性迷失与《空山》中的林驼子简直有惊人的相似。

  鬼子对人性的拷问包括对人生困境的某些哲理性追问。在鬼子看来，正是因为人性的缺陷导致了人生的苦难，只要人性的缺陷得不到有效的克服，人生的苦难也将始终伴随而来。《谁开的门》中的失恋青年正是因为爱才驱使他走向犯罪的，爱与犯罪、死亡之间存在着一道看不见的桥梁。《伤心的黑羊》中的歪脸之所以被杀，固然是屠夫李黑的故意伤害所致，但主要归咎于他的人性中缺乏起码的宽容精神。《被雨淋湿的河》中的采石场黑心老板更是死于自己恶劣的人性：不择手段的贪婪与明目张胆的纵欲。而就命运对人生的影响来看，充满了哲理的意味。对个体的生存来说，命运有时候是一些无法捉摸的偶然因素，这些偶然因素往往给人带来或造成致命一击。《遭遇深夜》中的小偷之死，似乎是冥冥之中上帝与他开的一个玩笑——楼栋断电后电灯的突然复明让他惊慌失措坠楼而死。因为手下人的多事或投上司之所好，《学生作文》中的校长结果阴差阳错地死于学生的家长手中。类似这些置人于死地的因素都是难以理喻的，它们轻而易举地捉弄人的命运，也衬托了人生的卑微与无奈。

对人性的积极、深刻探寻是藏族作家达真小说创作的自觉追求。达真的《命定——一部藏民族的现代史诗》的一个重要主题，就是在佛教文化背景下对人性重新加以诠释。在作品里，人性纠缠在藏传佛教与欲望的强烈冲突之中，并在与头人的女儿贡觉措恋爱、违背佛门教规的土尔吉身上得到了集中、深刻的展现。作为塔瓦部落里的穷人，绕登秋秋与妻子塔玛把只有9岁的次子土尔吉送到绒布寺当小喇嘛，希望土尔吉今后当上大喇嘛以提高家庭的社会地位，因此对土尔吉的前途寄予厚望。但土尔吉在18岁的时候，却与塔瓦部落大头人欧珠巴青春美貌的女儿贡觉措成为情人，偷食了禁果。事情很快败露，土尔吉被寺院进行严刑拷打后赶出寺院，并成为小"扎洛"（偷情的淫僧）而臭名远播。欧珠巴的手下多次追杀土尔吉，土尔吉幸得草原侠义英雄贡布所救，才成功逃离了故乡熊朵草原。故事的背后隐藏着宗教文化与世俗文化或欲望尖锐的冲突。一方面，藏传佛教对教门弟子有着严格的教规，要求他们清心寡欲，专一修行，彻底斩断世俗的欲念——尤其是情欲。所以，在熊朵草原上的人看来，土尔吉当了"扎洛"，是他的家庭的"耻辱"，是部落的"耻辱"，更是寺院的"耻辱"。另一方面，随着身体的发育、随着青春期的到来，情欲在土尔吉身上如同野草般疯长，如同野马狂奔，任何强大的精神力量都难以约束。这正如小说在剖析土尔吉潜意识时所写的那样："无论自己走到哪里，从骨头里冒出的对女人的欲望之火，要想凭借神的力量来阻隔都是没有用的。因为欲望是来自肉体的……"① 正因为如此，藏传佛教禁欲文化与人的世俗情欲之间的矛盾不可避免地在土尔吉这样的佛门弟子身上发生了，其结果，先是欲望冲决了教规，继是宗教禁欲文化对犯戒者实施变本加厉的文化围剿乃至取缔其生命本身。对土尔吉来说，除非逃离草原，否则便是死路一条。小说题名《命定》，也许指的恰恰就是欲望本是命中带来，注定与宗教文化发生矛盾，乃至带来人生的劫难。作品没有对这种草原文化冲突与悲剧加以简单的外在的描写，而是深入文化与人物心理的深处加以了深刻的辨析。比如，在土尔吉身上，佛教文化的观念与内在的情欲给他带来了严重的撕裂感，他既无法克服和抵御身体内部情欲的强大诱惑，又不能逃避宗教观念对自己的谴责——乃至多次想举刀斩断自己的男根。然而，欲望与佛教文化的矛盾愈是突出，欲望作为人性基本或根本内容的结果也愈是彰显。在达真看来，佛教文化与人的欲望之间的矛盾并不是不可调和的。它们虽然是人类生活的两极，彼此之间存在着对立与排斥，但实际上却是一个统一体，是可以同时并存的。这方面的典型例子无疑是可以作为藏族文化符号的仓央嘉措。仓央嘉措既是宗教领袖、学问博大的高僧，又是人间的情圣。正如作品援引仓央嘉措的情诗所写的那样："住在布达拉宫时，叫持名仓央嘉措；住在山下拉萨时，叫浪子当桑汪波。"即便是仓央嘉措，也不能消除人的情欲，甚至只能顺从人的情欲。而这正是人性的闪光——正如作品所写："他的真实在众多人的心里，特别是在有学养的喇嘛和信众心灵深处，是一盏照亮人性的明灯。"古人说："食色，性也。"情欲是人与生俱来的本性。明代思想家李贽则说："穿衣吃饭即是人伦物理。除却穿衣吃饭，无伦物矣。"（《焚书》卷一《答邓石阳》）对李贽来说，人性，要而言之，无非饮食男女，人类的伦理、文化必须建立在这个基础之上。否则，便是空中楼阁。取消了食色欲望，便取消了人性，也阉割了人性，取消了文化本身——宗教文化的悖论正在于此。精神分

---

① 达真：《命定——一部藏民族的现代史诗》，四川人民出版社2016年版，第175页。

析学家弗洛伊德更是指出："自我和伊底的关系或可比拟为骑马者与马的关系。马供给运动的能力，骑者则操有规定目的地及指导运动以达到目的地的权力。"① 所谓伊底，亦即"本我"，是原始的情欲，也是"自我"与"超我"的基础。在弗洛伊德看来，如果离开了"本我"或"性"，人便意味着失去了动力与源泉。因此，从包括宗教文化在内的文化不能驱逐、取消"性"或"情欲"而言，达真对人性进行了非常令人信服的合理解释，并触及了藏传佛教的某些文化软肋，也有力地抨击了长期以来我国流行的病态的文化阉寺主义，也令人想到苗族作家沈从文的反封建禁欲主义文学叙事——《命定——一部藏民族的现代史诗》的主题在相当程度上可谓对沈从文同类作品的一脉相承。

格绒追美在其长篇小说《隐秘的脸：藏地神子秘踪》中发现：定姆人身上普遍存在一种邪恶的"魔性"——"'定姆'，意思就是'魔人'。因为'定'是指魔性、邪恶、业障，姆，是指人。"人性中邪恶的一面在他们的族名中就已经凸显。而"定姆人'定（魔）'重的一个特征是：胆大妄为，什么样的事情都敢做。比如，杀活佛，在神山上狩猎等。"一旦人性邪恶的潘多拉"魔盒"打开，人间的争斗便无休止地在定姆河谷上演。比如，硕曲河的头人旦巴，设计谋杀大头人布根。曲队家与阿然家因地基引发争斗，彼此刀枪相见，斗得"天昏地暗"。古鲁活佛和拉措的儿子与小伙子阿木用斧头砍死了阿色家的男人。昂翁，曾经参与杀害了第十三世庞措活佛，又在改革开放年代摇身一变成为腰缠万贯的大商人。庞措·白依活佛圆寂前，"白依人正与旺水为争夺草场打得不可开交"。庞措·白依活佛为此感慨万千地对庞措·翁青活佛说："这里的魔气重得很。"庞措·翁青活佛则一针见血地回答说："定姆嘛，魔气不重还叫啥定姆？"

---

① ［奥］弗洛伊德：《精神分析引论新编》，高觉敷译，商务印书馆1996年版，第60页。

**(四) 超越生存困境，追求人生的终极意义**

新时期南方民族文学先锋话语的第四个重要方面是超越生存困境，追求人生的终极意义。已故著名作家史铁生生前曾把文学划分为纯文学、严肃文学与通俗文学三种类型，认为严肃文学主要表现与思考人类政治生活，通俗文学主要用于娱乐，而纯文学则表现人类的生存困境，思考人生的终极价值。对于纯文学，他表达了这样的具体理解："纯文学是面对着人本的困境。譬如对死亡的默想、对生命的沉思，譬如人的欲望和人实现欲望的能力之间的永恒差距，譬如宇宙终归要毁灭那么人的挣扎奋斗意义何在等等，这些都是与生俱来的问题。不以社会制度的异同而有无。因此它是超越着制度和阶级，在探索一条属于全人类的路。"[①] 史铁生的创作正是属于这一类型。对他来说，如何表现人的生存困境，如何理解与应对命运，是文学写作的根本归宿。正因为如此，他的《命若琴弦》《务虚笔记》《病隙碎语》等作品，集中地表达了直面苦难（死亡或残疾、灾难等）、超越虚无、战胜荒诞与积极追求人生意义的主题，乃至被誉为"当代西绪福斯神话"。[②] 新时期南方民族作家无疑也像史铁生一样，在文学中做出了这样的努力。

对人类个体进行自我发问，是阿来《尘埃落定》思考人生意义的一个重要方面。历史有其自身的演进逻辑，人生充满了苦难与困境，人类如何置身于历史而超越人生的困境，这既是存在主义哲学提出的问题，也是阿来尝试思考与回答的问题。在《尘埃落定》中，阿来借小说主人公傻子少爷的身份不断地对生存环境提出了追问，不断地追问人生的意义。傻子少爷不断追问的"我是谁"和"我在哪里"以及"当土司能得到什么"等问题，实际上表达了对人类自身的认知，表达了对荒诞生存环境的质疑，也表现出对人生终极意义的追求。阿来的

---

[①] 史铁生：史铁生：《答自己问》，《史铁生作品全编·第7卷·创作谈、评论（序跋）·书信》，人民文学出版社2017年版，第30页。

[②] 吴俊：《当代西绪福斯神话——史铁生小说的心理透视》，《文学评论》1989年第1期，第40页。

《空山》还特别表现了人性救赎的可能与意义。对小说中的索波、拉加泽里等人来说,人性迷失不仅是成长的代价,也是生活的熔炉与人生的砥石。索波从饥饿中清楚了政治盲从的代价,从村民的人心向背中找回了自我,更从城乡差异的鸿沟中察觉出自己作为农民阶层遭受社会歧视的可怜生存处境,从而慢慢冷却掉狂热的政治头脑,从紧跟政治形势变成了与政治形势的疏离,渐渐变相地抗拒"左"倾路线,放弃了对权力的私欲,回归了朴实、正直、善良农民的本分,重新得到父老乡亲的情感接纳。李老板从癌症的折磨中重新认识到生命的意义,拿出巨款让拉加泽里成立绿化公司植树造林,恢复植被,也洗涤了金钱的原罪。拉加泽里从监狱的铁窗中幡然悔悟,灵魂上经历了罪与罚的洗礼,于是脱胎换骨,化身为生态环境的保护者,用实际行动为过去犯下的罪孽赎罪。顽劣不化的更秋家老五从拉加泽里弃恶从善的感化中,与拉加泽里冰释了前嫌,放弃千百年来藏族的文化陋俗——宗族复仇,加入到拉加泽里恢复生态环境的伟业之中。

坚持以抗争的姿态对待人生的苦难与困境,成为鬼子小说人物的一种普遍性主体意识。鬼子认为,尽管人生中充满了苦难、困境甚至荒诞,但人却不能以屈从的态度对待它们,而应奋起抗争,从而维护人性的尊严。尽管个体的这种抗争很可能以失败而告终,但人却不能放弃努力。这便是人生的应有态度。在《被雨淋湿的河》中的主人公晓雷身上,典型地表现出一种对人生苦难与生存困境的强烈抗争意识。他毅然决定辍学南下打工挣钱,为的是要改变家庭极度贫困的生活面貌,也是对农村艰难生存环境的一种抗争,而不是荒废学业、自甘堕落的荒唐行为;他敢于挺身向黑心采石场老板索要工钱,反抗黑心老板的暴力行为,则是为了维护自己起码的劳动权益、生存权利与人格尊严;他拒绝下跪,为受辱女工打抱不平,同时不为金钱所诱惑,坚决拒斥外资厂长的高薪应聘,捍卫的不仅是正义而且有自身的人性尊严;他回乡后冒着极大风险,敢于组织乡村教师一齐揭露腐败教育局长以权谋私、肆意侵占与拖欠教师工资的丑恶行径,则又是为了为父亲一辈生活难以为继的乡村老师讨回公道与伸张正义。尽管他最后死于教育局长与煤矿老板的黑手之下,但他生前的抗争却赋予他的人生以积极的意义。他的这种抗争态度,也映衬了父亲陈村等人逆来顺受、忍辱负重人生态度的不可取。晓雷身上的抗争生活的精神,正是当下社会环境中许多人所缺乏的。同样,《瓦城上空的麦田》中的李瓦之父、《苏通之死》中的苏通、《农村弟弟》中的马思、《学生作文》中刘水的父亲甚至《谁开的门》中的胡子,等等,他们都表现出对生存苦难与生存困境的强烈抗争姿态。

泽仁达娃在长篇小说《雪山的话语》中显示出超越历史困境的努力。小说借作品智慧型人物阿绒嘎的口发出这样的历史感慨:"为什么上千年的佛教,阻挡不了康巴人仇杀的脚步?"① 宗教提倡与期待和平,但却消除不了战争,人类始终无法摆脱战争的阴云。作品中即使弄权一时、危害四方的朗吉杰布,最终也没有逃出争权夺利的历史怪圈,成为历史的牺牲品——惨死于仇人本登科巴的利刀之下。尽管如此,阿绒嘎却在寻求超越生存环境与生存困境的努力。他追求的人生意义就是能够跳出草原纷争,就是能够获得安宁的生活。这正如他的父亲生前所说的那样:"不要带冤仇回家"与"孝敬父母"。四处奔命的阿绒嘎自己深深认识到:"没有仇恨的日子就是好日子。"他希望他的儿女能够过上这样的生活。在藏族女作家阿琼长篇小说《渡口魂》中,活着本身成为藏民最大的价值追求,为此一切贵重的财富都可以放下,一切灾难都可以应对与承受。从阿琼、泽仁达娃等康巴作家的这些文学叙事中可以窥见:超越人生的困境与超越生存环境的纷扰,坚强地活着,守护心灵的洁净与安详,正是特写时代普通康巴藏民所追求的终极意义所在。

## 六 女性话语的浮现

新时期南方民族文学话语建构的一个重要特点,是女性话语的浮

---

① 泽仁达娃:《雪山的话语》,青海人民出版社2014年版,第222页。

现。对南方少数民族女性生存命运的关照，对男权制度与男权文化的批判与对南方少数民族女性生存出路的探索，构成了南方民族文学女性话语的主要维度，因此凸显出南方少数民族女作家强烈而鲜明的女性意识。新时期南方民族文学代表性的女作家，有彝族女作家李纳、阿蕾、黄玲，佤族女作家董秀英，土家族女作家叶梅，哈尼族女作家黄雁，白族女作家景宜，等等。这些民族女作家为广大读者贡献了一大批描写南方少数民族女性生活的优秀作品，如董秀英的《马桑部落的三代女人》《摄魂之地》等等就是其中的典型代表。

## （一）南方少数民族女性曾经生活在社会苦难之中

南方民族文学女性话语的一个重要内容是体现在对南方少数民族女性生存处境的展示之中，主要表现为南方少数民族女性生活在社会苦难之中。恩格斯指出："人与人之间的、特别是两性之间的感情关系，是自从有人类以来就存在的。"① 从很大程度上说，女性的生存图景自古以来就是在与男性的关系中展开的。无论是社会生活还是两性关系，女性与男性不仅仅息息相关，而且缺一不可。然而，令人深感遗憾的是，女性的现实生存图景极为不妙，这便是女性难以摆脱受男性压迫的命运。男性压迫带来了女性生存命运的不公，同时给女性造成了生存的困难乃至悲剧。恩格斯一针见血地指出："母权制的被推翻，乃是女性的具有世界历史意义的失败。丈夫在家中也掌握了权柄，而妻子则被贬低，被奴役，变成丈夫淫欲的奴隶，变成单纯的生孩子的工具了。"② 美国女权主义著名理论家米利特更是发出这样的感叹："在我们的社会秩序中……是男人按天生的权力对女人实施的支配……就其倾向而言，它比任何形式的种族隔离更坚固，比阶级的壁垒更严酷、更

---

① ［德］恩格斯：《路德维希·费尔巴哈和德国古典哲学的终结》，《马克思恩格斯选集》（第4卷），中共中央编译局译，人民出版社1972年版，第233—234页。
② ［德］恩格斯：《家庭、私有制和国家的起源》，马克思、恩格斯：《马克思恩格斯选集》（第4卷），中共中央编译局译，人民出版社2012年版，第66页。

普遍、更持久。"① 在米利特看来，在人类的几种主要压迫形式中，性别压迫比种族压迫与阶级压迫更渊深、更普遍、更持久甚至更隐蔽，男性对于女性而言，无异于一种"精巧"的家庭"内部殖民"。

在南方少数民族女作家的笔下，南方少数民族女性的生存图景与米利特所说的性别压迫并没有实质的差异。在南方少数民族女性身上，承受着生活的多重重压，她们的生存命运带有挥之不去的悲剧色彩。李纳长篇小说《刺绣者的花》是新时期较早出现的、南方民族女作家关注南方少数民族女性命运的作品，作品中的民国女子叶五巧堪称生活在阶级与性别双重压迫下的不幸女子。一方面，阶级压迫让她备受屈辱。出身贫苦农民的她在嫁给航远县城地主杜家之后，因为贫富身份的差异饱受婆家的欺凌。比如，她出嫁第二天就因为寒碜的陪嫁受到嫂子和婆婆的嘲讽，以后一直受到公婆的作践，乃至她家的田地还被依靠官府的公公杜云辉剥夺。另一方面，性别压迫更是把她推向了苦难的深渊。丈夫杜天鸿在考取黄埔军校后，为了个人仕途的飞黄腾达与生活享乐，竟然想弃妻另娶，并将千里迢迢从昆明赶往济南探亲的妻女抛弃在旅馆，以金钱补偿为条件要求叶五巧离婚，倔强的叶五巧严拒了丈夫的非分要求，但却不得不悲壮地选择回乡过起凄凉的守"活寡"的日子。彝族女作家阿蕾短篇小说《嫂子》以人民公社化运动与"四清"运动为时代背景，描写了彝族女性触目惊心的婚恋悲剧。作品中的嫂子即作品主人公，名叫吉姆嫫尔果，其短暂的人生中难逃女性的生存悲剧。她聪明、美丽，但很小的时候便父母双亡，只好跟奶奶相依为命。2 岁时，她被父母做主嫁给姑姑家的婴儿柯惹。建高级社时，男方家庭想到粮食、牲畜即将入社，就早早地为她与柯惹举行了婚礼。此时，她不过 12 岁，柯惹只有 10 岁。到了公社大办食堂之时，她的公婆相继去世，留下她和柯惹，以及柯惹的 4 个年幼的弟妹。她不得不挑起"主妇"的担子照顾这些孩子。至于丈夫柯惹，则是个

---

① ［美］凯特·米利特：《性的政治》，钟良明译，社会科学文献出版社 1999 年版，第 38 页。

身材矮小、性格懦弱、胆小怕事与难以挑起家族重担的男子。他们夫妇之间，谈不上有什么爱情，只能算凑合着过日子。几年之后，即"四清"运动前夕，一场致命的婚恋悲剧悄悄在吉姆嫫尔果身上上演。一次上山背柴时，一个对她的美貌垂涎三尺达三年之久的同村男人，即柯惹堂姐的丈夫沙玛拉惹对她实施了诱奸乃至强奸，对于蛮横、粗暴、为了占有她的肉体"不达目的不罢休"的沙玛拉惹，她虽然心里痛恨，却又无法反抗与抗拒。他们的地下情仅仅维持了半年，便以男女双方上吊身亡而结局。这种结局的发生，一是因为吉姆嫫尔果怀上了沙玛拉惹的骨肉，同村、同族的人对他们的乱伦行为议论纷纷，二是因为沙玛拉惹向乡长提出和吉姆嫫尔果结婚的请求遭受拒绝。吉姆嫫尔果死后，被沙玛拉惹的母亲肆意辱骂，骂她是害死沙玛拉惹的"骚母猪"。作为20世纪90年代崛起的土家族女作家，叶梅在她的小说中对于20世纪90年代以来的土家族女性的生存苦难给予了深切关注。在叶梅的创作中，女性话语首先表现为土家族女性在改革开放时代承受着或难以摆脱沉重的生存苦难。小说《乡姑李云霞的婚事》通过乡村妇女李云霞的婚姻危机，浓缩了一位农村妇女的不幸人生，展示了社会转型时期农村留守妇女尴尬而无奈的婚姻、家庭处境乃至情感与人生困境。李云霞与邻村男子毕昌婚后料理田地、服侍公婆、养育两个女儿，虽然千辛万苦，却是任劳任怨，岂料还是被进城后的毕昌狠心地抛弃。丈夫为达到与城里女人吕二秀结婚的目的，先给李云霞设置假离婚的圈套，而后慑于李云霞弟弟的报复，无视法律对重婚的禁止，与吕二秀婚后形式上又与李云霞复婚，但李云霞却始终等不来丈夫的回头。年仅38岁的她看上去像个中年老妇，四处求告，却最终不得不选择理智地与丈夫和平分手。小说《花树花树》中，昭女与有妇之夫乡长产生了感情，孰料乡长却是个自私、软弱与贪恋权力和只顾仕途升迁的人，昭女对他来说只是一个填补情感空虚的情人或"二奶"，其孪生妹妹瑛女则惨遭色鬼个体户贺幺叔的强暴与玩弄。

在展示南方少数民族女性悲剧性生存图景方面，佤族女作家董秀英或许堪称一位最有成就的代表性作家。而这一点突出地表现在董秀英小说对佤族女性生存苦难的深情叙述上。作为佤族女性中的一分子，作为在阿佤山贫困的环境生长、最后走出大山的佤族女性，董秀英对佤族女性的生存苦难感同身受，有着难以消除的苦涩之感。她的文学描述形象地告诉读者，生活在 20 世纪的佤族女性大多生活在社会苦难之中。在短篇小说《最后的微笑》中，董秀英叙述说："阿佤女人的苦，就像寨边的箐沟水，一辈子也流不完。"① 这句话可谓佤族女性生存苦难的形象写照与深刻揭示，也是她文学作品女性话语的集中体现。在董秀英的笔下，佤族女性的生存苦难表现在爱情、婚姻、家庭与社会生活等各个方面，并带有浓厚的悲剧色彩。从短篇小说《河里飘来的筒裙》中穷得没有裤子穿的、光着屁股的 7 岁阿佤小女孩身上，不难看出董秀英自己童年艰难生活的影子。对这位小女孩来说，物质生活的极度匮乏带给她的不仅是极度的穷困，而且是童年生活梦想的破灭与人的尊严的缺失（连遮羞的基本服装都没有）。对中篇小说《马桑部落的三代女人》中的佤族前二代女人来说，她们的人生大都是与不幸联系在一起的。婚恋的挫折、人生的灾难与生活的重负与她们如影随形，像一张张大网一样捆绑着她们的人生，甚至让她们付出生命的惨重代价。第一代女人叶嘎与恩爱的阿佤男子自由恋爱结婚后，曾度过了一年左右短暂而甜蜜、幸福的日子，但不幸却转瞬间接踵而来。在她即将临盆之际，丈夫在深山中被野牛挑死。她在荒无人烟的地方生下了女儿娜海，母女俩由此便掉进了生活的苦海。按照转房的习俗，她被迫嫁给了丈夫的弟弟，而此人却与其兄判若两人，不仅游手好闲，与邻居寡妇偷情，而且抽大烟，对待叶嘎母女形同外人。最不幸的，则是在一次劳动中叶嘎受到凶悍的老雕袭击，以致丢掉了性命。第二代女人娜海出生前父亲就死了，母亲叶嘎在她少年时代就因为受到老雕袭击意外死亡。孤苦的娜海经常受到继父的毒打。她与善良的岩块相爱后，却被嫌贫爱富的继父强行嫁给了人品低劣的岩经。岩经重男轻女，当娜海生下的第一个孩子是女孩

---

① 董秀英：《马桑部落的三代女人》，云南人民出版社 1991 年版，第 9 页。

时，岩经脸上陡然失去了笑容，狠心地走出了家门，把刚生产的娜海搁置在一边。而娜海不得不拖着病弱的身子操持起背水、喂猪、煮饭等繁重的家务——当她第二胎生下了男孩之后，丈夫才转怒为喜。对长篇小说《摄魂之地》中的四代佤族女人来说，她们的生存苦难同《马桑部落的三代女人》中的叶嘎与娜海似曾相识，而且更加深重。她们生存苦难的一个共同特点，就是佤族"砍人头"恶习给她们分别带来的灭顶之灾。第一代女人娜瑞、第二代女人叶嘎与第三代女人娜巴拉，都遭受了丈夫被砍头乃至本人被杀头的厄运。娜瑞与同姓的岩嘎拉相爱，由此破坏了部落同姓不能结婚的规矩，只能离开寨子到荒野的老林里生活。由于打猎误入相邻部落的地盘，双双被坝甩人砍掉人头。叶嘎年幼时因为父母岩嘎拉与娜瑞被"砍人头"成了孤儿，她的丈夫岩嘎则因为是班老人、又砍过坝甩的人头而没能逃脱被布绕克人砍头的下场。娜巴拉尚未出生，其父岩嘎就被砍头砍死了，年幼时母亲叶嘎又被老雕叼走，从此孤苦伶仃。她嫁给岩党与岩松兄弟之后，岩党在与坝甩人的战争中被砍头，岩松则被她与岩党生下的岩砍笋砍了头。砍头给她们带来了家破人亡或守寡的命运。而叶嘎在女儿娜巴拉年幼时被凶悍的老雕叼走，尸骨无存。第四代女人、娜巴拉的大女儿娜拉在坝甩人偷袭布绕克人的战争中被活活烧死。娜巴拉的婚姻则重复了《马桑部落的三代女人》中叶嘎与娜海的苦难历史。她本来与安木嘎真心相爱，却被大头人做主嫁给她讨厌的二流子岩党。岩党重男轻女，不负家庭责任。岩党死后，岩松依仗部落转房的习俗强行霸占她为妻。岩松好吃懒做，染上抽大烟恶习，经常对娜巴拉母子实施家暴，像对待奴仆一样地对待娜巴拉。第四代女人、娜巴拉与岩松生下的女儿安妮虽然成长于新社会，她的命运与上几代佤族女性相比发生了根本的改变，但由于生在旧社会，她出生时险些被失去丈夫与失去抚养能力的母亲遗弃在大山之中。在董秀英作品中，还有很多佤族女性因为生小孩而失去性命。《最后的微笑》中的娜女的母亲便在娜女出生10天内就死去，还被寨里当作卜思鬼。短篇小说《佤山风雨夜》中的岩经之妻及20年前的岩经的岳母都曾经因为难产，双手被绑在房梁上,依靠上一辈女人祈求神灵相助,如果不是遇到新时代的李医生接生,两代产妇与孩子都可能双双送命。

**(二) 男权制社会是南方少数民族女性生存苦难的罪魁祸首**

"渗透着女性话语的(20世纪)90年代中国女性写作承续着西方女权意识和女性批评话语内涵,试图以文学文本的形式解构自己的父权文化传统或发出自己的话语声音。"① 与中国20世纪90年代全面兴起的女性文学一样,新时期南方民族文学女性话语的另一重要内容体现在对南方少数民族女性生存背景的叩问上。在南方少数民族女作家看来,导致南方少数民族女性的人生不幸或生存悲剧的罪魁祸首,正是男权制社会与男权文化。或者说男人之所以在南方少数民族女性头上作威作福,是男权制社会的政治体制与文化语境造成的。就南方少数民族女性的生存环境而言,与世界其他民族女性一样,也是男权制社会。男权制社会则是以男人为中心、男人掌握权力的社会。在男权制社会中,"男人是主体,是绝对;女人是他者"。② 对男性而言,女性无法摆脱"他者"与被动的地位,无法成为一个具有主体意识的"主体"。因为"人类是男性的,男人不是从女人本身,而是从相对男人而言来界定女人的,女人不被看作一个自主的存在"。③ 就男权制社会的实质而言,就是男人掌握权力。正如米利特指出的那样:"我们的社会像历史上的任何文明一样,是男权制社会。……我们的军队、工业、技术、高等教育、科学、政治机构、财政,一句话,这个社会所有通向权力(包括警察这一强制性的权力)的途径,全都掌握在男人手里。明白这一点非常重要,因为政治的本质就是权力。"④ 正因为如此,"性

---

① 李建盛:《女权/女性话语:一种性别文化政治学》,《北京社会科学》1997年第4期,第77页。
② [法]西蒙娜·德·波伏瓦:《第二性》(第1册),郑克鲁译,上海译文出版社2011年版,第9页。
③ 同上书,第8页。
④ [美]凯特·米利特:《性的政治》,钟良明译,社会科学文献出版社1999年版,第38—39页。

是人的一种具有政治内涵的状况"。① 性别关系，就其实质而言正是一种政治关系，正是掌握权力的男性对没有权力的女性实施的统治与压迫。而这种权力，一方面是指实际的政治、经济等权力，另一方面也是渗透在社会习俗、礼仪、禁忌、文化观念中的男权文化霸权。对男权社会与男权文化进行深刻批判，由此揭示男权社会与男权文化给南方少数民族女性造成的"他者"地位，是南方少数民族女作家的重要着墨之处。

董秀英小说女性书写的另一重要内容，是对旧制度、旧习俗与男权文化的批判，以此深入挖掘佤族女性生存悲剧的社会根源。董秀英清楚地认识到，造成佤族女性生存悲剧的因素十分复杂，有自然环境的因素，有社会制度与习俗的因素，也有文化的因素，它们有如大山一样压迫着佤族女性。比如，就自然环境因素而言，恶劣的自然环境、毒蛇猛兽往往给佤族女性造成生存悲剧。《马桑部落的三代女人》中的娜海、《摄魂之地》中的娜巴拉都曾受到过公猴的欺侮，而这两部作品中的叶嘎都受到了猛禽老雕的致命攻击，丧生于老雕的利爪之下。《最后的微笑》中的娜女小时险些被蟒蛇吃掉。但董秀英发现，造成佤族女性特别是旧时代佤族生存悲剧的主要因素，是旧的制度、旧的习俗与男权文化。就旧的制度而言，如同《马桑部落的三代女人》与《摄魂之地》中所描绘的那样，国民党军阀曾给包括佤族女性造成了深重的灾难。而就旧习俗而言，如同前文所述，佤族"砍人头"的陋习是制造历代佤族女性生存悲剧与无止境的灾难的罪魁祸首。千百年来连年不休的"砍人头"不断地制造了一代又一代佤族女性的生存悲剧。被砍掉人头的人，往往是佤族女性的父亲、丈夫与儿子、女婿，有时甚至是她们自己，佤族女性也因此遭受到家破人亡、骨肉分离的致命打击。除此之外，同姓不能成婚的习俗、夫死转房的习俗也给佤族女性的婚姻与家庭幸福设置了极大的障碍，破坏了

---

① [美]凯特·米利特：《性的政治》，钟良明译，社会科学文献出版社1999年版，第37页。

她们的人生幸福。就男权文化而言，则是进入父权制社会之后的佤族部落强加在佤族女性身上的精神枷锁。在《摄魂之地》中，董秀英曾托叶嘎阿公的口说："在布绕克部落，没有男人的人家，整个部落的人都要斜眼瞧你。打猎围猎不得参加，跟外部落械斗不得去……""布绕克部落的人，没有女人参加打猎的规矩，上山打猎，跟外来人打架，都是男人家干的事，女人的事是种地、收谷子、包麦。找野菜、摘野果，在家生娃娃、煮饭、背水……"从这些话中不难看出，自从佤族进入父权制或男权制社会之后，佤族男女之间的不平等便出现了，男人获得性别的强权，女性成了男性压迫的对象，成为传宗接代的工具与从事家务劳动的奴仆。重男轻女的思想成了佤族男性的普遍思想倾向。正因为如此，《摄魂之地》中的布绕克大头人岩老才凭借手中的强权，硬生生拆散娜巴拉与安木嘎的真心相恋，把娜巴拉当作物品一样嫁给岩党。正因为如此，《马桑部落的三代女人》中的娜海与《摄魂之地》中的娜巴拉才如同奴隶一样尽心尽力地服侍她们的丈夫，不敢有半点的懈怠与丝毫的疏忽，逆来顺受地忍受不良丈夫的家暴，又分别因为没有给丈夫生下儿子产生深深的负罪感。而男权文化对佤族女性带来的另一习焉不察的伤害，则是取消她们受教育的权利，使她们成为思想愚昧与文化落后的人。在《最后的微笑》中，这样的思想还非常吊诡地化作佤族女性的集体无意识。正如作品中的佤族妇女们所说："姑娘人嘛，读什么书，趁早学烧火煮饭，早点找个婆家。"她们以此为由反对娜女的阿公送娜女上学。《马桑部落的三代女人》中的娜海为了阻止女儿妮拉上学，烧掉了女儿的入学通知书。在娜海与丈夫看来，女儿"进城读书"，就"不能帮家里干活"。在他们的眼中，女儿的本分就是帮助父母干活，读书与学习文化对女儿来说是一种奢侈，是没有意义的事。实际上，他们的思想正是男权文化作祟的结果。

对哈尼族女作家黄雁短篇小说《胯门》（《边疆文艺》1995年第1期）中的女主人公——鸠来说，造成她婚姻与人生不幸的根本原因就是维护男权文化的社会陋俗。鸠在娘家时，家境殷实，虽然父母早逝，但因为有跑马帮的哥哥照顾与宠爱，加之青春貌美，可以说是一个活泼可爱的少女。但她17岁时结成的婚姻却对她的命运提出了严峻的挑战。先是她被长兄为父的哥哥包办嫁给并不相爱、猥琐无能的丈夫，而相爱的男友二牤此时已经娶了妻子，继而她在嫁到丈夫家中那天发生了冲撞丈夫"胯门"的不幸事件。原来：哈尼族祖先留下了这样的习俗："姑娘嫁时，必定得从男人的胯下钻过才能进入洞房"。如果平安通过，则意味着夫妻和顺，族人也无非议。否则，女人就犯下了天大的"罪过"。因为"让女人撞了胯门的男人是缩头乌龟"，"永世辈子莫想在寨人面前抬头"。鸠在钻丈夫的胯门时，因为听到了参与送亲的二牤一声重重的叹息，心理上对于嫁给丈夫产生了犹豫、心痛与慌乱，结果导致撞翻了头上的丈夫，也招来丈夫一记重重的耳光。围观的人更是这样议论与取笑她："这女子要成精"，"新姑爷要成打线锭，一辈子被女人拎着转"。她结婚之后，给丈夫家生了小孩。但由于丈夫"是根提不起的猪大肠，脑子里常常缺少主意"，她比丈夫聪明、能干，加上二牤对她的关心引起了婆婆的误会与丈夫的猜忌，尤其是她犯过顶撞"胯门"的禁忌，被婆婆和丈夫狠心地撵回了娘家。在娘家，哥嫂给她另立起新居，但这并不能改变她的命运。她邀请寨子的姑娘、媳妇一起去温泉"泡春"（洗澡），姑娘、媳妇便以各种借口加以拒绝，她虽然理解她们的心情，但自己心里很是难过。因为她知道，在姑娘、媳妇的心中，她早已是个祸害男人的不祥的女人。小说中的"胯门"，实际上就是男权文化的形象符号，强大而难以抗争——让鸠感到"分明是一个古老得让人窒息的漆黑的岩洞"。尤其是在四阿爷等老一辈人心中，"女人天生是男人的马，怎敢把男人撞翻了"。所以，当二牤与他的麻脸、瘸腿与吸大烟的老婆离异之后，二牤对鸠的再次追求并不能实际上给鸠的爱情与生命带来根本的转机。因为在经过四阿爷训导的二牤的集体无意识中，守住"胯门"是男人的底线。当鸠主动要求钻二牤的"胯门"、要求通过这一仪式迎娶她的时候，二牤犹豫了，胆怯了，也最终拒绝了。这对鸠来说形成了致命的精神打击，以致决绝地与二牤断交，并在精神上一蹶不振，病得奄奄一息。虽然后来二忾改变了态度，同意鸠钻他的"胯门"并将鸠娶进家门，但对鸠来说，"胯门"已经蜕变为一扇难以撞开的命运之门，她的人生祸福已经变得无法预料。

  彝族女作家黄玲的长篇小说《孽红》着力控诉的正是男性对女性造成的生存苦难。作品中的孟秀兰便是女性生存苦难的承受者。孟秀兰本来有着幸福的生活。她长相如花似玉，性格活泼。父亲孟修儒是印尼华侨，在当地是医生，家境富裕。父母视她为掌上明珠，她青少年时代的生活因此充满了幸福与欢声笑语。但就是这样一个对生活充满美好希望的少女，却在命运冲击、时代裹挟与男性压迫下，转瞬间走向了悲剧的深渊。作为爱国华侨，一心报效祖国的孟修儒离开妻子与儿子，带着孟秀兰回到了祖国，在昆明定居，在国内继续从事外科医生的工作，并为能够报效国家与人民而备感自豪。在大学里学习舞蹈专业的孟秀兰找到了心爱的白马王子——英俊潇洒的大学生司培文。孰料好景不长。一场政治旋风很快给这对父女带来了厄运。孟修儒被诬为外国特务，被迫自杀身亡。孟秀兰为了爱情跟着司培文到了他的家乡——正县文工团工作，并在婚前向司培文献出了自己的女儿身。但在人生的关键时刻，她却遭遇到生活厄运的连续打击。先是父亲被诬陷乃至自杀身亡，继而自己也被诬蔑为"外国特务"受到批斗与人格侮辱。最让她精神上致命的，是当上造反派头子的司培文竟然狠心地抛弃了她。而人面兽心、好色成性的文工团干部李宝柱乘机强奸了她，让她怀了身孕。孟秀兰走投无路，对生活彻底失望，选择了跳河自杀。善良的青龙镇铁匠路三在河中救起了她，她与恩人路三结成了夫妻，生下了她与李宝柱的女儿，取名路玫。但路三在路玫出生才几天就在河中遇难身亡，流氓成性、一直对孟秀兰美貌垂涎三尺的大队干部王金榜蛮横地对孟秀兰实施了强奸。为了阻止王金榜的再次性侵犯与捍卫女人的尊严，孟秀兰不得已选择了挥刀毁容，从美丽如花的都市女性变成了奇丑无比的农村妇女。在她挥刀的那一刻，她凄厉的惨叫划破了宁静的乡村之夜。男性对她身心和生活带来了深重的灾难，使她心底里装满了对男性的仇恨。对她来说，身为女性，在女性与男性展开的两性关系中,女性总是悲剧的承受者,总是苦命的一方。恰恰是男性,制造了女性的人生悲剧,因此成为女性的仇敌。尤其是男性对女性的爱情宣言,不过是欺骗女性的谎言,无法经受起生活的真正考验。比如司培文,为了得到孟秀兰的美貌、感情与身体,曾经对她海誓山盟,情语绵绵,也诱使孟秀兰为他献出了一切。一旦遭遇政治风浪或产生对权力的贪欲,他对孟秀兰便变得冷酷无情与天良丧尽,以致在孟秀兰最需要他保护与呵护的时候却远远避开或避而不见,任其惨遭造反派的批斗或李宝柱之流的强奸。小说题名《孽红》,所喻示的或许正是红尘中男性对女性欠下的感情债、良心债乃至犯下的罪孽。后来,长大成人后的路攻向司培文、阳平(李宝柱)发起的寻仇与报复,不过是替母亲孟秀兰讨还公道,或者说是对男性压迫女性的不屈与反抗。

### (三) 社会变革为南方少数民族女性解放创造了条件

恩格斯指出:"妇女解放的程度是衡量普遍解放的天然尺度。"[①]如果说,马克思主义创始人强调妇女的解放是社会进步的尺度,那么,女权主义思想家米利特则预言了男权制必将崩溃的历史必然性,认为这是社会变革的历史大趋势,正如她指出的:"在近一个世纪中,似乎一直有迹象表明,人类社会的组织将进入史无前例的重大变革。在这一时期中,男权制这一最根本的统治形式,由于它自身成了十分有争议的事物而陷入了四面楚歌的困境,让人觉得这一制度的崩溃就在眼前。"[②] 由此不难看出,女性的解放是社会发展的必然趋势。新时期以来,南方少数民族女作家在她们的作品中对南方少数民族女性的解放道路给予了积极的探讨,展示了南方少数民族女性走出人生苦难、反抗男权压迫、女性意识觉醒与走向新生的历程,表现了南方少

---

① [德] 恩格斯:《社会主义从空想到科学的发展》,马克思、恩格斯:《马克思恩格斯选集》(第3卷),中共中央编译局译,人民出版社2012年版,第784页。

② [美] 凯特·米利特:《性的政治》,钟良明译,社会科学文献出版社1999年版,第91页。

数民族女性勇敢追求解放、不畏艰难的可贵品质。她们的作品显示出：时代的进步、社会的变革为南方少数民族女性生存命运的改变创造了条件，南方少数民族女性自身的性别意识觉醒为她们自身的解放提供了可能。具体说来，在南方少数民族女作家笔下，南方少数民族女性的解放大致有以下几种情形：

第一，投身于社会革命与推翻旧的社会制度将带来南方少数民族女性的社会解放。"社会主义女性主义者力图表明，资本主义如何与父权制交互作用，对女人施加了比对男人更异乎寻常的压迫。"正是因为剥削制度造成了对女性的压迫，所以"社会主义女性主义者赞同马克思主义女性主义者的观点，即妇女解放有赖于推翻资本主义制度"。① 对彝族女作家李纳来说，虽然我们不能随意地给她的身上贴上社会主义女性主义者或马克思主义女性主义者的政治标签，但对照她的《刺绣者的花》中的女性叙事，不难发现作为投身中国共产党领导的中国革命的一分子，她的政治理想与对女性解放的设想同社会主义女性主义者或马克思主义女性主义者的女性解放思想之间有着惊人的相似之处。在《刺绣者的花》中，女性叙事实际上与阶级叙事互为表里，不仅女性压迫连接着阶级压迫，而且女性解放取决于阶级解放。在作品所写的大革命、抗日战争与解放战争中，阶级斗争一直是一条主线。比如，陈永直与杜天鸿虽然出身于有产阶级，而且曾经是同学与朋友，但大革命期间二人在政治上便分道扬镳，前者主张"中国只有走俄国人的路"，后者则"醉心欧美资产阶级政权，尤其是日本的明治维新"，两人以后便成为终身的政治敌人。而叶五巧与杜天鸿之间，不仅存在穷、富两大阶级的差别，而且最终分化到完全对立的政治营垒。正因为如此，叶五巧所遭受的丈夫、公婆的男权压迫背后，还隐藏着深重的阶级压迫。因此，对叶五巧也好，对其女儿杜端仪也好，以及对陈永直的女友杨慧玲也好，投身中国共产党领导的社会革命，推翻阶级压迫便成了女性解放的根本出

---

① ［美］罗斯玛丽·帕特南·童：《女性主义思潮导论》，艾晓明等译，华中师范大学出版社2002年版，第171页。

路。杨慧玲不仅参加了革命,加入中国共产党,而且成了女性解放的先锋与表率。她曾亲自赶到叶五巧娘家动员政治上尚未觉醒的叶五巧说:"要是我们女人去了镣铐,也会和男人一样,掀起惊天动地的大波。"这里的"惊天动地的大波"正是社会革命的隐喻。叶五巧在她和陈永直等人的引导下,终于走向与作为剥削阶级的夫家政治决裂、推翻旧制度的道路。虽然她不幸被捕,但却毫不屈服,坚称绝不后悔,即使牺牲,也死得其所。

第二,社会革命带来了南方少数民族女性的根本解放。董秀英小说女性书写的又一重要内容,是对佤族女性在新社会背景下摆脱历史苦难与走向自身解放的由衷赞美。在董秀英看来,社会的变革给佤族女性生存命运的变化带来了新的契机,经济水平的提高、旧的习俗的废止、新社会的改革措施,尤其是对文化知识的接受开始促进佤族女性慢慢摆脱生存苦难,走上自我解放的道路。正如她在小说《木鼓声声》中描述说:"解放后,阿佤人的宗教迷信和部落、民族之间的械斗消除了,木鼓也就变成了阿佤人的一种古老而有新意的民间乐器。敲起它,庆祝山寨丰收,敲起它,庆祝阿佤人美好、幸福的节日……"[①] 政治的巨变给佤族人、也给佤族女性的命运带来了全新的变化。在描写佤族女性深重历史苦难的同时,董秀英表现了佤族女性伴随着中华人民共和国的成立所获得的自我解放,表现了佤族新女性幸福成长的可喜图景。《马桑部落的三代女人》与《摄魂之地》作为姊妹篇,既再现了上辈佤族女性的深重历史苦难,又表现了后辈佤族女性进入新时代后,告别上辈女性的生存苦难,成为有知识、有文化、思想开放与拥有自由爱情新女性的新生活图景。对《马桑部落的三代女人》中的第三代佤族女性妮拉来说,中国人民解放军进入佤山从根本上改变了她的命运,开启了她追求人生幸福的航程。首先,过去的"砍人头"习俗从根本上受到废止,不再对她的生活带来任何负面影响。其次,政府实施的男女平等政策使她从小获得受教育的机

---

① 董秀英:《马桑部落的三代女人》,云南人民出版社1991年版,第23页。

会，不仅上了小学，学到许多有用的知识，告别母亲与上辈佤族女性不识字的时代，而且成绩优秀，考上勐拉县一中的初中，由此走出了长期封闭的阿佤大山，走进了县城，扩大了眼界。新时代为阿佤山启动的现代化进程，如修公路、建电站、安电灯、采用农机与拖拉机运输与耕田等等，也勾画了她更加美好的人生前景。再次，新社会为她的自由恋爱提供了保障。她不爱岩林，可以大胆地拒绝他，而没有人能够干涉。她与岩嘎真心相爱，虽然母亲不喜欢岩嘎，但却无法阻挠她对岩嘎的爱情，也无人能够阻止她对岩嘎的真情表白。对《摄魂之地》中的第四代佤族女性安妮来说，时代发生的变革、佤山的解放使她获得了自身解放的良好条件，她的命运如同《马桑部落的三代女人》中的妮拉一样昭示着可喜的前景。政府破天荒地兴办了布绕克乡小学，安妮与所有佤族孩子一样获得受教育的权利与机会。而曾经是母亲娜巴拉恋人的安木嘎当上了乡长，他对安妮的学习进行着热情的鼓励。董秀英的其他不少作品，也热情地讴歌了佤族新女性的成长。《最后的微笑》中娜女也因为中国人民解放军进入佤山而彻底改变了人生命运。政府在村头办起学堂，娜女的阿公便送娜女上学识字，学习文化知识。娜女继而读完小学，考上初中和高中，最后考取北京的中央民族学院。《河里飘来的筒裙》中的"我"虽然经历了非常岁月的磨难，但在改革开放时代赢来命运的转机。她的父亲被平反，她被推荐上了州里的文化扫盲班，学习三年拿到毕业证书。以前给她送过筒裙的傣族小男孩已经成长为她理想的恋人。

第三，女性意识觉醒、争取经济与社会的独立与彻底摆脱女性对男性的依附性，是南方少数民族女性获得翻身解放的重要主观条件。对于土家族女作家叶梅来说，文学对南方少数民族女性生存的关注并不只是描写她们的弱势地位与不幸人生，重要的是表现对她们平等生存权利的呼吁，表现她们人的意识的觉醒，表达对她们社会解放的期许。一句话，叶梅突出地强调和平建设年代南方少数民族女性意识包括女性人的意识觉醒对女性解放的根本性作用。在叶梅看来，南方少数民族女性的人生好比一条横在面前的河流，如果她们的现实生存处境是生活此岸的话，那么，她们对幸福的追求、人生价值的实现则是生活的彼岸。依叶梅自己的说法，如果借用起源于鄂西南民族地区的著名民歌《龙船调》中的一句通俗歌词来表达的话，南方少数民族女性人生道路的延展，以及人生意义的实现，或者她们从生活此岸抵达彼岸的过程，就是"妹娃要过河"。① 在叶梅的笔下，南方少数民族女性的觉醒在于她们主体意识的觉醒。而这种主体意识在很大程度上说是一种独立的人格意识。每当女性拥有独立的人格意识之后，她们就有可能摆脱几千年被动地依附男性的"他者"地位，有望成为一个独立的、自主的、完整的自我。对于生活，她们拥有自己的梦想——拥有带有几分虚幻色彩但却十分美丽的梦；为着这份梦想，她们付出自己的才智、努力，进行不懈的追求；随着生活的变化，还不断生出新的梦想，恰如簇新的花蕾日复一日地开放。这些，或许就是她们的人生的价值和意义。《花树花树》中的昭女温柔多情而又镇定果断，先是向乡长自荐当民办教师，后又乘上开往省城客车告别大山，对生活的追求总是热烈而又坚定；她还主动追求与带有知识分子气息的乡长的爱情，但又不含糊、不苟且，从容地面对生活的波折，在生活的历练中变得更加成熟。姑姑县长的到来开启了她人生中新的一扇窗户，促使她走向山外追求新的人生，希望重新学习考上大学，哪怕考不上大学到省城去给人当保姆。这种对生活不断的追求着实让人感到敬佩，而无论她的人生梦想能够在多大程度上实现。《五月飞蛾》中的二妹在很大程度上就是昭女的再版，或者说是在另一种时代背景下的昭女形象。在打工潮或城市化潮流荡及全国的背景下，进城打工谋发展成为与昭女一样拥有高中文化的二妹的自主意识，无论前途多么渺茫，无论道路多么艰险，无论成功还是失败，二妹走进城市的态度是那样的义无反顾。犹如飞蛾扑火一般，哪怕付出生命的代价，二妹都会勇往直前。在二妹的心中，跳动着一个乡村女子对生活的追求。她的这种追求，起自

---

① 叶梅：《妹娃为什么要过河？》，叶梅：《大翔凤》，内蒙古人民出版社2009年版，第251—253页。

于她自己的生活感受，也缘于她改变处境的愿望。这种追求，任何人包括二妹的亲生父母都不能阻止。二妹毅然决然地离开乡村走向城市的姿态，与其说是对新的生活环境的选择，不如说是一个女性自我意识或人生自主意识的成熟。这一点正是现代女性有别于传统女性的分水岭。就二妹来说，她就与安于现状、对生活总是逆来顺受、一味重复千百年农村妇女生活轨迹的母亲有了本质的区别。如果说，按照女权主义的观点，女性的解放在于女性拥有主体意识，成为一个独立的人的话，那么女性的自我设计和自主的人生追求，尤其是对生活美好的憧憬，便无疑是女性自主意识的显现。叶梅笔下的昭女、二妹乃至于瑛女等等，都是属于这样的女性。而从另一方面说，叶梅笔下的这些女性不仅是力图摆脱男性依附地位的自主者，而且是力争摆脱命运支配的抗争者。就昭女来说，她的所作所为，是对男权的抗争，更是对命运说"不"。在她生长的龙船河，千年来人们都信奉巫师的话——女人的生活都是受制于命中的花树的。或者有一只"冥冥之中任意主宰的手"左右着女人的一生。而读过高中、从家族中几代女性生存命运得到感悟的昭女偏不信邪，她挥刀砍去了母亲坟边两棵象征女人命运的花树，这标志着她对宿命论的摒弃。挣脱命运绳索的束缚，对叶梅笔下的女性来说意味着又一次人生的解放。

佤族女作家伊蒙红木的短篇小说《阿妈的姻缘线》（《民族文学》2007年第3期）也是一部诠释女性意识觉醒对南方少数民族女性社会解放的重要意义的代表性作品。这种话语建构水乳交融地贯穿在作品中的故事中。而故事便是阿妈通过经济自立，接受现代文明洗礼，大胆摆脱男权文化的束缚，女性意识不断强化，最终与阿爸离婚，获得人身的自由。阿妈与阿爸的婚姻结成于农村生产责任制实行以前。阿爸原本是庙里的佛爷，后来还俗与阿妈结了婚。但阿爸是一个不擅长进行农业生产的人，他做的农活常常被人嘲笑。农村生产责任制实行以后，阿爸进厂当了一名烧酒工，阿妈则开始在镇上做起卖米粉、豆粉的小生意。在这种局面下，一家人虽然生活"宁静"，但却"贫困"。随着生活的推进，阿爸与阿妈的冲突却越来越厉害，甚至到了无法调解的地步。原来,阿爸是一个非常突出的大男子主义者。他自己思想封闭、保守、落伍,却要求阿妈不与外人接触,甚至要求阿妈不能把生意做大,安安心心做一名照顾好丈夫的家庭主妇,对丈夫百依百顺。比如,在阿爸的心中,"佤家女人不应冒风险走独木桥"。阿爸要求阿妈所做的,便是"为他烧饭,端茶点烟","时时尊敬他,听他安排"。对于阿爸的要求,阿妈却不能接受。她坚持要改变家庭贫困、落后的状况,不仅要让全家人吃饱穿暖,而且要让儿女像汉族儿女一样到县城、省城接受教育。为此,她不仅不放弃做生意,而且在外来户——商人苗人余的启发、帮助与鼓舞下"放弃小生意",做起大宗农产品与土特产品收购与买卖生意,甚至在街上开办百货店铺,成为当地第一个像汉人一样开店做生意的佤家人。看到阿妈生意兴旺的景象,看到阿妈与苗人余的来往,阿爸不仅情感上吃醋,而且深感自己已经无法驾驭自己的妻子,便开始千方百计与阿妈作对起来。他认为苗人余是"魔鬼","引诱了阿妈的魂",因而找召毕(驱魔送鬼的魔巴)为阿妈驱鬼,他甚至亲自用恫吓的手段赶走苗人余,并且用恫吓的手段阻止阿妈与苗人余继续交往,为的是让阿妈"放弃生意",回心转意,并回到家中。阿妈却在人生经历中越来越有自己的主见,她没有向阿爸投降。她选择与阿爸分居,她的生意依然红火,她在这样的生活中感受到了"尊严"。当她把女儿送上云南大学之后,她感到生活的荣耀与回报。2002 年,阿妈在暮年来临时最终选择与阿爸离婚。她与阿爸的婚姻线终于在召望(魔巴)主持的古老剪切仪式中走向完结。阿妈由此成为一个背叛婚姻与神灵的佤族妇人。实际上,阿妈背弃的是压在佤族妇女身上的陈旧的男权文化与传统文化,她所赢得的是佤族妇女女性意识觉醒、实现经济独立、摆脱对男性依附性的新生或蜕变。

## 七 生态话语的生长

新时期南方民族文学出现的一个新的话语类型,便是生态话语，亦即在现代性视域与全球化背景下，探索、审视与思考人与自然、人与生态环境之间的关系。对生态环境恶化的忧虑，对人类中心主义的批判，对重建人与自然和谐发展的新生态伦理的呼唤，等等，成为新时期南方民族作家的创作新领域与新的价值取向。藏族作家阿来，佤族女作家董秀英，哈尼族作家存文学、洛捷、李启邪、存一榕，土家族作家李传锋、藏族作家格绒追美、亮炯·朗萨、仡佬族作家赵剑平等等，是新时期及21世纪南方民族文学生态话语建构的突出代表。

### （一）拯救地球，守护生存家园

新时期南方民族文学生态话语的第一个内容，是拯救地球、守护生存家园。与这一时期的汉族作家（如贾平凹、沈石溪、姜戎、杨志军），以及北方民族作家（如鄂温克作家乌热尔图、蒙古族作家郭雪波、满族女作家叶广芩）一样，新时期南方民族作家在作品中表现了他们对全球化背景下生态危机的忧虑，表达了他们以南方少数民族生活为视域的现实生态文化关怀。如果说，汉族作家贾平凹的长篇小说《怀念狼》、姜戎的长篇小说《狼图腾》、鄂温克作家乌热尔图的《七岔犄角的公鹿》、蒙古族作家郭雪波的《沙狐》《沙狼》《沙海》与《乌妮格家族》等系列化小说作品、满族女作家叶广芩的《老虎大福》《长虫二颤》等系列化小说作品表现了对改革开放之后我国严重生态危机的严重关切与深刻思考的话，那么，新时期南方民族作家则通过他们的作品表达了同样的主题，并与前述作家一样发出了拯救地球、守护生存家园的强烈呼声。

第一，拯救野生动物。南方民族作家在他们的作品中表现了野生动物遭受人类无端与残酷危害、走向灭绝的悲剧命运，表达了他们对动物的同情与悲悯。面对人类的血腥杀戮，南方民族作家大声疾呼拯救野生动物。千百年来，人类曾经依靠狩猎动物得以维持自己的生存，野生动物在人类的生活中扮演了被猎食者的悲剧角色。但到了现代化、食物充裕的今天，人类却依然不放过野生动物，并运用更加先进的武器对他们大开杀戒，许多珍奇的野生动物遭受残酷杀害，走向濒临灭绝的边缘，仍然无法摆脱悲剧性的生存命运。翻开南方民族作家的小说，诸如阿来的长篇小说《空山》、存文学的长篇小说《碧洛雪山》《兽灵》、李传锋的长篇小说《最后一只白虎》、中篇小说《红豺》等，一幅幅野生动物被血腥杀戮的场景扑面而来，令人压抑和窒息，猴子、熊、豹子、野牛、老虎、豺……许许多多的珍奇野生动物，在人类刀枪棍棒的围剿之下发出痛苦的哀鸣，非伤即死。它们的种群，在人类的一轮又一轮洗劫之下慢慢走向消亡与绝迹。没有了这些可爱的动物，森林里没有了欢乐与生机，变成了死一般的沉寂。如《空山》中的达戈从一名复员军人沦为屠杀森林中动物的冷血杀手，各种动物尤其是猴群在他的枪口下遭受族群灭绝的命运。《兽灵》中的敦嘎、嘎斯、斯飘一家三代猎人为了当所谓"猎王"，对玛格拉峡谷的灵兽，诸如老虎、熊、野猪、猴子、豹等进行无止境的屠杀，把森林变成了地狱，动物不得不迁出玛格拉峡谷。《红豺》中的美丽动物红豺族群也在人类的杀戮下走向灭绝命运。尤其老骡客这个唯利是图（"只相信钱"）、天良丧尽、把妻子都当成商品出卖的人类的败类，通过设诱饵、掘陷阱、埋炸弹等种种阴毒的手段，大肆地偷猎红豺，成为谋害豺王及其他红豺生命的罪魁祸首。而红豺家族的覆灭或濒临灭绝典型地昭示了生态环境的肆意毁坏以及这种毁坏所带来的严重后果。例如，红豺走向覆亡中，野猪家族又兴旺起来，再次肆虐地糟蹋土家人的庄稼，把土家山寨弄得脏乱不堪，以至于"没有了红豺的山林就不成其为山林了，死气沉沉，没有秩序"，人类与红豺"友爱相处"的时代也已成往日旧梦。

第二，拯救植被，守护民族生存家园。与此同时，南方民族作家在他们的笔下展示了生态破坏、环境恶化的严峻场景。通过南方民族作家的叙述可见，昔日南方少数民族美好的生存家园已经变得面目全非，只能成为遥远的记忆和今日的梦想，取而代之的是森林过伐、水土流失、泥石流等灾害频发的惨象。因此，拯救植被，守护民族生存家园成为了南方民族作家的自觉认识。阿来小说着力描写了阿坝藏族地区生态环境一次又一次地遭受的大破坏及其给国家、给少数民族带来的严重恶果。阿来故乡所在的阿坝地区处于四川西北部，是大渡河、岷江、嘉陵江的上游地区，更是历史上森林覆盖的山区与林区，可以说是长江等祖国母亲河的水源地。这里的良好生态环境不仅为本地藏族提供了理想的栖居之地，也为长江中、下游流域提供了充足的水源与可靠的生态保证。然而，自进入当代之后，这里曾经的理想生存之地与良好的生态环境却陷入人为的劫难，原始的森林变成光秃的山头，野生动物被猎杀殆尽，各种生态灾难接踵而至，后果之严重无法预估。对此，阿来不仅感同身受与深表痛惜，而且运用自己的作品表达深切的忧虑，并带着读者一起去追踪生态破坏的历史印迹，感受生态破坏造成的无穷后果。在《蘑菇圈》中，基于20世纪50年代初期"新"思想的洗脑，人们把"满山的树木不予砍伐，用去构建社会主义大厦"当成"一种无心的罪过"。结果，"机村的原始森林在十几年间几乎被森林工业局建立的一个个伐木场砍伐殆尽……"①《空山》更是以详尽的篇幅展示机村原始森林被砍伐殆尽的具体过程，并进一步描述了改革开放新时期机村森林再次遭受的人为灭顶之灾，展示了生态破坏所造成的水土流失、泥石流频发、家园毁坏、人员伤亡等严重恶果。比如，伴随着公路的修通，伐木工人也进驻机村，机村原始森林被成片伐倒，以致砍伐殆尽。泥石流灾害冲毁机村的房屋、田地，夺去机村许多藏民与伐木工人的生命。20世纪60年代，工作组在实施森林灭火过程中盲目地炸穿色嫫措湖。改革开放伊始，汉族人李老板、藏族高中生拉加泽里、更秋家兄弟——许许多多的机村人，都加入到盗伐林木的行列，机村残存的森林随之消失。县政府则为了增加税收而兴修双江口水电站，却故意回避生态评估，机村藏民需要移民，最终失去生存的家园。在《已经消失的森林》中，阿来这样描写故乡生态破坏的衰景："村子四周的山峦几乎完全光秃秃了。山坡上裸露出灰黄的泥土与灰

---

① 阿来：《蘑菇圈》，长江文艺出版社2015年版，第6页。

白的岩石,四处是泥石流冲刷过的痕迹。那里,记忆中的森林,以及众多的溪流都消失了,故乡童话般的气氛歌谣般的色彩已经消失。"他还忧心忡忡地补充说,正因为这样的生态破坏,长江开始成为第二条黄河。在《遥远的温泉》中,那些过去带有神话、神奇与梦幻色彩,令人神往与具有祛病怡心功能的美好温泉,在旅游开发中成为污浊不堪的臭水池。

佤族女作家董秀英是一个较早树立生态意识的南方民族作家,她的作品在新时期南方民族文学中较早地关注生态问题。作为在森林中长大的阿佤人,董秀英非常清楚人和自然之间、人和森林、人和树之间保持和谐关系的重要性。对她来说,森林就是佤族人的保护神和生存的美好家园。为此她在《山枇杷树下》得出的结论就是:"我们阿佤人就是离不开树。"在天旱时节,正是因为有那棵山枇杷树的存在,人们才能在树下开凿出流不断的清泉,从而为全寨人必要的生活用水提供了可靠的保证。在《马桑部落的三代女人》《摄魂之地》与《背阴地》等作品中,董秀英都曾以诗意的笔触描绘了阿佤山中植被茂密、虎豹成群、花果繁多、森林孕育佤族人的生活画面。然而,在阿佤山寨,原来和谐的生态环境却遭受严重破坏,原来苍莽茂密的原始森林遭受到毁灭性的砍伐。这让董秀英产生深深的忧虑,并将这种忧虑写进自己的作品里。《山枇杷树下》一文对佤族山寨的森林破坏有着这样的描述:"一棵一棵的大树被砍得只剩下了树桩桩;一片一片的山林被砍得像坝子上傣族小和尚的头一样光;寨边上的那个山包上,是一片茂密的林子和祖宗留下来的十多棵老树,信迷信的阿公、阿婆常常在老树下烧香、磕头,连这种动不得的'神山''神树'也得要砍了挖成台地。"

存文学的短篇小说《死河》(《民族文学》1989年第2期)较早地描写了生态环境破坏给人类带来的灾难性恶果。故事的背景是云南省哀牢山区,主要内容则是"特大的泥石流"对一个少数民族村庄带来的灭顶之灾,故事的见证人则是作为幸存者的猎人库发。当怀有不祥预感的库发从狩猎地回到寨子时,发现一场特大泥石流已经把寨子夷为平地,除了一对幸存的狐狸与原本生命力顽强的蚂蚁群之外,所有村里的人，包括他的妻子篮枝与儿子在内，都葬身于泥石流，原本生机勃勃的寨子，这时已经成了寂静无声的"死河"。

不少康巴藏族作家在21世纪之后开始运用文学作品表达对康巴地区生态环境恶化的忧虑，发出守护民族生存家园的声音。女作家亮炯·朗萨在长篇小说《寻找康巴汉子》中，极为详细地描述了以噶麦村为中心的康巴藏区森林、植被20世纪80年代初期以来受到毁灭性破坏的过程，描写"满目疮痍的荒山坡代替了茂密的原始森林，千百年没人敢砍伐的参天古树，都倒下了"的可怕场景，诘问与质疑了当地森林管理部门、商人与百姓由于片面追求经济效益而对生态环境的破坏举动，展示了森林、植被破坏导致的"下游的灾害凸显，洪灾如魔兽不断出来作怪"的惨重恶果。格绒追美在长篇小说《青藏辞典》中干脆用"破碎"来形容地球、河流、山峦被人类以水电站等以"现代化建设"的名义肆意破坏造成的满目疮痍的惨景，正如他这样描绘道："河流，滋养大地的河流，河流，天地间最美的景致，某一天，在疯狂无度的水电开发中，终于在人间隐没。高筑在陡壁两岩间动辄数百米高的调节水库是多么狂妄，有那样多操弄文字的人还在赞美它是人类的奇迹；一座座高山被掏空肚子，钢铁水泥质地的利器剖开五脏六腑，令大地疼痛得蹙破了眉头；河水被送进永恒幽暗的'监狱'中，永无出头之日。"拦河修建的大坝还挡住鱼儿回家产卵的去路，等待它们的将是族群灭绝的命运。

第三，拯救遭受破坏的少数民族传统文化。"我们的祖先凭直觉懂得，人类若侵犯大自然，是不可能不受惩罚的；现代人的经验再次证实了这个真理，即自然界不是一个可以供人类无限度利用的公共设施，而是一个生态系统，人类本身与之息息相关，若是胡作非为，必然会伤害自己。"[①] 新时期南方民族作家在关注生态危机过程中，惊奇地发现了少数民族文化在现代化进程中遭受到严重破坏乃至毁灭性打击的

---

① ［英］阿诺德·汤因比：《历史研究》，刘北成、郭小凌译，上海人民出版社2000年版，第419页。

又一严峻现实。在他们看来，要拯救野生动物、拯救植被与守护民族的生存家园，必须同时拯救遭受破坏的少数民族传统文化。南方民族作家发现，在历史长河中，在人类与自然的交往中，南方少数民族的祖先创造与积累了丰富而珍贵的文化传统，其中包括人类对待动物和自然的宝贵知识与经验，他们深深地懂得珍重自然，懂得与自然和谐相处，懂得保护人类和动物共同生活的家园。他们敬畏神灵，爱惜动物，合理地利用自然资源。哈尼族作家存文学的长篇小说《碧洛雪山》就描述道：麦地村的傈僳人诞生以来一直视黑熊为祖宗，认为民族的祖先为人熊交合的后代，他们因此崇拜黑熊，崇尚力量。生活中，他们供奉黑熊，黑熊也保护村民，如此凸显的是一幅人与自然、人与动物和谐相处的美好画面。存文学的短篇小说《燃烧的橡树》一方面展示了人类与森林之间的依存关系，并通过守林员发光的口说出了这样的话："这个世界是一天也离不开森林的，要没有了，多可怕。"① 另一方面则强调森林，如同燃烧的橡树一样，是画家等艺术家的灵魂源泉，是人类诗意栖居的家园所在。然而在张扬科学、追求技术革命与人类欲望膨胀的今天，南方少数民族的传统文化却遭遇了前所未有的挑战，受到了严重的破坏。阿来的《空山》让读者看到，20世纪60年代，藏民古老的草原烧荒习俗被当成迷信遭到了废除，这一习俗的传承人巫师多吉，因为偷偷烧荒被公安部门当成危害社会的罪犯受到法律的严惩，以致死于非命。多吉的死亡在很大程度上宣告了包括原始宗教在内的藏族传统文化的毁灭或断裂。与草原烧荒习俗一起遭受破坏的还有宗教文化，毁佛灭教、逼迫僧人还俗成为盛极一时的社会主潮长时期地主宰了藏区的生活。人们由此陷入狭隘自私、冷漠仇恨的思想泥潭里难以自拔。也许正是在这样的时代氛围驱使下，达戈打破了人类与猴子结成的千年"契约"，对猴群痛下杀手。在《碧洛雪山》中，一些政府公职人员为了吃到熊掌的美味，逼迫需要整体搬迁的麦地村傈

---

① 存文学：《燃烧的橡树——存文学中短篇小说选》，云南人民出版社2013年版，第305页。

傈僳人违心地去猎熊，对人类感到绝望的黑熊托拉开始了自残，人与动物、人与自然的和谐关系就此走向终结。在李传锋《最后一只白虎》等作品中，作为土家族图腾的白虎受到犯罪分子丧心病狂的追杀，在当地永远消失了踪迹，土家人的神灵因此受到亵渎，民族文化受到无端的践踏。在董秀英的《木鼓声声》中，木鼓作为佤族古老的民族乐器，令作为小说叙事人的佤族人木戛感到骄傲与自豪。但让木戛深感痛心的是，1949年以后的几十年内，阿佤山的森林受到毁灭的破坏。比如，"老林中可以做木鼓的大树也几乎被砍光、烧光了"。生态破坏的连带性后果，就是佤族传统文化（如木鼓）遭受断裂的危险。没有了直径超过3米的大树，佤族人无法做成木鼓了。木鼓没有了，佤族人的传统文化便宣告消亡。

### （二）走出人类中心主义，走出现代性困境

新时期南方民族文学生态话语的第二个内容，是走出人类中心主义、走出现代性困境。南方民族作家深刻地意识到，生态环境的日益恶化从很大程度上讲是人类自身造成的严重后果，甚至是人类犯下的罪孽，长期标榜追求理性与崇尚科学的人类之所以在这方面犯下错误、留下深刻历史教训，追根到底是因为人类中心主义的思想在作祟，是人类在现代性诉求中狭隘功利主义思想在作怪。南方民族作家在他们的生态叙事中，更是着力表现出对人类中心主义的质疑与现代性的反思，走出人类中心主义、走出现代性困境是他们在关注与思考生态问题时得到的正确答案。

第一，走出人类中心主义的思维模式。通过对动物的赞美，通过张扬动物的生存价值，南方民族作家无情地拆卸了人类中心主义的思想根基，揭露了人类中心主义片面思维模式的荒谬。在他们看来，人类中心主义的实质是人类以自我为中心，唯我独尊，凌驾于其他万事万物之上，以致任意剥夺其他动植物的生命。而实际上，动物不仅具有灵性与情感，更有着自身的尊严与生存的价值——比如，动物的母爱与人类的母爱一样伟大。动物懂得感恩人类，它们的许多优秀品质

足以让人类尊重。正如满族女作家叶广芩指出："能感受快乐和痛苦的不仅仅是人，动物也同样，它们的生命是极有灵性的，有它们自己的高贵和尊严。我们应该给予理解和尊重。"① 她的话也讲出了南方民族作家对动物的认识。在李传锋的《红豺》中，红豺简直就是土家山寨里的一道亮丽风景。它们不仅美丽劲健，而且是土家人的守护神。每当成群的野猪下山或进村危害土家人的庄稼时，作为野猪天敌的红豺就会大显神威，将野猪打得落花流水，哭爹叫娘。就是红豺在山顶上的做爱，也是那样的无拘无束与豪放不羁。在哈尼族作家洛捷短篇小说《大独猪》（《边疆文学》1997年第4期）中，作为野猪的大独猪被赋予自然的人格精神。在当地人的传说中，野猪被视为"森林四尊之首"，其凶狠程度超过熊、虎、豹其他森林三尊。当二楞等猎人对大独猪进行围猎之时，大独猪曾以其"力拔山兮的气势"将二楞撞伤，让捡回一条命的二楞心存余悸。然而，小说中的倮黑却在对大独猪的跟踪与试图猎杀中，最后放下了猎枪，心里陡然而生对大独猪的敬畏与感激。由于遭遇夏季大暴雨，水稻无收，加上妻子玉珍临产，中越老三国交界之处、背阴山下的麻哈寨的猎手倮黑便有了到背阴山猎杀大独猪的理由——弄到一头大独猪，他们家一年的"温饱就解决了"。他带着猎枪，跟踪大独猪到了国境线附近。虽然一路的跟踪让他感到大独猪的"阴险""可怕"与"难对付"，但却渐渐改变了对大独猪的看法。当大独猪与跨国的母野猪进行欢情的交配时，倮黑遵从"打猎不打公母相摞的野兽"这个古训，从而错过最佳猎杀时机。接下来，大独猪发现猎人的枪口，它视自己安危于不顾，而千方百计保护母野猪的安全，而母野猪则坚持与大独猪一起作战，视死如归。而这种野猪夫妇之间的"情义"开始感化着倮黑，他在"迷惑"中再次放弃向大独猪开枪。再后，大独猪有意无意地把他带到夜宿的山洞里，又把他带出迷路的森林。倮黑"想着两天来大独猪的多情多义，精灵和狡诈，引他住洞，又使他迷山，现在又引他出

---

① 叶广芩：《所罗门王的指环》，《中篇小说选刊》2003年第4期。

山，它一直在自己周围活动，又不向自己进攻，这一切实在难以想象……"最终傈黑放弃对大独猪的捕猎，并转而运用采集森林中的木耳、干巴菌、山药等方式来化解自己的经济困境。这里，大独猪实际上已经成为"自然"的化身，它精灵，并不与人类为敌，而是知恩图报，希望与人类保持和谐共生的关系。在哈尼族作家李启邪的短篇小说《血乳》(《滇池》1998年第3期）的描述中，猴子不仅是自然界可爱的精灵，而且是比人类更具有"人性"的伟大动物。小说中，为躲避计划生育的阿珍跟随丈夫张铁铗来到了丈夫在森林里搭建的小窝棚。在包谷地里，一只小猴子被张铁铗放的捕猎小动物的铁铗套住，阿珍救了小猴并将小猴带回窝棚养好了伤。当阿珍将小猴放回到母猴手中时，母猴用她特有的动物语言向阿珍表示对小猴的"救命之恩"，整个猴群也"感激涕零跳跃而去"。这些动物的可贵品质实际上宣告了人类中心主义的破产，宣告了人类的狂妄自大和荒谬。在此基础之上，南方民族作家无情地揭开人类中心主义的画皮，严厉地批判了人类贪婪而丑恶的嘴脸，拷问了人类的灵魂。既然动物与人类一样有着生命的价值与尊严，那么，人类为什么要对它们大开杀戒呢？说到底则是人类的冷酷无情、贪婪自私。叶广芩通过作品人物的口一针见血地指出：人类，"除了同类，什么都想往嘴里填，什么都想往身上披"。[①] 人类杀戮动物，无非是为了从动物身上得到衣食之利，抑或源自于人类无端的凶残。存文学的《兽灵》中的斯飘、李传锋的《最后一只白虎》中的老疤、阿来的《空山》中的达戈等等，无疑都是这种人类的典型代表。

第二，走出现代性困境。南方民族作家发现，生态环境的破坏在很大程度上是与现代性的困境分不开的。所谓现代性困境，简单说来就是为了追求现代性、摆脱贫困与实现经济发展，急于求成，急功近利，以牺牲生态环境获取暂时的经济利益，或以错误的方式推进现代

---

① 叶广芩：《山鬼木客》，叶广芩：《谁翻乐府凄凉曲》，新世纪出版社2002年版，第130页。

性的发展。在佤族女作家董秀英看来,历史的错位尤其是中华人民共和国成立以来各种错误运动的开展等等,在很大程度上导致了阿佤山生态破坏的严重后果,毁掉了阿佤山千百年来蓄积的原始森林。在《木鼓声声》的描述中,政治动乱对佤族传统文化的破坏,引发了森林的灾难。一方面,木鼓被当作"四旧"烧掉了,另一方面,一切与木鼓有关的事情受到强行制止。比如,寨里岩杆大爷培育的用来做木鼓的一大片柚木林被青年造反派毁掉,老人育林护林的行为受到禁止。从《山枇杷树下》中,不难看出错误路线给阿佤山森林带来的沉重打击。当时人们之所以要毁林,目的是为了挖台地,在林地上种粮。正如小说中这样描述:"水井头上的那片林子和那两棵黄心兰树,老人们说:'这片林子和这两大树是山寨的寨顶,砍了它,山寨的竹楼要塌、水井要干',可他们硬说砍了它,挖台地,种庄稼,多打粮。"作品中的政治投机分子岩老之所以要砍掉作为水源地保护神的山枇杷树与芭蕉林,所打的政治旗号正是所谓"挖成台地"。他虽然没有砍掉这棵山枇杷树,却砍掉了许多别的树。对岩老来说,由于民族文化受到主流文化挤压或由此造成的佤族传统文化的断裂,他还忘记了小时候阿公给他讲的"大森林养活着我们一代又一代阿佤人"与保护森林和家园的道理,充当起破坏森林与家园的不肖子孙。可以说,正是这样的盲目经济建设与生态意识的欠缺导致了阿佤山区失去了宝贵的原始森林。从阿来的小说中,读者不难感受到世纪转折时期藏区生态保护所面临的严峻形势,深深地感受到藏区经济发展与生态环境保护之间存在的突出矛盾。比如,《空山》中的县政府决定修建双江口水电站,虽然存在县财政困难等客观现实原因,但却存在严重的急功近利的片面发展思想。正因为如此,他们才故意置环境评估于不顾,而环境评估的缺席则会给生态环境造成难以估量的生态隐患(如地质灾害)。《三只虫草》中的藏民由于政府实施了退牧还草,在虫草季挖虫草成为他们经济收入的唯一来源,而藏民对虫草的过度收获又在加重生态破坏。

第三,遏制人类无限膨胀的欲望。南方民族作家还发现,珍奇野生动物走向灭绝、森林与植被毁坏与生态环境失调，一方面是人类中心主义与金钱主义思想所带来的恶劣后果，另一方面则是人类欲望无限膨胀的恶果，亦即走向现代化建设过程中片面追求经济效益、严重忽视生态效益与社会效益的恶果。因此，遏制人类无限膨胀的欲望是保护与恢复生态环境的重要前提。阿来的《空山》让我们看到，在改革开放伊始的藏区——机村，李老板、高中生拉加泽里、更秋老五等兄弟一班人大肆走私与盗运木材，导致滥伐森林，无非是因为片面追求脱贫致富或一夜暴富，无非是金钱主义的价值观念完全主宰了他们的头脑。为了暴富，他们冲开了道德、良知与法律的底线，放纵了欲望。在阿来《已经消失的森林》中，自藏区实行改革开放之后，"人人都想发财致富，在这交通不便，人口稀少的深山之中，树木就是唯一的财富了"。木材成为国家、集体与个人经济收入的唯一来源，不仅地方政府的收入靠木材，而且老百姓的收入也靠木材，藏民因生活所迫而盗伐与走私木材事件层出不穷，政府对这种违法犯罪事件的处理显得十分尴尬，总是处在情与理矛盾的夹缝之中。这些，无疑显示了经济不发达的少数民族地区重建和谐生态环境的任重道远。存文学的《兽灵》中的敦嘎、嘎斯、斯飘三代猎人之所以大规模地屠杀玛格拉峡谷的野生动物，一个重要原因就是为了满足人的物欲，如为了吃到熊掌的美味，吃到动物的生殖器官以壮阳，为了获得金钱，显示比他人富裕。斯飘为了做成与伐木队的交易，甚至对野牛群打起了主意——自己没有逃脱丧命野牛角的下场。李传锋的《红豺》中红豺的被屠杀更是间接地暴露了现代社会人类精神所存在的严峻问题，反映了人类心灵的严重萎缩或畸变。为了片面追求物质利益，人类甚至在欲望的陷阱里越陷越深，难以自拔。例如小骡客，其见利忘义之心、捕杀红豺之狠毒既不下乃父，也为自己掘开了生命的坟墓。对于人类那种目光短浅、急功近利、灭绝生物多样性与贻害子孙的恶行，藏族作家格绒追美在长篇小说《青藏辞典》中发出这样的愤慨，并用文字勾画了他们的丑恶嘴脸："只要我们富裕，只要能让许多人的腰包鼓起来！山河破碎就破碎吧，又不是我们的脸被划伤破相，又不是我们的心脏被破坏,又何苦为着子孙着想?"

### (三) 敬畏生命,守望民族文化

新时期南方民族文学生态话语的第三个内容,是敬畏生命,守望民族文化。对新时期南方民族作家来说,通过生态叙事表达对生态危机的忧虑与对生态问题的关注与思考并非他们的最终目的。他们的最终目的在于服务现实,他们期待用文学作品唤起人们生态意识的觉醒,呼吁全社会加强对生态的保护,推动现代化建设全面而健康地发展,促进人与自然关系的和谐。在他们看来,敬畏生命,守望民族文化,重建生态伦理,是应对生态危机与保护生态环境的现实出路。

第一,敬畏生命,保护动物。法国著名生态伦理学家阿尔贝特·施韦泽指出:"有思想的人体验到必像敬畏自己的生命意志一样敬畏所有的生命意志,他在自己的生命中体验到其他生命。对他来说,善是保存生命,促进生命,使可发展的生命实现其最高价值。恶则是毁灭生命,伤害生命,压倒生命的发展。这是思想必然的、绝对的伦理原理。"[①] 他强调敬畏生命,不仅仅是敬畏人的生命,而且是敬畏地球上所有的生命,包括动、植物的生命。他还补充指出:"过去所有伦理学的重大错误在于:它认为伦理只涉及人对人的行为。但关键在于,人如何对待世界和他所接触的所有生命。只有人认为植物、动物和人的生命都是神圣的,只有人帮助处于危急中的生命,他才可能是伦理的。"申明现代的生态伦理必须纠正过去伦理学的错误,过去的伦理学的错误在于只尊重和保护人的生命,而把动物、植物的生命排斥在外。施韦泽关于敬畏生命的新生态理念,已经成为南方民族作家保护生态环境的共识。存文学的《兽灵》中的妇女洛莉一再劝诫斯飘等村中的猎人不要猎杀森林中的熊、野猪、猴子、野牛与大象等,

---

① [法] 阿尔贝特·施韦泽:《对生命的敬畏——阿尔贝特·施韦泽自述》,陈泽环译,上海人民出版社2006年版,第129页。

甚至在森林中不停地为被人类猎杀的动物们招魂。阿来的《空山》中的藏族乡村知识分子达瑟，特立独行，在树上构筑树屋，把书本搬上树屋，如痴如醉地学习自然知识，不断地认识森林中的各种动植物，尤其是一再劝阻好友达戈猎杀动物。哈尼族作家洛捷的《大独猪》中的猎人倮黑在大独猪高贵品质的感召下放弃了对动物的屠杀。

第二，尊重自然，恢复与保护生态平衡。面对森林过伐与植被破坏，新时期南方民族作家寄希望于恢复与保护生态和谐的实际行动，他们把尊重自然、恢复与保护生态平衡看作是重建生态秩序的现实选择。在藏族作家阿来看来，既然严重的生态危机昭示了南方少数民族地区的严重曲折，那么，恢复生态环境，重建人与自然的和谐关系便构成了现代性进程的应有之义。《空山》在描写处在阿坝藏族地区的机村于世纪转折时期的发展出路时，着力表现了一点：恢复生态环境成了经济社会发展的主旋律。比如，李老板、拉加泽里乃至更秋家老五等等，纷纷迷途知返，回头是岸，由曾经疯狂走私与盗伐木材转为植树造林，恢复植被。特别是在拉加泽里出狱后，利用李老板留下的巨资成立了绿化公司，招募人员进行大规模植树造林，机村植被的恢复展现了良好的前景。在《三只虫草》中，政府部门在阿坝藏区开始实施退牧还草计划，这也意味着新时期藏区生态保护所发生的根本性变化。董秀英异常清醒地认识到，森林是佤族人赖以栖息的家园，是佤族民族文化的源泉。失去了森林，佤族人也将失去生存的家园，失去自己的民族文化，连民族本身都可能走向消亡，走向万劫不复的境地。因此，她对生态保护、保护阿佤人的森林发出由衷的呼唤。这种呼唤回荡在她的文学作品之中。在《木鼓声声》中，即使在20世纪60年代，岩杆大爷一直履行着保护森林的庄严使命。木戛小时候由于不懂得保护森林的道理，便把做木鼓用的小柚木砍倒了一大片。作为芒赛大寨著名护林员的岩杆大爷抓住了木戛，对着小柚木流下了痛心的眼泪。小木戛没有受到岩杆大爷的责备，却受到了情绪的感染。当他再次看到自己砍倒的林地只剩下"一排排光秃秃的树桩"与一片"破败景象"之时，"感到非常惭愧"，有如自己的心被人挖掉了，因此找到岩杆大爷承认错误，并与岩杆大爷和他的孙女叶茸一起培育苗圃。这时候岩杆大爷教育小木戛说："一个人要像老林里的树一样，一节节往长长，从小长直，站稳，将来才能长成参天大树，成为有用之材。"他给小木戛灌输的，有做人的道理，也有生态意识。对于毁林的破坏行为，岩杆大爷予以坚决的回击。正如他所说："他们今天砍，我就今天栽，他们明天砍，我明天栽，让有生命力的树种，永无止境的生长着。"10多年之后，岩杆大爷终于兴起了一大片"莽莽苍苍的人造林"。他这样的行为让木戛敬仰不已。长大后的木戛最终懂得：岩杆大爷"保护的不仅是几棵树，而是为阿佤人民美化环境、改善生活"。岩杆大爷对木鼓的保护，也是在"维护一个古老民族的文化"。《山枇杷树下》中的少女巴拉与他的阿弟是一对似乎天生就具有生态保护意识的人。他们从小与长在水井边的自家的一棵山枇杷树为伴，在树上玩，吃"又红又香甜"的枇杷果，因此与枇杷树培养了深厚的感情。巴拉的父母曾以这棵山枇杷树遮挡阳光、影响谷物收成为由坚持砍掉它，巴拉与弟弟坚决不让砍。后来寨里的岩老要砍这棵树。巴拉和弟弟，还有阿公同样给予了坚决抵制，岩老的梦想落空。10多年后，巴拉要嫁到外面的寨子了，但她的一个重要心愿就是带去一棵山枇杷种树。而天旱季节得到这棵山枇杷恩惠的岩老最终跪在树前做出这样的忏悔："山枇杷树，阿公常常对我说：'小岩老，你好好地记着，我们阿佤人从石岗岩里出来后，就在大森林里生活，大森林养活着我们一代又一代阿佤人。'这两年我砍了好多树，阿佤山寨变了，庄稼长不好，水也不出来……我错了，你饶了我吧……"岩老的忏悔具有深刻的象征意义。它表明佤族人已经开始走出历史误区，重新树立起祖祖辈辈传承下来的生态保护意识，并将为恢复美好、和谐的生态环境，恢复佤山的森林和美好生存家园而做出新的努力了。

第三，尊重、保护与发扬民族文化。著名鄂温克作家乌热尔图指出："家园是我们的安身之所，家园是我们的灵魂归宿；家园是我们心灵得以慰藉的乐土，家园是我们民族世代得以延续的'方舟'。守望家园,就是守望与我们血肉相连的生存空间;守望家园,就是守望我们传千世而不绝的民族精神。"① 守望民族生存家园与守护少数民族传统文化紧密相关。这样的生态意识同样得到了南方民族作家的高度认同。在南方民族作家的生态叙事中,尊重生命,保护动物,保护森林与植被,同时意味着尊重、保护与发扬民族文化或民族传统文化。反过来说,尊重、保护与发扬民族文化也是为了更好地尊重生命,保护动物,保护森林与植被。南方民族作家深刻认识到,人类并非世界的主宰,只有神灵才是世界的主宰。所以尊重少数民族宗教,守望他们的民族文化,在很大程度上正是旨在遏制人类的欲望膨胀,保护生态环境,保护各民族共同的生存家园。正如哈尼族作家哥布在阐释哈尼梯田文化时说道:"哈尼梯田文化的精髓是敬畏自然、保护环境,努力构建人与自然、人与神、人与人之间相互尊重、相互依存的人伦关系。哈尼文学是哈尼梯田文化重要组成部分。"② 他的话体现了南方民族作家对少数民族文化中生态精神的深刻认知。正因为这样,阿来对现代性语境中藏族传统文化的创造性转化寄予了厚望。在他的心中,守护民族文化,重铸民族精神,是藏族地区生态恢复的重要保证。这正如他在小说《已经消失的森林》中借人物的口吻说:"我唯一想做的是在社会文明物质生活日趋丰富的时候,寻找到一种令人回肠荡气的精神,在藏族民间,在怀旧的情绪中,我找到了这种精神。"③《空山》中的乡村知识分子达瑟可谓一个较为典型的藏族文化的当代守护者。当知识被毁弃、书籍被烧毁的时候,他从焚书场偷偷抢救书籍,又不畏长途跋涉偷偷运回机村,在树上构筑藏书屋,离群索居,学习百科、自然、伦理等知识,偷偷地传承知识的薪火,心忧天下,苦守清贫,力劝尊敬他的好友达戈不要残杀林中的动物,通过写诗歌颂与发扬民族古老的文化精神。而作品中描写的机村藏族祖

---

① 乌热尔图:《在大兴安岭的怀抱里》,《中国民族》2001 年第 1 期,第 19 页。
② 哥布:《序》,中国作家协会编:《新时期中国少数民族文学作品选集·哈尼族卷》,作家出版社 2014 年版,第 2 页。
③ 阿来:《少年诗篇》,四川文艺出版社 2015 年版,第 207 页。

先留下的古王国遗址——觉尔朗峡谷在很大程度上是民族传统文化尤其是民族传统生态文化的隐喻。那里一直水草丰茂、森林密布，充满鸟语花香，是动植物的天堂，也是人类的理想栖居之地。在荒年、人祸之后，觉尔朗峡谷成为机村藏民的救命之地——这暗喻着健全的传统文化对缺失的现代文化的疗救功能。

# 第四章

# 现代南方民族文学对民族
# 文化建设的贡献

民族文化建设并不限于本民族文化的建设,既包括本民族文化的建设,也包括主流意识形态文化的建设,还包括人类文化的建设,因为主流意识形态文化与人类文化融入本民族文化之后,也会形成新的本民族文化。如此,民族文化建设就是本民族文化建设、主流意识形态文化建设与人类文化建设的统一体。就现代南方民族文学而言,它近百年来对民族文化建设做出了积极而重要的贡献。这种贡献主要包括以下几个方面:一是对南方少数民族文化的阐释与建构,因此显现出南方少数民族文化的独特性与丰富多样性,并强化了南方少数民族民众对本民族文化的认同;二是参与主流意识形态文化的建构,在促进民族团结、推动民族经济社会进步、维护祖国统一等方面发挥出积极而重要的作用,也强化了南方少数民族对于中华多民族国家或"中华民族多元一体"[①]的国家认同观念;三是参与了人类文化建设,积极思考了人的终极意义,关注了人类的共同命运,努力走出了虚无主义文化的泥潭,对重建人与自然和谐相处的生态伦理做出了积极的贡献。

**(一) 本民族文化阐释与民族认同**

现代南方民族文学对民族文化建设贡献的第一个方面,是对本民

---

① 费孝通等:《中华民族多元一体格局》,中央民族学院出版社1989年版,第1页。

族文化的精彩阐释与由此表达出来的民族认同。民族认同"指构成民族的成员（个体）对本民族（整体）的起源、历史、文化、宗教、习俗的接纳、认可、赞成和支持，并由此产生的一种独特的民族依附感、归属感和忠诚感"。①"五四"以来，南方民族作家十分热爱自己的民族，以本民族与本民族文化为骄傲，有着坚定的民族自信心。这里，不妨以新时期尤其是 21 世纪之后崛起的康巴作家群为例，阐述康巴作家群对于康巴地区雪域高原民族地域文化的发掘与建构，揭示他们对藏族文化的精彩阐释与对本民族文化的由衷认同，以及他们由此凸显出来的民族文化自信心与自豪感。

康巴作家群的一个文化意义通过雪山话语的建构得到较为完美的体现。泽仁达娃长篇小说《雪山的话语》正是从题名上昭示出康巴作家群文学创作的文化指向性。它不仅隐喻了康巴藏族地区的独特地域文化、民族文化或宗教文化，而且凸显着这些文化同外来文化与现代文明的碰撞、交流与对话。从这个意义上说，世纪之交，康巴作家群的强势崛起则意味着在全球化与文化多元语境下古老藏族文化重新焕发了青春与活力，或重新镀亮了金色的光芒。

康巴作家群雪山话语建构的突出方面，是对康巴文化的发掘与建构。作为以藏族为主体的多民族居住区，康巴地区地处青藏高原东部，遍布高山大川，地形地貌独特，幅员辽阔，历史悠久，雪域文化光辉灿烂。康巴作家群生长在康巴地区的文化热土上，他们对康巴文化既亲近又熟悉，既热爱又敬畏，怀有深挚的文化认同感，并把发扬光大康巴文化作为神圣的历史使命。对他们来说，文学就是他们实现这种历史使命的主要手段。一方面，他们文学创作的重要目的之一，就是要向世人揭开康巴地区的神秘面纱，就是要发掘与解密康巴高原独特的民族文化，或者说对这片土地上的文化进行"祛魅"——泽仁达娃就说道："我希望向世界提供藏区的生存生活与精神的哲学与体验，并通过文学的形式与世界进行互知和

---

① 陈茂荣：《论"民族认同"与"国家认同"》，《学术界》2011 年第 4 期。

沟通。"① 另一方面，他们又会自觉地立足于文化启蒙主义与多元文化主义的语境，对康巴文化进行反思与新的建构、新的阐释。

在康巴作家群的笔下，康巴文化厚重、大气、刚健、雄阔、丰赡，如歌如诗，水乳交融地渗透在雪域民族的衣、食、住、行、生产、生活的方方面面。康巴高原的雪山、江河、草原、村庄、寺庙、田野乃至一草一木、一沙一石都富于浓厚的文化意味，都包含着浓郁的人文情怀。尤其是康巴高原的雪山、江河都是文化的载体：圣洁的雪山是净化人的心灵的圣境与人的心灵的栖居之地，奔腾不息的江河凝聚着强悍的民族魂，如同康巴汉子奔涌的热血。康巴作家从地域文化、伦理文化、民族生存文化与宗教文化等不同的角度、维度对康巴文化进行了富于创造性的解释。

格绒追美长篇小说《青藏辞典》实质上是一部包括康巴文化在内的青藏文化辞典。就其对康巴文化的解释而言，无论是康巴地区的山川人物，还是草原风习，诸如大渡河、雅砻江、金沙江、澜沧江、松潘（岷江）、九寨沟、木格措、泸沽湖、贡嘎山、横断山、格萨尔王、神授艺人、土司、朝圣、活佛、灵塔、持戒、修行、开悟、禅定、赛马等等，都构成了康巴文化的典型符码，隐喻着康巴文化的独特内涵，让人感受到康巴文化的洁净、瑰丽、刚健、雄奇与神性。在达真的长篇小说《康巴》中，诚信是康巴文化的一个重要维度。比如，在康定城里，锅庄与商家之间的生意伙伴关系一旦确定就会几十年甚至上百年不变，靠的正是他们之间达成的一种特殊的契约，这种契约便是"心诚"。在达真的另一长篇小说《命定——一部藏民族的现代史诗》中，康巴文化在很大程度上凝聚在人的尊严上。康巴人把人的尊严放在最高价值的位置，并当成人生一世的目的，这也正是他们用藏语表达的"卡颇热"，而"卡颇热"的汉语含义就是"为面子而活"。正如小说这样描述："从贡布记事的那一天起，就随着年龄

---

① 泽仁达娃：《从时光中经过（代后记）》，《雪山的话语》，青海人民出版社 2014 年版，第 252 页。

的渐渐增长体会到卓科部落的男人和康巴男人在某种意义上都是在为面子而活着。"① 在康巴人的词典里，所谓"面子"正是尊严的别名，不仅包含着个人的尊严，更包括部落、民族与国家的尊严。就维护个人与部落的尊严而言，小说中的草原英雄贡布及所在的卓科部落用行动给予了充分的展示。比如，贡布在对心上人雍金玛的"抢亲"中，他毫无畏惧地与雍金玛的未婚夫杜吉"决斗"，不惜鲜血长流，硬生生用空手拽住刀刃夺下了对方腰刀。在一次赛马比赛中，因为组织者刘团长故意使贡布失去第一名的荣誉，贡布与卓科部落的男女顿觉"面子"尽失，旋即投入与龙灯部落的群体械斗之中。而在国家受到外敌入侵之时，康巴人的个人尊严则会自然地升华为国家或中华多民族大家庭的尊严。所以，在抗日战争中，贡布和土尔吉两位普通的康巴藏民满怀民族的热血参加了抗日远征军，为捍卫国家的尊严而展示出他们的强悍与血性——如贡布在战场上亡命杀敌、壮烈殉国。此外，作品还通过汉僧净缘如此盛赞与解读康巴文化："藏人在海拔如此高的高原上用生命与寒冷抗争、与饥饿抗争，他们的乐观是超常的。正因为有这种乐观的生命态度，他们才能创造出顶天立地的生命火花。"② 在雍措长篇散文《凹村》中，康巴文化呈现为纯朴乡村的美，一种恬淡生活情调，一种人与自然和谐相处、美丽山水与人的劳作交融的画面，一种人对于土地的深情依恋与热爱。正如雍措所说："凹村是美的，她的美表现在每一个凹村淳朴的人和每一件我讲述的事件上；凹村是美的，她的美表现在雨中、风中、说话声中及凹村一切生灵中。"③ 在亮炯·朗萨的长篇小说《寻找康巴汉子》中，康巴文化渗透在康巴汉子的文化骨髓之中。对小说中的康巴商人来说，信誉是为人处事的第一法则。正如小说描述的那样："我们藏人说，一个人的生命能值一百头牦牛，但信誉却能值一千匹骏马！"④ 他们把

---

① 达真：《命定——一部藏民族的现代史诗》，四川人民出版社2016年版，第20页。
② 同上书，第168页。
③ 雍措：《〈凹村〉创作感言》，《文艺报》2016年9月20日。
④ 亮炯·朗萨：《寻找康巴汉子》，中国书店2011年版，第6页。

信誉看得比生命更重,世代传承,发扬光大。而对小说主人公尼玛吾杰来说,康巴文化就是一种舍小我、求大我,为了改变家乡贫困面貌带领乡亲脱贫致富而贡献青春、智慧与力量的大爱,一种与时俱进、听从时代召唤的新康巴精神。亮炯·朗萨还在长篇小说《布隆德誓言》中直接解释说:"藏族人最信奉誓言,相信语言的魔力,相信身、语、意表征出的证悟,相信唇舌间发出的咒语和誓言。他们希望,语,不能有妄语、恶口、绮语(花言巧语)、两舌这四恶,什么话语只要是从心生,一旦说出,就是神圣的,就要践行,就要为此努力。"① 这些话更加证明了诚信文化在康巴文化与藏族文化中占有的极其重要的位置。在阿琼长篇小说《渡口魂》中,康巴文化浓缩为通天河(长江玉树段)畔的"渡口魂"。所谓"渡口魂",正如小说中守护渡口的直本家族重要传人——"爷爷"临终时告诫其后代所说:"要把渡口的灵魂传承下去,让直本的后人秉承做事公正,做人真诚,凡事怀有悲悯情怀,信守诺言,为人处世不碰触道德底线……"② 渗透在"渡口魂"中的,还有对生命价值的珍重与守护,对金钱、财富、权势、名声与地位的淡然处之,对亲情的珍视,人与人之间的真诚相待,永不舍故土的情怀,对民族优秀文化传统的传承与对民族和国家的热爱,以及"顺命而不从命"的处世哲学。

康巴作家群还挺进到雪域文化的深处,从民族生存文化的角度,努力地解密藏族游牧文明与农耕文明的文化密码,寻绎高原民族的生存之秘。英国著名历史学家汤因比指出:"文明是在异常困难而非异常优越的环境中诞生的。"③ 在汤因比看来,一个民族要生存繁衍下去,往往必须接受艰难自然环境的严峻挑战。正因为如此,文明常常在艰难的环境中诞生。对生活在康巴地区的藏族来说,雪域高原,一方面为他们创造了神话般的美丽风景——洁白的雪山与翠绿

---

① 亮炯·朗萨:《布隆德誓言》,外文出版社2006年版,第1页。
② 阿琼:《渡口魂》,作家出版社2016年版,第270页。
③ [英]阿诺德·汤因比:《历史研究》,刘北成、郭小凌译,上海人民出版社2000年版,第106页。

的草原等等为他们的生活增添了无限的诗情画意,另一方面也为他们制造了异常艰难的生存环境——无论是雪山、冰川还是毒蛇猛兽等等都对他们的生存构成了严重的威胁。从社会角度说,部落之间为了生存也充满了严酷的竞争,战争因此难以规避。然而,作为康巴地区的主人,无论生存环境如何恶劣,无论社会环境如何动荡,康巴藏族都始终执着地生存在这片神秘的土地上,都始终追求着美好的生存梦想,并锤炼出卓越的民族生存智慧与能力。嘎子长篇小说《香秘》所表达的主题正在于此。

小说取名"香秘",其字面意义指的就是"香格里拉"或"香巴拉"的"秘密"。"香格里拉"与"香巴拉"含义相同,是藏语中与"秽国"相对的"净土",在小说中则是藏族部落所向往与追求的理想栖居之地。小说的主题主要从以下两个方面得以展开。一方面,不计千难万险,无论付出的代价有多大,执着地追求"香巴拉"是阿注藏族部落无可动摇与坚定不移的生存理想。比如,为了渡过冰河,帕加头人忍痛让女婿洛尔丹牺牲了生命。就表现我国少数民族对生存理想的执着追求而言,《香秘》与著名回族作家张承志的长篇小说《金牧场》可谓异曲同工——在《金牧场》里,蒙古人的生存理想就是不远万里、不畏万险地追求水草丰茂的黄金牧场。另一方面,一个民族要生存繁衍,光靠勇气与意志是不行的,还必须具备一个至关重要的因素,这便是智慧。阿注部落之所以以聪明的狐狸为图腾,就是因为狐狸是具有生存智慧的动物。他们在更换部落头人时,对头人的一个首要要求便是具有带领部落生存下去的智慧。这一点,在帕加头人身上得到充分的展现。帕加头人尽管个性狡黠,品行不够端正——如杀害衰弱的老头人、通过借腹生子使自己的后代成为新头人,但他为人精明,见多识广,社会经验丰富,有着大局观念,能够在带领部落生存的过程中一一化解危难,因此成了阿注部落头人的不二人选。无论是德高望重的老头人,还是缺乏生活历练的老头人之子——勇士唯色,其生存智慧在他面前都相形见绌。帕加头人因此这样解释:"阿注的汉子们,红狐狸祖先给了我们强健的身体,也给予了我们聪明的脑袋。我们不仅仅要用力气去拼命，还要有狐狸一样的智慧。"①《香秘》关于强悍新头人取代部落老头人的书写与文化思辨，也令人想到著名人类学家弗雷泽在《金枝》中所提出过的人类学原理：只有强悍的新祭司或部落首领取代衰弱的老祭司或部落首领，部落才会随时吸收新鲜的文化血液，才能保持健康发展的肌体与强盛的生命力，尽管新旧祭司之间的替换是残酷而又血腥的——这也正是"金枝"习俗背后的真正内涵。从这些方面看，《香秘》具有较为深刻的人类学意义。

从民族学角度讲，达真《命定——一部藏民族的现代史诗》中的康巴人的"面子"观念，正是"草原民族某种长期形成的心理"，因为"草是游牧民族的命根子"，为了保卫草原与生存的尊严，草原部落内部的人们必然结成牢固的团结互助关系，从而形成部落或民族的凝聚力与向心力。民族生存文化的主题在泽仁达娃的《雪山的话语》中也有所表现。比如小说中重要人物阿绒嘎说："男子汉该当老虎时要当老虎，该做狐狸时还得做狐狸。"阿绒嘎本身就是一个充满智慧的人物，善于从部落内外的纷争与是非中抽身而出。面对生存的苦难，贝祖村的藏民总是保持着乐观的生活态度，正如古朗土司的管家所说："贝祖村的老人和女人，肚子里淌着泪水，嘴唇却放飞歌谣在重建家园。"

从很大程度上说，藏传佛教是康巴文化的核心。以藏族作家为主体的康巴作家群对藏传佛教表达了极其崇敬的心情，并通过文学作品给予高度的礼赞。作为世界三大宗教之一，佛教在世界文化史上享有十分重要的地位。由于藏族是一个全民信奉佛教的民族，藏传佛教因而对藏族生活与藏族文化具有决定性影响。对康巴地区的藏族来说，藏传佛教与其他藏区一样，已经构成全体藏民的文化无意识。康巴作家群普遍深受藏传佛教的熏染，对藏传佛教的文化精神有着深刻的理解与深厚的感情。藏传佛教对他们来说，既是一种坚定的宗教信仰，

---

① 嘎子：《香秘》，作家出版社 2016 年版，第 97 页。

又是一种文化的理想与梦想。诚然,作为科学的对立物,包括藏传佛教在内的所有宗教都有着自身的文化局限。就藏传佛教来说,它的轮回说、虚空观、宿命论、有神论、天堂地狱学说与因果报应观念等等,都无从得到科学的解释,显示出严重的文化缺陷。也许正因为这些文化缺陷,在20世纪新型意识形态语境与阶级斗争政治思维框架下,藏传佛教被当成剥削阶级的思想体系,从根本上受到批判与否定。而缘于当时文化语境的规约,在老一辈康巴作家益西单增的长篇小说《幸存的人》与降边嘉措的长篇小说《格桑梅朵》里,藏传佛教只是"政教合一"格局中消解藏民反抗阶级压迫斗志的愚民工具,活佛、喇嘛只是道貌岸然的伪君子或统治者杀人的帮凶。在改革开放初期的政治启蒙思潮背景下,在康巴作家扎西达娃的短篇小说《朝佛》里,藏传佛教的宿命论与迷信思想被认为是藏区现代化进程的思想障碍,科学取代宗教思想的知识合法性得到了有效建构。事实上,科学与宗教的关系问题一直是人类需要弄清楚的问题,它们并非非此即彼,你死我活。宗教固然不能取代科学,但科学也不能取代宗教。宗教诉诸心灵,它的作用,科学即使再发达,却并不能取代。正如人类学家哈维兰指出:"科学,不但远远没有消灭宗教,甚至可能已促进了名副其实的宗教繁荣……科学促进了宗教的繁荣,因为它在消除很多传统的精神支柱的同时,在其技术的应用中又创造出大量的新问题:核灾难的威胁;污染对健康的威胁;对生物技术新发展造成的后果的不安,比如动物克隆……面对这些新的焦虑,宗教提供了社会和心理支持。"[1] 就佛教与藏传佛教而言,随着我国改革开放之后文化的正本清源,它们的文化意义及宗教与科学的关系问题不断得到正确理解。它们的正面文化意义再次被人们所普遍认识。它们提倡尊重生命,取缔杀伐,反对战争,提倡善行,重视精神修养,强调遏制人的贪欲等等,都体现了人类向善向上的努力,是对权势、欲望、纷争与

---

[1] [美] 威廉·W. 哈维兰:《文化人类学》(第十版),瞿铁鹏、张钰译,上海社会科学院出版社2006年版,第391页。

不合理的现实社会的超越，构成了人类的宝贵精神财富。仅就佛教的戒律而言，它与《圣经》中描写的犹太人的摩西"十戒"一样，在人类文化史上具有划时代的进步意义。

也许，正是出于对藏传佛教文化意义的深刻认知，世纪之交的新一代康巴作家群才通过文学作品重新对藏传佛教从认识上进行了修复与还原，并表达出高山仰止之情。从这一点看，他们超越了前辈康巴作家文学叙事对藏传佛教的书写，回到了解释民族文化的正途。在长篇小说《青藏辞典》中，格绒追美这样描述："活在追求功名利禄的尘世中，佛陀的智慧犹如一剂清凉的甘露，时时让我们警醒。我不得不承认，在当代的人类文明，知识或者说智慧当中，佛陀的开示居于至高的地位。"他把佛教看作是世界上最高的人生智慧，宣称"佛法是光辉灿烂的太阳"，是引导被"世俗"之心所缠绕的作家本人超越世俗功利，"减少欲望，消除欲望"，淡泊处世的法宝。① 在尹向东长篇小说《风马》中，佛法精神在日月土司的长子江升身上得到了有力的彰显。江升由于从小受继母猜忌与排挤，受到父亲的疏远，因此从冷漠的世道人心中看穿了尘世的浮华，转而向佛学医，虽然后来因为家族传宗接代需要不得已与守寡的弟媳结婚生子，尽管由于健康原因英年早逝，但由于一心礼佛，诚心修炼，广施治病救人的善举，他避免了父亲、叔叔、弟弟在土司权力争夺中死于非命的人生悲剧，受到了贫苦藏民的敬仰与爱戴。藏传佛教的博大精深与慈悲情怀还在格绒追美的《隐秘的脸：藏地神子秘踪》中的庞措活佛、泽仁达娃的《雪山的话语》中的高僧格西真珠吉佩、达真的《命定——一部藏民族的现代史诗》中后半生的土尔吉等文学人物身上有着生动而完美的表现——比如，格西真珠吉佩虽不是美珠寺大堪布，却具有大智大勇，不畏强权，置生死于度外，并巧妙地运用佛教的威严与高深的智慧挫败了大军阀、古朗土司朗吉杰布对宗教与寺院的蹂躏。

"文化是杂生的、多样的；各种文化和文明，如我在《文化与帝

---

① 格绒追美：《青藏辞典》，作家出版社2015年版，第11—12页。

国主义》中所论，如此相互联系、相互依赖，任何对其进行一元化或简单化描述的企图都注定要落空。"① 文化除了整体性的一面，也有多样性的另一面。就对康巴文化的发掘与建构而言，康巴作家群展示了康巴文化在人类文化中的独特性，卓有成效地发掘与阐释了康巴文化的丰富内涵，表征了全球化语境下民族地域文化的丰富多样性。

### （二）主流意识形态文化建构与国家认同

现代南方民族文学对民族文化建设贡献的第二个方面，是积极参与主流意识形态文化建构，表达出对中华多民族国家的衷心拥护与热爱，从而构筑起牢固的国家认同观念。在不同的历史阶段，南方民族作家在他们的作品中表达出不同的主流意识形态文化观念，并一如既往地表达对祖国的忠诚与热爱。比如，在抗日战争特殊历史时期，南方民族作家构建了以保家卫国、维护中华多民族国家领土与主权完整为核心的救亡话语。在20世纪50—70年代，南方民族作家积极构建了建设中华人民共和国、推进中国现代化步伐的新时代话语。而在改革开放的新时代，南方民族作家又积极参与到改革开放、加快各民族现代化建设、促进中华民族伟大复兴的时代话语建构之中，及时地为这一时期的主流话语建设做出了重要贡献，并反过来推动了时代的进步与发展。关于现代南方民族文学对主流意识形态文化的建构，由于前面正文部分已论述较多，这里仅以新时期苗族作家向本贵的作品与土家族作家李传锋的《白虎寨》为例着重加以分析。

苗族作家向本贵的小说创作是与中国农民的生存命运紧密地联系在一起的。向本贵出身于苗族农民家庭，长期担任农村基层干部，对农民父老兄弟怀有天然的阶级感情。而中国农民在中国社会中所处的弱势地位、他们所处的现实生存处境、所承受的生活苦难又引起他无限忧思与同情。于是，"思想农民"或为中国农民代言成为向本贵为

---

① ［美］爱德华·W. 萨义德：《东方学》，王宇根译，生活·读书·新知三联书店1997年版，第447页。

自己设定的文学旗帜,"书写农民的苦难,书写农民的企盼,书写农民的所思、所想、所求,书写农民的愚昧和落后,书写几千年来缚着农民的难以解脱的桎梏",或者"关注农民的命运,关注农民的未来","关爱农民的生存状况,给农民以大悲悯、大同情、大关怀"①,成为他小说创作自觉而执着的追求。

  向本贵坚持思农民之所思,想农民之所想。运用或借助自己的小说,他表达出中国农民的基本生存愿望,写出了中国农民的日常生活追求与期盼。通过自己几十年的观察与思考,向本贵发现,由于生存背景的恶劣、经济水平的低下以及生产技术的落后等等,中国农民几千年来的生存愿望其实是异常的简单,就是过上温饱生活,过上和平的好日子,甚至就是有饭吃,有衣穿,有房子住,就是告别几千年来挨饿受冻的苦日子,就是在遭遇各种自然灾害或社会灾难的条件下能够躲避饥荒与战乱,拥有一份活下去的权利。他们所追求的是最基本的生存权利,除外便没有过多的奢想。为了达到这样的生存目的,他们充满对土地的渴望与敬畏,希望风调雨顺,祈求上天的馈赠;他们愿意在土地上洒下辛勤的汗水与付出所有的生存智慧;他们同时希望有一个好的社会环境,好的制度与好的政府。对《凤凰台》中的农民田大榜来说,他祖祖辈辈的生存愿望就是拥有一份属于自己的土地,通过自己在土地上的勤奋劳作实现生活的富裕,"勤俭为本,创家立业"因此成为代代承传的"家规",勤俭持业也成为田大榜终生所遵循的信条。而在20世纪50—70年代的特殊生存背景下,田大榜一辈子的生存愿望就是"把日子过好,天天吃鱼吃肉吃白米饭"。这种生存的意愿甚至也是中国共产党领导中国革命的初衷:实现天下均富。对《乡村档案》中苦藤河乡的广大农民来说,他们的生存愿望则是在苦藤河上修一座能过汽车的大桥,改变几千年来交通严重闭塞的落后局面,从而打通通往富裕生活的道路,同时告别缺钱少用的贫困生活。为此他们甘愿砸锅卖铁集资修桥,承受生活的巨大压力,改

---

① 向本贵:《思想农民》,《理论与创作》2005年第1期,第70—71页。

革开放的时代背景使他们产生出对农村改革的强烈呼唤。

在表达中国农民生存愿望的同时，向本贵在小说中更是以现实主义的客观态度描述了中国农民的现实生存处境，书写了中国农民作为社会弱势群体的基本生存状态，特别是以忧心的笔墨展示了中国农民依然存在的贫病交加的生存现状。向本贵注意到，中华人民共和国成立以后，新的土地分配制度带来了中国农民生存状态一定程度的改观，但由于历史曲折，中国农民在这一历史时期饱尝了历史的辛酸；到了十一届三中全会，农村的改革开放政策，特别是联产承包责任制一度给中国农村注入了新的活力，大多数农民过上了温饱生活。然而，由于人口众多、经济基础薄弱等多种原因，中国农民特别是中国西部农民当下的生存处境仍然十分严峻：经济贫困而社会负担过重，两极分化拉大……处于社会弱势地位，形势不容乐观。《乡村档案》中所描述的苦藤河乡农民，尽管步入了改革开放年代，但却因为主客观各方面原因，不仅有许多"没吃没穿没住的困难人家""生活在水深火热之中"，有不少"农民病得九死一生，却没有钱请医生住医院"，而且承担着基层各种违背中央政策的集资款项，特别是受到腐败的乡村干部的欺压与伤害，乃至无法正常地生存下去，不得不以集体的形式去找乡政府"论理"。至于赵福林那样的农民，更是生活在"一家五口人住在一间破烂的木屋里"、用"破蓑衣"当被子、靠红薯当饭吃的极端贫困状态里，基本的温饱问题都无法解决。更有甚者，邓美玉、张朵等许多无辜的农村姑娘，因为经济所迫，沦为少数腐败分子任意凌辱的"玩偶"，身心受到极大的摧残与伤害。苦藤河乡农民经济、生活状况的改善，不仅有赖于落后交通条件的改善，而且有赖于党和政府减负、反腐败等农村政策的施行。《苍山如海》中的宁阳15万农民移民，由于原有经济水平低下，经受了搬迁的巨大生活困难，他们的生活也大都还在温饱线上挣扎，短时期内也无法步入富裕生活的轨道，艰苦创业仍然是他们的头等大事。相对过上有吃有穿好日子的生存愿望，相当多的中国农民还有很长的路程要走，他们的现实生存处境仍显得尴尬与无奈。

向本贵指出:"'执政为民''以人为本'是我们党和政府工作的宗旨,也是我们党和政府之所以能得到广大人民群众拥戴的根本所在,即便是在过去的困难时期,甚至在……动乱时期,广大的农民群众都没有对党和政府生出埋怨和怀疑。但我们不能因此就掩盖了中国农民几十年来所经受的难以言说的大苦大难,否则的话,是对历史的极端不负责任,也是对历史的严重歪曲和亵渎。"作为一位有良知的作家,向本贵无法忽略或回避中国农民的历史苦难,他特别强调:"书写苦难,抚慰农民心灵的伤痛,才是一个有责任的现实主义作家应该负有的职责和良心。"① 于是,向本贵在小说中以悲悯的情怀记录了中国农民几十年来所遭受的深重历史苦难,展示出他们在政治风雨中所经历的曲折历史岁月。对《凤凰台》中所描述的湘西南山区农村凤凰台农民来说,错误政治运动或政策失误给他们带来了深重的历史灾难,留下了难以抚平的心灵伤痛。几乎全部的凤凰台人,无论是支部书记刘宝山、生产副社长周连生等社队干部,还是丁保平、伍爱年、伍春年等普通社员,都长期生活在饥寒交迫之中,一直为粮食问题所困扰,无法过上平静舒心的日子。田大榜、田中杰、田玉凤、韦香莲等地主分子,则失去了基本的生存权利……历史的曲折不仅粉碎了中国农民的基本生存愿望,而且还几乎将他们推进了社会灾难的深渊,留下了惨痛的历史教训。

对著名土家族作家李传锋来说,他21世纪推出的长篇小说《白虎寨》以鄂西土家族山寨为背景,书写21世纪少数民族山区的脱贫致富攻坚战与新农村建设,具有强烈的时代感与浓郁的民族、乡村生活的气息,凝结着作家几十年来对"三农"问题的深刻思考,表达了作家心忧农村、情系故乡的赤子情怀,可谓我国21世纪描绘新农村建设的一部力作。小说与众不同的思想价值与现实意义,是它从许多新的视角切入了对当下少数民族地区新农村建设的总结与思考,具有重要的

---

① 夏义生、刘起林:《农民本位的乡土叙事——向本贵访谈录》,《理论与创作》2005年第1期,第74页。

现实启示意义，因此荣获2016年全国第十一届少数民族文学骏马奖。

《白虎寨》敏锐而准确地把握了少数民族地区新农村建设的时代走向。改革开放40年过去，我国经济建设取得巨大成就，城市化进程取得重大进展，人民总体生活水平大幅度提高。然而，城市繁荣与大批农民工进城的背后，却是农村经济的凋敝与社会发展的滞后，城乡差距越来越大，农村留守妇女、留守儿童与空巢老人等新的现象随之出现。为了解决这一问题，党和国家及时提出建设社会主义新农村的战略决策。《白虎寨》的一个突出之处，是它基于少数民族山区的生活实际，成功地把握了少数民族新农村建设的走向与路径。白虎寨是一个古老的土家族村落，也是革命老区，山清水秀，民风古朴，但却高山阻绝，公路不通，土家人仍然生活在贫困之中。村民没有电灯照明，吃不上自来水。没有手机信号，即使买了手机也只能是个摆设。然而，不向命运低头的白虎寨土家人却牢牢把握新农村建设的历史契机，在上级政府的大力帮助下，群策群力，走出了一条属于自己的发展之路。他们打通了敲梆崖绝壁，修通了几代人日思夜想的公路，解决了交通这一脱贫致富的瓶颈问题。他们依靠政策和科技，依靠本地自然优势，培养支柱产业，大力种植烟叶，大力发展魔芋生产加工，深入挖掘得天独厚的旅游资源，启动民族文化资源的保护与开发利用。兴修水利设施，改善居住条件，逐步扔掉了贫困的帽子。增强法律意识，充分发挥司法调解员在民事纠纷中的独特作用，有效地维护了集体与村民的合法权益。总之，白虎寨在少数民族山区新农村建设道路上迈出了坚实的步伐，取得显著的阶段性成果，并展现出无限美好的前景。

与此同时，《白虎寨》着力彰显了城市在当下新农村建设中的巨大作用。中华人民共和国成立后的几十年里，亿万中国农民曾经勒紧裤带，节衣缩食，无偿地支持了工业化建设。为了国家的繁荣与城市的发展，他们做出了巨大贡献与牺牲。半个多世纪过去，国家富强了，城市发达了，城市反哺农村的时代终于来临了。或者说，农村分享改革红利的时代如期而至了。取消农业税是国家大力扶持农业的第一步，新农村建设更是国家进一步振兴农村的战略步骤。《白虎寨》的另一亮点，是它写出了城市对农村、对少数民族山区、对革命老区的鼎力支持，写出了城市反哺农村给新农村建设带来的巨大活力。技术、人才、资金、文化、政策，纷纷从县城、州城、省城乃至北京输入到白虎寨，城市的政府机关、学校、企业，纷纷向白虎寨伸出援手，齐心协力，帮助白虎寨解决交通瓶颈，发展经济，办成一件又一件实事、大事。省里下派的科技副乡长、青年农学专家向思明，帮助白虎寨村民找到了种植魔芋致富的道路，并与春花姑娘喜结连理。顾博士从京城返回故乡进行乡野调查，他的知识引导白虎寨人开阔了眼界，找回了民族文化的自信。么妹子曾任职的公司张总，转型创办食品公司之后，来到白虎寨捐款、投资办厂。尤其是已经退休的老赵书记，不顾年事已高，专程从省城来到白虎寨，个人捐献五十万元修路，驻扎在白虎寨督阵，直至通车方才撤离。这样做，尽管某种程度上是出于报答政治落难时白虎寨民众对他的保护与救命之恩，但更多的是为了实现几十年帮助白虎寨脱贫致富的心愿，也是为了兑现一个领导干部对人民群众的一种政治承诺。他的儿子赵处长，也传承了父亲的精神，代表省直机关数度来到白虎寨，开展调研，为全村出谋划策，争取建设项目与资金，帮助村里解决了许多大的难题。

　　在《白虎寨》里，作家还慧眼独具地凸显了农村青年在少数民族新农村建设中的主力军角色。人是生产力中最活跃的因素。新农村建设是一项艰巨复杂的伟大工程，但最根本的因素也是人。《白虎寨》告诉读者，新世纪少数民族新农村建设的重任，已经历史性地落在了农村青年尤其是返乡农村青年的肩上。小说生动地展现了以主人公么妹子为代表的土家族回乡打工妹们的耀眼风采。受美国金融危机的影响，中国南方的大批工厂受到冲击，在工厂打工的么妹子与春花、秋月、荞麦被迫离开广东，返回白虎寨，回到了家乡。而此时兴起的新农村建设为她们开辟了广阔的用武之地，向她们发出了强烈的召唤。她们有知识、有文化，在打工中增长了见识，开阔了胸怀。面对家乡的贫困，面对父辈留下的重任、几十年未能完成的任务与未了的心愿，她们唯有担当，而无法逃避。她们的可贵之处，在于勇于担当，敢于承担起历史的责任。她们选择留在白虎寨，就是选择了肩负改变家乡贫穷面貌、建设美好家园的重任，而不是简单地选择进城打拼，选择个人发财与追求个人幸福。幺妹子高中毕业，美丽聪慧，心高志远，完全可以重回城市开创个人的生活天地——对于进城还是留村，她甚至一直在心底纠结。然而，幺妹子没有忘本，既没有丢下生养自己的父母，也没有放弃父亲留下的农村工作接力棒。她参加了村长竞选，加入了党组织，成了白虎寨年轻有为的女村支书，成了父亲的接班人。她在工作中经历了一次次失败，遭受过误会，经受过打击，偶尔也产生过思想的动摇，但最终选择了坚持，柔弱的外表后面蕴藏着女性少有的刚强。她树立全局观念，讲究工作策略，不断积累经验，凝聚了干部群众的强大力量与无穷智慧，带领大家打通敲梆崖天堑，阻止了白虎寨村民整体外迁的负面动议，发展了经济，解决了村民用电、吃水等现实疑难问题，实现了白虎寨翻天覆地的变化，还完成了父亲的遗愿。幺妹子与她的姐妹们，还有金氏兄弟等等，展现了少数民族新农村建设的强大新生力量。他们的身上，寄托了作家对土家山寨新农村建设的美好理想与无限希望。

　　国家认同是指"公民对国家的政治权力和统治权威的认可、接纳、服从、忠诚"。总体上说，南方少数民族的国家认同就是"在保持各个民族的独特属性和保护民族文化、习俗、宗教的前提下，维护国家的统一、主权的独立和领土的完整，认可国家的基本制度、主流思想文化和核心价值，各个民族形成真正平等、和谐、互助和团结的新型民族关系，共同为国家的富强、民主、文明与和谐做出应有的贡献"。①亦即热爱祖国，热爱中华民族大家庭，牢固树立中华民族多元一体的政治观念，自觉拥护民族团结与国家统一，反对民族分裂。中国自古以来是一个多民族国家的事实，使"五四"以来，南方民族作家尤其是南方边疆少数民族作家在其文学作品中自觉地表现了国

---

① 陈茂荣：《论"民族认同"与"国家认同"》，《学术界》2011年第4期。

家认同主题，表达他们对中华民族大家庭的由衷热爱。苗族作家沈从文在《苗民问题》中提出了客（汉）苗通婚的主张，提出了民族平等、客苗一家的美好希望。藏族诗人格桑多杰的诗歌《这边是你的家乡——致旅印藏胞》，通过汉藏民族团结历史的回顾——"我想到两个民族会盟的碑石，/赞普为碑座加固，基石地久天长。/唐柳的茂枝在风雨中更加茁壮，两个民族架起了一座历史的桥梁"，在表达民族认同的同时，表达了比民族认同更高层次的政治认同——国家认同，表现了汉藏一家、民族团结的政治主题，体现了自古以来中华民族强大的民族凝聚力和向心力。白族诗人晓雪的诗歌《苍山洱海·碑》，通过对立于唐代宗大历元年（776年）的南诏德化碑的描绘，通过对民族历史的梳理，得出这样的结论与判断："它宣告，苍山十九峰，/自古是祖国身上的骨肉；/它歌唱，洱海千层浪，/是我们热爱祖国的情感。"表达出诗人作为白族之子对祖国统一、民族团结的由衷拥护。

## （三）人类文化建构与走出虚无主义

现代南方民族文学对民族文化建设贡献的第三个方面，是积极参与人类文化建构，为人类精神圣殿添砖加瓦，有效克服虚无主义文化对人类精神的损害。这里不妨以苗族作家沈从文的《边城》为例着重加以分析。

沈从文创作《边城》的目的，是要建构纯朴、自然与美好的人性，促使现代人返璞归真。正如他指出："我只想造希腊小庙。选山地作基础，用坚硬石头堆砌它。精致，结实，匀称，形体虽小而不纤巧，是我理想的建筑。这神庙供奉的是'人性'。""我要表现的本是一种'人生的形式'，一种'优美，健康，自然，而又不悖乎人性的人生形式'。"[①] 沈从文的"人性"观念，既与左翼文学的"阶级论"人性观截然不同，也与以追求文化现代性为归趋的"五四"新文学

---

① 沈从文：《习作选集代序》，《沈从文全集》（第9卷），北岳文艺出版社2002年版，第2、5页。

的启蒙人性观（如鲁迅的"立人"）大异其趣，它崇尚的是古代道家的文化理念（如"道法自然"），即强调保持人的自然人性——如素朴、自然、健康、善良，坚持人性以及人际关系不为现代社会的权力与金钱所异化或扭曲。所以，《边城》中的人物，如主人公翠翠，大佬、二佬，还有翠翠的外公老船夫、大佬、二佬的父亲——船总顺顺，以及为人说媒的杨马兵、卖肉的屠夫等等，其人性都是美好的，或素朴，或健康，或厚道，或侠义，或兼而有之。即便是妓女，也永远是那么浑厚。翠翠的最可贵之处，是她的质朴、天然，没有"机心"。她与二佬的爱情，是自由恋爱的结晶，不受金钱、财产与门第所左右。而身为富裕人家的顺顺，也不是"阶级论"人性观框架下为富不仁或见利忘义的歹人，而是乐善好施的侠义之士。《边城》秉持文化保守主义或曰文化守成主义的理念[①]，也暗示了对现代都市人道德堕落与人格扭曲的严厉批判。有学者因此总结说：在沈从文《边城》等作品中，"没有尖锐的阶级压迫的图画，更不刻画面目狰狞的统治者形象。沈从文没有那样的政治思想意识，他只用轻淡的笔墨，写出使人心灵颤抖的故事，他的目标仅仅专注于那些历经磨难而又能坚忍、诚朴、倔强地生活下去的底层人民的本性，抒发对家乡自然美与人情美相融无间的感叹"[②]。

与其说《边城》是人性美的雕像，不如说它是道德理想主义的蓝图。从很大意义上说，文化也好，文学也好，都是以道德理想主义为目的的——所谓教化就是它们的重要功能之一。而歌颂真善美、鞭挞假丑恶更是文学的宗旨与本分。《边城》对美好人性的讴歌，大致出于两方面文化情境。一方面，它自然是湘西苗族、土家族少数民族文化美好因子光芒闪现的结果。正如沈从文在散文《从文自传》中这样推崇湘西少数民族文化："兵卒纯善如平民，与人无侮无扰。农民

---

[①] 参见萧洪恩《沈从文的文化保守主义思想研究》，《武汉大学学报》（人文科学版）2007年第5期，第282—287页。

[②] 钱理群、吴福辉、温儒敏、王超冰：《中国现代文学三十年》，上海文艺出版社1987年版，第321页。

勇敢而安分，且莫不敬神守法。商人各负担了花纱同货物，洒脱单独向深山中村庄走去，与平民作有无交易，谋取什一之利。"①《边城》无疑就是对这种湘西少数民族文化的形象再现。著名学者凌宇也强调《边城》必定包含着苗族文化因子，正如他指出："《边城》内蕴的苗族文化内涵，却是不言而喻的。这不仅是故事发生的原型地茶峒属于苗区，边城之边的本意，也是防范苗民的戍边之边。而更为重要的，是作为小说叙事深层结构的车路—马路、碾坊—渡船两组意象的对立与冲突，在本质上便是苗汉文化的对立与冲突，所谓'车路'，意指媒人说媒提亲，男女婚姻由双方家长做主，是典型的普遍见于汉族地区的封建婚姻形态；所谓'马路'，意指男女双方以歌传情，一切由男女双方自己做主，是苗族社会中一直保存并延续至今的原始婚恋形态。碾坊，是买卖婚姻的象征——团总女儿以一座崭新碾坊作陪嫁，其收益，顶十个长工干一年；而渡船，则是'一个光人'，即除了人之外，一无所有。——《边城》在骨子里，是一场苗汉文化冲突的悲剧。"② 另一方面，它是沈从文道德理想主义情怀释放的产物。沈从文就此解释说："在人类文化史的进步意义上，一个真正的伟人巨匠，所有努力挣扎的方式，照例和流俗的趣味及所悬望的目标，总不易完全一致。一个伟大艺术家或思想家的手和心，既比现实政治家更深刻并无偏见和成见的接触世界，因此它的产生和存在，有时若与某种随时变动的思潮要求，表面或相异或游离，都极其自然。它的伟大的存在，即于政治、宗教以外更形成一种进步意义和永久性。"③ 从这里，不难看出沈从文超越现实、超越世俗生活趣味的强烈道德理想主义情怀——难怪许多读者纷纷表示，他们在读过《边城》之后，心灵得到了高度的净化，受到了一场庄严的灵魂洗礼。不过，对沈从文来说，

---

① 沈从文：《从文自传》，《沈从文全集》（第13卷），北岳文艺出版社2002年版，第244页。

② 凌宇：《沈从文创作的思想价值论——写在沈从文百年诞辰之际》，《文学评论》2002年第6期，第7页。

③ 沈从文：《一个传奇的本事》，《沈从文全集》（第12卷），北岳文艺出版社2002年版，第231页。

他的道德理想主义与古代儒家那样的基于封建专制统治的道德理想主义有着根本的不同，而是具有普遍价值的道德诉求，因此远远超越了狭隘的政治教化理念。作为道德理想主义，《边城》自然免不了存在道德说教的局限，但却突出地彰显了文学对现实生活的引领与指导作用，凸显了文学对世俗生活的超越性。它犹如一架能量巨大的文化灯塔，照亮着人类前行的精神之路。就文学对现实生活的超越性或否定性而言，马尔库塞、阿多诺等西方马克思主义理论家对此已经做出过深刻的分析，并间接地为《边城》的文化意义提供了强大的理论支撑。如马尔库塞指出："艺术的激进性质，即它对既定现实的控诉和对解放的美的意象的召唤，恰恰是建立在这样一维之中的，在这一维中，艺术超越了社会的决定性，并把自己从一定的谈论和行为领域中解放出来，同时维持它的势不可挡的存在。因此，艺术创造了一个领域，在这个领域中，艺术所特有的对经验的颠覆成为可能：艺术所塑造的世界被承认为一个现实，这一现实在所给予的现实中是被压抑和被歪曲了的。"① 文学或艺术虽然来源于生活，但又超越生活，否定生活，反过来引领生活，对生活产生巨大的反作用。《边城》的意义也突出地体现在这一方面。

如果进一步越过道德层面看待《边城》，它无疑又是一个美丽的乌托邦想象。沈从文指出："一个伟大作品，总是表现人性最真切的欲望，——对于当前社会黑暗的否认，以及未来光明的向往。一个伟大作品的制作者，照例是需要一种伟大精神，忽于人事小小得失，不灰心，不畏难，在极端贫困艰辛中，还能支持下去，且能组织理想（对未来的美丽而光明的合理社会理想）在篇章里，表现多数人在灾难中心与力的向上，使更大多数人都浸润于他想象和情感光辉里，能够向上。"② 所谓对于当前社会黑暗的否认与未来光明的向往，正是

---

① [美]马尔库塞：《审美之维》，邢培明译，胡经之、张首映主编：《西方二十世纪文论选》（第四卷），中国社会科学出版社1989年版，第351页。
② 沈从文：《给志在写作者》，《沈从文全集》（第17卷），北岳文艺出版社2002年版，第413—414页。

一种乌托邦冲动与情怀。对沈从文来说，文学就是一种美好的乌托邦想象。另一方面，他对于现实社会的不合理表示十分不满。比如，他痛心于现代社会尤其是现代都市中人性的堕落与道德的溃败，企图以文学的审美形式"重造民族道德"。正如他指出："我们实需要一种美和爱的新的宗教，来煽起更年轻一辈做人的热诚发其生命的抽象搜寻，对人类明日未来向上合理的一切设计，都能产生一种崇高庄严感情。国家民族的重造问题，方不至于成为具文，为空话！"[①] 对于都市社会的堕落，或者对于"被财富、权势和都市中的礼貌、道德、成衣人、理发匠，所扭曲的人间"[②] 表示出极其愤慨。自从文化诞生以来，人类一直有着强烈的乌托邦冲动与乌托邦情怀——如宗教的天堂、来世观念就是如此。人类生活的秩序至今仍然有着巨大的局限——如权力结构、等级关系、社会不公等等，许多民间有识之士便想象出一个美好的乌托邦社会来表达政治与社会理想，以寻求某种精神的寄托与超越现实的努力。从这个意义上讲，《边城》中的边城社会便是一个中国现代版的乌托邦想象，绝世而立，宛如世外桃源，有如宗教中的"天堂"，也与中国儒家的大同世界、陶渊明的"桃花源"社会等一脉相承。有学者这样说："沈从文构建的湘西边城世界，充溢了和谐自由的人性赞歌。湘西边城及生活于此的男男女女，是沈从文的文学乌托邦，体现了其道家式的自然逍遥精神。"[③] 乌托邦虽然只是一个想象或梦幻世界，现实生活中并不存在，但与道德理想主义一样显示了人类超越现实生活或世俗生活的努力。文学的最大魅力也许就在于它的乌托邦想象或对现实生活、世俗生活的超越，以激起读者对美好生活的憧憬。从这一点看，《边城》的魅力还在于，它描写的"边城"是一个超越时空的、永恒的乌托邦想象，是真、

---

① 沈从文：《美与爱》，《沈从文全集》（第17卷），北岳文艺出版社2002年版，第362页。

② 沈从文：《凤子》，《沈从文全集》（第7卷），北岳文艺出版社2002年版，第151页。

③ 刘保昌：《沈从文与道家文化》，《甘肃社会科学》2005年第3期，第114页。

善、美的化身。因为如此,《边城》既属于湘西,属于中国,也属于全世界;它既是中国文学的瑰宝,也是世界文学的瑰宝。李健吾(刘西渭)早就赞美它是"一颗千古不磨的珠玉"①。

需要补充论述的是,沈从文的《三三》《长河》《会明》《柏子》等小说以及《一个大王》《虎雏再遇记》等散文,也是《边城》一类的作品。沈从文湘西题材作品中的人物,生活在山清水秀、民风古朴的湘西世界里,宛若自然之子,《三三》中的少女三三,《长河》中的少女夭夭,简直就是翠翠的再生。沈从文确立他特立独行的文学主张并积极贯彻于创作实践,既因为现代工业文明与都市生活带来了人的道德水平的严重下滑,又出于人类自古迄今的乌托邦诉求,连续了我国儒家注重个人道德修养的政治主张。无论是古代的孔孟思想还是沈从文的文学主张,似乎都脱不了道德理想主义的嫌疑。其致命局限似乎是脱离现实,空谈道德和人性,在哲学上犯了唯心主义的错误。因为"天下熙熙,皆为利来;天下攘攘,皆为利往",人心不古,空谈道德势必无济于事。然而,正是这种"知其不可而为之"的道德理想主义为人类预设了前行的标杆,构筑了希望的圣殿,体现了永无休止的乌托邦诉求,体现了人类超越现实的努力和实现自我救赎的可能。在这个意义上,道德理想主义的思想主张也好,沈从文以人性美为标的的文学创作也好,对人类现实生活有着不可否认的指导意义。

我国少数民族都有着深厚的宗教文化传统,这一传统深刻地影响了"五四"以来南方民族作家的文学创作。在他们的作品里,除了道德诉求之外,还普遍地洋溢着浓厚的宗教情怀。其中最具人文精神气息的,莫过于对人性救赎的强调。根据西方基督教的精神,人是具有"原罪"的。人类通往未来的希望之路在于人性的救赎,救赎的方法包括向神灵忏悔,包括苦行,包括赎罪,等等。南方民族作家或

---

① 刘西渭:《〈边城〉与〈八骏图〉》,吴福辉编:《二十世纪中国小说理论资料(第三卷)1928—1937》,北京大学出版社1997年版,第395页。

借鉴西方宗教精神，或植根于本民族深厚的宗教文化土壤，在作品中极力表达人性救赎的观念，从而为迷失的人群寻找到了救赎的道路。著名藏族作家阿来与回族作家石舒清便是突出的代表。藏族作家阿来小说作品的主题，很大程度上就是表现人性迷失与人性救赎。《尘埃落定》中的傻子二少爷，由于环境影响，一度迷失于争权夺利、耽于肉欲的陷阱之中。后来却通过对环境的审视与对自我的追问，做出了超越荒诞生存环境的努力，成了麦其土司内部不同于父亲与长兄的"另类"。《空山》普遍叙述了机村藏民在非常政治年代的政治、道德与人性迷失，也极力张扬了人性救赎的可能。青年民兵索波一度迷恋政治权力，做出许多违背良知与损害藏民的事情，但生活的苦难、农民的身份与现实的处境等等，又不时促使他回归正常的人，乃至最终回到藏民中间，为他们重新接纳。改革开放初期的高中生拉加泽里由于家贫与肩负家庭责任，一度迷失于金钱，疯狂走私木材，因此加剧了滥伐森林与生态破坏，乃至锒铛入狱。后来却迷途知返，痛改前非，集资组织植树造林，得以洗刷从前的罪孽。达戈迷失于对色嫫的追求，大肆猎杀动物，最后通过选择与熊搏斗，救了格桑旺堆，完成了自我的救赎。作品中的额席江奶奶身上时刻散发着宗教的神性光芒，她也因此一再感化自己的儿子、还俗僧人恩波。《格萨尔王》甚至把笔力放在权臣和阴谋家、格萨尔叔叔晁通身上，表现了人性救赎的可能。即便是身不由己陷入权利纷争、作恶多端的晁通，只要心存一丝善念，最终也有自我救赎的机会。

苗族作家沈从文1946年则在其散文《从现实学习》中，形象地诠释了自强不息的可贵精神，展示了信仰对个人成长的强大力量，从而阐释了现代人的人生哲学。1922年，只有小学文化程度只身漂泊北京，立志成为作家。这一志向对于文化程度低、经济不能自立甚至经常挨饿受冻的沈从文不啻为天方夜谭，是一个巨大的挑战，一开始就受到他人的质疑，后来还受到走访他的著名作家郁达夫的否定。事实是，沈从文创造了奇迹，他不仅在短短数年的时间里就成了闻名全国的青年作家，深受胡适、徐志摩等人的赏识，而且在1934年初发表了代表作《边城》，进入到文学大师的行列。沈从文何以做到这一点呢？在《从现实学习》中，沈从文给出了答案："信仰"。对沈从文来说，文学就是自己的信仰。或者说，信仰是他的"唯一老本"。他告诉世人："怎么向新的现实学习？先是在一个小公寓湿霉霉的房间，零下12度的寒气中，学习不用火炉过冬的耐寒力。再其次是三天两天不吃东西，学习空空洞洞腹中的耐饥力，并其次是从饥寒交迫无望无助状况中，学习进图书馆自行摸索的阅读力。再其次是起始用一支笔，无日无夜写下去，把所有作品寄给各报章杂志，在毫无结果等待中，学习对于工作失败的抵抗力与适应力。"① 信仰，使他对文学选择了执着，选择勤奋和吃苦，选择了超人的忍耐。信仰给了他的人生和文学事业强大的思想动力，成为他克服困难、迎接挑战的利器。只要有追求，只要把追求当作信仰，只要拥有坚定不移的人生信念，只要艰苦奋斗，哪怕困难再多与起步再晚，都有可能实现这种追求，乃至创造人生的辉煌。当代著名土家族作家黄永玉的散文《太阳下的风景》进一步介绍了沈从文的如下人生哲学："一、充满爱去对待人民和土地。二、摔倒了，赶快爬起来往前走，莫欣赏摔倒的地方耽误事，莫停下来哀叹。三、永远地、永远地拥抱自己的工作不放。"② 沈从文这里的独特与伟大之处，是他热爱人民和土地，把民族和国家当作个人发展的政治归宿；不怕失败，珍惜时间；对工作和事业永不言弃。这样的人生价值观与人生方略不仅被沈从文的表侄黄永玉视为金玉良言，使其一生受益匪浅，而且无愧为一位文学大师的经验之谈，一定会给他人、给后人以深刻与宝贵的人生启迪。

---

① 沈从文：《沈从文全集》（第13卷），北岳文艺出版社2002年版，第375—376页。
② 中国作家协会编：《新中国成立60周年少数民族文学作品选·散文卷·1》，作家出版社2009年版，第43页。

# 参考文献

## 一 著作类

[1] ［英］爱德华·泰勒：《原始文化：神话、哲学、宗教、语言、艺术和习俗发展之研究》，连树声译，广西师范大学出版社2005年版。

[2] ［英］爱德华·B.泰勒：《人类学：人及其文化研究》，连树声译，广西师范大学出版社2004年版。

[3] ［法］萨特：《存在与虚无》，陈宜良等译，生活·读书·新知三联书店1987年版。

[4] ［意］安东尼奥·葛兰西：《狱中札记》，曹雷雨、姜丽、张跣译，中国社会科学出版社2000年版。

[5] ［英］特雷·伊格尔顿：《二十世纪西方文学理论》，伍晓明译，北京大学出版社2007年版。

[6] ［瑞士］费尔迪南·德·索绪尔：《普通语言学教程》，高名凯译，商务印书馆1980年版。

[7] 张京媛主编：《后殖民理论与文化批评》，北京大学出版社1999年版。

[8] ［美］爱德华·W.赛义德：《赛义德自选集》，谢少波、韩刚等译，中国社会科学出版社1999年版。

[9] ［美］詹明信：《晚期资本主义的文化逻辑》，张旭东编，陈清桥

译，生活·读书·新知三联书店、牛津大学出版社1997年版。

[10]［匈］卢卡契：《历史与阶级意识——关于马克思主义辩证法的研究》，杜章智、任文、燕宏远译，商务印书馆1996年版。

[11]［德］马克斯·霍克海默、西奥多·阿道尔诺：《启蒙辩证法：哲学断片》，渠敬东、曹卫东译，上海人民出版社2003年版。

[12]［美］赫伯特·马尔库塞：《审美之维》，李小兵译，广西师范大学出版社2001年版。

[13]［美］威廉·W. 哈维兰：《文化人类学》（第十版），瞿铁鹏、张钰译，上海社会科学院出版社2006年版。

[14]［德］马克思、恩格斯：《马克思恩格斯选集》（第1—4卷），中共中央编译局译，人民出版社1972年版。

[15]［奥］西格蒙德·弗洛伊德：《文明及其缺憾》，傅雅芳、郝冬瑾译，安徽文艺出版社1987年版。

[16]［奥］弗洛伊德：《精神分析引论新编》，高觉敷译，商务印书馆1996年版。

[17]［美］杰姆逊：《后现代主义与文化理论》，唐小兵译，北京大学出版社1997年版。

[18]［瑞士］荣格：《荣格文集》，冯川、苏克译，改革出版社1997年版。

[19]［英］阿诺德·汤因比：《历史研究》，刘北成、郭小凌译，上海人民出版社2000年版。

[20]［法］阿尔贝特·施韦泽：《对生命的敬畏——阿尔贝特·施韦泽自述》，陈泽环译，上海人民出版社2006年版。

[21]［德］黑格尔：《历史哲学》，王造时译，上海书店1999年版。

[22]［德］黑格尔：《美学》（第1—3卷），朱光潜译，商务印书馆1997年版。

[23]［英］伯特兰·罗素：《罗素道德哲学》，李国山等译，九州出版社2004年版。

[24]［英］吉登斯：《现代性与自我认同》，赵旭东等译，生活·读

书·新知三联书店1998年版。

[25]［美］爱德华·W.萨义德：《东方学》，王宇根译，生活·读书·新知三联书店1999年版。

[26]［美］爱德华·W.萨义德：《文化与帝国主义》，李琨译，生活·读书·新知三联书店2003年版。

[27]［英］汤林森：《文化帝国主义》，冯建三译，上海人民出版社1999年版。

[28]［英］雷蒙·威廉斯：《关键词：文化与社会的词汇》，刘建基译，生活·读书·新知三联书店2005年版。

[29]［美］海登·怀特：《后现代历史叙事学》，陈永国、张万娟译，中国社会科学出版社2003年版。

[30]［法］安托瓦纳·贡巴尼翁：《现代性的五个悖论》，许钧译，商务印书馆2005年版。

[31]［美］维克多·泰勒、查尔斯·温奎斯特：《后现代主义百科全书》（上、下），章燕、李自修等译，吉林人民出版社2011年版。

[32]［俄］别林斯基：《文学的幻想》，满涛译，安徽文艺出版社1996年版。

[33]［俄］果戈理：《文学的战斗传统》，满涛译，新文艺出版社1953年版。

[34]［法］阿尔贝·加缪：《局外人》，郭宏安译，译林出版社1998年版。

[35]［德］卡尔·雅斯贝尔斯：《智慧之路——哲学导论》，柯锦华、范进译，中国国际广播出版社1988年版。

[36]［德］海德格尔：《存在与时间》，陈嘉映、王庆节译，生活·读书·新知三联书店1987年版。

[37]［法］阿尔贝·加缪：《加缪全集·散文卷I》，丁世中、沈志明、吕永真译，上海译文出版社2010年版。

[38]［法］西蒙娜·德·波伏瓦：《第二性》，郑克鲁译，上海译文

出版社2011年版。

[39] [美]凯特·米利特:《性的政治》,钟良明译,社会科学文献出版社1999年版。

[40] [美]罗斯玛丽·帕特南·童:《女性主义思潮导论》,艾晓明等译,华中师范大学出版社2002年版。

[41] [美]雷·韦勒克、奥·沃伦:《文学理论》,刘象愚等译,生活·读书·新知三联书店1984年版。

[42] [美]金介甫:《沈从文传》,符家钦译,国际文化出版公司2005年版。

[43] [美]李欧梵:《现代性的追求》,生活·读书·新知三联书店2000年版。

[44] [美]凌津奇:《叙述民族主义——亚裔美国文学中的意识形态与形式》,吴燕译,凌津奇校,中国社会科学出版社2006年版。

[45] [加]阿德里娜·S. 尚邦、阿兰·欧文主编:《话语、权力和主体性——福柯与社会工作的对话》,[美]劳拉·爱泼斯坦、郭伟和等译,中国人民大学出版社2016年版。

[46] [法]米歇尔·福柯:《规训与惩罚》,刘北成、杨远婴译,生活·读书·新知三联书店1999年版。

[47] [法]米歇尔·福柯:《疯癫与文明》,刘北成、杨远婴译,生活·读书·新知三联书店1999年版。

[48] 巴赫金:《诗学与访谈》,白春仁、晓河译,河北教育出版社1998年版。

[49] [美]约翰·迈尔斯:《弗里:口头诗学:帕里—洛德理论》,朝戈金译著,社会科学文献出版社2000年版。

[50] 於可训:《王蒙传论》,武汉大学出版社2009年版。

[51] 於可训:《中国当代文学概论》(第三版),武汉大学出版社2009年版。

[52] 於可训主编:《小说家档案》,郑州大学出版社2005年版。

［53］叶立文：《启蒙视野下的先锋小说》，湖北长江出版社集团、湖北人民出版社2007年版。

［54］李遇春：《权力·主体·话语——20世纪40—70年代中国文学研究》，华中师范大学出版社2007年版。

［55］周新民：《"人"的出场与嬗变——近三十年中国小说中的人的话语研究》，中国社会科学出版社2008年版。

［56］伍蠡甫、胡经之主编：《西方文艺理论名著选编》（上、中、下），北京大学出版社1987年版。

［57］汪晖、陈燕谷主编：《文化与公共性》，生活·读书·新知三联书店1998年版。

［58］陈嘉明：《现代性与后现代性十五讲》，北京大学出版社2006年版。

［59］何星亮：《中华文明·中国少数民族文明》，海峡出版社发行集团、福建教育出版社2010年版。

［60］张京媛主编：《新历史主义与文学批评》，北京大学出版社1993年版。

［61］杨帆：《我的经验——少数民族作家谈创作》，青海人民出版社1982年版。

［62］陆地：《创作余谈》，广西人民出版社1982年版。

［63］费孝通等：《中华民族多元一体格局》，中央民族学院出版社1989年版。

［64］吴福辉编：《二十世纪中国小说理论资料（第三卷）1928—1937》，北京大学出版社1997年版。

［65］张钧：《小说的立场——新生代作家访谈录》，广西师范大学出版社2002年版。

［66］贾振勇编：《左翼十年——中国左翼文学文献史料辑》，人民出版社2015年版。

［67］中央民族大学中国少数民族语言文学学院编：《马学良文集》（上、下卷），中央民族大学出版社2009年版。

［68］钱理群、温儒敏、吴福辉：《中国现代文学三十年》（修订本），北京大学出版社1998年版。

［69］胡经之、张首映主编：《西方二十世纪文论选》（第四卷），中国社会科学出版社1989年版。

［70］吴重阳、陶立璠：《中国少数民族现代作家传略》，青海人民出版社1980年版。

［71］杨义：《中国现代小说史》（第一至三卷），人民文学出版社1993年版。

［72］凌宇：《从边城走向世界——沈从文评传》（修订本），岳麓书社2006年版。

［73］夏志清：《中国现代小说史》，刘绍铭等译，香港中文大学出版社2001年版。

［74］钱理群：《鲁迅作品十五讲》，北京大学出版社2003年版。

［75］张耿光译注：《庄子全译》，贵州人民出版社1991年版。

［76］刘放桐等编著：《现代西方哲学》（修订本），人民出版社1981年版。

［77］赵敦华：《现代西方哲学新编》（第二版），北京大学出版社2014年版。

［78］任继愈主编：《中国哲学史》（第一册），人民出版社1963年版。

［79］史铁生：《写作的事》，东方出版社2006年版。

［80］周国平：《安静》，浙江人民出版社2015年版。

［81］许纪霖：《另一种启蒙》，花城出版社1999年版。

［82］梁庭望、张公瑾主编：《中国少数民族文学概论》，中央民族大学出版社1998年版。

［83］李鸿然：《中国当代少数民族文学史论》，云南教育出版社2004年版。

［84］吴重阳：《中国当代少数民族文学概观》，中央民族学院出版社1986年版。

[85] 马丽华：《雪域文化与西藏文学》，湖南教育出版社1998年版。

[86] 赵志忠主编：《20世纪中国少数民族文学百家评传》，辽宁民族出版社2007年版。

[87] 陈光孚选编：《拉丁美洲当代文学论评》，漓江出版社1988年版。

[88] 赵德明：《20世纪拉丁美洲小说》，云南人民出版社2003年版。

[89] 陈学明主编：《二十世纪哲学经典文本·西方马克思主义卷》，复旦大学出版社1999年版。

[90] 陈思和：《中国当代文学史教程》，复旦大学出版社1999年版。

[91] 汤晓青主编：《全球语境与本土话语——中国多民族文学论坛十年精选集》，社会科学文献出版社2014年版。

[92] 彭继宽主编：《湖南少数民族文学史》，湖南教育出版社2001年版。

[93] 张中良：《抗战文学与正面战场》，社会科学文献出版社2014年版。

[94] 朱景冬、孙成敖：《拉丁美洲小说史》，百花文艺出版社2004年版。

[95] 梁庭望、黄凤显：《中国少数民族文学》，山西教育出版社2003年版。

[96] 毛星主编：《中国少数民族文学》，湖南人民出版社1983年版。

[97] 张炯等主编：《中华文学通史》，华艺出版社1998年版。

[98] 王保林主编：《中国少数民族现代文学》，广西人民出版社1989年版。

[99] 李鸿然主编：《中国当代少数民族文学史稿》，长江文艺出版社1986年版。

[100] 特·赛音巴雅尔主编：《中国少数民族当代文学史》，漓江出版社1993年版。

[101] 马学良等主编：《藏族文学史》，四川民族出版社1985年版。

[102] 耿予芳：《藏族当代文学史》，中国藏学出版社1994年版。

[103] 欧阳若修等:《壮族文学史》,广西人民出版社 1986 年版。
[104] 黄绍清:《壮族当代文学引论》,广西师范大学出版社 1993 年版。
[105] 张文勋主编:《白族文学史》,云南人民出版社 1983 年版。
[106] 李力主编:《彝族文学史》,四川民族出版社 1994 年版。
[107] 田兵等主编:《布依族文学史》,广西民族出版社 1983 年版。
[108] 王士清等主编:《布依族文学史》,贵州人民出版社 1993 年版。
[109] 王人位等:《侗族文学史》,贵州民族出版社 1987 年版。
[110] 苏维光等:《京族文学史》,广西教育出版社 1993 年版。
[111] 龙殿宝等:《仫佬族文学史》,广西教育出版社 1993 年版。
[112] 蒙国荣等:《毛南族文学史》,广西人民出版社 1992 年版。
[113] 黄书光等:《瑶族文学史》,广西人民出版社 1988 年版。
[114] 田兵等:《苗族文学史》,贵州人民出版社 1981 年版。
[115] 苏晓星:《苗族文学史》,四川民族出版社 2003 年版。
[116] 云南省民族民间文学丽江调查队:《纳西族文学史》,云南人民出版社 1960 年版。
[117] 李明主编:《羌族文学史》,四川民族出版社 1994 年版。
[118] 佟锦华等:《藏年文学史》,四川人民出版社 1988 年版。
[119] 王松等:《傣族文学史》,云南民族出版社 1995 年版。
[120] 于乃昌:《珞巴族文学史》,江苏教育出版社 2001 年版。
[121] 彭继宽等:《土家族文学史》,湖南文艺出版社 1989 年版。
[122] 范禹等:《水族文学史》,贵州人民出版社 1987 年版。
[123] 雷波等编撰:《拉祜族文学简史》,云南民族出版社 1995 年版。
[124] 杨照辉编撰:《普米族文学简史》,云南民族出版社 1996 年版。
[125] 王国祥编撰:《布朗族文学简史》,云南民族出版社 1995 年版。

[126] 杜玉亭编撰：《基诺族文学简史》，云南民族出版社1996年版。

[127] 延春编撰：《阿昌族文学简史》，云南民族出版社1995年版。

[128] 史军超：《哈尼族文学史》，云南民族出版社1996年版。

[129] 沙玛拉毅主编：《彝族文学概论》，山西教育出版社2001年版。

[130] 李明主编：《羌族文学史》，四川民族出版社1994年版。

[131] 关纪新、朝戈金：《多重选择的世界——当代少数民族作家文学的理论描述》，中央民族大学出版社1995年版。

[132] 关纪新主编：《20世纪中华各民族文学关系研究》，民族出版社2006年版。

[133] 汤晓青主编：《历史的侧面：〈民族文学研究〉三十年论文选萃》，社会科学文献出版社2015年版。

[134] 徐新建：《横断走廊：高原山地的生态与族群》，云南教育出版社2008年版。

[135] 李云忠：《中国少数民族现代当代文学概论》，辽宁民族出版社2006年版。

[136] 王佑夫、艾光辉、李沛：《中国少数民族文学史（文学批评卷）》，人民文学出版社2016年版。

[137] 杨春编著：《中国少数民族文学史（散文卷）》，人民文学出版社2016年版。

[138] 赵志忠编著：《中国少数民族文学史（戏剧卷）》，人民文学出版社2016年版。

[139] 黄晓娟主编：《中国当代少数民族女性文学研究》，上海文艺出版社2014年版。

[140] 卓玛：《中外比较视阈下的当代西藏文学》，上海大学出版社2015年版。

[141] 刘大先：《现代中国与少数民族文学》，中国社会科学出版社2013年版。

［142］姚新勇：《寻找：共同的宿命与碰撞》，中国社会科学出版社2010年版。

［143］李晓峰、刘大先：《多民族文学史观与中国文学研究范式转型》，中国社会科学出版社2016年版。

［144］罗宗宇：《沈从文思想研究》，湖南大学出版社2008年版。

［145］黄玲主编：《云南8个人口较少民族作家文学作品选综论》，云南民族出版社2016年版。

［146］黄玲：《高原女性的精神咏叹——云南当代女性文学综论》，云南人民出版社2007年版。

［147］马绍玺：《在他者的视域中——全球化时代的少数民族诗歌》，社会科学文献出版社2007年版。

［148］王先霈、王又平主编：《文学批评术语词典》，上海文艺出版社1999年版。

［149］赵学勇：《沈从文与东西方文化》，兰州大学出版社1990年版。

［150］朱光潜、张充和等著，荒芜编：《我所认识的沈从文》，岳麓书社1986年版。

［151］吴立昌编：《沈从文作品欣赏》，广西教育出版社1988年版。

［152］吉首大学中文系编：《沈从文研究》，湖南大学出版社1988年版。

［153］凌宇：《沈从文传》，十月文艺出版社1988年版。

［154］巴金、黄永玉等：《长河不尽流》，湖南文艺出版社1989年版。

［155］王宝生：《沈从文评传》，重庆出版社1995年版。

［156］向成国：《回归自然与追寻历史——沈从文与湘西》，湖南师范大学出版社1997年版。

［157］刘大先：《文学的共和》，北京大学出版社2014年版。

［158］刘洪涛：《沈从文小说新论》，北京师范大学出版社2005年版。

[159] 刘洪涛、杨瑞仁编：《沈从文研究资料》，天津人民出版社2006年版。

[160] 吴世勇编著：《沈从文年谱：1902—1988》，天津人民出版社2006年版。

[161] 王珞主编：《沈从文评说八十年》，中国华侨出版社2004年版。

[162] 张清华编：《中国当代作家海外演讲》，北京大学出版社2012年版。

[163] 毛泽东：《毛泽东著作选读》，人民出版社1986年版。

[164] 孙犁：《孙犁文集》（第四卷），百花文艺出版社2002年版。

[165] 延安文艺丛书编委会编：《延安文艺丛书·第二卷·小说卷（上）》，湖南人民出版社1984年版。

[166] 李世涛主编：《知识分子立场——民族主义与转型期中国的命运》，时代文艺出版社2000年版。

[167] 林朝霞：《现代性与中国启蒙主义文学思潮》，厦门大学出版社2015年版。

[168] 李云忠：《中国少数民族文学史·小说卷》，人民文学出版社2016年版。

[169] 陈思和：《中国当代文学史教程》，复旦大学出版社1999年版。

[170] 汪曾祺：《我的老师沈从文》，大象出版社2009年版。

[171] 李泽厚：《中国思想史论》（下），安徽文艺出版社1999年版。

[172] 张永清主编：《新时期文学思潮》，中国人民大学出版社2003年版。

[173] 李泽厚：《走自己的路》，安徽文艺出版社1994年版。

[174] 马丽华：《雪域文化与西藏文学》，湖南教育出版社1998年版。

[175] 张永刚：《后现代民族文学》，人民出版社2014年版。

[176] 梁海：《阿来文学年谱》，复旦大学出版社2014年版。

[177] 黄铁池:《当代美国小说研究》,上海三联书店2014年版。
[178] 王德威:《想象中国的方法:历史·小说·叙事》,生活·读书·新知三联书店1998年版。

## 二 期刊、报纸类

[1] [美]凌津奇:《"离散"三议:历史与前瞻》,《外国文学评论》2007年第1期。
[2] 李真:《启蒙与现代性:一个再思考——基于康德和福柯的启蒙观》,《山东青年政治学院学报》2014年第5期。
[3] 白先勇:《恐惧与悲悯的净化——〈卡拉玛佐夫兄弟〉》,《联合文学》1998年第9期。
[4] 萧洪恩:《沈从文的文化保守主义思想研究》,《武汉大学学报》(人文科学版)2007年第5期。
[5] 邓丽兰:《阶级话语的形成、论争与近代中国社会》,《历史教学》2009年第4期。
[6] 李泽厚:《启蒙与救亡的双重变奏》,《走向未来》1986年创刊号。
[7] 高玉:《中国现代"自由"话语与文学的自由主题》,《文学评论》2005年第1期。
[8] 李乔:《台儿庄抗日前线的张冲》,《民族文化》1981年第2期。
[9] 凌宇:《沈从文创作的思想价值论——写在沈从文百年诞辰之际》,《文学评论》2002年第6期。
[10] 赵园:《沈从文构筑的"湘西世界"》,《文学评论》1986年第6期。
[11] 刘洪涛:《〈边城〉:牧歌与中国形象》,《文学评论》2002年第1期。
[12] 杨联芬:《沈从文的"反现代性"》,《中国现代文学研究丛刊》2003年第1期。

[13] 刘保昌:《沈从文与道家文化》,《甘肃社会科学》2005年第3期。

[14] 冯晖:《京派小说的"桃花源"与老庄的"理想国"》,《江汉论坛》2010年第10期。

[15] 杨绍全:《民族问题与阶级问题的辩证关系》,《西南民族学院学报》1982年第2期。

[16] 李晓峰:《论中国当代少数民族文学话语的发生》,《民族文学研究》2007年第1期。

[17] 王小宁:《从革命话语到建设话语的转变——中国政治话语的语义分析》,《北京化工大学学报》(社会科学版)2002年第1期。

[18] 韩少功:《文学的"根"》,《作家》1985年第4期。

[19] 阿城:《文化制约着人类》,《文艺报》1985年7月6日。

[20] 阿来:《我只感到世界扑面而来——在渤海大学"小说家讲坛"上的讲演》,《当代作家评论》2009年第1期。

[21] 阿来、吴道毅:《文学是温暖人心的东西》,《上海文学》2014年第9期。

[22] 德吉草:《认识阿来》,《西南民族学院学报》1998年第6期。

[23] 德吉草:《文化回归与阿来现象——阿来作品中的文化回归情愫》,《民族文学研究》2002年第3期。

[24] 德吉草:《失落的浪漫与苏醒的庄严——阿来中篇小说〈遥远的温泉〉、〈已经消失的森林〉的文本启示》,《西南民族大学学报》2005年第12期。

[25] 黄伟林:《"身份焦虑"与"浑身是戏"——壮族小说凡一平小说论》,《民族文学研究》2007年第1期。

[26] 欧阳可惺:《当代少数民族文学批评与民族主义意识形态话语表达》,《新疆大学学报》(哲学社会科学版)2010年第1期。

[27] 李骞:《回顾与前瞻:云南文学50年》,《边疆文学》2002年第5期。

[28] 梁海：《阿来的意义》，《文艺评论》2012年第1期。

[29] 梁海：《"小说是这样一种庄重典雅的精神建筑"——作家阿来访谈录》，《当代文坛》2010年第2期。

[30] 徐其超：《英雄的挽歌智者的绝唱——评阿来〈奥达的马队〉和〈最新的和森林有关的复仇故事〉》，《西华大学学报》2006年第3期。

[31] 姜飞：《可持续崩溃与可持续写作——从〈尘埃落定〉到〈空山〉看阿来的历史意识》，《当代文坛》2005年第5期。

[32] 徐新建：《权力·族别·时间：小说虚构中的历史与文化——阿来和他的〈尘埃落定〉》，《西南民族学院学报》1999年第4期。

[33] 吴道毅、马烈：《阿来文学创作与藏族口传文化》，《西藏大学学报》（人文社会科学版）2016年第3期。

[34] 阿来等：《重建文学的民族性》，《人民日报》2014年4月19日。

[35] 李娜：《用诗歌让世界知道普米族》，《中华儿女报刊社》2015年9月21日。

[36] 李夏：《吉狄马加：彝族文化的守望人》，《文艺报》2009年3月7日。

[37] 益希单增：《为发展藏族文学刻苦创作——谈长篇小说〈幸存的人〉的创作体会》，载《青海湖》1981年第10期。

[38] 黎跃进：《简论沈从文对外国文学的借鉴》，《湘潭大学社会科学学报》2003年第5期。

[39] 吴义勤：《新潮小说的主题话语》，《文艺评论》1996年第3期。

[40] 吴义勤：《新潮小说的主题话语（续一）》，《文艺评论》1996年第4期。

[41] 吴义勤：《新潮小说的主题话语（续二）》，《文艺评论》1996年第5期。

［42］杨永忠、周庆：《浅论女性话语》，《中华女子学院山东分院学报》2004年第4期。
［43］李建盛：《女权/女性话语：一种性别文化政治学》，《北京社会科学》1997年第4期。
［44］陈茂荣：《论"民族认同"与"国家认同"》，《学术界》2011年第4期。
［45］吴俊：《当代西绪福斯神话——史铁生小说的心理透视》，《文学评论》1989年第1期。
［46］向本贵：《思想农民》，《理论与创作》2005年第1期。
［47］夏义生、刘起林：《农民本位的乡土叙事——向本贵访谈录》，《理论与创作》2005年第1期。

## 三　作品类

［1］晓雪、李乔主编：《中国新文艺大系：1949—1966·少数民族文学集》，中国文联出版公司1991年版。
［2］玛拉沁夫主编：《中国新文艺大系·少数民族文学集1976—1982》，中国文联出版公司1991年版。
［3］玛拉沁夫、吉狄马加编：《中国少数民族文学经典文库（1949—1999）：诗歌卷》，云南人民出版社1999年版。
［4］玛拉沁夫、吉狄马加编：《中国少数民族文学经典文库（1949—1999）：短篇小说卷》（上、下），云南人民出版社1999年版。
［5］玛拉沁夫、吉狄马加编：《中国少数民族文学经典文库（1949—1999）：中篇小说卷》，云南人民出版社1999年版。
［6］玛拉沁夫、吉狄马加编：《中国少数民族文学经典文库（1949—1999）：散文、报告文学卷》（上、下），云南人民出版社1999年版。
［7］关纪新编：《中国少数民族文学经典文库（1949—1999）：理论评论卷》，云南人民出版社1999年版。

[8] 康濯主编:《中国解放区文学书系·小说卷》(第1—3卷),重庆出版社1991年版。
[9] 赵寅松主编:《中国当代少数民族著名作家经典·白族作家丛书·情系大理·马子华卷》,民族出版社2003年版。
[10] 赵寅松主编:《中国当代少数民族著名作家经典·白族作家丛书·情系大理·马曜卷》,民族出版社2003年版。
[11] 赵寅松主编:《中国当代少数民族著名作家经典·白族作家丛书·情系大理·王定明卷》,民族出版社2003年版。
[12] 赵寅松主编:《中国当代少数民族著名作家经典·白族作家丛书·情系大理·那家伦卷》,民族出版社2003年版。
[13] 赵寅松主编:《中国当代少数民族著名作家经典·白族作家丛书·情系大理·杨苏卷》,民族出版社2003年版。
[14] 赵寅松主编:《中国当代少数民族著名作家经典·白族作家丛书·情系大理·杨明卷》,民族出版社2003年版。
[15] 赵寅松主编:《中国当代少数民族著名作家经典·白族作家丛书·情系大理·杨亮才卷》,民族出版社2003年版。
[16] 赵寅松主编:《中国当代少数民族著名作家经典·白族作家丛书·情系大理·张长卷》,民族出版社2003年版。
[17] 赵寅松主编:《中国当代少数民族著名作家经典·白族作家丛书·情系大理·张文勋卷》,民族出版社2003年版。
[18] 赵寅松主编:《中国当代少数民族著名作家经典·白族作家丛书·情系大理·欧小牧卷》,民族出版社2003年版。
[19] 赵寅松主编:《中国当代少数民族著名作家经典·白族作家丛书·情系大理·罗铁鹰卷》,民族出版社2003年版。
[20] 赵寅松主编:《中国当代少数民族著名作家经典·白族作家丛书·情系大理·晓雪卷》,民族出版社2003年版。
[21] 赵寅松主编:《中国当代少数民族著名作家经典·白族作家丛书·情系大理·徐嘉瑞卷》,民族出版社2003年版。
[22] 赵寅松主编:《中国当代少数民族著名作家经典·白族作家丛

书·情系大理·景宜卷》，民族出版社2003年版。

［23］中国作家协会编：《新中国成立60周年少数民族文学作品选·诗歌卷》（第4卷），作家出版社2009年版。

［24］中国作家协会编：《新中国成立60周年少数民族文学作品选·散文卷》（第2卷），作家出版社2009年版。

［25］中国作家协会编：《新中国成立60周年少数民族文学作品选·报告文学卷》（第3卷），作家出版社2009年版。

［26］中国作家协会编：《新中国成立60周年少数民族文学作品选·中篇小说卷》（第5卷），作家出版社2009年版。

［27］中国作家协会编：《新中国成立60周年少数民族文学作品选·短篇小说卷》（第4卷），作家出版社2009年版。

［28］中国作家协会编：《新中国成立60周年少数民族文学作品选·理论评论卷》（第2卷），作家出版社2009年版。

［29］叶梅主编：《民族文学30周年精品选·小说卷》，作家出版社2011年版。

［30］叶梅主编：《民族文学30周年精品选·诗歌卷》，作家出版社2011年版。

［31］叶梅主编：《民族文学30周年精品选·散文卷》，作家出版社2011年版。

［32］叶梅主编：《民族文学30周年精品选·散文、报告文学卷》，作家出版社2011年版。

［33］叶梅主编：《民族文学30周年精品选·评论卷》，作家出版社2011年版。

［34］中国作家协会编：《新时期中国少数民族文学作品选集·藏族卷》（上、下），作家出版社2011年版。

［35］中国作家协会编：《新时期中国少数民族文学作品选集·彝族卷》（上、下），作家出版社2011年版。

［36］中国作家协会编：《新时期中国少数民族文学作品选集·土家族卷》（上、下），作家出版社2011年版。

[37] 中国作家协会编:《新时期中国少数民族文学作品选集·苗族卷》,作家出版社2011年版。

[38] 中国作家协会编:《新时期中国少数民族文学作品选集·侗族卷》,作家出版社2011年版。

[39] 中国作家协会编:《新时期中国少数民族文学作品选集·瑶族卷》,作家出版社2011年版。

[40] 中国作家协会编:《新时期中国少数民族文学作品选集·壮族卷》,作家出版社2011年版。

[41] 中国作家协会编:《新时期中国少数民族文学作品选集·白族卷》,作家出版社2011年版。

[42] 中国作家协会编:《新时期中国少数民族文学作品选集·毛南族卷》,作家出版社2011年版。

[43] 中国作家协会编:《新时期中国少数民族文学作品选集·京族卷》,作家出版社2011年版。

[44] 中国作家协会编:《新时期中国少数民族文学作品选集·德昂族卷》,作家出版社2011年版。

[45] 中国作家协会编:《新时期中国少数民族文学作品选集·哈尼族卷》,作家出版社2011年版。

[46] 中国作家协会编:《新时期中国少数民族文学作品选集·布依族卷》,作家出版社2011年版。

[47] 中国作家协会编:《新时期中国少数民族文学作品选集·仫佬族卷》,作家出版社2011年版。

[48] 中国作家协会编:《新时期中国少数民族文学作品选集·仡佬族卷》,作家出版社2011年版。

[49] 中国作家协会编:《新时期中国少数民族文学作品选集·怒族卷》,作家出版社2011年版。

[50] 中国作家协会编:《新时期中国少数民族文学作品选集·羌族卷》,作家出版社2011年版。

[51] 中国作家协会编:《新时期中国少数民族文学作品选集·佤族

卷》，作家出版社 2011 年版。

[52] 中国作家协会编：《新时期中国少数民族文学作品选集·黎族卷》，作家出版社 2011 年版。

[53] 中国作家协会编：《新时期中国少数民族文学作品选集·畲族卷》，作家出版社 2011 年版。

[54] 中国作家协会编：《新时期中国少数民族文学作品选集·阿昌族卷》，作家出版社 2011 年版。

[55] 中国作家协会编：《新时期中国少数民族文学作品选集·普米族卷》，作家出版社 2011 年版。

[56] 中国作家协会编：《新时期中国少数民族文学作品选集·基诺族卷》，作家出版社 2011 年版。

[57] 中国作家协会编：《新时期中国少数民族文学作品选集·景颇族卷》，作家出版社 2011 年版。

[58] 中国作家协会编：《新时期中国少数民族文学作品选集·傣族卷》，作家出版社 2011 年版。

[59] 中国作家协会编：《新时期中国少数民族文学作品选集·拉祜族卷》，作家出版社 2011 年版。

[60] 中国作家协会编：《新时期中国少数民族文学作品选集·独龙族卷》，作家出版社 2011 年版。

[61] 中国作家协会编：《新时期中国少数民族文学作品选集·布朗族卷》，作家出版社 2011 年版。

[62] 中国作家协会编：《新时期中国少数民族文学作品选集·纳西族卷》，作家出版社 2011 年版。

[63] 中国作家协会编：《新时期中国少数民族文学作品选集·水族卷》，作家出版社 2011 年版。

[64] 中国作家协会编：《新时期中国少数民族文学作品选集·傈僳族卷》，作家出版社 2011 年版。

[65] 黄玲主编：《云南 8 个人口较少民族作家文学作品选·诗歌卷》，云南民族出版社 2016 年版。

[66] 黄玲主编：《云南8个人口较少民族作家文学作品选·小说卷》，云南民族出版社2016年版。

[67] 黄玲主编：《云南8个人口较少民族作家文学作品选·散文卷》，云南民族出版社2016年版。

[68] 本书编辑委员会编：《中国新文学大系1937—1949第二十集史料·索引》，上海文艺出版社1994年版。

[69] 段崇轩等选编：《山西文学大系·第八卷·现代文学·下》，山西人民出版社2005年版。

[70] 《当代少数民族作家作品选讲》编写组：《当代少数民族作家作品选讲》，云南人民出版社1983年版。

[71] 沈从文：《沈从文全集》（第1—17卷），北岳文艺出版社2002年版。

[72] 白先勇：《白先勇文集》（第1—4卷），花城出版社2000年版。

[73] 白先勇：《树犹如此》，广西师范大学出版社2015年版。

[74] 白先勇：《孽子》，广西师范大学出版社2015年版。

[75] 白先勇：《白先勇文集第2卷·台北人》，花城出版社2000年版。

[76] 李乔：《李乔文集》（第1—5卷），云南民族出版社2010年版。

[77] 李乔：《欢笑的金沙江》，人民文学出版社2008年版。

[78] 李乔：《破晓的山野》，人民文学出版社1982年版。

[79] 马子华：《滇南散记》，云南人民出版社2002年版。

[80] 陆地：《美丽的南方》，作家出版社1960年版。

[81] 吴琪拉达：《奴隶解放之歌》，作家出版社1959年版。

[82] 汪承栋：《黑痣英雄》，中国青年出版社1964年版。

[83] 华山：《远航集》，中国青年出版社1962年版。

[84] 苗延秀：《大苗山交响曲》，新文艺出版社1954年版。

[85] 苗延秀：《元宵夜曲》，上海文艺出版社1960年版。

[86] 康朗甩：《傣家人之歌》，上海文艺出版社1960年版。

[87] 熊正国等：《在高炉边》，作家出版社1959年版。

[88] 苏晓星:《彝山春好》,上海文艺出版社1960年版。

[89] 降边嘉措:《格桑梅朵》,人民文学出版社1980年版。

[90] 益西单增:《幸存的人》,人民文学出版社1981年版。

[91] 伍略:《山林恋》,贵州人民出版社1984年版。

[92] 石定:《公路从门前走过》,贵州人民出版社1985年版。

[93] 董秀英:《马桑部落的三代女人》,云南人民出版社1991年版。

[94] 董秀英:《摄魂之地》,云南人民出版社1992年版。

[95] 扎西达娃:《骚动的香巴拉》,作家出版社1993年版。

[96] 扎西达娃:《西藏,隐秘岁月》,长江文艺出版社1993年版。

[97] 阿来:《月光下的银匠》,长江文艺出版社1999年版。

[98] 阿来:《阿来文集·诗文卷》,人民文学出版社2001年版。

[99] 阿来:《阿来文集·中短篇小说卷》,人民文学出版社2001年版。

[100] 阿来:《阿来文集·大地的阶梯》,人民文学出版社2001年版。

[101] 阿来:《阿来文集·尘埃落定》,人民文学出版社2001年版。

[102] 阿来:《宝刀》,作家出版社2009年版。

[103] 阿来:《空山:机村传说》,人民文学出版社2009年版。

[104] 阿来:《格萨尔王》,重庆出版社2009年版。

[105] 阿来:《瞻对:终于融化的铁疙瘩——一个两百年的康巴传奇》,四川文艺出版社2015年版。

[106] 阿来:《蘑菇圈》,长江文艺出版社2015年版。

[107] 阿来:《少年诗篇》,四川文艺出版社2015年版。

[108] 阿来:《行刑人尔依》,四川文艺出版社2015年版。

[109] 阿来:《奔马似的白色群山》,四川文艺出版社2015年版。

[110] 阿来:《三只虫草》,人民文学出版社2015年版。

[111] 阿来:《河上柏影》,人民文学出版社2015年版。

[112] 阿来:《就这样日益丰盈》,解放军文艺出版社2002年版。

[113] 阿来:《当我们谈论文学时,我们在谈些什么:阿来文学演讲

录》,陕西师范大学出版总社有限公司2017年版。

[114] 吉狄马加:《吉狄马加的诗》,四川出版集团、四川文艺出版社2004年版。

[115] 存文学:《碧洛雪山》,北京十月出版社2009年版。

[116] 存文学:《兽灵》,云南人民出版社1992年版。

[117] 存文学:《燃烧的橡树——存文学中短篇小说选》,云南人民出版社2013年版。

[118] 存文学:《望天树》,中国青年出版社2017年版。

[119] 达真:《命定——一部藏民族的现代史诗》,四川人民出版社2016年版。

[120] 泽仁达娃:《雪山的话语》,青海人民出版社2014年版。

[121] 亮炯·朗萨:《寻找康巴汉子》,中国书店2011年版。

[122] 亮炯·朗萨:《布隆德誓言》,外文出版社2006年版。

[123] 阿琼:《渡口魂》,作家出版社2016年版。

[124] 嘎子:《香秘》,作家出版社2016年版。

[125] 尹向东:《风马》,作家出版社2016年版。

[126] 格绒追美:《隐秘的脸:藏地神子秘踪》,作家出版社2011年版。

[127] 格绒追美:《青藏辞典》,作家出版社2015年版。

[128] 黄玲:《孽红》,北方文艺出版社2000年版。

[129] 木丽春:《情死部落的女人》,大众文艺出版社2007年版。

[130] 和振华:《和振华作品选集》,光明日报出版社2016年版。

[131] 彭愫英:《古道碎花》,云南民族出版社2009年版。

[132] 李传锋:《李传锋文集·长篇小说卷》,武汉大学出版社2018年版。

[133] 李传锋:《李传锋文集·中短篇小说卷》,武汉大学出版社2018年版。

[134] 李传锋:《李传锋文集·散文卷》,武汉大学出版社2018年版。

# 后　　记

　　本书是本人主持的国家社科基金项目"'五四'以来南方民族文学话语建构及其对民族文化建设的贡献"的最终成果。

　　这一项目从立项到结项历时五年有余。在这五年多时间内，为了顺利完成项目预定的任务，自己所有寒暑假都几乎没有正常休息，不是外出调研，就是写作，洒下了较为辛勤的汗水。在写作中，经常遇到各种各样的困难。有时候，思路不通，往往夜不成寐。有时候，写出来的东西不过关，只得返工重来。为了保质保量完工，一直都在尽全力工作。比如，对南方民族文学作品的学习，都是整本整篇地反复阅读，以求全面、深刻与准确把握，而不会蜻蜓点水，一带而过。现在课题能够顺利结题与出版，可谓有付出才有回报，所有的付出也是值得的。

　　本课题得到了少数民族作家、学术同行与相关领导的大力支持，让我深受感动与鼓舞。茅盾文学奖得主、藏族作家阿来主席曾在百忙中接受本人的访谈（这篇访谈以"文学是温暖人心的东西"为题发表于《上海文学》2014年第9期），为本人对他的研究提供了许多有益的启示。苗族作家向本贵、土家族作家李传锋两位前辈作家在我研究中寄来了他们的新作或文集。云南民族大学黄玲教授为了支持我的研究，先是给我赠送了对我的研究具有直接与重要参考价值的她的专著《李乔评传》，后又分别给我快递了珍贵的资料——白族作家马子华先生的散文集《滇南散记》、她主编的三卷本《云南8个人口较少

◇ 后 记 ◇

民族作家文学作品选》与她的另一专著《云南8个人口较少民族作家文学作品选综论》。《民族文学》编辑部编辑杨玉梅博士,给我寄来了《民族文学30周年精品选》系列丛书。四川省甘孜州文联办公室主任张贵华先生给我寄来了十多本甘孜州藏族作家的文学作品。编辑界的李小凤、刘保昌、覃曰龙、来颖燕、周晓艳、何坤翁等各位老师,对我伸出了大力援助之手,使我的中期成果得以顺利在重要期刊发表。在课题立项与结项过程中,学校领导雷振扬教授、段超教授及原社会科学处处长柏贵喜教授、原社会科学处副处长田孟清教授一直对我给予了多方面指导、关心与支持,科学研究发展院皮鑫院长、胡晶晶副院长、窦赛老师对我的工作提供了热情的指导、服务与支持。在课题开展中,同事罗义华教授曾就主题、话语等概念主动与我进行积极的讨论,这种讨论对于我开阔写作思路、把握研究重心与顺利结项起到了重要作用。学院院长刘为钦教授为本书出版提供了大力支持。在此,对他们一一表示由衷的谢意。

特别要感谢的是恩师、武汉大学资深教授於可训老师。自从1998年在於老师门下受业以来,他一直对我在学术、生活上进行悉心指导与深情呵护,把我一步步带到更高的学术境界。这次,於老师再次抽出宝贵时间为我的新作赐序,一如既往对我激励与包容有加,他的精彩论析可谓对拙著的画龙点睛,使拙著顿时长了许多"精神"。他还对书稿的修改提出了许多宝贵指导意见——书稿的名称就是经过他多次斟酌最后定下的。借此机会,对於老师表示深深的谢意。同时要感谢恩师陈顺智教授和凌津奇教授。陈老师是我的硕士导师,我在武汉大学攻读硕士学位时是他把我领上了学术道路,打下了我的治学基础。凌老师是我在美国加州大学洛杉矶分校做访问学者时的指导导师,他给予我学业的悉心指导与生活的热情关怀,我会永记在心。感谢本书责任编辑郭鹏编审,他为本书的出版付出了艰辛的劳动。妻子向红阳多年来一直承担了烦琐的家务劳动,默默无闻地支持我的工作,感谢她的无私奉献。

由于水平有限,本成果存在不少不足或欠缺之处。比如,对话语理论的掌握可能不够精当，这方面的理论与实践结合得不够完美，对现代南方民族文学话语建构的把握存在某些遗漏，如对民间话语、哲理话语（如沈从文作品）等缺乏应有的分析。再如，由于作家、作品涉及面太广，未能在更大范围内论述南方民族作家、作品，势必遗漏了对许多重要作家、作品的分析。诸如此类的问题，可能不是一时半会所能克服的。在此，向南方民族作家、学界同仁与广大读者们深表歉意，也恳请大家批评指正。

吴道毅<br>2019 年 1 月 18 日于武汉